Rebecca Michéle

Damenwahl

Rebecca Michéle

Damenwahl

Ein Baden-Württemberg-Krimi

Silberburg-Verlag

Rebecca Michéle, Jahrgang 1963, ist in Rottweil geboren und aufgewachsen. Die ausgebildete Arzthelferin ist seit 17 Jahren Profi-Schriftstellerin; sie hat sich vor allem mit historischen Romanen, die auch unter dem Pseudonym »Ricarda Martin« erscheinen, einen Namen gemacht. Michéle ist auch als Turniertänzerin und Tanzsporttrainerin hervorgetreten. Sie lebt in Kirchheim unter Teck.
www.rebecca-michele.de

1. Auflage 2016

Umschlaggestaltung: Christoph Wöhler, Tübingen.
Coverfoto: Oleg66 – iStockphoto.
Druck: CPI books, Leck.
Printed in Germany.

ISBN 978-3-8425-1461-4

1

Das Schwindelgefühl traf sie wie ein Hammerschlag. Die Wände kamen von allen Seiten auf sie zu, und der Boden unter ihren Füßen schwankte wie bei einem Erdbeben. Instinktiv spannte Angeline die Muskeln in ihrer Körpermitte an, verlagerte das Gewicht nach vorne und klammerte sich an den Arm ihres Partners. Durch den Schwung der Drehung verloren sie beide den Halt und stürzten zu Boden. Unsanft landete die junge Frau mit dem Po auf dem Parkett, ihr Partner kam auf ihr zum Liegen.

»Verdammt, spinnst du?« Verärgert rollte Jens sich von ihr herunter. »Kannst du nicht aufpassen? Und halt dich nicht an mir fest, wenn du nicht auf deinen Füßen stehen kannst!«

»Sorry, das war gewiss keine Absicht! Ich bin auf einem Strassstein ausgerutscht«, schwindelte Angeline und rappelte sich mühsam hoch, da er keine Anstalten machte, ihr aufzuhelfen. »Kein Grund, gleich auszuflippen.«

Jens Mauch musterte seine Partnerin unwillig.

»Wenn du im Arm geblieben wärst, so, wie es dir der Küttner schon tausendmal gesagt hat, dann hätte ich dich in der Achse auch halten können. Du bist heute mal wieder schrecklich unkonzentriert. Können wir jetzt weitermachen?«

Angeline klopfte sich den Staub von ihrem schwarzen, knöchellangen Trainingsrock. In ihrem verlängerten Rücken pochte und klopfte es, der Po würde morgen grün und blau sein. An Blutergüsse und Prellungen war die junge Tänzerin jedoch gewöhnt. Stürze und auch immer mal wieder unsanfte Tritte waren sowohl im Training als auch während der Wettkämpfe normal. Bisher hatte sie sich aber noch nie ernsthaft verletzt, und es gab genügend Mittelchen, die Schmerzen zu unterdrücken. Sie sagte Jens besser nicht, dass sie seit ein paar Tagen immer wieder unter unerklärlichem

Schwindel litt. Wahrscheinlich hatte sie nur zu wenig getrunken, und jetzt war es auch schon wieder vorbei.

»Deine rechte Seite knickt im Fallaway ab«, konterte sie auf den Vorwurf ihres Tanzpartners. »Ich kann in deinem Arm nur bleiben, wenn du die Seite im Moment des Pivots hochhältst. Auch das hat Küttner dir erst gestern wieder mal gesagt.«

Jens' dunkle Augenbrauen zogen sich unwillig zusammen. »Klaro, jetzt bin ich mal wieder schuld.« Er nahm ihren Arm und zog sie über das Parkett an den Anfang einer langen Seite in die Ausgangsposition. »Wir machen das gleich nochmal.«

Angeline schielte zur Wanduhr über der Tür. Es war kurz vor Mitternacht. Sie trainierten nun schon seit über vier Stunden. Obwohl ihr nicht mehr schwindlig war, fühlte sie sich erschöpft, und ihre Fußsohlen brannten. Zuerst hatten sie zwei Stunden Gruppentraining gehabt, was Angeline bereits viel abverlangt hatte, danach wollte Jens nochmal alle Anweisungen des Trainers durchgehen, damit diese sich festigen konnten.

»Können wir es für heute nicht gut sein lassen?«, wagte Angeline leise zu fragen. »Ich schreibe morgen eine Chemieklausur. Du weißt, was für eine Niete ich in den Naturwissenschaften bin. Wenn ich diese Arbeit wieder verhaue, komme ich nie über vier Punkte.«

Jens Mauch seufzte und verbarg nicht seinen Unwillen. »Und *du* weißt, dass in drei Wochen die Meisterschaft ist. Mensch, Angie, wir können das Ding packen, wenn du dich nur mehr anstrengst. Für die Schule lernen kannst du auch noch später. Wer braucht schon Chemie? Wir Tänzer sicherlich nicht.«

»Ein gutes Abi aber schon, wenn ich mich für das Studium zur Diplomtrainerin bewerben will«, konterte Angeline.

»Okay, wir tanzen noch einmal die Seite mit dem Fallaway, Overspin, Bombshell, Contra Check und die Achsen«, sagte Jens versöhnlich. »Sieh zu, dass du wenigstens einmal im Arm bleibst, und behalte den Kopf links.«

Jens hatte ja recht, dachte Angeline. Wen interessierte schon Chemie, wenn der Titel des Deutschen Meisters zum Greifen nahe war! Irgendwie würde sie das Abi schon auf die Reihe bekommen, außerdem hatte sie fast noch ein Jahr Zeit.

Angeline rollte ihre Schultern nach hinten, baute ihre Körpermitte auf und machte ihren Nacken lang. Es war, als wäre sie um einige Zentimeter gewachsen. Jens nahm sie in die Tanzhaltung und Angeline verlagerte das Körpergewicht auf ihren linken Fuß. Sie warteten auf den Beginn der nächsten Phrase der Musik – eines Langsamen Walzers – mit achtundzwanzig Takten pro Minute. Bei der Drei des vorherigen Taktes gab Jens' Körper ihr den Hauch eines Impulses. Angelines Füße bewegten sich von selbst, an die Schritte und an die korrekte Fußarbeit verschwendete sie keinen Gedanken. Diese Abläufe waren durch jahrelanges Training automatisiert. Sie konzentrierte sich auf den Shape im richtigen Moment und wartete ab, bis seine rechte Körperseite ihr nun den Impuls für den Contra Check gab. Geschmeidig bog sie ihren Oberkörper nach links und nach hinten, das Becken angespannt und bei ihrem Partner belassend, damit sich kein Hohlkreuz bildete. Ihr Nacken übernahm die Bewegung, schien um Zentimeter länger zu werden, und schließlich bildeten ihr Oberkörper und der Kopf eine elegante Linie. Durch sanften, nicht sichtbaren Druck brachte Jens sie wieder in die Aufrechte, und sie wirbelten mit schnellen Achsen mehrere Meter durch den Raum. Am Ende der nächsten Musikphrase schwang Jens sie in einen Hover, ihre Füße berührten kaum das Parkett, und sie vollführte eine auf die Musik abgestimmte, rollende Kopfbewegung. Obwohl sie vor Müdigkeit kaum noch die Augen offen halten konnte, war Angeline in seinen Armen leicht wie eine Feder und passte sich seiner Führung an. Vergessen war die Klausur, vergessen ihre schmerzenden Fußsohlen und vergessen, dass ihre Schulfreundinnen heute Abend ins Kino gegangen waren, um sich den brandneuen Film mit Nat Wolff anzusehen.

Kino, Disco, Shopping, Grillabende – das waren Dinge, die für Angeline nicht wichtig waren. Bereits als Kind war sie zu der Musik aus dem Radio durch das Haus getanzt. Als sie zehn Jahre alt war, meldeten ihre Eltern sie in der Ballettschule am anderen Ende der Stadt an, aber Angeline merkte bald, dass klassisches Ballett nicht ihre Welt war. Ihre Eltern belegten dann einen Tanzkurs bei Harald Liebig, und Angeline durfte sie manchmal begleiten. Sie war dann an der Tür zum großen Trainingssaal der Tanzschule gestanden, in dem die Turnierpaare trainierten, und hatte versucht, die Schrittkombinationen nachzuahmen.

Harald Liebig, der Inhaber der Tanzschule und Präsident des 1. Tanzsportclubs Rottweil e. V., hatte einen gleichaltrigen Jungen gefunden, und zwei Jahre später konnten Angeline und ihr Partner den ersten Landesmeistertitel der Juniorenklasse in den Lateinamerikanischen Tänzen für sich verbuchen. Dann jedoch schoss Angeline in die Höhe und überragte ihren Partner um einen Kopf.

Seit einem Jahr war nun der vier Jahre ältere Jens Mauch ihr Tanzpartner, der zuvor ebenfalls schon Erfahrungen mit einer anderen Partnerin gesammelt hatte. Tänzerisch harmonierten sie gut miteinander. Jens war ein hervorragender Tänzer mit einer erstklassigen Körperbeherrschung und gutem Taktgefühl, obwohl er erst vor vier Jahren mit dem Tanzsport begonnen hatte. Er war wohl so etwas wie ein Naturtalent. Dessen war Jens sich nur zu gut bewusst und neigte deshalb zu Rechthaberei und Arroganz. Angeline biss sich manchmal auf die Zunge und schwieg, weil sie Streit vermeiden wollte. Sie verstand genügend vom Tanzsport, um zu erkennen, dass nicht allein sie Fehler machte. Tanzen funktionierte nur, wenn zwei einzelne Körper zu einer Einheit verschmolzen. Kritik überließ Angeline grundsätzlich der Kompetenz ihrer Trainer, während Jens meinte, sie ständig verbessern zu müssen.

Der Erfolg machte das harte Training und alle anderen Widrigkeiten ohnehin wett. Es war ein unbeschreibliches Gefühl gewesen, als Angeline und Jens vor fünf Wochen Baden-Württembergischer Meister in der Kombination geworden waren. Der Wettkampf über zehn Tänze – fünf Standard- und fünf Lateinamerikanische Tänze – war die härteste Disziplin und verlangte den Paaren eine immense Kondition ab. Der Tanzsportverband Baden-Württemberg setzte nun für die kommende Deutsche Meisterschaft, die in Rottweil ausgetragen wurde, große Hoffnungen auf das junge und attraktive Paar.

Jens hatte recht: Sie konnten Meister werden, wenn sie die Standardtänze noch besser in den Griff bekamen, denn im Lateinbereich gab es kein anderes Paar in Deutschland, das ihnen den ersten Platz streitig machen konnte.

Nach weiteren zehn Durchgängen zeigte Jens sich endlich zufrieden, nahm einen langen Schluck aus seiner Wasserflasche und trocknete sich mit einem Handtuch die schweißnasse Stirn ab.

»Soll ich dich nach Hause fahren?«, fragte er, während Angeline sich die Tanzschuhe von den Füßen streifte und ihre verkrampften Zehen auf und ab bewegte.

»Das ist nicht nötig. Ich werde hier duschen, damit ich meine Eltern nicht wecke. Die schlafen bestimmt schon tief und fest.«

»Okay, vergiss aber nicht, alle Lichter auszumachen, die Fenster zu schließen und die Türen abzusperren.«

»Danke für den Hinweis, ohne den ich die Räume sicher offen stehen gelassen hätte«, erwiderte sie spitz.

Nicht immer konnte sie Jens' Überheblichkeit auf sich beruhen lassen.

Alle Turniertänzer hatten eigene Schlüssel für die Räumlichkeiten, da sie oft bis spät in die Nacht oder auch schon am frühen Morgen trainierten. Harald Liebig hatte großes Vertrauen in seine Paare, das auch bisher von niemandem missbraucht worden war.

Noch im Trainingsraum tauschte Jens seine Lackschuhe mit bequemen Sneakers, schnappte sich die Sporttasche und wandte sich zum Gehen.

»Morgen legen wir mal eine Pause ein, ich hole dich dann am Samstag um acht ab.«

»Okay, ich werde fertig sein.«

Am Samstag waren acht Stunden Kadertraining im Landesleistungszentrum des baden-württembergischen Tanzsportverbandes in Pforzheim angesetzt. Die A 8 zwischen Stuttgart und Karlsruhe war eine einzige Baustelle mit ständigen Staus, und sie mussten pünktlich um zehn Uhr vor Ort sein. Norbert Küttner, der Landestrainer, ließ keinen Verspätungsgrund gelten.

Im Umkleidebereich schälte sich Angeline aus der schweißnassen Trainingskleidung. Sie freute sich auf eine zuerst heiße und dann eiskalte Dusche. Ihren Eltern würde sie besser nicht sagen, dass Jens sie nicht nach Hause gefahren hatte, denn sie wollten nicht, dass sie mitten in der Nacht allein unterwegs war. Von der Tanzschule im Gewerbegebiet Hinterprediger bis zu ihrem Elternhaus in der Tannstraße waren es etwa fünfzehn Minuten Fußweg. Was sollte in einer beschaulichen Kleinstadt wie Rottweil schon geschehen? Außerdem war Angeline kein ängstliches Mädchen. Nach der Deutschen Meisterschaft wollte sie mit den Fahrstunden beginnen. Im Herbst wurde sie achtzehn, und einige Schulfreunde hatten bereits mit siebzehn den Führerschein gemacht und durften mit Begleitung fahren. Bisher aber hatte Angeline die Zeit für die Fahrschule gefehlt, da im vergangenen halben Jahr ein Turnier dem nächsten gefolgt war.

Angeline schlüpfte in ihre Badeschuhe, hängte das Handtuch an den Haken vor der Duschkabine und drehte den Hahn auf. Einige Minuten stand sie mit geschlossenen Augen unter dem Strahl und genoss das heiße Wasser auf ihrem Körper. Die morgige Chemieklausur würde sie schon irgendwie hinbekommen. Ihre Noten in den meisten Fächern ließen nichts zu wünschen übrig. Wenn Angeline etwas interessierte, dann lernte sie gern und schnell, nur zu den Naturwissenschaften fand sie keinen Zugang. In erster Linie wollte Angeline tanzen und – sobald sie volljährig war – den ersten Trainerschein machen. Sie arbeitete gern mit Kindern, und gute Trainer für die so genannten »Tanzmäuse« waren rar. Wenn sie weiterhin so erfolgreich waren, könnten sie und Jens in drei, vier Jahren zu den Professionals wechseln, und nach ihrer aktiven Zeit wollte sie auf jeden Fall an die Trainerakademie nach Köln gehen und das Studium zur Diplomtrainerin absolvieren. Nun, sie hatte noch Zeit, und es war gut, dass ihre Eltern sie zu nichts drängten und all ihre Pläne unterstützten. Allerdings bestanden sie auf ein gutes Abitur, was durchaus in Angelines Interesse war.

Angeline massierte sich nun das nach frischer Mango duftende Shampoo in die schulterlangen, blonden Haare.

Sie stand mit dem Gesicht zur Wand und konnte es im ersten Moment nicht fassen, als sie plötzlich einen heftigen Druck an ihrer Kehle spürte. Instinktiv fuhren ihre Hände zum Hals. Im Bruchteil einer Sekunde ertastete sie etwas, das sich wie Stoff anfühlte, dann wurde ihr die Luft abgeschnürt. Sie röchelte, vergeblich versuchten ihre Hände Halt an den nassen Wandfliesen zu finden. Vor ihren Augen tanzten bunte Kreise. Sie sackte zusammen und spürte es nicht mehr, als sie mit dem Gesicht hart auf den Boden aufschlug.

Das heiße Wasser rauschte unvermindert auf den leblosen Körper hinab …

2

Dreißig Jahre Erfahrung im aktiven Polizeidienst bei der Kriminalpolizei schützten Hauptkommissar Jürgen Riedlinger nicht vor der Beklemmung, die er stets empfand, wenn er vor dem Opfer eines Gewaltverbrechens stand. Wenn es sich dabei um ein Mädchen handelte, das brutal aus seinem jungen Leben gerissen worden war, spürte er zusätzlich Abscheu und Wut in sich. Unwillkürlich ballten sich seine Hände zu Fäusten.

Die Leiche lag auf dem Rücken und war nackt.

»Ist sie …?«

Riedlinger brauchte seinen Satz nicht zu vollenden. Der aus Tübingen hinzugerufene Pathologe Dr. Kunstfeld kniete neben der Toten und antwortete, ohne den Kommissar anzusehen.

»Das kann ich jetzt noch nicht sagen, Herr Riedlinger. Auch zur Todesursache im Moment nur so viel: Es sieht danach aus, als wäre das Mädchen von hinten angegriffen und stranguliert worden. Die Einblutungen im Gewebe sind deutlich zu erkennen. Wahrscheinlich wurde ihr Kehlkopf zerquetscht. Mehr jedoch …«

»Nach der Obduktion, ich weiß. Können Sie in etwa sagen, wie lange sie tot ist?«

»Tut mir leid, Herr Riedlinger, da das warme Wasser die ganze Zeit über den Körper lief, kann ich im Moment auf Grund der Körpertemperatur noch keinen Todeszeitpunkt feststellen.«

Jürgen Riedlinger wandte sich vom Anblick der Leiche ab. Auf den ersten Blick sah es so aus, als ob die junge Frau gerade unter der Dusche gestanden hätte, als sie angegriffen wurde. Eine Flasche mit Haarshampoo lag in der Ecke, in dem metallenen Korb an der Wand stand ein Duschgel. Ein rotes, flauschiges Handtuch hing am Haken vor der Duschkabine.

»Wer hat sie gefunden?«, fragte Riedlinger in die Runde.

»Harald Liebig, der Inhaber der Tanzschule«, antwortete ein uniformierter Beamter. »Er und die Eltern der jungen Frau. Sie warten im Barbereich.« Der Beamte räusperte sich und sah Riedlinger unsicher an. »Ich fürchte, die Mutter ist ziemlich am Ende.«

»Das wären Sie auch, wenn Sie Ihre Tochter tot auffinden würden«, erwiderte Jürgen Riedlinger tonlos.

Er atmete ein paar Mal tief durch, verließ den Umkleidebereich und kehrte in den Eingangsbereich der Tanzschule zurück. Die linke Seite wurde von einer etwa fünf Meter langen Bar eingenommen, rechts standen Tische und Stühle. In der hinteren Ecke saßen ein Mann und eine Frau. Die Frau hatte ihren Kopf an der Brust ihres Mannes geborgen, so dass Riedlinger nur eine Flut von hellbraunen Locken, nicht jedoch ihr Gesicht sehen konnte. Der Mann hielt sie mit beiden Armen umklammert, seine Mimik war wie eingefroren, und er starrte auf einen imaginären Punkt irgendwo an der gegenüberliegenden Wand.

Mit dem Rücken an die Bar gelehnt, sah ein Mann in mittleren Jahren Riedlinger entgegen.

»Sind Sie der zuständige Ermittler?«, fragte er mit tiefer, sonorer Stimme. »Kommen Sie von der Mordkommission?«

»Kriminalhauptkommissar Riedlinger, und ja, im allgemeinen Sprachgebrauch wird unsere Abteilung so genannt.«

Riedlinger zückte seinen Ausweis, verzichtete jedoch auf den Hinweis, dass die Abteilung korrekterweise als »Dezernat für Tötungsdelikte« bezeichnet wurde. Das spielte im Moment keine Rolle, und der Mann hatte auch keinen Blick für den Ausweis.

»Sie sind Herr Liebig?«

Der Tanzlehrer nickte, stieß sich vom Tresen ab und trat dicht neben den Kommissar.

»Es ist so schrecklich«, flüsterte er und machte eine Kopfbewegung zu dem Paar in der Ecke. »Das sind Angelines Eltern. Ich weiß gar nicht, was ich sagen oder tun soll.«

Verständnisvoll nickte Riedlinger. Ein Psychologe war bereits verständigt. Er selbst würde mit den Eltern des Opfers erst später sprechen. Solange sie unter Schock standen, machte eine Befragung wenig Sinn. Der Tanzlehrer wirkte gefasster, er würde ihm die ersten notwendigen Informationen über das Opfer geben können.

»Können wir uns irgendwo ungestört unterhalten?«

»Gehen wir ins Büro.«

Riedlinger folgte Harald Liebig in einen kleinen, fensterlosen Raum mit deckenhohen Aktenschränken, einem Schreibtisch mit Computer und einer Telefon-, Fax- und Kopieranlage.

Harald Liebig schloss die Tür hinter ihnen. Sie verzichteten darauf, sich zu setzen.

»Wer ist die Tote?«, fragte Riedlinger knapp.

»Ihr Name ist Angeline Schmidt, siebzehn Jahre alt und Tänzerin in meinem Tanzsportclub«, erklärte Liebig. »Ich kann es nicht fassen! Ist sie, ich meine, hat man sie …?«

Riedlinger zuckte mit den Schultern. »Das werden die Untersuchungen ergeben. Bitte schildern Sie mir, wie Sie das Mädchen gefunden haben.«

Harald Liebig fuhr sich mit gespreizten Fingern durch sein volles, dunkles Haar, und Riedlinger bemerkte, dass seine Hand zitterte. Der Tanzlehrer schien doch nicht so ruhig zu sein, wie er nach außen wirkte.

Liebig schluckte mehrmals trocken, bevor er leise sagte: »Heute Morgen rief mich Frau Schmidt, Angelines Mutter, an. Es war kurz vor sieben Uhr, und zuerst war ich ziemlich ungehalten über die frühe Störung. Sie müssen wissen, dass ich in der Regel bis spät in die Nacht arbeite, dafür schlafe ich morgens länger.« Seine Mundwinkel zogen sich herunter. »Angelines Mutter war sehr aufgeregt und meinte, ihre Tochter wäre in der letzten Nacht nicht nach Hause gekommen.«

»Warum hat Frau Schmidt ausgerechnet Sie angerufen?«, hakte Riedlinger nach. »Im dem Alter ist es doch nicht außergewöhnlich, eine Nacht fortzubleiben.«

»Nicht Angeline, sie ist … sie war die Zuverlässigkeit in Person«, antwortete Liebig leise. »Sie und Jens, das ist Angelines Tanzpartner, haben gestern Abend trainiert. Als ich kurz nach elf Uhr das Haus verlassen habe, waren sie noch im großen Saal, und es hatte nicht danach ausgesehen, als würden sie das Training bald beenden.«

»Allein?« Riedlinger runzelte die Stirn. »Sie wollen sagen, die jungen Leute waren hier ganz allein? Und so spät am Abend?«

Liebig nickte. »Das ist durchaus üblich. Unsere Turnierpaare haben alle einen Schlüssel für die Räumlichkeiten. Am Donnerstagabend findet das wöchentliche Gruppentraining für die Sportler statt. Angeline und Jens haben nach dem Gruppenunterricht immer noch eine oder zwei Stunden frei trainiert, manchmal sind auch noch andere Paare dabei. Die Letzten löschen dann das Licht und schließen die Räume ab. Dabei hat es nie Probleme gegeben.«

Jürgen Riedlinger konnte sich unter dem Begriff Gruppentraining nichts vorstellen, das spielte im Moment aber keine Rolle.

Er fragte: »Was haben Sie heute Morgen nach dem Anruf von Frau Schmidt gemacht?«

»Nun, da die Schmidts darauf drängten, unverzüglich in der Tanzschule nachzusehen, habe ich mich rasch angezogen und mich auf den Weg gemacht.«

»Sie wohnen nicht in diesem Gebäude?«, unterbrach Riedlinger ihn.

»Wir haben ein Haus in der Predigerstraße, das sind zu Fuß keine fünf Minuten«, erklärte Harald Liebig. »Ich hielt es zwar für übertrieben und habe vermutet, das Mädchen habe sich vielleicht eine schöne Nacht mit einem Freund gemacht, dann jedoch …« Er zuckte mit den Schultern und hob hilflos die Hände. »Angelines Eltern und ich trafen zeitgleich vor der Tanzschule ein. Als ich aufsperren wollte, war die Tür nicht abgeschlossen. Als wir hineingingen, habe ich das Wasser in der Dusche rauschen gehört, und die Beleuchtung war auch noch an. Tja, und dann …« Er seufzte laut. »Es war so furchtbar, und ich konnte Frau Schmidt nicht davor bewahren, ihre Tochter so zu sehen. Ich habe dann sofort den Notruf gewählt.«

»Haben Sie etwas angerührt?«

Er nickte und sah Riedlinger entschuldigend an.

»Zuerst habe ich das Wasser abgestellt, und Herr Schmidt und ich haben Angeline natürlich umgedreht …«

»Umgedreht?« Erneut hakte Riedlinger ein. »Das heißt, sie lag auf dem Bauch?«

»Ja, ja, wir haben nachgesehen, was geschehen ist, und ob Angeline …«, er stockte, sein Adamsapfel bewegte sich auf und nieder, »also, ob sie vielleicht nur gestürzt und bewusstlos ist. Wir wollten ihr helfen. Dann habe ich jedoch den starren Blick ihrer aufgerissenen Augen gesehen. Ich habe nach ihrem Puls gefühlt und noch versucht, sie zu reanimieren. Dabei hat Frau Schmidt die ganze Zeit geschrien, ihr Mann hat sie schließlich aus der Dusche rausgebracht. Es war furchtbar.«

Er barg sein Gesicht in beide Hände, und seine Schultern zuckten, als weinte er. Der Tod des Mädchens schien ihn zutiefst zu erschüttern.

Riedlinger nahm es ohne Wertung zur Kenntnis.

»Es war also allgemein bekannt, dass die jungen Leute bis in die Nacht hinein trainieren und dass die Räumlichkeiten nicht abgeschlossen sind?«

»Ja, ja, natürlich … Hier gibt es doch nichts zu stehlen. Die Tageseinnahmen von der Bar nehme ich immer mit nach Hause und zahle sie am nächsten Vormittag bei der Bank ein.« Harald Liebig sah Riedlinger bittend, beinahe schon verzweifelt an. »Herr Kommissar, von alledem hier … davon wird doch nichts in den Zeitungen stehen?«

»Das wird sich wohl nicht vermeiden lassen.«

Der Tanzlehrer rang die Hände. »Eine Leiche im Club! Wenn das bekannt wird, kann ich den Laden schließen! Da kommt doch keiner mehr in die Kurse!«

»Na, na, Herr Liebig«, versuchte Riedlinger ihn zu beruhigen. »So schlimm wird es schon nicht werden. Die Öffentlichkeit hat ein Recht darauf, informiert zu werden. Die vollen Namen und die Örtlichkeiten werden natürlich nicht genannt.«

»Rottweil ist eine kleine Stadt, Herr Kommissar.« Liebig lächelte bitter. »Die Nachricht wird wie ein Lauffeuer die Runde machen. Ausgerechnet jetzt, nachdem ich aus dem Gröbsten raus bin und der Betrieb Gewinn abwirft.«

Ein Klopfen an der Tür unterbrach sie.

»Doktor Kunstfeld wäre im Moment hier fertig«, sagte der eintretende Beamte, »und lässt fragen, ob die Leiche zur Obduktion in die Rechtsmedizin abtransportiert werden kann.«

Bei den sehr nüchternen Worten zuckte Riedlinger zusammen.

»Von mir aus.«

Es war zu befürchten, dass die Spurensicherung nicht viel feststellen würde, da das Wasser die ganze Nacht über den Körper gelaufen war. Daher war es wichtig zu erfahren, ob Harald Liebig etwas aufgefallen war. Der Mann schien im Moment für weitere Fragen aber nicht in der Verfassung zu sein.

Riedlinger griff in die Innentasche seiner Jacke und reichte dem Tanzlehrer seine Karte.

»Kommen Sie bitte gegen Mittag in mein Büro, ich habe noch weitere Fragen.«

Liebig steckte die Karte ein und fragte: »Ihre Leute … wie lange werden die hier noch brauchen? Heute Nachmittag haben wir eine Gruppe Tanzmäuse und eine Hip-Hop-Gruppe …«

»Die Räume bleiben bis auf weiteres versiegelt.«

»Das können Sie nicht machen!«, rief Harald Liebig. »Ich kann die Kurse unmöglich absagen! Allein heute Abend haben wir im kleinen Saal drei Tanzkurse und im großen Saal den Übungsabend für die Goldstargruppe!«

»Herr Liebig, wir haben eine Tote, und alles deutet auf Fremdeinwirkung hin«, entgegnete Jürgen Riedlinger ernst. »Ihr Club ist ein Tatort, und bevor nicht alle Spuren gesichert sind, betritt außer der Polizei niemand mehr die Tanzschule. Auch Sie nicht.«

Harald Liebig presste die Lippen aufeinander. Er sah ein, dass ihm keine andere Wahl blieb, als den Anweisungen der Polizei Folge zu leisten.

»Wenn es etwas gibt, was ich tun kann …« Er ballte die Hände zu Fäusten. »Angeline war noch so jung, so voller Lebenslust und gerade am Anfang einer großen Karriere!«

»Wir sprechen später«, antwortete Riedlinger. »Es gibt noch viele Fragen, und es ist wichtig, dass Sie mir alles, was Sie über das Mädchen wissen, erzählen. Im Moment nur noch eine Frage: Waren Sie allein, als Sie die Tanzschule gestern Abend verlassen haben?«

Liebig nickte. »Da ich donnerstags die Turniergruppe trainiere, ist meine Frau nicht hier. Sie ist Tanzlehrerin, hat aber keine Ausbildung zur Tanzsporttrainerin. Als ich nach Hause kam, hat sie bereits geschlafen.«

»Dann kann sie nicht bezeugen, wann Sie nach Hause gekommen sind?«

Liebig brauchte einen Augenblick, bis er verstand.

»Brauche ich etwa ein Alibi?«, rief er entsetzt. »Ich habe Angeline nichts angetan, Herr Kommissar! Ich habe das Mädchen gemocht, außerdem könnte ich nicht einmal einer Fliege etwas zuleide tun.«

Riedlinger ging auf Liebigs Ausbruch nicht ein. »Gibt es sonst noch Angestellte?«

»Eine Bedienung für die Bar, die aber nur stundenweise beschäftigt ist und gestern Abend nicht hier war. Am Wochenende und bei Veranstaltungen helfen zusätzlich zwei Tänzerinnen beim Ausschank aus.«

»Notieren Sie bitte die Namen und vollständigen Anschriften aller, die sich gestern Abend in der Tanzschule aufgehalten haben.«

Jürgen Riedlinger verließ das Büro und trat just in dem Moment in den Eingangsbereich, als der Zinksarg hinausgetragen wurde. Angelines Eltern hielten sich an den Händen und starrten den Trägern nach. Mit zwei Fingern lockerte Riedlinger seinen Hemdkragen, der ihm plötzlich zu eng geworden schien, räusperte sich und trat zu den Schmidts.

»Kriminalhauptkommissar Jürgen Riedlinger. Ich weiß, es ist jetzt sehr schwer für Sie, ich muss aber mit Ihnen sprechen.«

Die Frau zeigte keine Reaktion, aber die Wangenmuskulatur des Mannes zuckte. Leise sagte er: »Selbstverständlich, Herr Kommissar, ich stehe Ihnen für alle Fragen zur Verfügung. Hauptsache, Sie finden dieses Schwein, das unserer Tochter das angetan hat.«

Herrn Schmidts Stimme war ruhig und emotionslos, Riedlinger spürte jedoch, dass er sich nur mühsam beherrschte.

»Fahren Sie jetzt nach Hause, ich werde Sie am Nachmittag aufsuchen«, antwortete er.

Es war besser, wenn die Eltern nicht länger an dem Ort blieben, an dem ihre Tochter gestorben war.

Bis zum Nachmittag würde er hoffentlich auch schon die ersten Ergebnisse der Obduktion vorliegen haben.

* * *

Das Haus lag still in der Sonne dieses Tages Anfang Mai. Im Vorgarten knospten sorgfältig beschnittene und ausladende Rosenbüsche, in den Zweigen einer Baumgruppe sang eine Amsel. Es war jedoch eine trügerische Idylle, denn Jürgen Riedlinger und seine Mitarbeiterin Regina Müller wussten, dass hinter den hellen Mauern des gepflegten Einfamilienhauses große Trauer eingekehrt war.

Riedlinger hatte bewusst die siebenundzwanzigjährige Kriminalanwärterin gebeten, ihn zu den Eltern des Opfers zu begleiten. Obwohl er viel Erfahrung in Gesprächen mit Angehörigen hatte, war eine Frau sensibler, besonders wenn ein Elternpaar das einzige Kind durch ein schreckliches Verbrechen verloren hatte. Vor einer Stunde waren die ersten Ergebnisse aus der Rechtsmedizin eingetroffen: Angeline Schmidt war von hinten erdrosselt worden. Der Pathologe grenzte den Todeszeitpunkt zwischen Mitternacht und zwei Uhr ein. Wie von Riedlinger befürchtet, hatte das über Stunden laufende Wasser viele Spuren vernichtet. Der forensischen Pathologie standen aber noch andere Möglichkeiten zur Verfügung. Riedlinger musste abwarten, denn weitere Untersuchungen und Tests konnten Wochen in Anspruch nehmen.

Nach ihrem Klingeln wurde die Haustür unverzüglich geöffnet.

»Ich habe Sie durchs Fenster gesehen«, sagte Bastian Schmidt.

Seine Augen waren gerötet, sein Haar zerzaust, und er atmete schwer, als er die Beamten hereinbat.

Riedlinger und Regina Müller traten in ein sonnendurchflutetes Wohnzimmer. Durch die Fensterfront ging der Blick in einen quadratischen Garten mit Blumen-, Gemüsebeeten und Obstbäumen. Die Häuser in der Tannstraße waren in den 1960er und 1970er Jahren errichtet, die meisten in den letzten Jahren renoviert oder umgebaut worden.

»Möchten Sie etwas trinken?«, fragte Bastian Schmidt.

»Danke, nein«, erwiderte Jürgen Riedlinger und sah sich um. »Wenn wir uns aber setzen dürften?«

Sie nahmen in einer gemütlichen Sitzgruppe aus hellem Veloursleder Platz, und Regina Müller stellte sich vor. Bastian Schmidt nickte nur, als würden ihn ihre Worte gar nicht erreichen.

»Wie geht es Ihrer Frau?«, fragte Regina einfühlsam.

»Sie schläft. Ich habe unsere Hausärztin gerufen, sie hat ihr eine Spritze gegeben, und die Polizeipsychologin ist jetzt bei ihr. Ich danke Ihnen, dass Sie sofort jemanden geschickt haben, ich weiß nicht, was ich jetzt tun soll, wie mich verhalten …«

»Das ist nur zu verständlich, Herr Schmidt«, erwiderte Regina Müller. »Die Psychologin steht Ihnen so lange zur Verfügung, wie Sie sie benötigen.«

Bastian Schmidt sah Riedlinger fragend an. »Es ist bestimmt nicht nötig, dass Sie mit meiner Frau sprechen, nicht wahr? Ich meine, nicht heute, nicht jetzt …«

»Darf meine Kollegin einen Blick in das Zimmer Ihrer Tochter werfen?«, fragte Jürgen Riedlinger anstelle einer Antwort. »Erlauben Sie, dass wir Laptop und Ähnliches zur Auswertung mitnehmen? Das Handy Ihrer Tochter haben wir in ihrer Sporttasche gefunden. Wir werden es ebenfalls auswerten. Sie haben doch nichts dagegen?«

Herr Schmidt machte eine müde Handbewegung. »Schauen Sie sich ruhig um und nehmen Sie alles mit, was Ihnen notwendig erscheint. Ich hoffe, Sie finden etwas, das Sie zu dem Täter führt.« Nun deutete er zur Treppe. »Angelines Zimmer ist …«, er schluckte schwer, »war das zweite auf der linken Seite im ersten Stock.«

Regina verließ das Wohnzimmer.

Riedlinger nahm das Gespräch wieder auf: »Wenn Sie sich dazu in der Lage fühlen, Herr Schmidt, erzählen Sie mir bitte von Ihrer Tochter. Hatte sie einen Freund, ich meine, einen festen Freund? Mit wem hat sie sich getroffen? Hatte sie mit jemandem Streit? Es ist wichtig, die Adressen aller Freunde und Personen aufzulisten, mit denen Ihre Tochter regelmäßigen Kontakt hatte.«

»Selbstverständlich, Herr Kommissar …«

»Bitte nur Riedlinger, wir werden nicht mit dem Titel angesprochen.«

»Unsere Tochter hatte keinen festen Freund, also … kein Interesse an einer festen Beziehung. Sie hätte dafür gar keine Zeit gehabt, weil sie doch jede freie Minute beim Training war. In Angelines Leben gab es nur die Schule und das Tanzen. Sie war eine gute Schülerin, na ja, bis auf ein, zwei Fächer, aber wir können ja nicht alle in allen Bereichen glänzen. Wir hatten keine Bedenken, dass sie im nächsten Jahr ein gutes Abitur schafft. Nach dem Unterricht hat sie immer ihre Hausaufgaben gemacht und gelernt, dann ging sie zum Training. Zusätzlich ging sie drei- bis viermal in der Woche joggen, um ihre Kondition zu verbessern.«

»Sie hat täglich trainiert?«, hakte Riedlinger nach.

Bastian Schmidt nickte. »Wenn Angeline nicht krank war, eine Erkältung oder so etwas hatte, dann hat es kaum einen Abend gegeben, an dem sie nicht auf der Tanzfläche stand.«

Riedlinger sah auf seinen Zettel, auf dem er sich einige Stichworte aus dem Gespräch mit dem Tanzlehrer notiert hatte.

»Was ist mit dem Tanzpartner Ihrer Tochter? Er und Angeline waren kein Paar?«

»Jens Mauch?« Bastian Schmidt schüttelte den Kopf. »Das war eine rein tänzerische Beziehung. Nun ja, Angeline hat einmal angedeutet, dass Jens anfangs versucht hatte, sich an sie heranzumachen, aber er war überhaupt nicht ihr Typ. Soviel ich weiß, haben sie sich nie außerhalb des Trainings und der Turniere getroffen.«

»Was ist mit Freundinnen, anderen Mädchen in Angelines Alter?«

»Bis vor einigen Monaten war unsere Tochter eng mit einem Mädchen befreundet.«

»War?« Riedlinger hatte deutlich den Unterton in Schmidts Stimme gehört.

»Ja, es war eine typische Mädchenfreundschaft«, erklärte Bastian Schmidt. »Die beiden kannten sich seit der Grundschule und sind später auch gemeinsam auf das Leibniz-Gymnasium gegangen. Bevor Angeline mit Jens Mauch getanzt hat, war sie oft mit Nicola zusammen. Dann jedoch, wie ich bereits gesagt habe, hatte Angeline keine Zeit mehr für Freundschaften außerhalb des Tanzsportes. Mit Jens ist sie in die S-Klasse aufgestiegen, da muss man viel tun, um mit den Besten mithalten zu können.«

Der Begriff S-Klasse war Riedlinger bisher nur in Verbindung mit einem Stuttgarter Autohersteller bekannt, im Moment wollte er diesbezüglich aber nicht nachfragen.

»Nicola und wie weiter?«

»Esposito, ihre Eltern sind die Inhaber der Pizzeria in der Hochturmgasse. ›Da Luigi‹.«

Riedlinger kannte das italienische Restaurant. Er aß dort hin und wieder, auch wenn er einen saftigen Zwiebelrostbraten mit Bratkartoffeln jeder Pizza vorzog.

Regina Müller kehrte ins Wohnzimmer zurück, unter dem Arm trug sie einen Laptop.

»Hat Ihre Tochter ein Tagebuch geführt?«, fragte sie. »In ihrem Zimmer habe ich keines gefunden.«

Schmidt zuckte mit den Schultern. »Keine Ahnung. Wenn, dann machen die jungen Leute das doch irgendwo im Netz. Ich werde meine Frau fragen.«

Riedlinger stand auf, und Bastian Schmidt umklammerte seinen Arm.

»Sie werden ihn doch finden, nicht wahr?«

Riedlinger wünschte, er könnte dem verzweifelten Mann versprechen, dass der Mensch, der seine Tochter getötet hatte, verurteilt werden würde. Das war beim jetzigen Stand der Ermittlungen jedoch unmöglich.

Daher sagte er nur: »Wir tun alles in unserer Macht Stehende, noch sind wir aber ganz am Anfang.«

»Wann können wir Angeline denn … ich meine, wir müssen mit dem Pfarrer sprechen …«

»Wir benachrichtigen Sie, wenn Ihre Tochter freigegeben werden kann«, antwortete Regina Müller.

Bastian Schmidt begleitete die beiden Beamten nicht hinaus, sondern blieb wie gelähmt an der Wohnzimmertür stehen.

Als sie im Auto saßen, wischte sich Riedlinger über die Stirn. »Ich glaube, an solche Gespräche werde ich mich nie gewöhnen.«

»Was für einen Eindruck haben Sie von dem Mann?«, fragte Regina Müller. »Auf mich wirkt er sehr beherrscht, wahrscheinlich muss er jetzt die Nerven behalten, um alles zu regeln, was notwendig ist, und um für seine Frau eine Stütze zu sein. Der Zusammenbruch wird kommen, wenn ihm bewusst wird, dass seine Tochter niemals wieder zur Tür hereinkommen wird.«

Riedlinger sah seine Mitarbeiterin überrascht an.

»Haben Sie nebenbei Psychologie studiert, und ich habe es nicht mitbekommen?«

Sie schmunzelte. »Das ist die Erfahrung, das bleibt in unserem Job nicht aus, und ein gewisses psychologisches Gespür müssen wir alle haben. Von Ihnen, Chef, habe ich gelernt, niemanden, wirklich niemanden, aus dem Kreis der Verdächtigen auszuschließen. Auch nicht die Eltern eines Opfers, gleichgültig, welch verzweifelten Eindruck sie machen.«

»Die Erfahrung zeigt leider auch, dass manchmal eine Fassade, die uns dargeboten wird, Risse hat«, bestätigte Jürgen Riedlinger und seufzte. »Wäre ich eine Frau, würde ich jetzt sagen: Mein Bauchgefühl schließt die Schmidts als Täter aus. Es zählen aber keine Gefühle, sondern nur Fakten und Beweise.« Er deutete auf den Laptop, den Regina auf ihrem Schoß liegen hatte. »Bringen Sie den so schnell wie möglich in die Technik. Die sollen sich sputen, alle Daten auszuwerten. Die heutige Jugend teilt doch jeden Schritt, den sie macht, mit anderen irgendwo im Internet.«

Er startete den Wagen und fuhr die Tannstraße in Richtung der Schramberger Straße entlang.

»Ich würde mir noch gern einen LKW vom Imbiss holen«, sagte er zu seiner Mitarbeiterin. »Möchten Sie auch etwas, Frau Müller?«

»Gern, für mich aber nur eine Butterbrezel«, antwortete sie. »Sobald wir wieder im Büro sind, mache ich uns einen guten Kaffee.«

Riedlinger nickte zufrieden. Er liebte Kaffee und herzhaftes Essen, am liebsten Gerichte, die seine Frau Karin zubereitete. Sein Bauchumfang überschritt zwar die ärztlich empfohlene Grenze um einige Zentimeter, seine Blutwerte und sein Blutdruck waren aber im Normbereich, und er fühlte sich völlig gesund. Gut, er brachte vielleicht ein paar Kilos zu viel auf die Waage, aber er war Mitte fünfzig und fand, dass er keine Figur wie ein Bodybuilder haben musste. Von Diäten hielt er nichts, denn mit leerem Magen konnte er nicht denken, und dieser neue Fall würde seine ganze Konzentration erfordern.

* * *

Zur selben Zeit lief Kriminaloberkommissar Wolfgang Mozer, zwei Stufen auf einmal nehmend, die steile, enge Treppe ins Dachgeschoss eines Hauses in der Metzgergasse hinauf. Das Gebäude war viele Jahrhunderte alt, von außen und innen modernisiert, der Geruch der Vergangenheit hing aber immer noch in den Mauern. Oben angekommen, drückte er auf den Klingelknopf auf der rechten Seite. Hinter ihm erklomm nun auch ein uniformierter Beamter das oberste Stockwerk. Er schwitzte vor Anstrengung, obwohl er mindestens zehn Jahre jünger als Mozer war.

Auf Mozers Klingeln hin regte sich nichts, und er versuchte es erneut. Zusätzlich klopfte er nachdrücklich an die Tür.

»Herr Mauch!«, rief er laut. »Bitte, öffnen Sie!«

»Vielleicht ist er nicht zu Hause«, keuchte sein Kollege und schnappte nach Luft.

Wolfgang Mozer klopfte ein drittes Mal, dann hörten sie endlich Schritte hinter der Tür, und eine Stimme rief deutlich genervt: »Verdammt nochmal, was ist denn los?«

»Kriminalpolizei, bitte öffnen Sie die Tür.«

»Polizei?« Der Schlüssel drehte sich im Schloss, und die Tür wurde einen Spalt geöffnet. Ein dunkelhaariger junger Mann musterte die Männer misstrauisch. »Kann ich Ihren Ausweis sehen?«

Mozer hatte diesen bereits in der Hand, und Jens Mauch öffnete die Tür ganz. Er trug dunkelgrüne Boxershorts, und Mozer sah beinahe neidvoll auf einen nahezu perfekt ausgebildeten Sixpack an seinem unbekleideten Oberkörper. Er selbst war auch gut trainiert und hatte kein Gramm überflüssiges Fett an seinem Körper, mit dem jugendlichen Aussehen seines Gegenübers konnte er es mit seinen sechsundvierzig Jahren natürlich nicht mehr aufnehmen.

»Herr Mauch?«, fragte Wolfang Mozer. »Jens Mauch?«

»Ja, der bin ich. Höchstpersönlich und in voller Schönheit«, antwortete Jens unwillig. »Was wollen Sie denn? Egal, was es ist, ich habe nichts damit zu tun.«

Nun öffnete sich die gegenüberliegende Wohnungstür, und eine zierliche, grauhaarige Frau spähte hinaus. Mit verächtlich geschürzten Lippen sagte sie: »D' Bolizei en onserm Häusle? I han gwisst, dass Se den do«, ihr knochiger Zeigefinger deutete auf Mauch, »bald hole werdet. Arbeided de ganze Dag nix ond hängd dahanna bloß rom.«

»Dürfen wir bitte eintreten?« Mozer ignorierte die Nachbarin. »Es ist wohl besser, wenn nicht das ganze Haus unser Gespräch mit anhört.«

Jens Mauch gab die Tür frei und musterte erst Mozer, dann den uniformierten Beamten kritisch.

Bevor die Tür geschlossen wurde, hörten sie die Nachbarin rufen: »Ond d' Kehrwoch machd er au nie! Scho deswega sollt mr en eischberra. Mir send a aschdändigs ond saubers Haus.«

»Gute Nachbarschaft sieht aber anders aus«, bemerkte Mozer trocken und sah sich in der länglichen Diele um.

Ebenso wie sein Kollege Riedlinger machte er sich gern ein Bild von dem privaten Umfeld der Personen, mit denen sie es zu tun hatten. Linker Hand war eine winzige Küche mit einer kargen Ausstattung, geradeaus führte eine Tür in einen Raum, der zugleich Schlaf- und Wohnzimmer war. Mozer betrat das Zimmer und sah sich um. Das Kissen und die Decke auf dem Bett waren zerwühlt.

Jens Mauch folgte seinem Blick. »Ich habe gepennt, daher habe ich Ihr Klingeln nicht gleich gehört. Darf ich bitte erfahren, was Sie von mir wollen?«

Wolfgang Mozer kommentierte die Tatsache, dass der junge Mann am Nachmittag noch schlief, mit keinem Wort.

Er kam gleich zur Sache und fragte: »Wo waren Sie, nachdem Sie gestern Abend die Tanzschule Liebig verlassen haben?«

»Gestern Abend?«, wiederholte Jens überrascht. »Ich bin nach Hause gefahren, hab noch ein Weilchen im Internet gezockt und mich dann aufs Ohr gehauen. Es war spät, darum schlafe ich gern etwas länger. Etwas dagegen?« Er nahm eine regelrecht provozierende Haltung gegenüber den Beamten ein.

»Kann das jemand bezeugen? Vielleicht Ihre Nachbarin?«

Jens Mauch verschränkte die Arme vor der Brust und trat einen Schritt zurück.

»Hören Sie, wenn es um die alte Sache von damals geht … damit habe ich längst Schluss gemacht. Das ist aus und vorbei, und ich habe mir seitdem nichts mehr zuschulden kommen lassen.«

Der Mann ist also aktenkundig, dachte Mozer. Er würde das später im Büro überprüfen.

Laut sagte er: »Sie wissen es also noch nicht? Hat Sie niemand informiert?«

»Was wissen?«, fragte Jens und griff nach seinem Handy, das auf einer umgedrehten Obstkiste neben seinem Bett lag.

Das Display zeigte mehrere Anrufe, darunter fünf von Harald Liebig.

»Wenn ich penne, schalte ich das Ding auf lautlos, möchte ja schließlich nicht gestört werden«, erklärte er.

»Sie kennen Angeline Schmidt.« Es war eine Feststellung, keine Frage.

Jens' rechte Augenbraue schoss nach oben. »Angeline, klar doch. Geht es um sie? Hat sie was angestellt?« Er grinste und schüttelte den Kopf. »Das kann ich mir nicht vorstellen. Angie ist die Tugendhaftigkeit in Person.«

»Angeline Schmidt wurde heute Morgen tot aufgefunden.«

»Was?« Jens taumelte und griff Halt suchend nach dem Türrahmen. »Sie machen Witze!«

Ernst sah Mozer ihn an. »Wenn es sich um ein Tötungsdelikt handelt, mache ich niemals Scherze.«

»Tötungsdelikt?«, wiederholte Mauch langgezogen und wurde noch blasser. »Sie meinen, Angeline wurde ermordet?«

»Derzeit müssen wir davon ausgehen.«

»Ist es auf dem Heimweg passiert?«, fragte Mauch. »Ich wollte sie nach Hause fahren, sie hat aber darauf bestanden, zu Fuß zu gehen. Hat man sie überfallen? Vielleicht sogar ...? Mein Gott, ich hätte darauf bestehen sollen, sie zu fahren ...« Er schlug die Hände vors Gesicht.

Wolfgang Mozer ließ dies jedoch unbeeindruckt. In seiner Laufbahn hatte er schon viele Täter erlebt, die auf den ersten Blick schockiert wirkten und taten, als wüssten sie von nichts.

»Sie haben sich also in der Tanzschule voneinander getrennt? Bitte schildern Sie, wann und wo Sie Frau Schmidt zum letzten Mal gesehen haben.«

Fahrig wischte Jens sich über die Stirn, bevor er antworten konnte: »Wir haben bis etwa um Mitternacht im Tanzsportzentrum trainiert, das werden Sie aber schon wissen. Angeline wollte dort noch duschen, um ihre Eltern nicht zu wecken, ich bin dann gegangen.«

»War sonst noch jemand in der Tanzschule?«

»Nein, warum sollte jemand um diese Zeit noch dort sein? Harald Liebig war schon länger fort. Meistens waren Angeline und ich donnerstags immer die Letzten.«

»Ich muss Sie bitten, uns in die Direktion zu begleiten«, sagte Mozer. »Bitte ziehen Sie sich an.«

»Bin ich etwa verhaftet?« Jens Mauch starrte Mozer entsetzt an. »Was ist eigentlich passiert? Wie ist Angeline gestorben und wo?«

»Das werden Sie alles noch erfahren«, antwortete Mozer ruhig. »Im Moment scheint es, dass Sie der Letzte gewesen sind, der Angeline lebend gesehen hat.«

»Falsch, Herr Kommissar«, belehrte Jens ihn. »Der Letzte war der Mörder, und das bin ich auf keinen Fall.«

Mozer ging auf seine Bemerkung nicht ein, wandte sich zum Ausgang und sagte: »Bitte beeilen Sie sich. Wir warten vor der Tür.«

Die kleine Wohnung lag im dritten Stock, es bestand also nicht die Gefahr, dass Mauch versuchen könnte, durch ein Fenster zu flüchten. Sicherheitshalber hatte Wolfgang Mozer aber einen zweiten Beamten an der Rückseite des Hauses positioniert.

Natürlich spähte die Nachbarin wieder durch den Türspalt, als Mozer den Hausflur betrat.

»Was hot er verbrocha?«

Wolfgang Mozer war geneigt, der naseweisen Dame zu sagen, sie möge sich um ihre eigenen Angelegenheiten kümmern, besann sich jedoch und fragte freundlich: »Haben Sie gesehen oder gehört, wann Herr Mauch letzte Nacht nach Hause gekommen ist?«

Für einen Moment war die Frau verwirrt. Mit vor der Brust verschränkten Armen lehnte sie am Türpfosten, im Blick Sensationslust.

»Brauchd'r an Alibi?«

»Beantworten Sie bitte einfach nur meine Frage, Frau …«, Mozer sah auf das Klingelschild, »… Bäuerle. Haben Sie Herrn Mauch kurz nach Mitternacht nach Hause kommen sehen?«

»Sagen Sie jetzt bloß nichts Falsches, Sie alte Hexe! Sie stehen doch immer hinter der Tür, um ja nichts zu verpassen.«

»Herr Mauch, ich muss doch sehr bitten!«, wies Mozer den jungen Mann zurecht. »An einer Anzeige wegen Beleidigung dürften Sie sicher nicht interessiert sein, oder? Frau Bäuerle, haben Sie Herrn Mauch in der letzten Nacht gesehen?«

Mauch presste die Lippen zu einem schmalen Strich, und die Nachbarin antwortete: »Middernachd, saget Sie? Ach Herrgodd, da schlafet anschdändige Mensche längschd. Jedenfalls sotte, die am nächschde Morga ufschdeha ond schaffe gange müsset.«

»Die arbeitet schon lange nichts mehr«, murmelte Mauch so leise, dass nur Mozer ihn verstehen konnte. »Aber jeden Morgen ab sieben Uhr putzt sie das Treppenhaus.«

Wolfgang Mozer verkniff sich ein Grinsen, das wäre unangebracht gewesen.

Neugierige Nachbarn waren jedoch manchmal recht hilfreich. Im Moment lagen gegen Jens Mauch zwar keine Verdachtsmomente vor, es wäre aber vorteilhaft, wenn er für die Tatzeit ein Alibi würde vorweisen können. Nach den wenigen Minuten konnte Mozer den jungen Mann noch nicht einschätzen. Mauchs Fassungslosigkeit bei der Nachricht des Todes seiner Tanzpartnerin hatte echt und überzeugend gewirkt, vielleicht war er aber ein guter Schauspieler. Im Büro würden er und Riedlinger mit ihm sprechen, denn bisher wies alles darauf hin, dass Angeline Schmidt kurz, nachdem Mauch die Tanzschule verlassen hatte, erdrosselt worden war.

3

»Ist ja gut, ich komme ja schon!«

Jemand hielt den Finger auf der Türklingel, die laut und durchdringend durch das Haus schrillte. Auf bloßen Sohlen lief Harald Liebig die Treppe hinunter und öffnete die Tür.

»Du? Was willst du denn hier? Weißt du, wie spät es ist?«

»Das ist jetzt wohl gleichgültig«, erwiderte der untersetzte, ältere Mann mit den schütteren Haaren und drängte sich an Harald Liebig vorbei ins Haus. »Hast du schon geschlafen?« Er deutete auf Liebigs bedruckten Baumwollpyjama.

»Ich war eben im Begriff, Selbiges zu tun«, antwortete Liebig hochtrabend und folgte dem späten Besucher ins Wohnzimmer, der sich verhielt, als wäre es sein Haus. »Mit dir habe ich nun wirklich nicht gerechnet, Norbert. Jedenfalls nicht heute Nacht. Hätte das nicht Zeit bis morgen gehabt?«

Norbert Küttner fuhr zu ihm herum, seine Augen funkelten, und seine Kiefermuskeln zuckten.

»Bis morgen?«, blaffte er und runzelte die Stirn. »Bei einer solchen Angelegenheit dürfen wir keine Stunde verschenken. So ein verdammter Mist aber auch!« Er deutete auf die Schrankwand, in der sich die Hausbar befand, wie er nur zu gut wusste. »Ich brauche einen Drink. Du hast bestimmt etwas Starkes im Haus, nicht wahr?«

Liebig runzelte die Stirn. »Ich weiß nicht … Du musst doch noch fahren …«

»Ach was.« Küttner unterbrach ihn mit einer wedelnden Handbewegung. »Ich bleibe heute Nacht in deinem Gästezimmer, wäre ja nicht das erste Mal. Außerdem haben wir viel zu besprechen, ich glaube kaum, dass wir ein Auge zutun werden.«

Harald Liebig gab nach, nahm aus dem Schrankfach eine Flasche besten schottischen Single Malts und aus der Vitrine zwei Gläser. Auch er konnte jetzt einen Schluck gebrauchen.

Am Nachmittag hatte er Norbert Küttner, einen der Landestrainer Baden-Württembergs, angerufen und ihm von Angelines Tod berichtet. Küttner hatte in einer wichtigen Besprechung gesteckt, die bis in den Abend hinein gedauert hatte. Danach hatte er sich von Pforzheim sofort auf den Weg nach Rottweil gemacht.

Während Liebig an seinem Malt nur nippte und die goldbraune Flüssigkeit langsam im Mund zergehen ließ, um den Geschmack nach Torf und einer leichten Vanillenote zu genießen, kippte Küttner seinen Whisky mit einem Schluck hinunter. Er wartete nicht, bis Liebig sein Glas wieder füllte, sondern bediente sich selbst aus der Flasche. Verhalten knirschte Liebig mit den Zähnen. Er war gastfreundlich und gönnte seinen Freunden durchaus einen guten Schluck, dieser Whisky war aber zu teuer, um ihn wie Wasser hinunterzuschütten.

Nach dem zweiten Glas zeigte der Alkohol Wirkung, und Küttner wurde ruhiger.

»Wo ist Carmen?«, fragte er.

»Sie hat eine Schlaftablette genommen«, antwortete Liebig. »Die ganze Sache hat sie natürlich sehr mitgenommen. Du weißt, wie schwach ihr Nervenkostüm ist.«

»Du meinst wohl ihre Depressionen«, erwiderte Küttner mit einem wissenden Lächeln. »Ich bin aber nicht gekommen, um über den Gesundheitszustand deiner Frau zu sprechen, Harald. Was machen wir jetzt?«

Liebig zuckte mit den Schultern und drehte sein noch fast volles Glas unschlüssig in den Händen.

»Ich hoffe, der Täter wird bald gefunden und …«

»Das meinte ich nicht«, unterbrach Küttner ihn scharf. »In drei Wochen ist die Deutsche Meisterschaft, und Angeline und Jens hätten den Pott geholt. So eine Scheiße aber auch, dass das ausgerechnet jetzt passieren musste.«

»Nun ja, die beiden sind … waren schon sehr gut, und hier im Ländle ungeschlagen, aber Bukova und Friedmann haben durchaus eine Chance auf den Sieg.«

Chiril Bukova und Larissa Friedmann waren ein junges Tanzpaar aus der Kölner Gegend und die stärksten Konkurrenten für Jens und Angeline. Bundesweit und bei internationalen Turnieren hatte je nach Tagesform mal das eine Paar, mal das andere die Nase vorn gehabt.

Küttner grinste wissend und meinte: »Sie hätten den Titel geholt, dafür hätte ich gesorgt, Harald! Niemand hätte an ihrem Sieg gezweifelt, da die beiden den Heimvorteil gehabt hätten.«

Harald nickte stumm, er kannte Norbert Küttner lange genug und wusste über seine erstklassigen Kontakte in ganz Deutschland und darüber hinaus Bescheid. Ähnlich wie Eiskunstlauf war auch Tanzen eine subjektiv zu bewertende Sportart. Natürlich mussten Takt, Musikalität, Bewegungsabläufe, Choreografien und die tänzerische Qualität stimmen – wenn zwei Paare sich jedoch auf dem gleichen Level bewegten, dann entschied am Ende auch die persönliche Vorliebe der einzelnen Wertungsrichter über Sieg oder Niederlage. Da war es nicht nur schwer, sondern nahezu unmöglich, einem Wertungsrichter zu unterstellen, er hätte parteiisch die Platzierungen vergeben. Über zwanzig Jahre hatten Harald Liebig und seine Frau Carmen dieser glitzernden Welt angehört. Auf der ganzen Welt hatten sie Turniere getanzt, die letzten fünf Jahre ihrer aktiven Zeit bei den Professionals. Er kannte sich nicht nur mit dem Tanzen aus, sondern auch mit der Politik, die, wie in jeder Leistungssportart, auch hier eine nicht unwesentliche Rolle spielte. Wer kennt wen, warum und wieso – dies war nicht selten das Zünglein an der Waage für ein gutes Endergebnis.

»Mauch ist spitze«, riss Küttner ihn aus seinen Gedanken. »Mit täglichem Training könnte er eine talentierte junge Dame in drei Wochen so weit bringen, dass …«

Liebig unterbrach ihn schockiert: »Du meinst, Jens Mauch soll mit einer anderen Dame bei der Meisterschaft starten? Das ist verrückt und pietätlos, Norbert! Angeline ist noch nicht einmal beerdigt!«

»Wenn sich Mauch in eine Ecke setzt und Trübsal bläst, macht das Angeline auch nicht wieder lebendig«, erwiderte Küttner kalt und sah Liebig entschlossen an. »Wir investieren eine Menge Geld, um die Meisterschaft hier in Rottweil auszurichten, und du weißt, dass der Verband bei der Vergabe zuerst nicht begeistert davon war. Rottweil war denen zu klein, zu provinziell und zu weit im Süden von Deutschland. Beim DTV habe ich mir den Mund fusselig geredet, dass dein Club das Turnier bekommt, immerhin stand als zweiter Bewerber Braunschweig zur Diskussion. Jetzt lasse ich mir das nicht kaputtmachen, indem kein TBW-Paar den Pokal holt. Also, Harry, was ist: Hast du ein Mädchen in deinem Team, das in Frage kommt?«

Liebig hasste es, wenn er Harry genannt wurde, das erinnerte ihn zu sehr an seine Schulzeit, als er von den anderen gehänselt und als Schwuchtel bezeichnet worden war, weil er seine Freizeit lieber auf dem Tanzparkett als auf dem Bolzplatz verbrachte. Trotzdem konnte er Küttners Vorschlag nicht völlig von der Hand weisen.

»Evalina …«, sagte er leise. »Wenn es eine schaffen würde, sich in kurzer Zeit auf einen neuen Partner einzustellen, dann sie.«

Küttner pfiff durch die Zähne und schlug sich mit der flachen Hand gegen die Stirn.

»Warum bin ich nicht selbst darauf gekommen?« Er lachte gackernd. »Sie ist achtzehn, nicht wahr?« Liebig bestätigte das mit einem Nicken. »Und Mauch ist älter, also können die beiden problemlos in der Hauptgruppe starten. Ich werde die Ausstellung der ID-Karte gleich morgen veranlassen.«

»Was ist mit Marco Scheuerle?«, gab Liebig zu bedenken. »Evalina und Marco harmonieren bestens und …«

»Papperlapapp!« Küttner wischte den Einwand mit einer ungeduldigen Handbewegung beiseite. »Du weißt, dass die Litauerin ein Ausnahmetalent ist. Als sie vor einem halben Jahr nach Deutschland kam, war Marco gerade frei, aber seien wir doch mal ehrlich: Evalinas Talent ist bei ihm völlig verschwendet. Noch drei, vier Monate Training, und sie lässt Scheuerle im Regen stehen.« Er klatschte sich zufrieden auf die Schenkel. »Ist sie da? Dann sollten wir es ihr gleich sagen.«

»Gemach, gemach, Norbert!« Liebig hob abwehrend die Hände. »Es ist mitten in der Nacht, ich möchte sie jetzt nicht wecken. Es wundert mich ohnehin, dass sie vorhin nicht aufgewacht ist bei dem Lärm, den du veranstaltet hast. Wenn du meinst, dass sie und Mauch es miteinander probieren sollen, dann spreche ich gleich morgen früh mit ihr.«

»Na, also, geht doch.«

Küttner griff nach der Flasche und schenkte sich erneut ein. Es war bereits der vierte Whisky, man merkte ihm den Alkohol jedoch nicht an, was darauf schließen ließ, dass er gerne und viel trank.

»Da gibt es nur ein Problem, Norbert«, wandte Liebig ein. »Evalina kann Jens nicht ausstehen. Wenn die beiden zusammen in einem Raum trainieren, zicken sie sich an, dass die Fetzen fliegen.«

»Die beiden sollen nicht heiraten, sondern den Titel für deinen Club und für Baden-Württemberg holen«, konterte Küttner und runzelte seine spärlichen, hellblonden Brauen. »Was kann einer Newcomerin Besseres passieren, als Deutsche Meisterin der Kombination zu werden? Sie soll ihren Mund halten und ihren Arsch bewegen. Außerdem ist sie dermaßen hübsch, das allein macht einiges wett.«

»Ja, das kann man nicht leugnen.«

»Na also, dann sind wir uns ja einig. Du sprichst morgen mit den beiden und machst die Sache klar.« Küttner leerte sein Glas und stand auf. »Ich hau mich jetzt aufs Ohr.«

»Äh ... Norbert, da gibt es noch ein Problem«, sagte Harald. »Die Polizei hat die Tanzschule versiegelt, vorerst ist kein Training möglich. Erst müssen alle Spuren gesichert werden.«

»Wie lange dauert das?«

»Keine Ahnung, darüber hat der Beamte mir nichts sagen können.«

Küttner seufzte. »Das können wir uns nicht gefallen lassen, Mauch und Evalina müssen unverzüglich mit dem Training beginnen. Wer bei den Bullen ist dafür zuständig?«

»Ein gewisser Kriminalhauptkommissar Riedlinger hat die Anweisung gegeben«, antwortete Liebig.

Er erinnerte sich an die unangenehme Befragung am Mittag, die ihm mehr wie ein Verhör vorgekommen war, auch wenn Riedlinger ihm versichert hatte, er wäre lediglich ein wichtiger Zeuge.

»Dann werde ich mir den Herrn morgen mal vorknöpfen.« Küttner gähnte ausgiebig und ohne sich die Hand vor den Mund zu halten. »Na ja, erst drei, da bleiben ja noch ein paar Stunden, um eine Mütze Schlaf zu bekommen. Kaffee um acht, ist das okay? Und nur ein weiches Ei und eine Scheibe Toast, ich frühstücke morgens nicht viel.«

Liebig nickte und sah Küttner nach. Seit über zwanzig Jahren war der Mann Landestrainer, und schon zu der Zeit, als Küttner ihn und Carmen trainiert hatte, war Liebig nicht in der Lage gewesen, sich gegen seine bestimmende, oft herrschsüchtige Art durchzusetzen. Für Norbert Küttner zählte nur eine Meinung: seine eigene. Sein Wissen über den Tanzsport und seine Trainingsmethoden waren jedoch großartig, und alle Paare rissen sich darum, in den Kader aufgenommen und von Küttner trainiert zu werden. Auch von außerhalb des Ländles kamen Paare nach Pforzheim, um bei Norbert Küttner Privatstunden zu nehmen.

Nachdem Liebig die Tanzschule eröffnet und den Tanzsportclub gegründet hatte, war er von Küttner mehr oder weniger abhängig geworden. Für Trainer und Turnierpaare war es unmöglich, ohne das Wohlwollen der Landestrainer einen Fuß auf den Boden zu bekommen und in diesem Sport dauerhaft zu bestehen. Liebig war dennoch weit davon entfernt, Küttner als seinen Freund zu bezeichnen. Er hatte sich aber an ihn und seine Art gewöhnt, und er brauchte ihn. Außerdem – so schlecht war sein Vorschlag nicht, Jens Mauch mit einer neuen Partnerin zur Meisterschaft zu schicken.

Wenn sie siegen würden, dann wäre das der erste überregionale Meistertitel für den 1. TSC Rottweil und würde ihm, Liebig, jede Menge Promotion für den Club und für die Tanzschule einbringen.

Evalina war eine hervorragende Tänzerin. In Litauen hatte sie in der Jugendklasse mehrere nationale Meistertitel geholt, auch international waren sie und ihr früherer Partner immer im vorderen Feld gewesen.

Nachdem Küttner sich in das Gästezimmer im Gartengeschoss zurückgezogen hatte, stieg Liebig die Treppe hinauf und betrat das Zimmer auf der rechten Seite. Vorsichtig, um seine Frau nicht zu wecken, setzte er sich auf die Bettkante. Carmen lag auf der linken Seite, ihren Kopf in der Armbeuge, und atmete regelmäßig. Sanft strich er ihr eine rötliche Haarlocke aus der Stirn.

»Schlaf gut, es ist alles in Ordnung«, flüsterte er verhalten.

Küttner war mit seiner Bemerkung, Carmen habe Depressionen, auf dem Holzweg. Jedenfalls litt sie nicht an der klassischen Form einer Depression oder eines Burnouts. Eigentlich wusste niemand, wo genau ihr Problem lag. Wahrscheinlich waren es die ersten Anzeichen der Wechseljahre, auch wenn Harald gedacht hatte, dass Carmen mit sechsundvierzig Jahren, und somit zwei Jahre jünger als er selbst, für das Klimakterium noch zu jung war. Ihre Ärztin hatte aber bestätigt, dass es durchaus im Normbereich läge, ebenso wie die damit einhergehenden Stimmungsschwankungen. Es lag aber auf der Hand, dass Carmen nicht damit zurechtkam zu altern. Obwohl sie ständig Diäten machte und Sport trieb, hatte Carmen im letzten Jahr an Gewicht zugelegt. Ihre grauen Haare färbte sie seit langem, investierte viel Geld in Kosmetika und vor ein paar Wochen hatte Liebig den Prospekt einer Klinik für plastische Chirurgie gefunden. Er hatte seiner Frau gesagt, sie hätten dafür kein Geld, woraufhin sich Carmen tagelang in ihr Zimmer eingeschlossen und kein Wort mehr mit ihm gesprochen hatte.

Ebenso leise, wie er gekommen war, verließ er das Zimmer seiner Frau. Sie schliefen schon seit Jahren getrennt, hauptsächlich aus dem Grund, weil Liebig meistens erst nach Mitternacht aus der Tanzschule nach Hause kam. Auf dem Treppenabsatz zum Dachgeschoss zögerte er, hatte einen Fuß bereits auf der ersten Stufe, wandte sich dann aber um und ging in sein Zimmer am Ende des Flures. Schlaf fand er in den restlichen Nachtstunden keinen mehr.

* * *

Auch die Nacht von Kriminalhauptkommissar Riedlinger und Kriminaloberkommissar Mozer war kurz gewesen. Bereits um sechs Uhr holte Wolfgang Mozer seinen Kollegen ab. Um zehn Uhr war eine Besprechung im Dezernat angesetzt, zuvor wollten sie in die Rechtsmedizin nach Tübingen fahren und nicht auf den schriftlichen Bericht warten. Während der Fahrt über die B 27 in Richtung Tübingen fassten Riedlinger und Mozer die bisherigen Erkenntnisse zusammen.

»Vor vier Jahren wurde Jens Mauch wegen Einbruchsdiebstahl zu drei Monaten Jugendstrafe verurteilt«, berichtete Wolfgang Mozer. »Zuvor war er mehrmals durch Handtaschenraub und Internetbetrug auffällig geworden, erhielt aber jeweils nur Verwarnungen. Seit Verbüßung der letzten Strafe hat er sich nichts mehr zuschulden kommen lassen. Er hat keinen Schulabschluss, ist arbeitslos und hält sich mit Hartz IV und gelegentlichen kleinen Jobs über Wasser. Vater unbekannt, seit Jahren keinen Kontakt zu seiner Mutter oder zu sonstigen Verwandten. Mauchs PC wird ausgewertet, ob er tatsächlich, wie er behauptet, von kurz nach Mitternacht bis vier Uhr im Internet gesurft hat. Heutzutage hinterlässt jeder seine Spuren im Netz.«

»Damit hätte Mauch ein Alibi«, stellte Riedlinger fest, runzelte die Stirn und deutete mit einer Hand durch die

Frontscheibe. »Ich weiß nicht, wie es dir geht, Motzi, aber ich werde mich an diesen Anblick wohl nie gewöhnen können.«

Sie fuhren die Balinger Straße hinauf und damit dicht an dem Bauwerk vorbei, das seit Monaten die Rottweiler Bevölkerung in zwei Lager spaltete. Der Testturm der Aufzugsfirma Thyssen-Krupp stand kurz vor seiner Vollendung und ragte mit über zweihundert Metern in die Höhe. Ein Monstrum aus Beton, wie Jürgen Riedlinger meinte, der offen zu seiner Meinung stand, Rottweils historisches Stadtbild werde nachhaltig verschandelt.

»Manche sind der Meinung, der Turm ist das neue Wahrzeichen unserer Stadt«, gab Mozer zu bedenken, dem der Anblick ebenfalls missfiel. Er sah aber ein, dass man sich dem Fortschritt nicht widersetzen durfte.

»Wir haben den Hochturm, den Turm der Kapellenkirche und, nicht zu vergessen, unseren schiefen Turm des Heilig-Kreuz-Münsters«, erwiderte Riedlinger. »Wahrzeichen genug für unsere schöne, alte Stadt.«

»Die öffentliche Besucherplattform auf dem Testturm wird die höchste ihrer Art in ganz Deutschland werden«, erwiderte Mozer. »Ein weiterer Pluspunkt für Rottweil.«

Gespräche dieser Art hatten die beiden Kommissare schon häufig geführt, und Riedlinger schloss mit den Worten: »Wenn man früher aus Richtung Neukirch auf Rottweil zugefahren ist, dann hat man nicht nur die Türme, sondern auch die alte Stadtmauer und die Lorenzkapelle gesehen. Jetzt sticht dieser furchtbare Turm als Erstes ins Auge.« Von der Seite zwinkerte er Mozer zu. »Jetzt aber zurück zu unserem Fall. Ich bin gespannt, ob unser guter Kunstfeld etwas gefunden hat, das uns weiterhelfen wird.«

»Was der Tanzlehrer zu sagen hatte, hat leider nicht viel gebracht«, erklärte Wolfgang Mozer. »Er hat zwar kein Alibi für nach elf Uhr, allerdings auch kein Motiv, eines seiner besten Pferde im Stall zu töten.«

Riedlinger runzelte die Stirn. »Seiner besten Pferde im Stall?«

Mozer nickte. »Ich habe nur Liebigs Bemerkung zitiert, Riedl. Angeline Schmidt scheint eine sehr gute Tänzerin gewesen zu sein, und mit einem Sieg bei der Deutschen Meisterschaft wären die Lorbeeren auch Liebig und dem Verein, dessen Vorsitzender er ist, zugefallen.«

»Das ganze Herumgehopse ist doch nur ein Freizeitspaß«, wandte Riedlinger ein.

Mozer lachte laut. »Tanzen ist Hochleistungssport, mein Lieber«, sagte er belehrend. »Ich weiß, du hältst von Sport im Allgemeinen und vom Tanzen im Speziellen weniger als nichts, ich habe mich gestern Abend im Internet aber noch kundig gemacht. Wusstest du, dass zwei Minuten Quickstep auf Turnierniveau der körperlichen Leistungsfähigkeit und Anstrengung eines Zweihundertmeterlaufes in der Leichtathletik entsprechen?«

»Nein, ich weiß nicht einmal, was so ein Quickdingsbums überhaupt ist.«

Wolfgang Mozers Grinsen ging bis zu seinen Ohren. »Tja, dann wirst du bei diesem Fall deinen Horizont wesentlich erweitern müssen, und wer weiß, vielleicht ringst du dich auch mal zu einem Tanzkurs durch. Es gibt tolle Angebote auch für etwas ältere Herrschaften.«

»Niemals!«

Plänkeleien dieser Art zwischen Riedlinger und Mozer waren an der Tagesordnung. Sie waren mehr Freunde als Kollegen, obwohl sie nicht gegensätzlicher hätten sein können. Wolfgang Mozer war überzeugter Vegetarier und liebte jede Art von Bewegung, wohingegen Jürgen Riedlinger, der es gern gemütlich mochte, Sport lediglich vor dem Fernseher verfolgte und zu einem deftigen Steak nie nein sagte. Auf den ersten Blick erschien Riedlinger etwas träge, was von Vorteil war, denn er wurde häufig unterschätzt. Seine Stärke lag in seinem scharfen Verstand und einer überdurchschnittlichen Kombinationsgabe. Mutmaßliche Täter wog er gern in dem Glauben, ihr perfides Spiel noch nicht durchschaut zu haben, und schlug dann bei der richtigen Gelegenheit zu. Mozer hingegen sprach offen aus, was er dachte, wirkte manchmal etwas unsensibel, sein Denkvermögen stand dem seines Kollegen aber in nichts nach. Die beiden Kommissare akzeptierten sich gegenseitig so, wie sie waren, und ergänzten sich perfekt.

* * *

Ihre Schritte hallten auf dem gefliesten Boden der Räume der Rechtsmedizin wider. Es roch beißend nach Desinfektionsmitteln und auch irgendwie nach Tod.

»An diesen Geruch werde ich mich niemals gewöhnen«, bemerkte Riedlinger mit gerümpfter Nase. »Wie kann man hier nur tagein, tagaus arbeiten?«

»Dann lass dich doch ins Dezernat für Wirtschaftskriminalität versetzen. Da riecht es dann nach Wirtschaft.«

»Hä?«

»Ein kleines Wortspiel, Riedl.«

Mozer schmunzelte, und Riedlinger schlug ihm freundschaftlich auf die Schulter. Wenn sie unter sich waren, dann sprachen sie sich oft mit ihren Spitznamen an, die beiden seit ihrer Schulzeit anhafteten.

Im Büro des forensischen Rechtsmediziners erwartete die beiden Kommissare eine Überraschung. Ein hagerer, dunkelhaariger, jüngerer Mann erhob sich hinter dem Schreibtisch und kam ihnen entgegen.

»Herr Riedlinger, Herr Mozer, nicht wahr? Ihr Besuch wurde mir bereits angekündigt.«

»Guten Morgen«, sagte Jürgen Riedlinger und musterte den Mann. Er konnte sich nicht erinnern, ihm zuvor schon einmal begegnet zu sein. »Verzeihen Sie bitte, aber …«

»Ich bin Doktor Nastasi, Antonio Nastasi«, antwortete der Mann schnell. »Ich glaube, wir kennen uns noch nicht. Ich bin erst seit knapp vier Wochen an diesem Institut, seitdem haben Sie uns aus Rottweil kein Arbeitsmaterial überwiesen.«

Unwillkürlich musste Riedlinger wegen dieser Ausdrucksweise grinsen, und Wolfgang Mozer fragte: »Nastasi? Das klingt italienisch.«

Der Arzt nickte. »Aber in Sulz geboren und aufgewachsen, Studium in Heidelberg und Göttingen, drei Jahre Erfahrung am Rechtsmedizinischen Institut in Nürnberg, und jetzt hat es mich wieder in meine Heimat gezogen. Ich bin der neue Assistent von Doktor Kunstfeld.«

»Wo ist denn Ihr Chef?« Riedlinger sah sich suchend um.

»Er hat gestern Abend Silberhochzeit gefeiert, darum hat er sich heute freigenommen. Sie können aber beruhigt sein, Herr Riedlinger, wir haben uns bis gestern Nachmittag gemeinsam der Leiche angenommen, und ich verfüge durchaus über die Erfahrung, Ihnen die bisher vorliegenden Ergebnisse mitteilen zu können.«

»Keinesfalls wollte ich Ihre Kompetenz in Frage stellen«, versicherte Riedlinger.

Eigentlich war er ganz froh, mit Dr. Nastasi und nicht mit Dr. Kunstfeld zu sprechen, denn der ältere Rechtsmediziner neigte nicht nur dazu, sich auf Fachchinesisch auszudrücken, sondern seine Informationen darüber hinaus nur häppchenweise preiszugeben – wohl um die Spannung zu erhöhen.

»Zuerst kann ich Ihnen mit neunundneunzigprozentiger Sicherheit mitteilen, dass das Mädchen nicht vergewaltigt worden ist«, sagte Dr. Nastasi. »Hinweise auf ein Sexualdelikt, zum Beispiel Hämatome oder Hautabschürfungen im Intimbereich, sind keine vorhanden.«

Sie traten an einen der Tische. Unter dem weißen Tuch zeichneten sich die Konturen der Toten ab. Antonio Nastasi schlug das Tuch zurück, und Riedlinger schluckte. Angeline Schmidts Haut war zwar grau, trotzdem sah sie aus, als würde sie lediglich tief und fest schlafen.

Der Arzt deutete auf die immer noch deutlich sichtbaren Strangulationsspuren am Hals und erklärte: »Nach ersten Erkenntnissen wurde ihr von hinten ein weiches, breiteres

Tuch oder etwas Ähnliches um den Hals geschlungen und zugezogen. Es muss sich wohl um einen überraschenden Angriff gehandelt haben, wir konnten keine Kampf- oder Abwehrspuren feststellen. Keine Hautpartikel unter den Fingernägeln, obwohl diese recht lang sind.«

Er rollte das Tuch weiter nach unten, hob einen der Arme der Toten und zeigte den Kommissaren die künstlich modellierten Fingernägel.

»Das Wasser …«, begann Wolfgang Mozer, aber Dr. Nastasi unterbrach ihn.

»Wir hätten trotzdem Spuren unter den Nägeln finden müssen, wenn das Opfer den Täter gekratzt hätte. Nein, ich gehe davon aus, dass alles blitzschnell ging und sie zu einer Gegenwehr keine Gelegenheit gehabt hatte.«

»Sie sprachen von einem weichen Tuch?«, fragte Riedlinger.

»Oder eine breite Mullbinde«, antwortete der Arzt. »Ich zeige es Ihnen.«

Er trat zu einem Regal, nahm eine Mullbinde, wickelte sie auf und trat hinter Wolfang Mozer.

»Sie gestatten doch?«

Bevor der Kommissar reagieren konnte, schlang Dr. Nastasi die Binde von hinten um seinen Hals, überkreuzte die Enden und zog diese stramm. Sofort ließ er wieder locker, und Mozers Hand fuhr unwillkürlich zu seiner Kehle.

»Sehr eindrucksvoll«, presste Mozer hervor. Der neue Kollege verfügte über ungewöhnliche, aber durchaus anschauliche Methoden. »Faserspuren?«, fragte er, als er wieder zu Atem gekommen war.

»Tatsächlich haben wir zwei winzige Fasern gefunden, die durchaus von dem Tatwerkzeug stammen könnten«, antwortete Antonio Nastasi. »Weitere Tests sind noch nicht abgeschlossen.«

»Tod durch Ersticken oder durch Genickbruch?«

»Eindeutig Ersticken, und bevor Sie fragen: Das Opfer war klein und zierlich, es war kein großer Kraftaufwand nötig.«

»Das heißt, es käme auch eine Frau als Täterin in Frage«, schlussfolgerte Riedlinger.

»Und sie oder er muss nicht unbedingt größer und kräftiger als das Opfer sein. Wie gesagt, hier wirkte wohl das Überraschungsmoment.« Dr. Nastasi bedeckte den kalten Körper wieder vollständig mit dem Tuch, wofür Riedlinger ihm dankbar war. »Es gibt da aber noch etwas Interessantes, das Sie wissen sollten, meine Herren. Das Mädchen hätte den Leistungssport wahrscheinlich nicht mehr lange ausüben können, eigentlich hätte sie überhaupt nicht tanzen dürfen.«

»Aus welchem Grund? War sie krank?«, fragte Riedlinger überrascht.

Der junge Pathologe nickte ernst. »Ihre rechte Patella ist stark deformiert, allem Anschein nach durch fehlende Ligamenta cruciata genus …«

»Patella und was bitte?«, unterbrach Riedlinger. »Geht das auch auf Deutsch?«

»Patella ist die Kniescheibe, und mit dem anderen meine ich das Kreuzband«, übersetzte Dr. Nastasi. »Ich möchte Ihnen jetzt keinen medizinischen Fachvortrag halten …«

»Wir bitten darum«, bemerkte Wolfgang Mozer trocken.

Der Pathologe fuhr fort: »Das Kreuzband der Toten ist wahrscheinlich schon vor Jahren gerissen. Es wurde nicht operativ ersetzt, was durchaus vertretbar ist, bedankt man das jugendliche Alter des Mädchens. In der Regel wartet man ab, bis ein Patient ausgewachsen ist, und beobachtet die Entwicklung des Gelenks, das auch ohne Kreuzband keine Einschränkungen in der Bewegung zur Folge hat. Allerdings ist von einer extremen Belastung, wie beim Leistungssport üblich, abzuraten. Durch das fehlende Kreuzband werden andere Bereiche geschädigt, im vorliegenden Fall die Kniescheibe, auch war das Gelenk bereits von einer ausgeprägten Arthrose befallen.«

»Arthrose?«, wiederholte Riedlinger verwundert. »In diesem Alter?«

»Durch die Fehlbelastung durchaus möglich«, erwiderte Dr. Nastasi. »Das Mädchen muss beim Tanzen starke Schmerzen gehabt haben. Das erklärt auch die ungewöhnlich hohe Dosis an Tramadol und Triam 40 in ihrem Blut. Letzteres muss ihr erst ein oder zwei Tage vor ihrem Tod injiziert worden sein, die Einstichstelle im Bereich des Kniegelenkes ist noch zu erkennen.« Er sah Riedlingers fragenden Blick und fügte hinzu: »Tramadol ist ein Arzneimittel, das bei starken Schmerzen eingenommen wird. Die Nebenwirkungen sind jedoch beachtlich, daher wird es in der Regel keinem so jungen Menschen verabreicht. Triam 40 ist ein schnell wirkendes Nebennierenrindenhormon …«

»Cortison?«, warf Riedlinger ein.

»Exakt, und zwar eines, das bei Kindern und Jugendlichen nicht angewendet werden sollte, da es keine ausreichenden Erfahrungswerte über die Nebenwirkungen gibt. Triam 40 wird zur Behandlung einer akuten Entzündung eingesetzt, wodurch sich die Beschwerden verringern, Tramadol zur Schmerzbekämpfung. Beide Medikamente haben aber keinen Einfluss auf eine Heilung.«

»Daran besteht kein Zweifel?«, fragte Mozer.

Der Arzt grinste. »Nein, Herr Kollege, bereits im ersten Jahr des Studiums habe ich gelernt, wie man Medikamente im Blut eines Menschen nachweist. Auch bei Toten.«

»Das war nur eine rhetorische Frage, Doktor Nastasi«, sagte Mozer. »Ich nehme an, Tramadol und dieses Cortison sind rezeptpflichtig und nicht jedem frei zugänglich?«

»So ist es«, bestätigte der Arzt. »Und ein Kollege, der einer Minderjährigen dieses Schmerzmittel verschreibt und Cortison ins Knie injiziert, handelt unverantwortlich. Das Mädchen hätte einfach mit dem Tanzen aufhören müssen, dann wäre es im normalen Alltag noch einige Jahre schmerzfrei gewesen. Später hätte man den Schaden dann operativ beheben können. Durch die Unterdrückung des Schmerzes und die extreme Belastung, die beim Tanzen auf das Kniegelenk ausgeübt wird, sind die Deformierung der Patella und die Abnutzung der Knorpel jedoch rasend schnell vorangeschritten. Ich schätze, in zwei, spätestens drei Jahren hätte das Mädchen eine Knieendoprothese benötigt. Ziemlich fatal für einen Menschen in so jungen Jahren.«

»Und von den Ärzten unverantwortlich«, fügte Riedlinger hinzu.

Wolfgang Mozer stellte noch die üblichen Fragen, ob weitere Hinweise auf Alkohol oder Drogen gefunden worden waren, was Dr. Nastasi verneinte.

»Die toxologischen Tests sind noch nicht alle abgeschlossen. Sobald das Endergebnis vorliegt, schickt Kollege Kunstfeld den abschließenden Bericht zu Ihnen nach Rottweil. Ach ja, noch eine Sache, meine Herren: Das Mädchen war keine Jungfrau mehr.«

»Dann hatte sie also einen Freund«, stellte Riedlinger fest.

Der Pathologe schüttelte den Kopf. »Ein fehlendes Hymen weist nicht unbedingt auf Geschlechtsverkehr hin«, erklärte Dr. Nastasi. »Oft reißt das Jungfernhäutchen auch bei sportlicher Aktivität, und das Mädchen war Leistungssportlerin.«

Als sie auf die Straße traten, sagte Wolfgang Mozer: »Glaubst du, die Eltern haben Angeline die Medikamente gegeben, damit sie den Sport durchhalten kann?«

»Es wäre nicht das erste Mal, dass falscher Ehrgeiz Eltern zu einem solchen Verhalten verleitet. Oft wollen sie durch ihre Kinder etwas ausleben, das ihnen selbst verwehrt geblieben ist. Wir werden mit den Schmidts auf jeden Fall noch mal sprechen. Sie haben uns einiges zu erklären.«

* * *

Im Büro erwartete Regina Müller die Kommissare mit der ersten Auswertung von Angelines Laptop und ihres Handys.

»Bisher konnte nichts Auffälliges festgestellt werden«, berichtete die Kriminalanwärterin. »Das Opfer hatte zwar

Profile bei Facebook und bei Twitter, außer Einträgen von Turnierergebnissen ist aber kaum etwas Persönliches zu finden. Der Mailverkehr, der Chatverlauf über WhatsApp und die SMS sind ebenso unauffällig. Für ein Mädchen ihres Alters schien Angeline kaum einen Austausch mit Gleichaltrigen gehabt zu haben.«

»Wann hätte sie das auch machen sollen?«, sagte Riedlinger. »Offenbar hat das Mädchen ihre gesamte Freizeit in der Tanzschule verbracht, und an den Wochenenden auf Wettkämpfen.«

Regina Müller lächelte. »Tja, davon könnte sich so mancher Jugendliche eine Scheibe abschneiden. Die meisten daddeln doch nur noch an ihren Geräten rum, und etwas Sport würde den meisten guttun.«

»Hoffentlich beherzigen Sie das mal bei Ihren eigenen Kindern«, rutschte es Jürgen Riedlinger heraus.

»Zuerst wird geheiratet. Wir machen das in der richtigen Reihenfolge, auch wenn das heutzutage keine große Rolle mehr spielt.«

Interessiert lehnte Wolfgang Mozer sich vor. »Wann dürfen wir denn endlich die Hochzeitsglocken läuten hören?«

Regina Müller schmunzelte. »Noch in diesem Jahr, meine Herren, und keine Sorge, Sie werden rechtzeitig eine Einladung erhalten.«

Das Gespräch wurde jäh unterbrochen, als die Tür aufgerissen wurde. Ein großer, untersetzter Mann stolperte herein. Sein Teint war hochrot, Schweißperlen standen auf der hohen Stirn.

»Wer von Ihnen ist Kommissar Riedlinger?«, blaffte er unfreundlich.

»Vielleicht sollten Sie sich erst einmal vorstellen«, erwiderte Riedlinger ruhig. »Und wie kommen Sie überhaupt hier herauf?«

Der Mann fuchtelte mit beiden Händen, als wolle er lästige Fliegen verscheuchen.

»Man hat mir unten gesagt, dass ich diesen Riedlinger hier antreffe. Sind Sie das?«

»In der Tat«, antwortete Riedlinger und beschloss, sich den Portier zur Brust zu nehmen.

Es war nicht üblich, Fremde ohne Anmeldung einfach in sein Büro zu schicken.

Der Mann baute sich vor ihm auf, stemmte die Hände in die Hüften und rief lauter, als es notwendig gewesen wäre: »Wann geben Sie die Tanzschule wieder frei? Ich fordere, dass der Trainingsbetrieb unverzüglich wieder aufgenommen werden kann!«

»Nun beruhigen Sie sich erst mal.« Mit sanftem Druck schob Wolfgang Mozer den Mann zu einem Stuhl. »Wenn wir jetzt bitte Ihren Namen erfahren dürfen und was Sie mit dieser Angelegenheit zu tun haben.«

»Norbert Küttner«, antwortete dieser. »Ich bin der Landestrainer, und …«

»Was bedeutet Landestrainer?«, unterbrach Riedlinger.

Küttner sah den Kommissar an, als hätte der gefragt, wo er sein Raumschiff geparkt hatte.

»Das heißt genau das, was der Name sagt.« Der Spott in seiner Stimme war unüberhörbar. »In meiner Verantwortung liegt das Wohl aller Tanzpaare Baden-Württembergs. Na ja, von den begabten und erfolgreichen Tänzern natürlich. Es tummeln sich leider viel zu viele Paare auf dem Parkett, die meinen, gute Tänzer zu sein, nur weil sie mal einen Tanzkurs gemacht haben. Gut, es ist eine ziemliche Kacke, was mit Angeline passiert ist, in drei Wochen ist aber die Deutsche Meisterschaft, und ich muss zusehen, dass der Trainingsablauf reibungslos weitergehen kann.«

»Und wir müssen zusehen, den Menschen zu finden, der ein junges Mädchen erdrosselt hat«, erwiderte Riedlinger kühl.

In seinem Beruf durfte man sich nicht von Gefühlen leiten lassen, dieser Mann war ihm jedoch von Herzen unsympathisch.

»Haben Sie zu dem Fall eine Aussage zu machen? Offenbar kannten Sie Angeline Schmidt.«

»Natürlich, sie war im C-Kader, und ich habe sie und ihren Partner regelmäßig trainiert.«

»Interessant«, sagte Riedlinger. »Wo waren Sie in der Nacht von Donnerstag auf Freitag?«

Abwehrend hob Norbert Küttner die Hände. »Sie brauchen es nicht mal in Erwägung zu ziehen, mich zu verdächtigen. Bis weit nach Mitternacht habe ich das Powertraining im Landesleistungszentrum in Pforzheim geleitet. Das können mindestens dreißig Paare bezeugen.«

»Danke, dass Sie uns so bereitwillig Ihr Alibi schildern«, sagte Wolfgang Mozer, der ebenfalls keine Sympathien für Küttner hegte. »Wie war Ihr Verhältnis zu Angeline Schmidt?«

Küttner runzelte die Stirn. »Wir hatten kein *Verhältnis*, Herr Kommissar, versuchen Sie nicht, mir hier etwas zu unterstellen. Angeline und ihr Partner haben zwei, drei Mal im Monat im LLZ trainiert.« Als er das Unverständnis auf Riedlingers Gesicht sah, fügte er erklärend hinzu: »LLZ ist die allgemein übliche Abkürzung für das Landesleistungszentrum. Zu Privatstunden komme ich auch immer wieder nach Rottweil, aber nur, wenn mehrere Paare daran Interesse haben. Sonst lohnt sich der Weg nicht.«

»Erläutern Sie bitte, was wir unter Privatstunden zu verstehen haben«, bat Riedlinger.

Küttner seufzte unverhohlen und musterte den Kommissar aus zusammengekniffenen Augen. »Sie haben vom Tanzsport wohl überhaupt keinen blassen Schimmer, wie? Also, in einer Privatstunde, die auch gern zwei oder mehr Stunden umfassen kann, geht der Trainer individuell auf das Paar ein, erstellt die Programme und Choreographien und kümmert sich um die speziellen Fehler und Unzulänglichkeiten des Paares. Dieses intensive Training ist ungemein wichtig.«

»Ich verstehe, es handelt sich also um ein Einzeltraining«, antwortete Riedlinger. »Hatte Angeline Schmidt einen festen Freund?«

»Woher soll ich das wissen?« Küttner sah Mozer überrascht an. »Ich kümmere mich nicht um das Privatleben meiner Sportler, solange diese die Leistung bringen, die ich von ihnen erwarte. Also, wann kann in der Tanzschule wieder trainiert werden? Die Leiche wurde in der Dusche gefunden, wie ich weiß. Da können die Säle doch wieder freigegeben werden.«

Riedlinger musste sich zwingen, höflich zu antworten. »Wir werden es Herrn Liebig wissen lassen, wenn unsere Untersuchungen des Tatorts beendet sind. Wann das sein wird, ist im Augenblick nicht absehbar. Wenn Ihnen noch etwas einfällt, was für den Fall wichtig sein könnte, lassen Sie es uns bitte wissen.«

Riedlingers Haltung drückte deutlich aus, dass er das Gespräch für beendet hielt.

Sichtlich unzufrieden mit dieser Antwort presste Küttner seine ohnehin schmalen Lippen zu einem Strich.

Nachdem er das Büro verlassen hatte, bemerkte Mozer: »Was für ein unsympathischer Mensch! Vielleicht hat er als Trainer seine Qualitäten, als Mensch möchte ich aber nicht viel mit ihm zu tun haben.«

Ohne dazu aufgefordert zu sein, stellte Regina Müller eine randvolle Kaffeetasse vor Riedlinger auf den Schreibtisch. Der Kaffee war heiß und stark, und Riedlinger sah sie dankbar an.

»Woher wussten Sie?«

Sie lächelte. »Ich kenne Sie schon ein paar Jährchen, Chef. Bei diesem Küttner waren Sie kurz vor dem Platzen, und eine gute Tasse Kaffee hat immer eine beruhigende Wirkung auf Sie.«

»Seltsamerweise«, murmelte Wolfgang Mozer mit einem Seitenblick zu Riedlinger und schmunzelte. »Wenn ich so viel Koffein zu mir nehmen würde, wäre ich längst das HB-Männchen höchstpersönlich.«

»HB-Männchen? Was soll das sein?« Fragend sah Regina Müller von einem zum anderen.

»Um das zu verstehen, sind Sie etwas zu jung, Frau Müller.« Riedlinger sah zur Uhr und nahm die Akte zur Hand. »Dann wollen wir mal zu der Besprechung, Wolfgang. Ich bin gespannt, ob es der Spusi gelungen ist, etwas zu finden.«

4

Eine Aubergine, eine Zucchini, zwei rote Paprika, eine Handvoll Champignons, vier Gelbe Rüben, ein Bund Schnittlauch, ein halbes Kilo Tomaten …

Evalina Adamek verglich ihren Einkaufzettel mit dem Inhalt des Korbes. Sie hatte fast alles auf dem Wochenmarkt gefunden. Nur eines fehlte noch. »Krummbirnen«, murmelte sie und runzelte die Stirn.

So hatte es sich jedenfalls angehört, als Carmen Liebig ihr die Einkaufsliste diktiert hatte.

Evalina sah sich suchend um, ging zu einem der Obststände und bat: »Ich hätte gern zwei Kilo krumme Birnen.«

»Hä, Mädle! Willsch mi verseckle? Meine Birna sen älle grad gwachse.«

Verwirrt sah Evalina den älteren Mann an, denn sie hatte kaum ein Wort verstanden.

Da legte jemand eine Hand auf ihre Schulter. »Das Mädchen meint Grombiera«, sagte Jens Mauch zu dem Verkäufer und erklärte Evalina: »Das sind Kartoffeln.«

»Warum sagt man denn nicht Kartoffeln?« Unwillig verzog sie den Mund. »Ich glaube, euer seltsames Deutsch lerne ich nie.«

Mauch grinste. »Ich finde, du sprichst ganz hervorragend Deutsch, und deinen Akzent finde ich …« Er hatte beinahe süß gesagt, als Mann fand man jedoch nichts süß, das taten nur die Mädchen.

Sie hatte ihn aber auch so verstanden.

Der Verkäufer meinte, er habe keine Kartoffeln im Sortiment, und zeigte auf den Stand, an dem Evalina das andere Gemüse gekauft hatte.

»Danke, Jens. Ich fürchte, ich habe mich ziemlich blamiert, als ich nach krummen Birnen gefragt habe.«

Er grinste.

Sie konnte nicht verhindern, dass er ihr zur gegenüberliegenden Straßenseite folgte und wartete, bis sie einen Sack Kartoffeln gekauft hatte.

Dann deutete er die Obere Hauptstraße hinab auf das Kameleck. »Haste Bock auf einen Kaffee?«

»Warum sollte ich ausgerechnet mit dir Kaffee trinken gehen?«

»Weil sonst niemand da ist, der dich einlädt«, erwiderte er und sah sich gespielt suchend um. »Oder siehst du jemanden, der ein paar Euro springen lassen würde?«

Evalina zögerte, sie mochte Jens Mauch nicht sonderlich, was auf Gegenseitigkeit beruhte. Er hatte jedoch ihren wunden Punkt angesprochen, denn ihr finanzielles Budget war begrenzt und die Aussicht auf einen Cappuccino verlockend. Außerdem hatte heute Morgen Harald Liebig ihr einen Vorschlag unterbreitet, über den sie zumindest nachdenken wollte. So passte es ganz gut, dass sie Jens in der Stadt getroffen hatte, denn Liebig wollte erst mit ihm reden, wenn sie sich entschieden hatte.

Die Einladung zu einem Kaffee machte Evalina Jens etwas sympathischer, vielleicht war er gar nicht so arrogant, wie sie ihn immer eingeschätzt hatte. Das könnte ihr bei der Entscheidung, die sie zu treffen hatte, helfen.

»Okay«, sagte sie deswegen. »Aber nur, wenn du deine Finger bei dir lässt.«

Demonstrativ schob Jens die Hände in die Taschen seiner Jeans. »Das tue ich doch immer.«

Unmittelbar nachdem Evalina nach Rottweil gekommen und im Club mit dem Training begonnen hatte, hatte er versucht, bei ihr zu landen, war aber mehr als einmal abgeblitzt. Dabei war Evalina für Mauch nicht nur als Frau, sondern auch als Tänzerin interessant, denn sie hatte eindeutig mehr drauf als Angeline. Liebig hatte ihr aber diesen Marco besorgt, der ihm, Mauch, nicht das Wasser reichen konnte.

Vor der Bäckerei Storz wurde gerade ein Tisch frei, und Evalina belegte sofort die beiden Stühle. Aus dem Verkaufsraum holte Jens für Evalina eine große Tasse Cappuccino mit viel Milchschaum, für sich selbst eine kalte Cola. Nachdem er durstig getrunken hatte, nestelte er ein Päckchen Zigaretten aus seiner Hosentasche und zündete sich eine an.

»Weiß Harald, dass du rauchst?«, konnte Evalina sich nicht verkneifen zu fragen.

»Nö, wenn du es ihm nicht auf die Nase bindest.«

»Kommt darauf an, was du mir für mein Schweigen anbietest.« In aller Ruhe löffelte sie den Schaum von ihrem Kaffee.

»He, was soll das?« Jens beugte sich gespannt vor. »Willst du mich etwa erpressen? Der Liebig soll den Ball mal schön flach halten, außerdem bin ich gerade eh nicht aktiv.«

»Keine Panik, ich halte die Klappe. Du bist alt genug, um zu wissen, womit du deine Gesundheit ruinierst«, antwortete sie. »Ich denke nur, dass du eine bessere Kondition hättest, wenn du aufs Rauchen verzichten würdest.«

Er lachte und nahm einen langen, genüsslichen Zug. »Bisher hat meine Kondition immer ausgereicht. Ich hab's jedenfalls mehr drauf als Marco, der nach der zweiten Runde schon japst, als wäre er kurz vor dem Abschnappeln.«

Evalina schlug die Augen nieder. Sie hätte wissen müssen, dass Jens wieder auf Marco zu sprechen kommen würde. Die beiden waren wie Hund und Katz, und Evalina würde sich hüten zuzugeben, dass Jens der eindeutig bessere Tänzer war. Das wäre bei seiner Selbstherrlichkeit fast so wie Öl ins Feuer zu gießen.

»Apropos Tanzen«, fuhr Jens fort und deutete auf das Gebäude, in dessen Erdgeschoss sich die Bäckerei Storz befand. »Wusstest du, dass Anfang des 19. Jahrhunderts ein Tanzsaal in dem Haus war?«

Überrascht sah sie auf. »Woher weißt du das?«

»Ich interessiere mich halt für die Stadt, in der ich lebe.«

»Hätte ich nicht erwartet«, gab Evalina zu.

»Tja, ich habe noch so manche Überraschung auf Lager.«

Er zwinkerte ihr zu, zu vertraulich, wie Evalina fand, daher fragte sie: »Geht es dir eigentlich einigermaßen gut?«

»Mir geht es blendend«, antwortete Jens überrascht. »Warum sollte es mir schlecht gehen?«

»Na, wegen Angeline eben.«

»Ach so-o-o.« Er trank sein Glas aus und zündete sich die nächste Zigarette an. »Shit happens.«

»Ist das alles, was du dazu zu sagen hast?« Evalina verbarg nicht ihren Unwillen über seine lockeren Worte. »Wie lange habt ihr zusammen getanzt? Über ein Jahr, nicht wahr? Du machst den Eindruck, als ginge Angies Tod dir völlig am Arsch vorbei.«

Jens merkte, dass er einen Fehler gemacht und die eben gewonnenen Sympathiepunkte bei Evalina wieder verloren hatte.

»Sorry, aber ich kann nicht so gut über Gefühle sprechen. Klaro, ist eine verdammte Scheiße, was passiert ist, und ich hoffe, sie schnappen den Mörder bald.«

»Hast du eine Ahnung, wer das getan haben könnte?«

»Das haben die Bullen mich auch gefragt. Aber nee, keinen Schimmer, ich war es auf keinen Fall.«

»Verdächtigt die Polizei dich etwa?«, fragte Evalina und rückte unwillkürlich mit ihrem Stuhl ein Stück von ihm weg.

Er zog die Augenbrauen zusammen und sagte: »He, du glaubst doch nicht, dass ich Angeline die Luft abgedreht habe? Als ich am Donnerstagabend nach Hause gegangen bin, war sie noch quicklebendig, das schwöre ich bei allem, was mir heilig ist.«

»Dir ist doch nichts heilig!«, entfuhr es Evalina. Sie stand auf und griff nach ihrem Korb. »Ich muss jetzt gehen, Carmen wartet bestimmt schon. Danke für den Kaffee.«

»Gern geschehen!«, rief er ihr nach. »Wir sehen uns im Training!«

»Welches Training?« Sie drehte sich noch mal um. »Die Tanzschule ist dicht, und du hast keine Partnerin mehr. Oder ist da schon jemand Neues am Start?«

»Wer weiß«, antwortete er mit einem vielsagenden Blick.

Evalina fragte sich, ob Norbert Küttner vielleicht doch schon mit Jens gesprochen hatte. Harald hatte ihr aber versprochen, zuerst solle sie sich entscheiden, ob sie mit Jens tanzen wollte.

»Ich weiß, dass du ihn nicht leiden kannst«, hatte Harald beim Frühstück gesagt, »es wäre aber eine große Chance für dich. Ich möchte dich aber nicht unter Druck setzen, das habe ich auch Küttner gesagt. Die Entscheidung liegt ganz allein bei dir.«

Evalina war hin- und hergerissen, denn sie erkannte durchaus Jens' tänzerisches Potenzial und hatte Jens und Angeline immer auch etwas neidisch im Training beobachtet. Angeline konnte ihrem Partner nicht das Wasser reichen – und ihr ohnehin nicht.

Sie schlenderte über den Friedrichsplatz, vorbei an der Predigerkirche, die Bruderschaftsgasse hinauf und den Kriegsdamm entlang. Entgegen ihrer Behauptung gegenüber Jens hatte sie es nicht eilig. Die Einkäufe waren für heute Abend bestimmt, sofern Carmen Liebig sich aufraffen und überhaupt etwas kochen würde. Am Morgen war Carmen ihr ausgesprochen motiviert, beinahe schon aufgekratzt vorgekommen. Voller Elan hatte sie gemeint, sie würde einen Gemüseauflauf zubereiten und sich danach mit Evalina und Harald einen gemütlichen Abend machen.

In den wenigen Monaten, seit Evalina bei den Liebigs wohnte, hatte sie feststellen müssen, dass Carmens Stimmungen wechselhafter waren als das Wetter. Es konnte durchaus sein, dass sie inzwischen wieder im verdunkelten Schlafzimmer lag und ihr Bett für den Rest des Tages nicht mehr verließ. Egal, dann würde eben sie, Evalina, kochen. Ein bisschen Gemüse zusammenzumischen konnte ja wohl nicht so schwer sein.

Während sie nach dem Kreisverkehr in die Predigerstraße einbog, ließ sich Evalina Haralds Vorschlag, sie solle Marco in den Wind schießen und unverzüglich mit Jens Mauch zu trainieren beginnen, erneut durch den Kopf gehen.

»Ihr könnt das in drei Wochen schaffen«, hatte er gemeint. »Küttner sorgt dafür, dass beim DTV alles ratzfatz geht. Auch, dass du und Jens bei der Meisterschaft antretet, obwohl das Paar Mauch/Schmidt qualifiziert und angemeldet ist.«

Für Evalina bestand kein Zweifel, dass der Landestrainer das managen würde. Ein Norbert Küttner bekam immer, was er wollte. Sie und Marco waren in keinem Kader, nahmen aber Privatstunden bei dem Landestrainer, wenn er in Rottweil war. Auch war Küttner ein häufiger Gast bei den Liebigs. Evalina fragte sich, warum Harald sich seine herrische Art gefallen ließ und vor dem älteren Mann wie ein verschrecktes Hündchen kuschte. Nun, es sollte nicht ihr Problem sein. Für sie zählte nur, dass sie tanzen konnte, und wenn mit Jens Mauch der Titel des Deutschen Meisters in greifbare Nähe rückte, dann würde sie sich mit ihm arrangieren. Jens konnte froh sein, dass er sie überhaupt als Partnerin bekam, und sie würde ihre Krallen ausfahren, wenn er ihr dumm käme!

* * *

Sechsundzwanzig Stunden nach Auffinden einer Leiche konkrete Ergebnisse zu erwarten – das war unmöglich, und das sah auch die zuständige Staatsanwältin Dr. Anne Pfeffer ein. Sie war Anfang fünfzig, stammte aus Celle in Niedersachsen und war erst vor einigen Jahren nach Rottweil gekommen. Bevorzugt trug sie klassische, dunkle Hosenanzüge, keinen Schmuck und wirkte auf den ersten Blick mit ihren stets perfekt frisierten, kurzen schwarzen Haaren kühl und streng. Ihre Position erforderte eine gewisse Strenge, aber Riedlinger und Mozer kannten die Staatsanwältin auch ausgelassen und in Feierlaune.

Heute konnte sie ihre Ungeduld nicht verbergen und knipste unablässig mit dem Knöpfchen des Kugelschreibers, was Jürgen Riedlinger ziemlich auf die Nerven ging.

Zur Teambesprechung hatten er, Wolfgang Mozer, Regina Müller, Siegfried Schaum, der Leiter der Spurensicherung, und Franz Diembach von der Kriminaltechnischen Untersuchung sich im Besprechungsraum versammelt. Die Nachricht von dem geschädigten Kniegelenk des Opfers und der Verabreichung der starken Medikamente hatte alle überrascht.

»Nicht selten unterdrücken Sportler ihre Schmerzen, nur um Leistung bringen zu können.« Anne Pfeffer sah in die Runde. »Dass sie damit alles nur noch schlimmer machen, ist den wenigsten bewusst. Bedenklich ist nur, dass bei einer Minderjährigen die Eltern wohl darüber Bescheid gewusst und es gebilligt, wenn nicht sogar unterstützt haben.«

»Wir werden heute Nachmittag mit den Schmidts sprechen«, bestätigte Wolfgang Mozer.

Die Staatsanwältin neigte zustimmend den Kopf und sah dann zu Franz Diembach. »Wie sieht es mit Ihren Ergebnissen aus?«

Diembach zuckte bedauernd mit den Schultern. »Fingerabdrücke gibt es natürlich zahlreiche, auch im Umkleide- und Duschbereich. Kein Wunder bei dem Betrieb, der in einer Tanzschule herrscht. Wir werden so viele wie möglich abgleichen. Es spricht alles dafür, dass der Fundort auch der Tatort ist.«

»Da wir den Täter im Umfeld des Opfers vermuten, werden seine Fingerabdrücke wahrscheinlich in den Räumen zu finden sein«, bemerkte Wolfgang Mozer und seufzte verhalten. »Einen Raub, bei dem Angeline Schmidt zufällig Opfer wurde, können wir wohl ausschließen, Frau Doktor. Es befand sich kein Geld im Büro, der Schreibtisch war unversehrt, und etwas anderes gibt es nicht zu stehlen.«

»Genau, wer bricht schon in eine Tanzschule ein?«, bemerkte Regina Müller. »Auch wenn die Pokale schön glänzen – die sind nur aus billigem Metall und haben lediglich einen ideellen Wert.«

»Die Tür war jedoch nicht verschlossen«, gab Anne Pfeffer zu bedenken. »Das könnte jemand zufällig bemerkt und die Gelegenheit, sich nach Wertsachen umzusehen, genutzt haben. Vielleicht hat er nicht damit gerechnet, jemanden anzutreffen. Nach der Tat könnte er in Panik geraten sein und ist vielleicht deshalb ohne Beute geflohen.«

»Sie erlauben, dass ich Ihnen widerspreche, Frau Doktor?«, sagte Riedlinger. »Nehmen wir an, jemand dringt in die Tanzschule auf der Suche nach etwas Wertvollem ein, sieht, dass noch Licht brennt, und hört das Wasser in der Dusche rauschen …«

»Ich verstehe, was Sie meinen, Herr Riedlinger. Diese Person würde machen, dass sie wegkommt, und nicht in den Umkleidebereich gehen, um das Mädchen zu töten.« Endlich legte Anne Pfeffer den Kugelschreiber zur Seite und stellte fest: »Wir gehen also davon aus, dass Angeline Schmidt gezielt getötet wurde und womöglich ihren Mörder kannte.«

Auch Siegfried Schaum konnte keine verwertbaren Spuren, die einen Hinweis auf den Tathergang oder den Täter geben konnten, vorweisen.

»Im Umkleideraum und im Vorraum der Dusche haben wir jede Menge verwertbares DNA-Material sichern können. In der Dusche selbst jedoch nicht, da war alles nahezu klinisch rein.«

»Wenn auch stundenlang das Wasser läuft«, sagte Jürgen Riedlinger. »Doktor Kunstfeld ist es gelungen, zwei mikroskopisch kleine Baumwollfasern am Hals des Opfers zu sichern. Diese könnten von dem Schal oder einem Halstuch stammen, mit dem das Mädchen erdrosselt wurde. Es ist fast ein Wunder, dass diese Spuren nicht auch von dem Wasser weggespült wurden.«

»Herr Riedlinger, Sie übernehmen die Leitung der Soko«, sagte Anne Pfeffer. »Ich schlage vor, wir nennen sie ›Walzer‹.«

Wolfgang Mozer prustete los, schlug sich aber sofort die Hand vor den Mund. »Entschuldigung, Frau Doktor.«

Anne Pfeffer sah den Kommissar streng an. »Haben Sie einen besseren Vorschlag?«

Den hatte Mozer nicht. Auch jeder andere Tanz eignete sich als Name für die Soko.

»Frau Doktor, ich hätte einen Vorschlag«, sagte Regina Müller beinahe schüchtern.

»Ja?«

»Mein Freund und ich … also wir heiraten im Herbst. Mit allem Drum und Dran, und mein Freund hat vom Tanzen keine Ahnung, daher denke ich, wir könnten doch …«

Riedlinger ahnte, worauf seine Mitarbeiterin hinauswollte, und sagte streng: »Auf keinen Fall, Frau Müller!«

Anne Pfeffer hob die Hand. »Lassen Sie sie aussprechen, Herr Riedlinger. Also, Frau Müller, was schlagen Sie vor?«

Durch die Unterstützung der Staatsanwältin mutiger geworden, sagte Regina schnell: »Klaus, mein Verlobter, und ich wollten ohnehin einen Tanzkurs machen, damit wir uns beim Hochzeitswalzer nicht blamieren. Ich habe mir die Website der Tanzschule angesehen, es werden spezielle Hochzeitskurse angeboten. Und da mich bisher weder Herr Liebig noch sonst jemand von der Tanzschule gesehen hat …«

»Dafür bekommen Sie auf keinen Fall meine Genehmigung!«, unterbrach Riedlinger.

»Was ich in meiner Freizeit mache, bleibt mir überlassen«, konterte die Kriminalanwärterin.

»Jetzt immer mit der Ruhe!«, sagte Anne Pfeffer bestimmt. »Frau Müller, Sie schlagen vor, sich als verdeckte Ermittlerin in der Tanzschule umzusehen? Ich werde darüber nachdenken, oder wollen Sie, Herr Riedlinger, einmal das Tanzbein schwingen und so hinter die Kulissen schauen?«

Beim letzten Satz hatte sie Riedlinger zugezwinkert. Anne Pfeffer wusste, dass er weder tanzen konnte noch wollte. Bei einem Fall im letzten Winter war es beinahe dazu gekommen, dass die Staatsanwältin und der Kommissar zusammen getanzt hätten, was jedoch kein großes Vergnügen für beide gewesen wäre.

»Ab sofort halten Sie sich bei Vernehmungen im Hintergrund«, wies sie Regina Müller an. »Es ist besser, wenn weder Liebig noch Jens Mauch Sie mit der Polizei in Verbindung bringen. Herr Riedlinger, Sie und Herr Mozer stellen Ihr Team zusammen. Nehmen Sie sich so viele Kollegen, wie Sie benötigen. Befragen Sie alle, die mit Angeline Schmidt in Kontakt gestanden sind, ihre Lehrer, ihre Mitschüler und natürlich die Tänzer. Hatte das Mädchen mit jemandem Streit? Gab es vielleicht sogar Feinde?«

Riedlinger nickte. Der normale Ermittlungsapparat lief an, jeder wusste, was nun zu tun war. Kein Mordfall war jedoch Routine, besonders nicht, wenn das Opfer ein junges Mädchen war.

Nachdem sich die Kollegen verabschiedet hatten, kam Riedlinger nochmal auf die Idee seiner Mitarbeiterin zu sprechen.

»Ich halte es für eine Schnapsidee!«

»Du kannst Frau Müller ruhig etwas zutrauen«, bemerkte Mozer. »In den letzten Jahren hat sie mehrmals bewiesen, dass sie ihren Job hervorragend versteht.«

»Ihre hervorragende Arbeit schmälere ich auch nicht, Motzi. Ich halte nur generell nichts von verdeckten Ermittlungen. Es ist einfach zu gefährlich.«

Es kam selten vor, dass die Kollegen uneins waren, in diesem Fall jedoch stand Wolfgang Mozer auf der Seite von Regina Müller.

»Überleg doch mal, Riedl: Wir haben bisher kaum eine verwertbare Spur, noch weniger ein Motiv, warum das Mädchen sterben musste. Ich teile deine Meinung, dass der Täter aus ihrem Umfeld kommen muss, und da Angeline ihre Freizeit ausschließlich in der Tanzschule verbracht hat …«

Er brauchte nicht weiterzusprechen.

»Nun gut, ich gebe mich geschlagen, aber nur, wenn die Staatsanwältin ihr Einverständnis gibt. Und jetzt statte ich den Schmidts noch mal einen Besuch ab.

»Soll ich mitkommen?«, fragte Mozer. »Wir sollen doch niemals allein zu einer Befragung gehen.«

Riedlinger schmunzelte. »Die Dienstbestimmungen, ich weiß. Eine Unterhaltung mit den Eltern des Opfers kann man aber kaum als Befragung bezeichnen. Außerdem spielst du am Samstagnachmittag immer Tennis. Ein wenig Vergnügen muss sein.« Er sah zur Wanduhr. »Du solltest dich beeilen, dein Partner wartet bestimmt schon.«

»Danke, Riedl. Sollte sich aber etwas Neues ergeben, rufst du mich sofort an, ja?«

Riedlinger versprach es seinem Kollegen, nahm dann seine Jacke, und Seite an Seite verließen die Kommissare das Revier.

* * *

»Davon hatten wir keine Ahnung!«

Tanja Schmidt war eine kleine, zierliche Frau mit schulterlangen, hellbraunen Locken und grauen Augen, unter denen dunkle Schatten lagen. Sie wirkte gefasst und versuchte, die Fragen der Beamten zu beantworten.

»Kann es sein, dass Ihnen Ihre Tochter ihre gesundheitlichen Probleme verschwiegen hat?«, fragte Riedlinger.

»Das ist unmöglich, Angeline hätte es uns gesagt, wenn sie Schmerzen gehabt hätte!«

»Dann wussten Sie nicht, dass Ihre Tochter allem Anschein nach regelmäßig Tramadol eingenommen hat und ihr Cortison gespritzt wurde?«

»Cortison?« Tanja Schmidt schien ehrlich überrascht und auch entsetzt zu sein. »Natürlich nicht! Ich hätte es niemals zugelassen, dass mein Kind Cortison bekommt, wenn es nicht unbedingt notwendig ist! Ich wusste nicht einmal, dass sie mit dem Knie wieder Probleme hat!«

»Hatte Ihre Tochter einen Unfall?«

Sie nickte. »Vor etwa fünf Jahren ist sie mit Inline-Skatern gestürzt. Sie hat keine Knieschützer getragen, obwohl mein Mann und ich sie immer darauf hingewiesen hatten. Die Ärzte meinten, es wäre innerlich etwas gerissen. Was genau, weiß ich nicht mehr, ich verstehe die medizinischen Fachausdrücke auch nicht. Auf jeden Fall hieß es, es käme alles wieder von selbst in Ordnung, wir bräuchten nur ein wenig Geduld. Es ist dann auch schnell verheilt. Später hat Angeline nie wieder über Schmerzen im Knie geklagt.« Sie schlug die Hände vors Gesicht und murmelte: »Ich hätte sie doch niemals so viel tanzen lassen, wenn ich eine Ahnung gehabt hätte!«

Jürgen Riedlinger hatte Verständnis für die Frau. Die meisten Mütter wären wohl entsetzt zu erfahren, dass das eigene Kind Schmerzen hatte und diese mit Medikamenten mit erheblichen Nebenwirkungen betäubte.

»Wir müssen mit dem Arzt Ihrer Tochter sprechen, Frau Schmidt.«

»Selbstverständlich.« Sie nahm einen Zettel und einen Kugelschreiber vom Wohnzimmertisch und notierte einen Namen. »Unsere Hausärztin ist Frau Doktor Wörner, ihre Praxis befindet sich in der Eblestraße. Ich rufe sie am Montag an und entbinde sie von der Schweigepflicht, bin aber überzeugt, dass Angeline von ihr keine solche Medikamente erhalten hat, ohne dass mein Mann und ich das gewusst hätten. Wir haben großes Vertrauen zu Frau Doktor Wörner.«

Riedlinger steckte den Zettel in seine Jackentasche.

Bastian Schmidt war am Vormittag zu seinen Eltern in den Schwarzwald gefahren, um ihnen persönlich die schreckliche Nachricht vom Tod ihrer Enkelin mitzuteilen. Seine Mutter war herzkrank, eine solche Nachricht übermittelte man nicht am Telefon. Tanja Schmidt hatte sich aber nicht durchringen können, ihren Mann zu begleiten. Ihre Mutter war vor einigen Jahren gestorben, ihr Vater hatte sich wieder verheiratet und lebte bei Hamburg. Aus den wenigen Sätzen, mit denen Frau Schmidt Riedlinger ihre Familienumstände schilderte, hatte er herausgehört, dass zwischen ihr und ihrem Vater nicht das beste Verhältnis bestand.

Jürgen Riedlinger erinnerte sich an die Bemerkung seiner Kollegin Müller, dass man – gerade am Anfang der Ermittlungen – niemanden aus dem Kreis der Verdächtigen ausschließen dürfe. Er schätzte Angelines Eltern zwar nicht als so ehrgeizig ein, die Gesundheit ihrer Tochter bewusst aufs Spiel gesetzt zu haben, um sportliche Erfolge zu erzielen, im Lauf der Jahre hatte er aber viel zu oft hinter scheinbar heile Welten geblickt, bei denen nichts so war, wie es auf den ersten Blick schien.

»Darf ich mich noch mal im Zimmer Ihrer Tochter umsehen?«, bat Riedlinger. »Meine Kollegin hat das zwar schon getan, ich würde mir aber gern selbst ein Bild von Ihrer Tochter machen.«

Tanja Schmidt deutete mit einer Hand nur stumm nach oben, wandte sich ab und starrte aus dem Fenster.

Es war das typische Zimmer einer Jugendlichen: Bett, Schrank, Wäschekommode, Schreibtisch, davor ein gepolsterter Drehstuhl. Allerdings vermisste Jürgen Riedlinger die obligatorischen Poster von Popstars und Filmschauspielern, stattdessen prangten Bilder von Tanzpaaren an den Wänden. Er trat näher, blinzelte ein paar Mal, bevor er schließlich seine Lesebrille aus der Innentasche seiner Jacke herausnahm. Im letzten Jahr hatte sich seine Weitsichtigkeit deutlich verschlechtert, auch wenn er das nur ungern zugab. Er würde wohl wieder seinen Augenarzt aufsuchen müssen.

»Aber erst, wenn dieser Fall abgeschlossen ist«, murmelte er und betrachtete eine Fotografie, etwa DIN-A4-groß.

Es dauerte einen Moment, bis er in der jungen Frau mit dem braun geschminkten Körper, bekleidet mit einem schwarzsilbernen Kleid, das er als Hauch von Nichts bezeichnen würde, Angeline wiedererkannte. Auf dem Foto trug sie die blonden Haare streng nach hinten gegelt und im

Nacken zu einem Dutt drapiert. Den Scheitel schmückte eine glitzernde Spange, ihre Augen waren dunkel umrandet und die Wimpern derart lang und gebogen, dass sie nicht echt sein konnten. Von den Ohrläppchen baumelten zwei längliche, mit Strass besetzte Ohrringe. Angeline Schmidts Körper war angespannt, jeder einzelne Muskelstrang war deutlich zu erkennen und ihr Gesichtsausdruck entbehrte nicht einer gewissen Arroganz. Gegen diese schillernde Erscheinung erschien Jens Mauch wie ein Mauerblümchen mit seiner schwarzen, enganliegenden Hose und einem ebensolchen, bis zum Bauchnabel offen stehenden Hemd. Riedlinger hatte schon die eine oder andere Tanzveranstaltung im Fernsehen gesehen, wenn auch immer nur wenige Minuten. Ein schönes Fußballspiel war ihm deutlich lieber. Für das ganze Brimborium, die aufwändig gearbeiteten Kleider, den glitzernden Schmuck und das übertrieben stark aufgetragene Make-up hatte er ebenso wenig Verständnis wie für das aufgesetzte Lächeln, das wirkte, als würden die Tänzer Reklame für Zahnpasta machen.

Sein Blick schweifte zu einem größeren Plakat mit vergilbten Rändern. Das abgebildete Paar war dem jugendlichen Alter längst entwachsen, und die Kleidung war wesentlich konservativer, das Kleid der Dame fast schon züchtig. Die Pose, die das Tanzpaar dem Fotografen präsentierte, ähnelte der, die Angeline und Jens auf dem anderen Foto darboten.

»Donnie Burns und Gaynor Fairweather«, las er am unteren Rand. »Erleben Sie eine fantastische Show mit den 14-maligen Weltmeistern im Rahmen unseres Herbstballes in der Stadthalle in Balingen.«

Als Datum war ein Tag im Oktober 1998 angegeben. Da war Angeline Schmidt gerade ein Jahr alt gewesen. Das Tanzpaar war offenbar ihr Vorbild, so wie junge Fußballspieler auch heute noch Helmut Rahn oder Uwe Seeler verehrten. Er entdeckte noch weitere Aufnahmen von Tänzern in Angelines Zimmer, die meisten jedoch ohne Namen.

Riedlinger fühlte sich wie ein Eindringling in eine fremde Intimsphäre, als er den Schrank, die Kommode und die Schubladen des Schreibtisches öffnete, doch das gehörte zu seinem Job. Er versuchte, nicht daran zu denken, wie all das erst vor wenigen Tagen von einem lebenslustigen Mädchen, das glaubte, die Zukunft gehöre ihr, in die Hand genommen und benutzt worden war.

Er fand einen Stapel korrigierter Klausuren und blätterte sie durch. Die meisten Benotungen waren gut bis sehr gut, lediglich in Chemie und Physik war von den Lehrern sehr viel angestrichen und korrigiert worden. Im Schrank befand sich die übliche Kleidung eines Teenagers, eine Seite war jedoch für Angelines Tanzoutfits reserviert. Riedlinger zählte sieben Paar Schuhe in verschiedenen Farben und Formen, zahlreiche schwarze Röcke, kurze und lange und knapp geschnittene T-Shirts.

Gerade als er einen roten Kleidersack öffnen wollte, betrat Angelines Mutter das Zimmer.

»Das ist Angies Standardkleid, im dunkelblauen Kleidersack befindet sich ihr aktuelles Lateinkleid. Möchten Sie es sehen?«

Standardkleid, Lateinkleid – mit diesen Ausdrücken konnte Riedlinger nicht viel anfangen.

Nachdem Frau Schmidt die Säcke geöffnet hatte, erkannte Riedlinger das Kleid wieder, das Angeline auf dem Foto an der Wand trug. Was auf der Aufnahme jedoch wie nackte Haut ausgesehen hatte, war in Wirklichkeit ein zarter, hautfarbener Stoff, der das Oberteil mit dem Rock verband. Das Kleid war mit unzähligen silbernen, funkelnden kleinen Steinen beklebt. Das andere Tanzkleid war aus einem fliederfarbenen, weich fließenden Stoff gearbeitet, mit pinken und weißen Einsätzen, und hatte einen langen, schwingenden Rock. Auch hier schmückten den Stoff Hunderte, wenn nicht sogar Tausende kleiner Steinchen in verschiedenen Farben.

»Es sind über zweitausend Strasssteine«, erklärte Frau Schmidt, als hätte sie Riedlingers Gedanken erraten. »Ich weiß das so genau, weil Angie und ich zusammen die Steine aufgeklebt haben. Immer abends, wenn sie vom Training nach Hause kam, und an den Wochenenden. Sie hat das Kleid nur einmal getragen. Nur ein einziges Mal …«

Das Turnierkleid entglitt ihren Händen, sie sackte in die Knie und barg ihren Kopf darauf.

Sanft legte Riedlinger eine Hand auf ihre zuckenden Schultern. »Soll ich jemanden anrufen? Eine Freundin vielleicht? Oder soll ich unsere Psychologin benachrichtigen? Sie steht Ihnen immer, wenn Sie sie brauchen, zur Verfügung.«

Sie schüttelte kaum merklich den Kopf und murmelte: »Bastian wird gleich nach Hause kommen. Er ist bereits in Horgen, er hat eben angerufen.«

»Kann ich Sie allein lassen?«

Als wäre sie um Jahrzehnte gealtert, erhob sich Tanja Schmidt schwerfällig. Mit feuchten Augen sah sie Riedlinger an. »Haben Sie schon mal ein Kind verloren?«

Die Frage traf Jürgen Riedlinger unvorbereitet, und er zuckte zusammen. »Äh … nein … Das heißt … ja … doch.«

Obwohl es fast dreißig Jahre her war, kehrte die Erinnerung wie ein Keulenschlag zurück. Bei Karins erster Schwangerschaft konnten die Ärzte in der fünfundzwanzigsten Woche keine Herztöne mehr vernehmen. Obwohl es zuvor keine Probleme gegeben hatte, war das Kind in Karins Bauch einfach gestorben. Es blieb nur der Abbruch, und sie hatten ihr Kind, es wäre ein Mädchen gewesen, nicht einmal beerdigen können. Erst viele Jahre später wurde ein Gesetz erlassen, damit auch Sternenkinder würdevoll bestattet werden konnten.

»Dann wissen Sie ja, was ich jetzt empfinde«, sagte Tanja Schmidt und holte Riedlinger in die Gegenwart zurück. »Das eigene Kind, das man Monate in seinem Bauch getragen hat, zu verlieren, ist das Schlimmste, was einer Mutter zustoßen kann. Der Mörder hätte ebenso gut mich töten können, es macht keinen Unterschied.«

Sie wirkte nun wieder ruhig und gefasst. Riedlinger ließ sich aber nicht täuschen. Früher oder später würde sie zusammenbrechen, würde sich der Tatsache, dass ihre Tochter niemals wieder lachend durch diese Tür kommen würde, voll bewusst werden. Irgendwann würde es erträglicher werden, wenn auch nicht weniger schmerzhaft. Später folgte dann der Prozess, wenn die Eltern dem Mörder ihres Kindes von Angesicht zu Angesicht gegenüberstanden und alles wieder an die Oberfläche kam. Wenn es überhaupt zu einem Prozess kam …

Er nahm ihre Hände und drückte sie sanft. Das war eine eher ungewöhnliche Geste für ihn, er folgte aber nur seinen Gefühlen.

»Ich schwöre Ihnen bei allem, was mir heilig ist: Wir werden den Täter finden, Frau Schmidt, und er wird seine gerechte Strafe erhalten.«

»Gerechte Strafe?« Sie lachte rau und bitter. »Was bedeutet schon diese Floskel? Zwanzig, vielleicht fünfundzwanzig Jahre Gefängnis? Bei guter Führung raus nach fünfzehn. Das Schwein darf weiterleben. Es darf schlafen, essen, lachen, weinen, sich am Sonnenaufgang erfreuen und an einem Frühlingstag die Vögel zwitschern hören – alles Dinge, die Angeline nie wieder erleben wird. Niemals wieder …« Ihr Blick ging an Riedlinger vorbei in die Ferne. »Nein, Herr Kommissar, eine gerechte Strafe gibt es in diesem Fall nicht.«

Es gab nichts, was Jürgen Riedlinger darauf noch hätte sagen können.

5

Schnell schob Nicola das Foto unter einen Stapel Hefte, als die Tür geöffnet wurde.

»Kannst du nicht anklopfen?«, rief sie verärgert.

»Entschuldigung.« Ihre Mutter schloss die Tür hinter sich und deutete auf Nicolas Schreibtisch. »Machst du Hausaufgaben?«

»Nicht am Sonntag, das kann ich mir gerade noch verkneifen«, antwortete das junge Mädchen patzig.

»Korrigiere mich, wenn ich mich irren sollte, aber du hast in drei Fächern nicht einmal die notwendigen vier Punkte erreicht«, sagte Heike Esposito besorgt. »Du weißt, wie wichtig ein gutes Abitur ist.«

»Na und?« Trotzig verschränkte Nicola die Arme vor der Brust und wippte mit ihrem Stuhl vor und zurück. »Ich bin achtzehn, Mama, und es geht euch nichts an, wie ich in der Schule zurechtkomme. Das Abi wollte ich nie machen. Und spar dir die Floskel: ›Solange du deine Beine unter meinen Tisch stellst …‹ Es reicht, wenn ich von Papa laufend zu hören bekomme, welche Enttäuschung ich für ihn bin.«

»Jetzt übertreibst du aber maßlos«, erwiderte Heike Esposito leise. »Dein Vater liebt dich und möchte nur das Beste für dich. Und ein guter Schulabschluss gehört heutzutage einfach dazu.«

»Ach ja?« Spöttisch verzogen sich Nicolas Lippen. »Da gibt es nur das Problem, dass ich anderer Meinung bin als Papa, was das Beste für mich ist.«

Heike Esposito hätte ihre Tochter am liebsten in den Arm genommen und ihr übers Haar gestrichen. So wie früher, als sie noch ein Kind gewesen war und sich gern in ihre Arme geflüchtet hatte, wenn es Probleme gegeben hatte. Insgeheim musste sie ihrer Tochter ein wenig zustimmen, auch wenn es Luigi gut meinte. Ihr Mann hatte gewollt, dass seine Tochter auf das Gymnasium ging und das Abitur machte.

Seit jeher tat Nicola sich jedoch beim Lernen schwer. Sie war nicht dumm, nein, aber ihre Fähigkeiten lagen weniger auf geistigen als auf praktischen Gebieten. Schon als Kind hatte Nicola lieber mit Bauklötzen als mit Puppen gespielt, und vor ein paar Jahren hatte sie das Schreinern für sich entdeckt. Auf dem Dachboden hatte sie sich eine kleine Werkstatt eingerichtet, und so manches Möbelstück in Nicolas Zimmer war unter ihren geschickten Händen entstanden. Mit Begeisterung reparierte sie alle wackelnden Stuhlbeine und klemmenden Schubladen. Luigi Esposito aber hatte nichts davon hören wollen, als Nicola vor zwei Jahren mit dem Realschulabschluss die Schule verlassen und eine Ausbildung zur Schreinerin machen wollte.

»Das ist nichts für ein Mädchen!«, hatte er gesagt. »Wenn du unbedingt eine Ausbildung machen willst, dann lern Restaurantfachfrau oder von mir aus auch Köchin. Dann kannst du wenigstens das Geschäft einmal übernehmen.«

Da war die Schule dann doch die bessere Alternative für Nicola, denn sie hasste Kochen. Sie hasste den Geruch nach Öl, Fleisch, Teig, geschmolzenem Käse und Knoblauch, der sie seit ihrer Kindheit begleitete. Selbst wenn sie ihre Haare mehrmals wusch, hatte sie das Gefühl, das Fett klebe dauerhaft an ihr. Die Pizzeria, der Lebensinhalt von Luigi Esposito, befand sich im Erdgeschoss des Hauses, in dem sie auch wohnten, so gab es keine Möglichkeit, all dem zu entfliehen. Ihr ganzes Leben hatte Nicola in diesem Restaurant verbracht. Schon als kleines Kind spielte sie in einer Ecke in der Küche, später machte sie im Gastraum ihre Hausaufgaben. Ihre Eltern waren von früh bis spät im Lokal. Nicht selten kam es vor, dass Nicola beim Getränkeausschenken und im Service mithelfen musste. Sie hasste es, ließ sich aber kaum etwas anmerken, um ihren Vater nicht noch mehr zu enttäuschen.

Im Alter von zwanzig Jahren war Luigi Esposito aus Catania auf Sizilien nach Deutschland gekommen, um hier zu leben und zu arbeiten. Die Pizzeria in Rottweil hatte einem

Cousin seiner Mutter gehört. Luigi hatte schnell die deutsche Sprache erlernt, und nach sechs Jahren war er bereit, das Lokal zu übernehmen, damit der Onkel in seine Heimat zurückkehren konnte, und hatte der Pizzeria seinen Namen gegeben: »Da Luigi«.

Er war nach strengen sizilianischen Regeln erzogen worden. Eine davon war, dass der Mann der Herr im Haus war und seine Kinder ihm zu gehorchen hatten – unabhängig vom Alter. Nicolas Vater war zwar kein herrschsüchtiger Despot, vertrat jedoch konsequent seine Meinung und erwartete, dass Nicola sich seinen Wünschen fügte. Ein Vater diskutierte grundsätzlich nicht mit seiner Tochter. Nicola war froh, dass ihre Mutter, eine Deutsche, ebenso konsequent dagegenhielt, auch wenn ihre Eltern manchmal so sehr stritten, dass die Fetzen flogen und ihr Streit bis auf die Straße hinaus zu hören war. Ebenso leidenschaftlich war dann auch die Versöhnung, denn Luigi liebte seine Frau über alles. Heike Esposito war die Einzige, der es gelang, den weichen Kern unter Luigis rauer Schale zum Vorschein zu bringen. Bei der Berufswahl ihrer einzigen Tochter hatte aber auch sie sich nicht durchsetzen können.

»Das Mädchen macht das Abitur, basta! Danach sehen wir weiter.«

Nicola hätte zwar die Schule abbrechen und sich eine Ausbildungsstelle suchen können, doch sie hing trotz allem an ihrem Vater. Tief in ihrem Inneren wollte sie seinen Ansprüchen genügen, was sie aber niemals zugab. Würde sie ihre Vorstellungen durchsetzen, hätte das unweigerlich zur Entzweiung mit ihrem Vater geführt.

Heike setzte sich auf die Bettkante und sah ihre Tochter aufmerksam an. »Dein Vater war verärgert, dass du nicht in der Kirche warst«, begann sie vorsichtig. »Du weißt, wie wichtig ihm die sonntägliche Messe ist.«

»*Er* ist katholisch, und ihr habt mich getauft, als ich ein Baby war und noch kein Mitspracherecht hatte«, erwiderte Nicola genervt, denn diese Diskussion führten sie beinahe wöchentlich. »Ich bin immer brav in die Kirche gegangen und habe Sünden gebeichtet, die ich niemals begangen habe, nur damit Papa zufrieden ist. Jetzt habe ich keinen Bock mehr. Ich glaube durchaus an Gott, habe aber Probleme mit seinem Bodenpersonal und ganz besonders mit den Katholiken. Bei den meisten ist das Denkvermögen irgendwo im Mittelalter stehengeblieben. Lass mich also bloß mit der Kirche in Ruhe! Papa kann mich zu nichts mehr zwingen.«

Heike seufzte verhalten. Vor zwei Monaten war Nicola achtzehn geworden. Eine ihrer ersten Handlungen als Volljährige war, aus der Kirche auszutreten. Für Luigi Esposito ein Affront, als hätte sie ihm mitten ins Gesicht geschlagen. Tagelang hatte er mit seiner Tochter kein Wort gewechselt und sie mit Missachtung gestraft. Auch Heike Esposito hatte Nicolas Entscheidung für falsch gehalten, aber sie konnte ihr nicht mehr vorschreiben, welchem Glauben sie angehören wollte. Wo war nur ihre kleine, süße Tochter geblieben?

Sie wechselte das Thema. »Es tut mir so leid, was mit Angie geschehen ist. Ich weiß, wie furchtbar du dich fühlen musst.«

»Pah!« Zornig runzelte Nicola die Stirn. »Ist mir doch egal.«

»Das glaube ich dir nicht«, sagte Heike leise. »Du solltest deine Trauer nicht unterdrücken, sondern zulassen, dann lässt der Kummer irgendwann nach.«

»Ach? Warum sollte ich um jemanden trauern, der unsere Freundschaft verraten und mit Füßen getreten hat?«, schnaubte Nicola verächtlich. »Mit Angie war ich schon lange fertig. Natürlich ist es schrecklich, dass sie umgebracht wurde, ich vermisse sie aber nicht. Kein bisschen.«

Heike wusste, dass ihre Tochter log, wollte aber nicht weiter in sie dringen, denn Nicola würde nur noch verstockter werden.

»Wir müssen Angies Eltern unser Beileid persönlich aussprechen«, sagte sie. »Ich dachte, wir gehen heute Nachmittag zusammen zu den Schmidts.«

»Eine Kondolenzkarte ist völlig ausreichend«, stieß Nicola hastig hervor.

»Zur Beerdigung wirst du aber gehen? Das bist du Angie schuldig.«

»Ich bin ihr gar nichts schuldig! Nullkommanichts und weniger! Wenn hier jemand etwas schuldig ist, dann eher sie mir. Und jetzt lass mich in Ruhe.«

Dass Nicola schnell den Kopf abwandte, damit ihre Mutter nicht sah, wie ihre Augen feucht wurden, strafte ihre Worte Lügen.

»Kommst du zum Essen herunter?«, fragte Heike, ahnte die Antwort aber bereits.

»Ich habe keinen Hunger.« Nicola drehte ihrer Mutter den Rücken zu und starrte aus dem Fenster. »Und keine Sorge, ich bleibe auf der Schule, werde dieses Jahr schon irgendwie schaffen, wie auch das verdammte Abi.«

Heike verzichtete auf den Hinweis, sie solle nicht fluchen. Zum Glück hatte es ihr Mann nicht gehört, denn in diesem Punkt war er hyperempfindlich. Sie wusste nicht, was sie sonst noch sagen sollte, und ließ ihre Tochter allein.

Angelines gewaltsamer Tod hatte sie und Luigi schockiert. Angeline und Nicola waren seit der Grundschule miteinander befreundet gewesen, und für Angie war die Pizzeria zur zweiten Heimat geworden. Die Mädchen waren immer zusammengehockt und hatten alles miteinander geteilt. Dann jedoch war das Tanzen für Angie zum Lebensmittelpunkt geworden, und sie hatte immer weniger Zeit für ihre Freundin gehabt. Oft entzweite Mädchen in diesem Alter die erste große Liebe, bei Nicola und Angie jedoch der Sport. Anfangs war Nicola noch zu dem einen oder anderen Turnier mitgefahren und hatte ihre Freundin angefeuert. Glitzernde Kleider, Haarteile, künstliche Wimpern und Fingernägel sowie starkes Make-up waren aber nicht Nicolas Welt, und Angie hatte sich zunehmend verändert. Plötzlich verschmähte Angeline selbst ihre Lieblingspizza Prosciutto e Funghi mit ganz viel Pilzen und einer ordentlichen Portion

Käse, aß nur noch Salat, da sie auf ihre Figur achten musste, und sprach ständig von irgendwelchen Tanzfiguren, vom Training und von ihren Erfolgen. Seit einem halben Jahr hatte sich der Kontakt der Mädchen dann ausschließlich auf den Schulunterricht beschränkt, privat trafen sie sich gar nicht mehr. Eine neue Freundin hatte Nicola seitdem nicht gefunden, sondern sich immer mehr zurückgezogen.

Nachdem ihre Mutter die Tür geschlossen und deren Schritte auf der Treppe verklungen waren, nahm Nicola das Foto wieder zur Hand. Ihre Finger zitterten. Sie erinnerte sich noch genau an den Tag, an dem die Aufnahme entstanden war. An einem heißen Sonntagnachmittag im Sommer vor zwei Jahren hatten sie, Angeline und deren Eltern einen Ausflug an den Stausee nach Schömberg unternommen. Die Freundinnen waren ausgelassen im Wasser herumgetobt. Angie trug einen knappen Bikini, der ihre damals schon weiblichen Kurven betonte. Neben dem zierlichen Mädchen hatte sich Nicola mit ihrer eckigen, knochigen Figur und den kleinen Brüsten immer etwas unbeholfen gefühlt, was ihrer Freundschaft aber keinen Abbruch getan hatte. Auf dem Foto legte Nicola einen Arm um die kleinere Angeline, und sie meinte noch heute, ihre Nähe zu spüren und den Geruch des Sommers in ihren feuchten Haaren zu riechen.

Erst als Tränen auf das Bild tropften, bemerkte Nicola, dass sie weinte. Schnell wischte sie sich mit dem Handrücken über die Augen. Es war vorbei. Bis vor wenigen Tagen hatte sie noch gehofft, dass, wenn die Freundin von dem glamourösen Gedöns die Nase voll hatte, alles wieder so wie früher werden könnte. Jetzt lag Angies Körper kalt und starr in irgendeiner Schublade in der Gerichtsmedizin. Niemals mehr würde Nicola wieder ihr Lachen hören, niemals wieder das lustige Funkeln in ihren blauen Augen sehen und die weiche Sanftheit ihrer Haut spüren. Vorbei … Unwiderruflich vorbei! Wenigstens würde Angie niemanden mehr enttäuschen und verletzen, so wie sie Nicola verletzt hatte.

Zornig fegte das Mädchen das Foto und mit ihm den Stapel Schulhefte vom Tisch und barg den Kopf in ihren Armen. Zum ersten Mal, seit sie vom gewaltsamen Tod ihrer Freundin erfahren hatte, weinte Nicola, und sie meinte, niemals wieder aufhören zu können.

* * *

»Ich schlage vor, wir machen jetzt einen Spaziergang«, sagte Karin Riedlinger zu ihrem Mann, der seit dem frühen Morgen vor dem heimischen Laptop saß und konzentriert auf den Bildschirm starrte.

Ohne aufzusehen, schüttelte Riedlinger den Kopf. »Ich muss hier noch etwas nachlesen …«

»Nichts da!« Resolut klappte Karin den Deckel des Laptops zu und sah ihren Mann streng an. »Auch du brauchst mal eine Pause. Ich weiß, wie sehr dieser Fall dich beschäftigt, irgendwann ist der Kopf aber derart voll, da sieht man den Wald vor lauter Bäumen nicht mehr. Apropos Wald: Wir gehen jetzt an die frische Luft, danach wirst du wieder klarer denken können.«

Jürgen Riedlinger streckte seine Arme über den Kopf und gähnte.

»Wahrscheinlich hast du recht, ein paar Schritte würden mir tatsächlich guttun. Im Moment komme ich ohnehin nicht weiter.«

Solange die Ermittlungen liefen, durfte der Kommissar mit niemandem außer mit den Kollegen und Mitarbeitern über den Fall sprechen, auch nicht mit seiner Ehefrau. Über den Mord an Angeline Schmidt war am Samstagmorgen im »Schwarzwälder Boten« jedoch ein Artikel auf der ersten Seite erschienen, somit kannte Karin ein paar Fakten und wusste in etwa, was ihren Mann beschäftigte. Riedlinger fragte sich längst nicht mehr, wie die Presse an die Informationen gekommen war, denn die offizielle Pressekonferenz war erst für den Montagmorgen angesetzt. Undichte Stellen gab es leider immer, wenigstens hatte die Presse sachlich berichtet und sich nicht in wilden Spekulationen verloren.

In der letzten Nacht hatte Riedlinger sich ruhelos in den Kissen gewälzt und keinen Schlaf gefunden. So war er um sechs Uhr leise aufgestanden, um seine Frau nicht zu wecken, und saß seitdem – unterbrochen von einem hastig eingenommenen Mittagessen – vor dem Computer, um sich über das Tanzen im Allgemeinen und über den Tanzsport im Speziellen kundig zu machen. Bei den meisten Seiten, die er im Netz zu diesen Themen fand, wäre eine Auflistung böhmischer Dörfer für ihn verständlicher gewesen. Er erkannte aber nach und nach, dass Tanzen ein ernstzunehmender Sport war, der von vielen unterschätzt wurde, ihn eingeschlossen. Er hatte geglaubt, das bisschen Herumgehopse könne ja so schwer nicht sein, nun las er jedoch, dass ein Paar, das sich auf der Weltrangliste an der Spitze bewegte, täglich bis zu acht Stunden trainierte. Der Leistungssport wurde in Amateure und in Professionals unterteilt, wobei die Amateure der Leistung von Profis in nichts nachstanden, für gute Ergebnisse und Siege erhielten sie allerdings kein Geld. Bei den Professionals konnte keine Rede davon sein, auch nur annähernd so viel Geld wie in anderen Profisportarten zu verdienen. Leben konnte man vom Profitanzsport nicht, es sei denn, man war zusätzlich als Trainer tätig. Besonders überraschte Riedlinger die Feststellung, dass sich der Tanzsport nicht nur auf junge Jahre beschränkte. Ab fünfunddreißig Jahren gehörte man zu den Senioren I-Klasse, wie aus der Seite des Deutschen Tanzsportverbandes hervorging. Danach ging es je nach Alter gestaffelt weiter: Senioren II, III, IV, und es wurde sogar über die Einführung einer V-Klasse nachgedacht. Die genaue Altersstruktur, die sich immer nach beiden Partnern richtete, verstand Riedlinger zwar nicht ganz, im Seniorenbereich wurden aber ebenso wie bei den Jugend- und Hauptgruppen Weltmeisterschaften ausgerichtet.

»Da könnte ja sogar ich noch einsteigen«, murmelte er mit einem Schmunzeln.

Nicht, dass er das jemals in Erwägung ziehen würde. Abgesehen davon, dass sein Beruf ihm keine Zeit ließ, einen regelmäßigen Tanzunterricht zu besuchen, war er froh, einen Walzer von einem Cha-Cha-Cha unterscheiden zu können. Die wenigen Male, bei denen er nicht umhinkam, mit seiner Frau ein Tänzchen zu wagen, um ihr damit eine große Freude zu machen, bewies er eine so große Taktunsicherheit, dass Karin meistens nach zwei, drei Tänzen auf weitere verzichtete. Riedlinger vermutete, seine Frau dachte, er würde absichtlich keinen Takt halten. Dem war aber nicht so. Jürgen Riedlinger hatte viele Talente – Musikalität in jeglicher Form gehörte leider nicht dazu.

Karin und Jürgen Riedlinger verließen ihr Reihenhaus in der Brugger Straße und schlugen den Weg in Richtung Charlottenwäldle ein. Sie wollten ihre übliche, etwa eine Stunde dauernde Runde laufen: über die Imsterstraße zum Wasserturm, durch die Schrebergartenkolonie hinunter zum Holdersbach und durch das Wohngebiet zurück nach Hause. Der Himmel war bedeckt, und es wehte ein kühler Wind, aber bereits wenige Minuten an der frischen Luft ließen Riedlingers Kopf freier werden, und die Verspannungen in seinem Nacken lösten sich.

Karins Vater war ebenfalls bei der Kripo gewesen, daher hatte sie gewusst, was es bedeutete, einen Kommissar zu heiraten. Seit über dreißig Jahren waren sie ein Paar und hatten einen Sohn, der in Heidelberg Medizin studierte. Im Laufe der Jahre hatte Karin sich einen kleinen, aber feinen Freundeskreis aufgebaut, mit dem sie ihre Zeit verbrachte, wenn Jürgen im Revier unabkömmlich war. Beschäftigte ihn ein Fall so sehr wie der aktuelle, dann versuchte sie, alles andere von ihm fernzuhalten. Sie kochte ihm seine Lieblingsgerichte, massierte seinen verspannten Nacken und versuchte, ihren Mann dazu zu bewegen, auch etwas zur Entspannung zu tun. So wie heute der kleine Spaziergang.

»Ich muss nachher noch mal weg«, sagte Jürgen Riedlinger. »Zum Abendessen bin ich aber wieder zurück.«

Karin fragte nicht, was ihr Mann zu erledigen hatte. Sie drückte nur stumm seine Hand.

Sie hatten das Charlottenwäldle erreicht, die grauen Mauern des Wasserturms schimmerten durch die Bäume.

»Ist das nicht Wolfgang?«, fragte Karin und deutete auf ein ihnen entgegenkommendes Paar.

»Tatsächlich! Und nicht allein!«

Auch Wolfgang Mozer hatte seinen Kollegen und Karin inzwischen erkannt. Schnell nahm er seinen Arm von den Schultern seiner Begleitung – einer mittelgroßen, schlanken, dunkelhaarigen Mittvierzigerin mit schulterlangen Locken. Irgendwie kam sie Riedlinger bekannt vor, er konnte sich aber nicht erinnern, dass sein Kollege in der letzten Zeit von einer Freundin erzählt hätte, geschweige denn diese ihm vorgestellt hatte.

»Hallo, Jürgen, Karin.« Mozer nickte den beiden zu. »Schnappt ihr auch ein wenig frische Luft? Was mich ja bei dir, Riedl, schon etwas überrascht.«

»Karin meinte, es würde mir guttun«, antwortete Riedlinger.

Er sah seinen Kollegen auffordernd an, damit der ihm seine Begleiterin vorstellte.

»Martina Traub«, sagte sie selbst mit leicht rauchiger Stimme und reichte erst Karin, dann Riedlinger die Hand. »Ich freue mich, Sie wiederzusehen, Herr Riedlinger.«

Sie kannte ihn offenbar, er konnte sie aber immer noch nicht einordnen. Ihre nächsten Worte halfen seinem Gedächtnis jedoch auf die Sprünge.

»Besonders freue ich mich, dass unsere heutige Begegnung unter einem besseren Stern steht als unser Kennenlernen.«

Jetzt dämmerte es Jürgen Riedlinger. Martina Traub war in einem etwa vier Jahre zurückliegenden Mordfall eine wichtige Zeugin gewesen. Er hatte keine Ahnung gehabt, dass sie und Wolfgang Mozer immer noch in Kontakt standen, zumal sein Kollege damals ein Auge auf eine andere Frau geworfen hatte.

Wolfgang Mozer war ein attraktiver Mann und wirkte jünger als sechsundvierzig. Darüber hinaus war er charmant und konnte gut mit Menschen umgehen. Riedlinger würde ihn nicht als Draufgänger bezeichnen, es stand aber außer Frage, dass er eine gewisse Wirkung auf Frauen hatte, die Mozer jedoch nie ausnützte. Er war ledig und hatte in den letzten Jahren auch keine langfristige Beziehung gehabt. Die Richtige, die bereit war, ihr Leben mit einem Kommissar zu teilen, der sich um Gewaltverbrechen kümmerte, war ihm bisher nicht begegnet.

Sie wechselten noch ein paar Worte über das Wetter, und Mozer meinte, er habe gelesen, dass der Wasserturm zum Verkauf stünde.

Karin Riedlinger schmunzelte. »Um die Aussicht würde einen jeder beneiden. Wäre das nichts für dich, Wolfgang?«

»Kein Bedarf, danke«, wiegelte Mozer ab. »Ich fühle mich in meiner Wohnung in Zimmern sehr wohl. Jürgen, wir treffen uns dann gegen fünf bei ›Da Luigi‹.«

»›Da Luigi‹?«, wiederholte Karin verwundert und stupste ihren Mann an. »Du hast aber nicht vor, heute noch eine Pizza zu essen? Nicht nach dem Schweinebraten, den Spätzle und dem Kartoffelsalat von heute Mittag!«

»Rein beruflich, Karin«, beschwichtigte Mozer und zwinkerte ihr zu. »Ich achte schon darauf, dass Riedl der Versuchung einer Pizza oder einer Lasagne widersteht.«

Alle vier lachten, dann trennten sich ihre Wege.

»Ist das Wolfgangs Freundin?«, raunte Karin ihrem Mann zu.

Er zuckte mit den Schultern. »Er wird es mir schon sagen, wenn es etwas Ernstes sein sollte.«

»Ach, ich wünsche es ihm so sehr.« Sie schmiegte sich an ihren Mann und küsste ihn auf die Wange. »Auch mit einem Kriminalkommissar kann man eine glückliche Ehe führen.

Es ist manchmal nicht einfach, keine Frage, mit etwas gutem Willen auf beiden Seiten aber machbar.«

»Ich bin jeden Tag dankbar, dich an meiner Seite zu haben«, erwiderte Jürgen Riedlinger und drückte ihre Schultern.

* * *

Dieses Mal klopfte Heike Esposito zuerst an die Zimmertür ihrer Tochter und wartete. Sie öffnete erst, als ein ersticktes »Herein« zu vernehmen war.

»Nicola, zwei Herren von der Polizei sind unten. Sie möchten mir dir über Angie sprechen.«

»Mit mir?« Fahrig wischte sich Nicola über die Augen und blinzelte nervös. »Was könnte ich denen schon sagen?«

»Sie sprechen mit allen, die Angie gekannt haben.« Besorgt musterte Heike ihre Tochter. »Du solltest dir vielleicht erst das Gesicht waschen.«

Nicola presste die Lippen zu einem Strich, ging aber ins Badezimmer und spritzte sich kaltes Wasser ins Gesicht. Ihre Mutter wartete am Absatz der engen Treppe, gemeinsam gingen sie wenige Minuten später hinunter.

Das Haus war kurz nach dem großen Stadtbrand im Jahr 1696 erbaut worden. Dementsprechend klein waren die oberen Räume und steil die Treppen, das alte Gebäude strahlte aber einen gewissen Charme aus, dem sich auch Nicola nicht entziehen konnte.

Die Pizzeria war erst vor wenigen Minuten geöffnet worden, dementsprechend leer war das Lokal noch. Nicolas Blick irrte auf der Suche nach ihrem Vater durch den Raum, zu ihrer Erleichterung war er nicht anwesend. Wahrscheinlich werkelte er bereits in der Küche.

»Sie wollten mich sprechen?« Sie trat den beiden Männern entgegen.

»Frau Esposito?« Riedlinger nickte ihr aufmunternd zu. »Mein Name ist Riedlinger, das ist mein Kollege Oberkommissar Mozer. Wir sind von der Kripo Rottweil.«

Beide Männer zückten ihre Ausweise, Nicola warf jedoch keinen Blick darauf.

An den geröteten Augen und den geschwollenen Tränensäcken erkannte Jürgen Riedlinger, dass das Mädchen geweint haben musste.

»Meine Mutter hat gesagt, Sie kommen wegen Angie«, sagte sie leise.

»Fühlen Sie sich gut genug, ein paar Fragen zu beantworten?«, fragte Wolfgang Mozer.

Mit einem bitteren Lächeln um die Mundwinkel erwiderte Nicola: »Es sind nur die verdammten Pollen. Um diese Jahreszeit tränen mir immer die Augen.«

Mit einer beschützenden Geste legte Heike Esposito ihren Arm um Nicolas Schultern.

»Stellen Sie Ihre Fragen, Herr Kommissar. Ich fürchte jedoch, dass meine Tochter …«

»Mama, bitte!« Mit einem Ruck machte das Mädchen sich aus der Umarmung frei. »Ich möchte mit den Herren allein sprechen.«

»Aber …«

»Ich bin über achtzehn«, erwiderte Nicola trotzig und sah Riedlinger herausfordernd an. »Nicht wahr, Herr Kommissar, meine Eltern müssen bei dem Gespräch nicht dabei sein? Ich habe das Recht, meine Aussage nur gegenüber Ihnen zu machen.«

Riedlinger nickte. »Das ist richtig, Frau Esposito, wobei wir uns mit Ihnen lediglich ein wenig über Angeline Schmidt unterhalten möchten. Das ist keine offizielle Aussage oder gar ein Verhör.« Er sah zu Nicolas Mutter. »Den Wunsch Ihrer Tochter werden wir natürlich respektieren.«

Nicolas Mutter zögerte, wollte noch etwas antworten, wandte sich dann aber mit einem Seufzen ab und murmelte: »Ganz wie du willst, Nicola.«

»Können wir ein paar Schritte gehen?«, bat Nicola.

Sie verließen das Lokal. Auf der Straße wandte Nicola sich nach links und ging, ohne die Kommissare zu beachten, die Hochturmgasse hinunter.

»Frau Esposito, wo wollen Sie denn hin?«, rief Wolfgang Mozer, aber Riedlinger schüttelte den Kopf und raunte: »Lass sie.«

Er spürte, dass die junge Frau ein paar Minuten für sich haben musste, um ihre Gefühle zu ordnen, und er wollte sie nicht drängen. Sie passierten das Schwarze Tor und folgten erst der Oberen, dann der Unteren Hauptstraße, bis sie das ehemalige Gasthaus »Löwen« hinter sich gelassen hatten. Nicola schritt zügig aus und warf keinen Blick zurück. Erst etwa in der Mitte des Viaduktes blieb sie stehen, legte beide Unterarme auf das Geländer und starrte in die Tiefe des Neckartals.

Wolfgang Mozer machte ein paar große Schritte nach vorne, umklammerte Nicolas Arm und zog sie mit einem kräftigen Ruck an sich. Sie sah ihn überrascht, beinahe schon entsetzt an.

»Was soll das? Sie tun mir weh!«

»Entschuldigung.« Schnell ließ Mozer sie los. »Das wollte ich nicht.«

»Dachten Sie etwa, ich stürze mich vom Viadukt?«, fragte Nicola mit hochgezogenen Brauen, dann lachte sie. Von ihrer vorherigen Traurigkeit war nichts mehr zu bemerken. »Keine Sorge, so bescheuert bin ich nicht. Kein Mensch ist es wert, wegen ihm sein Leben wegzuwerfen.«

Sie konnte nicht wissen, dass sie mit ihrer Vermutung ins Schwarze getroffen hatte. Mozers Reaktion war durch einen Fall begründet, bei dem er es nicht hatte verhindern können, dass ein Mensch genau an dieser Stelle in den Tod gestürzt war, obwohl er selbst nur wenige Meter entfernt gewesen war.

»Ich mach das«, raunte Jürgen Riedlinger seinem Kollegen zu, der wusste, was in Wolfgang Mozer vorging. Er räusperte sich und sah Nicola auffordernd an. »Erzählen Sie uns einfach etwas von Angeline Schmidt. Sie ist doch Ihre Freundin, nicht wahr?«

Nicola lachte bitter. »Sie *war* meine Freundin. Meine BFF …«

»BFF?«, wiederholte Riedlinger.

»Best friends forever«, erklärte Nicola mit einem Blick, der besagte, dass Herren im fortgeschrittenen Alter von solchen Ausdrücken natürlich keine Ahnung hatten.

Sie schob ihren rechten Ärmel hoch und ließ Riedlinger und Mozer ein etwa daumennagelgroßes Tattoo in Herzform mit den verschlungenen Buchstaben A + N sehen.

»Das habe ich mir stechen lassen, heimlich, von einem Bekannten, weil ich noch keine achtzehn war. Drei Wochen später hat Angie sich vom Acker gemacht.«

»Was genau meinen Sie damit?«, hakte Wolfgang Mozer nach, der seine Gefühle wieder im Griff hatte.

»Na, sie meinte, sie hätte jetzt Wichtigeres zu tun als mit mir abzuhängen, und ich solle aufhören, sie anzunudeln … also sie zu kontaktieren und zu nerven«, erklärte sie.

»Gab es einen bestimmten Anlass für Angelines Verhalten?«, fragte Riedlinger. »Hatten Sie Streit?«

Nicola zuckte mit den Schultern. »Nö, nicht direkt. Okay, wir haben uns schon manchmal gezofft, weil sie nur noch das bekloppte Tanzen im Kopf hatte. Keine Zeit mehr für Kino und so.«

»Gab es einen Jungen?«

»Sie meinen, ob Angie einen festen Freund hatte?« Ein erneutes Schulterzucken. »Ich weiß von keinem, in den letzten Monaten hätte sie es mir aber auch nicht erzählt, wenn sie sich verliebt hätte.«

»Was ist mit ihrem Tanzpartner?«, fragte Riedlinger. »Kennen Sie Jens Mauch?«

»Nur flüchtig, aber ich weiß, dass Angie sich niemals mit ihm eingelassen hätte. Von wegen Sex oder so … Sie konnte Jens nicht ausstehen.«

»Das überrascht mich jetzt aber doch«, erwiderte Riedlinger. »Immerhin haben die beiden ihre gesamte Freizeit miteinander verbracht, und beim Tanzen kommt man sich sehr nahe. Sollte man sich bei einem solch engen Körperkontakt nicht sympathisch sein?«

Nicolas Augen verengten sich. Für einen Moment presste sie die Lippen zum Strich, dann stieß sie hervor: »Soll ich Ihnen mal die Wahrheit über Angie sagen? Ihnen erzählen, wie sie wirklich war?«

»Wir bitten darum«, antwortete Riedlinger schlicht.

Das Mädchen drehte den Kommissaren den Rücken zu, starrte wieder in die Tiefe und sagte: »Ich hatte kein Problem damit, dass Angie das Tanzen so ungemein wichtig war. Das hat sie schließlich schon seit vielen Jahren gemacht. Vor einem Jahr ist dann aber irgendwie alles eskaliert. Sie wurde richtig fanatisch und es gab kein anderes Thema mehr als das gottverdammte Tanzen!« Ruckartig drehte sie sich den Kommissaren wieder zu. Ihre dunklen Augen blitzten vor verhaltener Wut. »Angie war vom Ehrgeiz zerfressen und hätte alles getan, um an die Weltspitze zu kommen. Wirklich alles! Ich glaube, sie wäre sogar über Leichen gegangen, um ihr Ziel zu erreichen.« Erst, als die Worte ausgesprochen waren, wurde Nicola bewusst, was sie gesagt hatte. Sie seufzte und fügte ruhiger hinzu: »Sorry, das war jetzt nicht so passend.«

»Wir haben verstanden, was Sie ausdrücken wollen«, sagte Riedlinger.

Die Aussage der jungen Frau hatte ihn überrascht, zeichnete sie doch ein ganz anderes Bild von dem Opfer als der Tanztrainer und Angelines Vater.

»Wissen Sie, ob Angeline Feinde hatte?«, fragte Mozer. »Hatte sie mit jemandem Streit, ich meine so richtig Ärger, dass die Fetzen geflogen sind, oder war jemand derart sauer, dass er oder sie Grund gehabt hätte, Ihrer Freundin etwas anzutun?«

Sie zuckte mit den Schultern und machte eine wegwerfende Handbewegung. »Neider gab es viele, auch an der

Schule. Angie wurde ja regelmäßig vom Unterricht freigestellt, wenn ein wichtiger Wettkampf anstand und sie schon am Freitag zu dem Turnier anreisen musste. Manche Turniere wurden auch im Fernsehen übertragen.« Sie lächelte zynisch. »Keiner aus unserer Schule war jemals im Fernsehen. Manche waren auf Angie stolz, die meisten jedoch haben über sie hergezogen und gesagt, sie wäre eine arrogante und blöde Zicke.«

»Und? War sie das?«, fragte Riedlinger interessiert.

»Manchmal schon«, gab Nicola zu und wirkte auf einmal sehr erschöpft. »Seit einem halben Jahr haben wir außer in der Schule so gut wie gar nicht mehr miteinander gesprochen. Auch wenn ich ziemlich sauer war, dass sie nicht mehr meine Freundin sein wollte und mir ihre Art mächtig auf den Senkel gegangen ist – Angie war trotz allem eine wundervolle Tänzerin! Ich habe nie zuvor ein Mädchen gesehen, das sich so toll bewegen konnte.«

Nicolas Mundwinkel zuckten, ihre Augen glänzten verdächtig feucht. Riedlinger schätzte sie als einen Menschen mit starken Emotionen ein, die binnen kurzer Zeit von einem Extrem ins andere wechselten. Vorhin war sie wütend, beinahe schon hasserfüllt gewesen, jetzt wirkte sie wie ein Häufchen Elend. War es möglich, dass die junge Frau ihre frühere Freundin getötet hatte, weil diese nichts mehr mit ihr zu tun haben wollte?

»Sie haben uns sehr geholfen, Nicola«, sagte er nach einem Augenblick. »Wir werden sicher weitere Fragen haben, dann werden wir Sie wieder …«, er zögerte und fügte dann mit einem Lächeln hinzu: »annudeln.«

Der kleine Scherz wirkte, und Nicola verzog die Lippen zu einem Lächeln.

Spontan klammerte sie sich an Riedlingers Arm und rief: »Finden Sie denjenigen, der das getan hat! Bitte, das müssen Sie mir versprechen!«

* * *

Nachdem sie Nicola zur Pizzeria zurückbegleitet und gewartet hatten, bis sie im Haus war, sahen die beiden Kommissare einander an.

»Denkst du das Gleiche wie ich?«, fragte Mozer.

»Es könnte durchaus möglich sein«, antwortete Riedlinger nachdenklich. »Das Tattoo ist jedoch kein Beweis. Die jungen Leute lassen sich schnell so etwas stechen, um ihre gegenseitige Freundschaft zu beweisen. Ebenso schnell bereuen sie es wieder.«

»Nur mal hypothetisch, Riedl: Nicola ist in Angeline verliebt, vielleicht hatten sie auch eine Beziehung, dann macht Angeline nicht nur Schluss, sondern bricht jeden Kontakt zu Nicola ab. Diese will das nicht akzeptieren und …«

»Das ist noch lange kein Motiv, jemanden zu töten«, warf Riedlinger ein, obwohl seine Gedanken vorhin in die gleiche Richtung gegangen waren.

»Es wurde schon aus banaleren Gründen gemordet«, stellte Mozer nüchtern fest. »Nicola Esposito ist einen guten Kopf größer und auch kräftiger als das Opfer. Sie hat gewusst, wann und wo ihre Freundin trainiert hat, wahrscheinlich auch, dass sie häufig nach dem Training allein in der Tanzschule war, ebenfalls, dass die Tür nicht verschlossen ist.«

»Wir werden das Mädchen im Auge behalten und versuchen, mehr über sie herauszufinden«, sagte Riedlinger und sah auf seine Armbanduhr. »Jetzt muss ich aber nach Hause, Karin hat den Abendbrottisch bestimmt schon gedeckt. Wir sehen uns morgen früh, Motzi, und Müllerchen soll sich hinter die Espositos klemmen.«

6

Die Pressekonferenz am Montagmorgen verlief schnell und glatt. Jürgen Riedlinger und die Staatsanwältin hatten sich gut vorbereitet, beschränkten sich auf die wenigen Fakten, die bisher zu dem Tötungsdelikt vorlagen, und wiegelten weitere Fragen ab.

»Da das Opfer minderjährig ist, bitte ich Sie, die Privatsphäre zu achten und die Eltern nicht zu belästigen«, sagte Anne Pfeffer mit ihrem strengsten Gesichtsausdruck. »Wir werden Sie auf dem Laufenden halten, meine Damen und Herren.«

Als Riedlinger in sein Büro zurückkehrte, erwartete ihn schon eine große Tasse heißen Kaffees auf seinem Schreibtisch.

»Danke, Müllerchen. Woher wussten Sie, dass ich jetzt genau das brauche?«

Sie lachte. »Weil ich Ihre Vorliebe für Pressekonferenzen kenne, Chef.«

»Einen LKW mit ABS haben Sie nicht zufällig auch noch irgendwo?«, fragte er und sah sich suchend um.

Regina Müller verneinte. »Leider nicht, ich kann Ihnen aber schnell etwas aus der Kantine holen.«

»Danke, das ist nicht nötig. Wir sind nachher ohnehin unterwegs, da besorge ich mir etwas.«

Wolfgang Mozer trat ein. Er hatte die letzten Sätze gehört und fragte: »ABS? Was soll denn das sein?«

»Na ja, eigentlich Antiblockiersystem …«

»Das ist mir schon klar, Riedl, ich meinte ja auch in Verbindung mit einem Leberkäsweckle.«

»A bissle Senf«, antwortete Riedlinger schmunzelnd. »Wenn man sich nur von Körnern und Grünfutter ernährt, kann man das natürlich nicht wissen.«

Der Vegetarier Wolfgang Mozer hatte es längst aufgegeben, seinen Kollegen zu überzeugen, dass man sich auch fleischlos gesund und abwechslungsreich ernähren konnte. Leben und leben lassen war Riedlingers Devise, und Karin sorgte schon dafür, dass bei all dem deftigen Essen die Vitamine nicht zu kurz kamen.

Wolfgang Mozer wurde wieder ernst. »Zwei Kollegen sind vorhin zum Leibniz-Gymnasium gefahren. Sie befragen die Mitschüler und die Lehrer des Opfers.«

»Ich bin gespannt, ob sich das Bild, das Nicola Esposito uns von dem Opfer gegeben hat, verfestigt«, antwortete Riedlinger und nahm Regina Müller eine Akte aus der Hand.

»Während Sie bei der Konferenz waren, habe ich mich über die Tanzschule Liebig kundig gemacht«, erklärte sie. »Es ist nicht viel, ich bleibe aber dran.«

Riedlinger warf nur einen kurzen Blick auf das Deckblatt. »Erzählen Sie, das geht schneller.«

»Vor zehn Jahren hat Harald Liebig das Grundstück und das Gebäude im Gewerbegebiet von einem Onkel geerbt. Damals war dort ein Fahrradgeschäft …«

»Fahrrad Dengler, natürlich«, unterbrach Riedlinger sie und nickte. »Mein erstes Fahrrad habe ich vom Dengler bekommen und war immer dort, wenn es was zum Reparieren gab. Ich glaube, er war schon sehr alt, als er den Laden geschlossen hat.«

»Du hast mal ein Fahrrad besessen?«, fragte Wolfgang Mozer mit einem Grinsen. »Schwer vorstellbar. Hast du es auch benutzt oder ist es nur im Keller gestanden und und hat vor sich hin gestaubt?«

»Motzi, ich war mal etwas sportlicher, auch wenn es dir heute unvorstellbar vorkommt.« Riedlinger sah wieder zu Regina Müller. »Fahren Sie bitte fort.«

»Liebig hat das Gebäude umgebaut und erweitert und eröffnete im Frühjahr 2007 die Tanzschule. Als Geschäftsführer sind er und seine Frau Carmen Liebig zu gleichen Teilen eingetragen. Zur selben Zeit hat Liebig auch den Tanzsportclub gegründet, dessen Vorsitz er seitdem innehat.«

»Wie sieht es finanziell aus?«, fragte Riedlinger. »Schulden?«

»Für eine Einsicht in die Geschäftskonten benötigen wir einen richterlichen Beschluss. Ich bezweifle, dass wir einen solchen erhalten.«

»Wohl kaum«, bemerkte Mozer. »Gegen Harald Liebig liegen keine Verdachtsmomente vor. Es reicht nicht aus, dass seine Betriebsstätte der Tatort ist, um einen Beschluss zur Einsicht der Finanzen zu erhalten.«

»Für die Tatzeit hat er allerdings kein Alibi«, erinnerte Jürgen Riedlinger seinen Kollegen.

»Aber auch kein erkennbares Motiv«, fuhr Mozer fort. »Das Einzige, was wir bisher haben, ist die Sache mit Angeline Schmidts Knieverletzung. Selbst wenn Liebig die Medikamente besorgt hätte, kann ich mir nicht vorstellen, dass er das Mädchen getötet hat.«

»Seine Erschütterung, nachdem er die Leiche gefunden hat, hat auf mich überzeugend gewirkt, wir behalten ihn jedoch im Auge, und mit seiner Frau haben wir bisher noch nicht gesprochen. Sie wird Angeline sicher gekannt haben.« Riedlinger stand auf und nahm seine Jacke. »Ich schlage vor, wir statten jetzt der Hausärztin des Opfers einen Besuch ab. Ich bin gespannt, was sie zu Angelines Knieproblemen und den starken Medikamenten zu sagen hat.«

* * *

Die Eblestraße lag etwa zwanzig Gehminuten vom Polizeirevier entfernt. Zu Wolfgang Mozers Überraschung schlug Riedlinger vor, zu Fuß zu gehen, obwohl er sonst auch für kürzere Strecken den Dienstwagen nahm.

»Du bist doch nicht etwa krank, Riedl?«

»Keineswegs, ich habe nur die Erfahrung gemacht, dass Bewegung an der frischen Luft das Denkvermögen erhöht.«

»Sieh an, sieh an.«

»Moderate Bewegung«, ergänzte Riedlinger. »Man darf es natürlich nicht übertreiben.«

Mozer konnte sich ein gemurmeltes »Spät kommt die Erkenntnis, aber Hauptsache, sie kommt« nicht verkneifen, und Riedlinger boxte ihn freundschaftlich in die Seite.

Der kürzeste Weg führte am Stadtgraben vorbei, über die Straße mit dem Namen Am Zwinger, der sich von der mittelalterlichen Befestigungsanlage ableitete, und durch den Turmweg. Auf dem steilen Anstieg zum Hochturm hinauf kam Riedlinger ins Schwitzen, Mozer enthielt sich aber eines Kommentars.

Die Praxis von Angeline Schmidts Hausärztin befand sich in einer hell getünchten Villa aus der Gründerzeit.

»Ah ja, nur Privatpatienten«, bemerkte Wolfgang Mozer und deutete auf das glänzende Messingschild.

Auf dem stand: Dr. med. Bianca Wörner. Allgemeinmedizin. Nur Privatpatienten. Sprechstunden nach Vereinbarung.

Sechs Stufen führten zu einer weißen Tür mit Butzenscheiben. Durch ein kleines Vestibül traten die Kommissare in einen quadratischen Empfangsraum, in dem die Farben grau und weiß dominierten. Ein weiß-grauer Fliesenboden, weiße Wände mit grauen Kunstdrucken, deren Motive sich wohl nur wirklichen Kunstkennern erschlossen. Selbst hinter dem Tresen saß eine Dame, die mit ihrem weißen Kittel und den eisgrauen Haaren perfekt in das Erscheinungsbild dieser nüchternen Eleganz passte.

»Sie haben keinen Termin«, sagte sie anstatt einer Begrüßung und bevor die Kommissare sich vorstellen konnten. Abschätzend musterte sie die beiden Männer über den Rand ihrer Brille und fügte hochnäsig hinzu: »Wir nehmen keine neuen Patienten mehr auf, außerdem behandelt Frau Doktor Wörner nur auf Privatbasis.«

»Ach, wir haben da so eine Karte, die uns berechtigt, unverzüglich mit der Frau Doktor zu sprechen«, erwiderte Riedlinger mit einem unverbindlichen Lächeln, zückte seinen Dienstausweis und hielt ihn der Dame vor die Augen. »Hauptkommissar Riedlinger, und das ist mein Kollege Oberkommissar Mozer. Wir sind vom Dezernat für Tötungsdelikte.«

»Mordkommission?« Die Dame zuckte zusammen, ihre Augen, die ebenfalls grau waren, wie Riedlinger jetzt feststellte, weiteten sich ungläubig.

»Im allgemeinen Sprachgebrauch drückt man es so aus, ja.«

»Worum handelt es sich?«, fragte die Dame. »Frau Doktor hat gerade einen Patienten, und das Wartezimmer ist voll. Sie werden sich ein Weilchen gedulden müssen.«

»Es tut mir leid, das ist unmöglich«, sagte Wolfgang Mozer, den strengen Tonfall seines Kollegen aufgreifend. »Melden Sie Ihrer Chefin, dass wir sie sprechen müssen.«

Die Arzthelferin zögerte, stand dann aber doch auf und verschwand in dem letzten Zimmer auf der rechten Seite.

Kurz darauf kehrte sie zurück und meinte deutlich freundlicher: »Frau Doktor Wörner hat in wenigen Minuten für Sie Zeit. Wenn Sie bitte so lange im Wartezimmer Platz nehmen würden?«

»Danke, wir warten hier«, sagte Riedlinger bestimmt. »Dabei können wir Ihnen auch gleich ein paar Fragen stellen.«

»Mir? Sollten Sie mir nicht erst mal den Grund Ihres Besuches verraten? Weder Frau Doktor Wörner noch ich haben uns etwas zuschulden kommen lassen.«

»Es dreht sich um Ihre Patientin Angeline Schmidt.«

»Ach so ...« Ein Schatten fiel über ihr Gesicht. »Das ist eine ganz furchtbare Sache. Ich weiß nur nicht, wie wir Ihnen dabei weiterhelfen könnten.«

»Indem Sie uns sagen, wann Frau Schmidt das letzte Mal zur Behandlung in dieser Praxis gewesen ist.«

»Ich weiß nicht, ob ...«

»Es ist gut, Frau Steudle. Herr Schmidt hat mich heute Morgen angerufen und von der Schweigepflicht bezüglich seiner Tochter befreit.«

Riedlinger und Mozer wandten sich um. Frau Dr. Bianca Wörner war eine Frau etwa Ende fünfzig mit dunklen, graugesträhnten Haaren, mittelgroß und ziemlich rundlich. Ihr Blick war offen und freundlich.

»Bringen Sie mir die entsprechende Akte ins Sprechzimmer eins, Frau Steudle. Wenn Sie mir bitte folgen wollen, meine Herren.«

Das Sprechzimmer unterschied sich nicht von der sonstigen Einrichtung der Praxis und wurde von einem Schreibtisch aus Glas und zwei wuchtigen, lederbezogenen Stühlen dominiert. Riedlinger und Mozer stellten sich vor, und die Ärztin bat sie, Platz zu nehmen.

»Wir möchten wissen, wann Sie Angeline Schmidt das letzte Mal behandelt haben und warum«, wiederholte Jürgen Riedlinger seine Frage.

Sie nickte. »Ich erinnere mich, das muss vor etwa drei oder vier Monaten gewesen sein. Angeline hatte einen grippalen Infekt. Nicht schlimm, ich habe ihr ein leichtes Antibiotikum verordnet, damit der Infekt sich nicht in der Lunge festsetzt und eine Bronchitis verursacht.«

»Danach war Angeline nicht mehr bei Ihnen?« Wolfgang Mozer runzelte die Stirn. »Nicht vielleicht ein paar Tage vor ihrem Tod?«

Bianca Wörner verneinte.

»Angeline Schmidt war kerngesund und kam, außer zu den üblichen Vorsorgeuntersuchungen, den notwendigen Impfungen oder eben mal mit einem Schnupfen nur selten in meine Praxis. Wie meine Mitarbeiterin Ihnen bereits gesagt hat: Wie kann ich Ihnen in diesem Fall behilflich sein?«

»Haben Sie ihr das Medikament Tramadol verschrieben und ihr regelmäßig Triam 40 injiziert?« Riedlinger ließ die Ärztin nicht aus den Augen. »Wenn ja, warum?«

»Tramadol? Triam?« Überrascht zuckte eine ihrer sorgfältig gezupften Augenbrauen nach oben. »Warum hätte ich das tun sollen? Es handelt sich dabei um ein starkes Schmerzmittel und ein Cortisonpräparat mit nicht unerheblichen Nebenwirkungen. Ich wiederhole: Angeline war kerngesund. Warum hätte sie Tramadol einnehmen sollen? Ich spritze einer Siebzehnjährigen doch kein Cortison, wenn es nicht unbedingt erforderlich ist. Und das war es bei Angeline sicherlich nicht.«

Ihre Unterhaltung wurde durch das Eintreten von Frau Steudle unterbrochen. Sie legte eine Akte auf den Schreibtisch.

Frau Dr. Wörner lächelte und erklärte: »Ich ziehe die guten, alten Akten den heutigen Computerprogrammen vor. Für mich ist das persönlicher, außerdem reicht ein Virus oder ein PC-Crash aus, und alle Daten sind verloren.«

Riedlinger sagte eindringlich: »Wir waren bei dem Thema Tramadol, Frau Doktor Wörner!«

Sie blätterte in der Krankenakte, las die Einträge und schüttelte den Kopf. »Wie ich Ihnen sagte, Angeline war Anfang Februar das letzte Mal in meiner Praxis.« Sie schob die Akte über den Schreibtisch. »Sie können es gern selbst nachlesen.«

Mozer überflog die Einträge, war sich aber sicher, dass nichts über die Verordnung der beiden starken Medikamente vermerkt war.

»Wer war Angelines behandelnder Orthopäde?«, fragte er.

»Ich habe keine Kenntnis davon, ob das Mädchen bei einem Orthopäden in Behandlung war«, antwortete Frau Dr. Wörner. »Als Privatpatientin benötigt sie keine Überweisung. Diesbezüglich können nur die Eltern Auskunft geben.«

»Dann wussten Sie nicht, dass Angeline Schmidt unter einer fortschreitenden Kniearthrose, bedingt durch eine frühere Verletzung, gelitten hat?«, fragte Riedlinger.

»Natürlich nicht!«, antwortete die Ärztin empört. »Unter solchen Umständen hätte ich dem Mädchen dringend geraten, mit dem Tanzsport aufzuhören, und ihr keinesfalls Tabletten oder gar Injektionen zur Schmerzbewältigung verschrieben.«

Ihre Entrüstung schien echt zu sein, aber Riedlinger ließ ihre Reaktion erst mal im Raum stehen.

Auch Angelines Eltern schienen von den Schmerzen nichts gewusst zu haben. Konnte es sein, dass Angeline heimlich bei einem anderen Arzt gewesen war? War es als Minderjährige überhaupt möglich, Ärzte ohne das Wissen der Eltern aufzusuchen? Er zückte seinen Notizblock und notierte: »Müllerchen soll abklären, wie es mit Minderjährigen und Ärzten ist.«

»War das alles, meine Herren?« Ungeduldig sah Bianca Wörner auf die Uhr.

»Für heute haben wir keine weiteren Fragen mehr«, bestätigte Jürgen Riedlinger.

»Für heute?«, wiederholte sie erstaunt. »Ich habe Ihnen alles gesagt, was ich weiß. Ich fertige Ihnen gern eine Kopie von Angelines Krankenakte an, über mehr Informationen verfüge ich nicht. Wenn Sie mich jetzt bitte entschuldigen. Meine Patienten warten.«

Nachdem die Kommissare die Praxis verlassen hatten, fragte Wolfgang Mozer: »Versteifen wir uns, was Angelines Erkrankung angeht, nicht auf etwas, das mit dem Mord in keinem Zusammenhang steht, Riedl? Ich weiß, du glaubst, jemand hat das Mädchen mit Medikamenten vollgepumpt, damit es Leistung bringen kann. Entweder waren es die Eltern oder ihre Trainer. Warum musste Angeline dann aber sterben?«

»Weil das Mädchen es vielleicht nicht länger mitmachen wollte«, schlug Riedlinger spontan vor. »Ihre Schmerzen haben sich möglicherweise verschlimmert, sie hat vielleicht unter Nebenwirkungen der Medikamente gelitten und wollte mit allem aufhören. Nicht nur das, vielleicht hat sie sogar gedroht, die Sache publik zu machen und die Verantwortlichen anzuzeigen.«

Nachdenklich rieb Mozer über seinen Nasenrücken. »Das könnte eine Möglichkeit sein. Ist das aber wirklich ein Motiv, jemanden umzubringen? Nach den bisherigen Erkenntnissen ist der Täter gezielt vorgegangen. Er kam bewusst in die Tanzschule und hat auch einen entsprechenden Schal oder etwas Ähnliches mitgebracht, denn die Spusi hat in den Räumen nichts gefunden, was für eine Strangulierung verwendbar gewesen wäre.«

»Mord mit Vorsatz«, bestätigte Riedlinger. »Wir nehmen uns Liebig und diesen arroganten Landestrainer nochmal vor. Außerdem müssen wir erneut mit Angelines Tanzpartner sprechen. Es ist doch sehr unwahrscheinlich, dass Mauch nichts von Angelines Schmerzen mitbekommen haben will.«

»Bei Jens Mauch können wir auf dem Weg ins Revier vorbeigehen«, sagte Mozer, sah auf die Uhr und grinste. »Vielleicht schläft er noch, es ist ja erst kurz nach zwölf.«

Während sie die Obere Hauptstraße hinuntergingen, knurrte Riedlingers Magen vernehmlich. Bei der Bäckerei Storz konnte er nicht länger widerstehen und er holte sich ein mit Käse und Schinken belegtes Brötchen.

Genüsslich kauend bemerkte er: »Motzi, schau nicht so. Es ist auch Salat und Tomate darauf, also durchaus gesund.«

Er trank erst noch von dem ebenfalls gekauften Mineralwasser, dann bogen sie in die Metzgergasse ein.

Mozer war gerade im Begriff, bei Jens Mauch zu klingeln, als sie bemerkten, dass die Haustür offen stand. Beim Eintreten in den düsteren Flur hörten sie laute, aufgeregte Stimmen aus dem oberen Stockwerk.

»Alter, das wirst du bereuen, das lass ich nicht einfach auf mir sitzen!«

»Ach ja? Und was willst du machen, du Schlappschwanz?« Das war eindeutig die Stimme von Jens Mauch. »Ich schlottere vor Angst wie ein Elefant vor einer Ameise. Und jetzt verschwinde, ich kann deine Fresse nicht mehr ertragen.«

Wolfgang Mozer hechtete, zwei Stunden auf einmal nehmend, die Treppen hoch, Riedlinger folgte ihm etwas langsamer.

Auf dem Treppenabsatz im Dachgeschoss standen sich Jens Mauch und ein rothaariger Teenager wie zwei Kampfhähne gegenüber. In dem Moment, in dem der Rothaarige Mauch am Kragen seines Polo-Shirts packte, ging Mozer dazwischen.

»Nun mal langsam, meine Herren!«

»Was machen Sie denn hier?« Jens Mauch sah die Kommissare erstaunt an. »Ist aber sehr passend, denn Sie können diesen Aggro hier gleich verhaften. Wie gut, dass Sie gesehen haben, wie er mir an die Gurgel wollte. Das gibt eine saftige Anzeige.«

»Wir werden das klären«, sagte Riedlinger bestimmt. »Am besten gehen wir in Ihre Wohnung, Herr Mauch, es braucht nicht das ganze Haus mitzubekommen, was hier los ist.«

Er hatte bemerkt, wie die Nachbarin wieder durch den Türspalt linste. Sein Kollege hatte ihm bereits von Frau Bäuerle erzählt, die sich heute einer Einmischung jedoch enthielt.

Mauch zögerte, trat dann aber doch zur Seite und ließ Riedlinger und Mozer, der den Arm des Rothaarigen immer noch festhielt, an sich vorbei in die Wohnung treten. Der Gestank nach Zigarettenqualm und abgestandener Luft schlug ihnen entgegen.

Unwillkürlich rümpfte Riedlinger die Nase und wandte sich an den fremden jungen Mann. »Können Sie sich ausweisen?«

»Nee, den Perso schleppe ich nicht immer mit mir rum«, antwortete dieser schnippisch. »Ich bin Marco Scheuerle, der Tanzpartner von Evalina.«

»Alter, halt den Ball flach! Du *warst* Evalinas Tanzpartner«, betonte Mauch zynisch. »Es war höchste Zeit, dass die Kleine mal einen richtigen Tänzer bekommt, anstatt einen Spasti wie dich.«

Marco machte eine Bewegung auf Mauch zu, wurde aber von Mozer zurückgehalten.

»Wir fangen am besten ganz von vorn an, meine Herren«, sagte er ruhig. »Wer ist Evalina?«

Jens Mauch holte ein Päckchen Zigaretten aus seiner Hosentasche, zündete sich eine an und blies den Rauch Marco ins Gesicht.

»Evalina Adamek ist meine neue Tanzpartnerin«, sagte er und sah die Kommissare herausfordernd an. »Bevor Sie jetzt auf den Gedanken kommen, das wäre geschmacklos, weil Angeline noch nicht einmal unter der Erde ist – es war die Entscheidung meiner Trainer. Und wir werden bei der Deutschen Meisterschaft starten. Was dem da«, mit der brennenden Zigarette deutete Jens auf Marco Scheuerle, »natürlich gehörig gegen den Strich geht.«

Riedlinger kombinierte und fragte: »Diese Evalina war bisher Ihre Partnerin, Herr Scheuerle?«

»Wir waren echt gut!«, rief Marco Scheuerle aufgeregt. »Noch zwei, drei Monate Training und wir hätten alle im Regen stehen lassen. Jens hat schon lange ein Auge auf Eva geworfen und will sie nur flachlegen. Da kommt es ihm echt gelegen, dass jemand Angie abgemurkst und ihm so den Weg zu Eva frei gemacht hat. Wahrscheinlich war er es selbst.«

»Pass auf, was du sagst!«, giftete Mauch. »Das könnte neben einer Anzeige wegen Köperverletzung auch noch eine wegen Verleumdung geben!«

»Sie scheinen sich in der deutschen Rechtsprechung aber gut auszukennen«, bemerkte Wolfgang Mozer trocken.

Mauch zuckte mit den Schultern. »Wozu gibt's Fernsehen und das Internet?«

»Noch mal von vorn«, mischte Riedlinger sich ein. »Habe ich richtig verstanden, dass Ihre Trainer wollen, dass Sie, Herr Mauch, mit einem anderen Mädchen tanzen, womit Sie, Herr Scheuerle, nicht einverstanden sind?«

»Richtig gecheckt.« Mauch grinste überheblich. »Was der Küttner sagt, ist Befehl, und es bringt gar nichts, wenn Marco mich dafür verantwortlich machen will.«

»Sie können uns bestimmt sagen, wo wir diese Evalina finden.«

»Sicher, sie wohnt doch bei den Liebigs.«

»Bei dem Tanzlehrer?« Diese Aussage überraschte Riedlinger. »Ist sie mit ihm verwandt?«

Mauch seufzte und rollte mit den Augen, als hielte er den Kommissar für begriffsstutzig. »Nee, sicher nicht. Eva ist dort als eine Art Haushaltshilfe. Sie ist aus Litauen und kam wegen des Tanzens nach Rottweil. Das Haus der Liebigs ist groß genug, und Evalina verdient sich ein paar Scheine, indem sie Carmen hilft.«

»Carmen?«, wiederholte Riedlinger. »Sie meinen Frau Liebig?«

»Exakt, Herr Kommissar, und da Sie es ohnehin herausfinden werden: Carmen ist nicht so ganz gesund. Da passt es gut, dass Evalina ihr zur Hand geht, was den Haushalt und so angeht.«

Riedlinger und Mozer tauschten einen Blick, der aussagte: Warum hat Liebig das verschwiegen?

»Warum sind Sie überhaupt hier aufgeschlagen?«, fuhr Mauch fort. »Das war doch sicher nicht zufällig, oder?«

Der junge Mann war zwar schnoddrig und respektlos, aber nicht dumm, und Riedlinger bat seinen Kollegen: »Begleite bitte Herrn Scheuerle nach unten und nimm seine Personalien auf.«

Mozer nickte und führte Marco Scheuerle aus der Wohnung.

Der rief wütend: »Dann tanz doch mit Eva! Ich gebe euch zwei, maximal drei Tage, dann wird sie merken, was für ein Vollpfosten du bist, und dich in den Wind schießen!«

»Bisschen cholerisch, der Kleine«, bemerkte Jens Mauch, als er die Wohnungstür schloss. »Er wird schon noch lernen, wie das im Tanzsport so läuft.«

Das interessierte Riedlinger im Moment weniger, und er kam auf den Grund seines Besuches zu sprechen. »Herr

Mauch, bemerkten Sie in der letzten Zeit, dass Angeline Beschwerden hatte?«

»Was für Beschwerden?«

»Bewegungseinschränkungen, Schmerzen, etwas in der Art«, erklärte Riedlinger.

»War Angie etwa krank?« Zum ersten Mal zeigte Jens Mauch einen Anflug von Mitgefühl, schüttelte aber gleich den Kopf. »Nein, mir ist nichts aufgefallen. Okay, in den letzten Wochen war ihr häufiger schwindlig. Manchmal war sie auch ganz blass, und sie hat mal kotzen müssen. Sie hat aber gemeint, es wäre nichts, und sie wäre gleich wieder okay. Ich dachte, sie hätte ihre Tage, da sind Frauen doch immer etwas schräg drauf.«

»Sie haben also nicht mitbekommen, dass sie regelmäßig Tabletten eingenommen hat?«

Ein erneutes Kopfschütteln. »Nee, sag ich doch. Vielleicht hat sie mal ein Aspirin geschluckt, darum habe ich mich nicht gekümmert. Moment mal, Herr Kommissar, da fällt mir gerade ein: An dem Abend, also bevor Angie abgemurkst wurde, da war sie nicht so richtig gut drauf.«

»Erläutern Sie das bitte näher, Herr Mauch.«

»Na, sie war nicht so stabil im Arm wie sonst, und einmal ist sie ziemlich heftig auf den Boden geknallt. Sie hat gesagt, sie wäre auf einem Strassstein ausgerutscht. Das kommt vor, daher habe ich mir keine Gedanken gemacht. Danach war wieder alles okay.«

»Danke, Herr Mauch«, erwiderte Riedlinger. »Sie halten sich weiter zu unserer Verfügung und verlassen nicht die Stadt.«

»He, ich hab Angie nichts getan!«, begehrte Mauch auf. »Sie werden doch nicht dem durchgeknallten Scheuerle glauben? Wenn ich Angie hätte abservieren und mit Evalina tanzen wollen, dann hätte ich das Angie einfach gesagt und fertig. Außerdem werde ich einen Teufel tun und Rottweil die nächste Zeit verlassen. Eva und ich werden heute Abend mit dem Training anfangen, wir haben schließlich nicht mehr viel Zeit bis zur Meisterschaft und müssen jede Minute nutzen.«

Bereits an der Tür, wandte Riedlinger sich nochmal zu Mauch um und fragte: »Wie finanzieren Sie den Tanzsport eigentlich? Die Kleidung, das Training und auch die Fahrten zu den Turnieren kosten sicher viel Geld, ich schätze, mehr, als Sie als Hartz-IV-Empfänger erhalten.«

Mauchs Augen verengten sich zu Schlitzen und er zündete sich eine weitere Zigarette an.

»Was hat das mit dem Mord zu tun? Aber gut, wenn Sie es unbedingt wissen wollen – Harald Liebig unterstützt mich. Er weiß, welches Talent er mit mir in seinem Club hat, das ist es ihm wert. Dafür helfe ich in der Tanzschule aus. Mal an der Bar oder bei kleineren Reparaturarbeiten.«

»Ist das nicht sehr ungewöhnlich?«

»Nee, Herr Kommissar, außerdem gibt es noch ein paar Moneten von der Sportförderung. Sind Sie jetzt zufrieden?«

Riedlinger nickte und trat in den Hausflur. Erleichtert atmete er ein und aus. Obwohl es im Treppenhaus muffig roch, war die Luft hier immer noch besser als in der engen Wohnung.

»Übrigens, Herr Mauch, Sie sollten hin und wieder mal lüften«, sagte er anstelle einer Verabschiedung, was von Mauch nur mit einem schiefen Grinsen zur Kenntnis genommen wurde.

* * *

Auf der Straße wartete Wolfgang Mozer, allein.

Auf dem Weg zurück zum Revier erzählte er: »Ich habe mich mit Marco Scheuerle unterhalten. Der junge Mann ist stinksauer, dass Mauch ihm seine Tanzpartnerin ausgespannt hat. Kann ich verstehen. Heute Morgen hat er über WhatsApp eine Nachricht von Evalina Adamek erhalten, dass sie ab sofort mit Mauch trainieren wird.«

»Das ist ja nicht gerade die feine englische Art«, sagte Riedlinger.

»Nun ja, Evalina stammt aus Litauen, nicht aus England, aber ich verstehe, was du meinst. Offenbar ist solches Verhalten unter Jugendlichen durchaus üblich. Sogar Beziehungen werden inzwischen per SMS, über Facebook oder eben über WhatsApp beendet.«

»Das ist ja das reinste Bäumchen-wechsle-dich«, bemerkte Jürgen Riedlinger. »Das eine Mädchen ist tot, und schwupps steht das nächste bereit. Für die Trainer zählt wohl nur der Erfolg.«

»Kennst du einen Leistungssport, in dem es anders ist?«, fragte Mozer und fügte schmunzelnd hinzu: »Verzeih, ich vergaß, dass du ja mit allem, was auch nur weitläufig mit Sport zu tun hat, nichts am Hut hast.«

»Aus gutem Grund, Motzi, aus gutem Grund. Wir schauen jetzt im Revier vorbei, danach suchen wir den Tanzlehrer auf. Dafür nehmen wir den Wagen, für heute hatte ich genügend Bewegung. Ich bin sehr gespannt, diese Evalina kennenzulernen, und mit Frau Liebig müssen wir uns auch unterhalten.«

* * *

Regina Müller konnte Riedlingers Frage binnen weniger Minuten beantworten.

»Selbstverständlich gilt die Verschwiegenheitspflicht, wie die ärztliche Schweigepflicht richtigerweise genannt wird, auch für Jugendliche«, erklärte sie. »Wobei immer die spezielle Situation des Patienten berücksichtigt werden muss. Angeline Schmidt wäre in wenigen Monaten volljährig geworden und war geistig gesund. Ein Arzt war auch ihren Eltern gegenüber verpflichtet, darüber zu schweigen, dass sie sich überhaupt in seiner Behandlung befindet, ebenso, aus welchen Gründen sie bei ihm war.«

»Dann hätte Angeline heimlich jeden beliebigen Arzt aufsuchen und sich die Medikamente verschreiben lassen können«, fasste Riedlinger zusammen.

»Nicht ganz, Chef«, korrigierte Regina Müller. »Sie sagten, die Schmidts sind privat versichert. In diesem Fall haben ihre Eltern die entsprechenden Arztrechnungen bezahlt.«

»Außer Angeline hat die Behandlungen bar bezahlt«, sagte Jürgen Riedlinger.

Und Mozer ergänzte: »Und die Kosten für die Medikamente musste auch jemand übernehmen. Das war bestimmt teuer.«

Riedlinger nickte zustimmend, lehnte sich in seinem Stuhl zurück, faltete die Hände vor dem Bauch und sagte ruhig: »Es gibt drei Möglichkeiten. Erstens: Frau Schmidt hat uns belogen. Zweitens: Angeline hat über genügend Taschengeld verfügt oder hatte sonstige Einkünfte, um die Behandlung und die Arzneien selbst zu bezahlen. Oder drittens: Jemand anderer hat die Kosten für sie übernommen, weil er oder sie daran interessiert war, dass das Mädchen weiterhin tanzen kann.«

»Ich glaube, die Tendenz geht zu Nummer drei«, stellte Mozer fest. »Hierzu fallen mir nur zwei Personen ein, die dafür verantwortlich sein können: Harald Liebig und der Landestrainer Norbert Küttner.«

»Oder Jens Mauch lügt das Blaue vom Himmel herunter, Wolfgang.« Riedlinger stand auf. »Wir fangen mit Liebig an und hoffen, Evalina Adamek bei dieser Gelegenheit auch gleich sprechen zu können.«

Die beiden Kommissare waren bereits an der Tür, als Regina Müller rief: »Übrigens, Herr Riedlinger, die Staatsanwältin hat mir grünes Licht gegeben. Ab Mittwochabend werden mein Verlobter und ich beim Liebig das Tanzbein schwingen.«

Riedlinger seufzte. »Passen Sie aber bitte auf sich auf, Müllerchen, ja?«

»Klar, Chef, ich bin schließlich Schwäbin.«

Er runzelte die Stirn. »Was hat das damit zu tun?«

Sie zwinkerte ihm verschmitzt zu. »Mein Brautkleid ist bereits gekauft, ebenso die Ringe, und die Anzahlung für das Catering ist geleistet. Wäre doch eine Geldverschwendung, wenn mir etwas passieren würde und ich all das nicht mehr genießen könnte!«

»Das ist auch eine Logik.« Wolfgang Mozer lachte, sagte dann aber ernst: »Kollege Riedlinger hat ganz recht: Kein unnötiges Risiko, Frau Müller! Sie halten einfach Ihre Augen und Ohren offen, auf keinen Fall jedoch ein riskanter Alleingang!«

»Verstanden!« Regina Müller tat, als würde sie salutieren. »Hauptsächlich geht es uns ohnehin darum, ein paar Tanzschritte zu lernen. Das wird bestimmt lustig.«

7

Das Wohnhaus der Liebigs stammte aus den fünfziger Jahren des vergangenen Jahrhunderts. Der graubraunen Fassade hätte ein neuer Anstrich gutgetan, die Fenster schienen jedoch erst kürzlich modernisiert worden zu sein. Anstelle eines Rasens war der Vorgarten mit Steinplatten ausgelegt. Alles wirkte sehr sachlich und nüchtern.

Jürgen Riedlinger drückte auf den Klingelknopf, doch niemand öffnete. Er versuchte es erneut.

»Scheint niemand zu Hause zu sein«, sagte er zu Wolfgang Mozer. »Wir müssen es gegen später noch mal versuchen.«

Die Kommissare wollten gerade wieder gehen, als sie ein Geräusch hörten und die Tür einen Spalt breit geöffnet wurde.

»Ja?«

Riedlinger sah in ein längliches, mit zahlreichen Sommersprossen übersätes Gesicht.

Er zückte seinen Ausweis, stellte sich und seinen Kollegen vor und fragte: »Frau Liebig?«

»Ja, das bin ich, mein Mann ist aber nicht zu Hause.«

»Wir würden uns gern mit Ihnen unterhalten, Frau Liebig.«

Carmen Liebig öffnete die Tür. Sie trug einen hellgrauen Jogginganzug, der um ihre Taille herum spannte, bequeme Hausschuhe, und ihre rötlich-blonden Locken waren zerzaust.

»Kommen Sie herein. Sie möchten bestimmt über den schrecklichen Tod von Angeline mit mir sprechen, nicht wahr?« Sie seufzte und sah Riedlinger traurig an. »Ich habe mich schon gefragt, wann Sie mich aufsuchen werden, wobei ich zu der schrecklichen Tat nichts sagen kann. Als es passiert ist, war ich zu Hause und habe geschlafen.«

»Das hat Ihr Mann bereits ausgesagt.«

Riedlinger musterte die Tanzlehrerin. Dunkle Schatten lagen unter ihren grünen Augen, und sie wirkte, als könne sie sich kaum auf den Beinen halten.

Er erinnerte sich an Mauchs Aussage und fragte: »Sie sind krank, Frau Liebig?«

»Ich fühle mich nicht wohl, ja«, antwortete sie. Ihre Stimme war leise und verhalten. »Die Wechseljahre, Sie verstehen? Ich hatte mich ein wenig hingelegt und war gerade eingeschlafen, als Sie geklingelt haben.«

»Es tut uns leid, Sie geweckt zu haben«, bemerkte Wolfgang Mozer. »Wenn Sie uns trotzdem ein paar Fragen beantworten würden?«

Sie nickte und führte die Kommissare in ein geräumiges Wohnzimmer. Der Blick aus den Fenstern ging in einen langen, schmalen Garten, der sich bis zum Nachbargrundstück hinzog und ziemlich verwahrlost wirkte. Auf der weinroten Veloursledercouch lagen eine zusammengeknüllte Wolldecke und ein Kopfkissen.

»Harald, mein Mann, ist heute schon sehr früh nach Pforzheim gefahren«, erklärte Carmen Liebig und strich sich eine Haarsträhne aus der schweißnassen Stirn. »Ich muss Ihnen noch danken, dass wir heute Abend das Tanzstudio wieder benutzen dürfen«, fuhr sie fort. »Bei einem längeren Ausfall hätten wir unseren Paaren einen Teil der Kursgebühren erstatten müssen, was einen erheblichen finanziellen Verlust bedeutet hätte. Aber so kann der Betrieb zum Glück wieder normal weitergehen.«

»Na ja, so normal, wie es eben ist, wenn in einer Tanzschulendusche ein Mädchen erdrosselt wird«, bemerkte Wolfgang Mozer trocken. »Wie gut haben Sie Angeline Schmidt gekannt?«

Carmen Liebig zuckte mit den Schultern. »Nicht sehr gut, da ich mit dem Trainingsbetrieb der Turniertänzer kaum etwas zu tun habe.«

»Wie dürfen wir das verstehen? Haben Sie die Turniersportler nicht unterrichtet?«, fragte Jürgen Riedlinger und erinnerte sich daran, dass Harald Liebig bei ihrem ersten Gespräch etwas Ähnliches angedeutet hatte.

»Ich habe die Ausbildung zur ADTV-Tanzlehrerin absolviert, aber keine Lizenz als Tanzsporttrainerin. Mein Mann ist jedoch Diplom-Trainer-A«, sagte sie, als würde das alles erklären.

Riedlinger schlussfolgerte, dass Harald Liebig offenbar eine höhere Qualifikation als Trainer hatte, und fragte: »Sie hatten zu Angeline Schmidt also kaum Kontakt?«

»Das ist richtig«, bestätigte Carmen Liebig. »Natürlich habe ich sie gekannt, habe sie im Training ab und zu beobachtet und war auch bei dem einen oder anderen Turnier dabei. Zumindest, als es mir noch besser ging. Angeline war eine begnadete Tänzerin und hätte eine große Karriere vor sich gehabt, wenn nicht …« Ihre Stimme brach.

Sie griff zu einem auf dem Tisch liegenden Medikamentenstreifen, knipste zwei Tabletten heraus und schluckte diese ohne Wasser.

»Verzeihen Sie, es geht mir gleich wieder besser, meine Herren.«

Wolfgang Mozer deutete auf ein Foto an der Wand. »Sind das Sie und Ihr Mann?«

Die Aufnahme zeigte eine schlanke, attraktive Dame in einem weitschwingenden grünen Kleid, ihr Partner trug einen eleganten, schwarzen Frack mit einer blütenweißen Fliege.

Für einen Moment leuchteten Carmen Liebigs Augen auf. »Ja, das war unser größter Erfolg. Wir wurden Vizeweltmeister in der Kür Standard bei den Profis. Das ist aber schon lange her.« Ein bitteres Lächeln umspielte ihre Lippen. »Viel zu lange.«

»Frau Liebig, können Sie bestätigen, wann Ihr Mann nach Hause gekommen ist?«, fragte Riedlinger.

Carmen zuckte kaum merklich zusammen. »Braucht er etwa ein Alibi? Harald hat damit nichts zu tun, meine Herren! Warum hätte er Angeline töten sollen? Sie war eine seiner besten Tänzerinnen.«

»Das ist reine Routine«, erwiderte Riedlinger. »Bitte beantworten Sie meine Frage.«

Sie atmete mehrmals tief ein und wieder aus, bevor sie leise sagte: »Ich wünschte, ich könnte bestätigen, dass Harald kurz nach dreiundzwanzig Uhr nach Hause gekommen ist. Ich werde Sie jedoch nicht anlügen, denn Sie finden die Wahrheit ohnehin heraus. Ein falsches Alibi würde alles nur noch schlimmer machen.«

Unwillkürlich spannte sich Riedlingers Körper, auch Mozer musterte die Frau überrascht.

»Dann war er in der Nacht von Donnerstag auf Freitag nicht um Mitternacht hier?«

»Das habe ich nicht gesagt!« Abwehrend hob Carmen die Hände. »Ich hatte eine Schlaftablette genommen, bin kurz nach zweiundzwanzig Uhr in mein Zimmer gegangen und habe nicht bemerkt, wann Harald nach Hause kam. Wir haben getrennte Schlafzimmer.« Beinahe trotzig sah sie Riedlinger in die Augen. »Bevor Sie jetzt falsche Schlüsse ziehen, Herr Kommissar: Harald arbeitet häufig bis spät in die Nacht, während ich früher zu Bett gehe. Ich brauche meinen ungestörten Schlaf.«

»Wissen Sie, ob Angeline gesundheitliche Probleme hatte?«, fragte Riedlinger. »Schmerzen in den Knien zum Beispiel?«

»Das kann ich mir nicht vorstellen. Sie war ausgezeichnet trainiert.« Carmen Liebig griff sich an den Kopf, kniff die Augen zusammen und stöhnte verhalten. »Wäre das alles, meine Herren? Ich würde mich gerne wieder hinlegen.«

»Einen Moment noch, Frau Liebig. In Ihrem Haus wohnt doch Evalina Adamek, nicht wahr?«

Sie nickte müde. »Wir haben das Mädchen bei uns aufgenommen, sie ist mir eine große Hilfe. Warum fragen Sie?«

»Wir würden gern auch mit ihr sprechen«, sagte Wolfgang Mozer. »Ist sie da?«

Carmen Liebig zuckte mit den Schultern. »Keine Ahnung, ich habe sie seit dem Frühstück nicht mehr gesehen. Was wollen Sie denn von Eva? Sie kann Ihnen auch nicht mehr sagen.« Ein erneutes Seufzen. »Aber bitte, gehen Sie hinauf. Es ist das erste Zimmer auf der rechten Seite im Dachgeschoss.«

»Wäre es nicht besser, Sie melden uns an?«, fragte Mozer verwundert.

»Ich fühle mich wirklich nicht in der Verfassung, die Treppen hinaufzusteigen.«

Als wären Riedlinger und Mozer nicht mehr anwesend, schleppte sich Carmen Liebig zur Couch, wickelte sich in die Decke und bettete ihren Kopf auf das Kissen. Die beiden Kommissare tauschten einen vielsagenden Blick.

»Ich gehe hinauf«, murmelte Riedlinger, »bleib du hier und schau dich ein wenig um. Vielleicht findest du ja noch etwas heraus.«

Wolfgang Mozer schmunzelte und deutete auf Carmen Liebig, die binnen weniger Sekunden ins Reich der Träume geglitten war. »Ist dir schon mal passiert, dass jemand während einer Befragung einfach eingeschlafen ist?«

»Nein, aber wahrscheinlich ist Frau Liebig ernster krank, als sie uns glauben machen möchte.«

* * *

Auf dem Treppenabsatz zum Dachgeschoss hörte Jürgen Riedlinger laute Musik. Nun war es keineswegs ungewöhnlich, wenn eine junge Frau laute Musik hörte, der Triumphmarsch aus der Oper Aida anstatt eines aktuellen Charthits überraschte Riedlinger indes ziemlich. Er klopfte kräftig an die Tür, damit er trotz der Musik zu hören war.

»Komm rein«, rief eine weibliche Stimme, wohl in der Annahme, es wäre Carmen Liebig.

Riedlinger öffnete die Tür und räusperte sich. »Entschuldigen Sie bitte, ich bin von der Kripo.«

Die junge Frau, barfuß, in kurzen Jeans-Shorts und einem knappen Trägertop, legte ein Buch zur Seite, stand vom Sofa auf und sah Riedlinger erwartungsvoll entgegen.

Riedlinger verbarg seine Überraschung bei ihrem Anblick, denn Evalina Adamek ähnelte dem Mordopfer. Die gleiche Größe und Figur, die fast identische Haarfarbe und eine ähnliche Frisur.

»Ich wusste, dass Sie früher oder später hier aufkreuzen werden.« Ihr Deutsch war nahezu perfekt, mit lediglich einem etwas harten osteuropäischen Akzent.

»Sind Sie Evalina Adamek?«, fragte Riedlinger zur Sicherheit. Er musste schreien und deutete auf die Lautsprecher. »Wären Sie so freundlich, die Musik auszuschalten, damit wir uns in Ruhe unterhalten können?«

Sie drückte auf die Fernbedienung, und es wurde still.

»Ich finde, diese geniale Komposition muss man einfach laut hören. Mögen Sie Opern, Herr Kommissar?«

»Äh ... nein, eher nicht«, antwortete er überrascht, setzte dann sein bestes Ich-bin-ganz-Kripobeamter-Gesicht auf. »Ich möchte mit Ihnen über Angeline Schmidt sprechen. Sie haben sich doch gekannt, nicht wahr?«

»Wie man sich eben kennt, wenn man beinahe täglich zusammen trainiert.«

»Sie waren nicht befreundet? Ich schätze, Sie waren etwa im gleichen Alter.«

Evalinas Oberlippe kräuselte sich spöttisch. »Wir waren Konkurrentinnen, Herr Kommissar, da ist kein Platz für Freundschaft. Na ja, wir sind noch nicht bei Turnieren gegeneinander angetreten, das wäre im Herbst erst so weit gewesen. Angie hat aber genau gewusst, dass sie dann keine Chance mehr gegen mich gehabt hätte.«

Mit einer aufreizenden Bewegung warf sie ihr schulterlanges, goldblondes Haar zurück und straffte ihren Oberkörper so, dass sich ihre Brüste unter dem engen Top abzeichneten.

»Glücklicherweise haben das die Trainer endlich erkannt und mir einen Partner gegeben, der es wirklich draufhat. Es ist jetzt wohl klar, wer die neue Deutsche Meisterin werden wird.«

Bei Zeugenbefragungen ließ Riedlinger sich grundsätzlich nie von persönlichen Gefühlen leiten, er konnte aber nicht verhindern, dass er Evalina Adamek als eingebildet und maßlos von sich überzeugt empfand.

»Es ist mir bekannt, dass Sie Herrn Scheuerle mittels einer WhatsApp-Nachricht abserviert und durch Herrn Mauch ersetzt haben«, sagte er kühl.

»Und ich weiß, dass Sie heute bei Jens aufgeschlagen sind und Marcos Ausraster live mitbekommen haben«, erwiderte sie schnippisch und verschränkte die Arme vor der Brust. »Was wollen Sie eigentlich von mir? Es ist ja wohl kaum ein Verbrechen, den Tanzpartner zu wechseln.«

»Sie beherrschen die deutsche Sprache sehr gut«, wechselte Riedlinger das Thema, »dabei sind Sie erst ein paar Monate in Deutschland.«

»Da unsere Familie deutsche Wurzeln hat, wollten meine Eltern, dass ich die Sprache lerne, was in meiner Heimat möglich war. Hier mache ich dreimal in der Woche bei der Volkshochschule einen Deutschkurs, muss aber noch viel lernen, und mit dem Schwäbischen habe ich ziemliche Probleme.«

»Wissen Sie, ob Angeline Schmidt Feinde oder mit jemandem Streit hatte?« Abrupt kam Riedlinger nun wieder auf den Grund seines Besuches zu sprechen.

»Jemand, der sie ermordet haben könnte?« Entschlossen schüttelte Evalina den Kopf. »Nee, obwohl sie schon eine ziemliche Zicke war, deswegen dreht man aber doch niemandem gleich den Hahn ab.«

»Wie stehen Sie zu Marco Scheuerle und Jens Mauch?«

»He, Mann, wenn Sie meinen, da läuft was zwischen uns, dann sind Sie völlig daneben«, begehrte Evalina auf. »Jens ist ein arroganter Arsch, auf dem Parkett aber ein wahrer Gott! Mit ihm kann ich es bis ganz nach oben schaffen, und Marco …« Sie gab einen schnaubenden Laut von sich. »Marco benimmt sich wie ein Baby, dem man den Schnuller weggenommen hat. Nee, nee, das sind beides keine Typen, die ich an meine Wäsche lassen würde.«

Es überraschte Riedlinger nicht sonderlich, dass auch diese Tanzpartnerschaft kaum etwas mit freundschaftlichen Gefühlen zu tun hatte.

»Sie bezeichnen Jens Mauch als ... Arsch, trotzdem waren Sie sofort bereit, mit ihm zu tanzen?«, wandte er skeptisch ein. »Kann das auf Dauer denn gutgehen?«

Sie lächelte süffisant. »Wir machen auf der Fläche unseren Job, Herr Kommissar. Sie haben doch sicher auch Kollegen, die Sie nicht ausstehen können und lieber von hinten sehen, oder etwa nicht? Wie ich gesagt habe – Jens ist ein toller Tänzer, und wenn er mir dumm kommt, dann weiß ich mich schon zu wehren. Ich bin nicht so eine Mimose wie Angeline, die immer gekuscht hat.«

»Dann war das Verhältnis zwischen Herrn Mauch und Angeline also angespannt?«, hakte Riedlinger nach.

Evalina zuckte die Schultern. »Wenn Sie es so nennen möchten. Es ist aber auch nicht einfach, mit Jens auszukommen.«

»Wo waren Sie in der besagten Nacht zwischen Mitternacht und zwei Uhr?«

»In meinem Bett.« Die Antwort kam wie aus der Pistole geschossen. »Nach dem Gruppentraining bin ich gleich nach Hause gegangen. Leider kann das niemand bestätigen«, nahm sie Riedlingers nächste Frage vorweg. »Okay, ich konnte Angie nicht sonderlich leiden, hab ihr aber nichts getan. Warum auch?«

Für heute hatte Riedlinger genug gehört. Er bat Evalina, sich zu ihrer Verfügung zu halten, und ließ sie allein. Kaum war er auf der Treppe, dröhnte wieder Musik aus ihrem Zimmer. Jetzt hörte sie die Arie »Nessun Dorma« aus der Oper Turandot.

Jürgen Riedlinger war kein großer Opernfreund, er bevorzugte Rockmusik von den Stones, Queen und Deep Purple, kannte sich aber auch in der klassischen Musik etwas aus. Das Mädchen schien einen Hang zu schweren, düsteren Arien zu haben. Ziemlich ungewöhnlich in diesem Alter.

Wolfgang Mozer erwartete seinen Kollegen in der Diele und sah sofort, dass Riedlinger etwas umtrieb.

»Evalina Adamek ähnelt unserem Opfer sehr«, teilte er Mozer mit. »Die beiden könnten Schwestern sein.«

»Das ist ja interessant. Ich denke, ich errate, was du vermutest.«

»Lass uns gehen, das möchte ich gern ohne irgendwelche Zuhörer besprechen.«

»Wenn du Frau Liebig meinst«, Mozer grinste und deutete zum Wohnzimmer, »die schläft den Schlaf der Gerechten. Sie schnarcht ganz schön, kein Wunder, dass ihr Mann ein eigenes Zimmer hat.«

»Die ganze Sache scheint sie nicht besonders zu interessieren«, erwiderte Riedlinger. »Wahrscheinlich geht ihr der Tod des Mädchens nicht sehr nahe, da sie sie kaum gekannt hat. Trotzdem ...«, er nickte nachdenklich, »wenn in meinem Betrieb ein Mord geschehen wäre, könnte ich nicht so ruhig bleiben. Wir fahren ins Revier zurück. Auf unseren Schreibtischen stapeln sich die Akten der Spurensicherung und der KTU. Ich möchte heute noch mal alles durchgehen.«

»Ach, ich liebe diese Aktenarbeit«, erwiderte Mozer mit einem Lächeln. »Wahrscheinlich erhalten wir heute schon die ersten Ergebnisse der Befragungen am Leibniz-Gymnasium.«

Während der Fahrt spann Riedlinger seinen vorherigen Gedanken weiter: »Wir sollten uns nicht darauf versteifen, das Motiv und den Täter allein in Angelines Umfeld zu suchen. Was, wenn der Täter eigentlich Evalina Adamek töten wollte?«

Mozer nickte verstehend. »In der Dusche war es dämpfig, da kann man zwei junge Frauen, die sich ähnlich sehen, durchaus verwechseln. Hast du ihr von deinem Verdacht erzählt?«

»Nein, Motzi, ich möchte sie nicht beunruhigen. Wobei«, er trommelte mit den Fingerspitzen auf das Lenkrad, »Evalina scheint mir nicht der Typ zu sein, der sich leicht beunruhigen lässt. Unter mangelndem Selbstbewusstsein leidet die junge Frau gewiss nicht.«

Er berichtete von dem Gespräch, und Mozer bemerkte: »Was dafür sprechen könnte, dass dieses Mädchen nicht besonders beliebt ist. Wenn deine Überlegungen stimmen, wäre sie in großer Gefahr. Der Täter könnte es erneut versuchen.«

»Dessen bin ich mir bewusst. Es ist zwar nur ein Bauchgefühl, und du weißt, Motzi, ich verlasse mich lieber auf klare Fakten, aber ich glaube, ins Evalinas Umgebung könnte es durchaus ein paar Leute geben, die ihr nicht sonderlich zugetan sind.«

»Wir werden folglich in beide Richtungen ermitteln, Riedl, was den Fall nicht gerade einfacher macht.«

* * *

Heike Esposito legte den Zettel auf den Tresen, wischte mit dem Handrücken über die schweißnasse Stirn und rief: »Zwei Kristallweizen für die Zwei, eine Cola für die Fünf, zwei Cappuccino an die Vier und drei Grappa für die Acht.« Sie nickte ihrer Tochter kurz zu. »Für einen Montagabend ist extrem viel los. Danke, dass du eingesprungen bist.«

Nicola kniff die Lippen zusammen, hantierte mit der Kaffeemaschine und murmelte: »Was bleibt mir anderes übrig?«

Die festangestellte Servicekraft hatte sich überraschend krankgemeldet, und Nicola sah ein, dass ihre Mutter nicht gleichzeitig ausschenken und servieren konnte. So stand sie nun schon seit drei Stunden hinter der Theke in dem stickig-warmen Gastraum, zapfte ein Bier nach dem anderen, schenkte Softdrinks ein und bereitete Kaffeespezialitäten zu.

Aus der Küche drangen die Gerüche nach Fett, Zwiebeln und Knoblauch, und Nicola versuchte, so flach wie möglich zu atmen. Morgen würde sie wieder stinken wie eine Pommesbude.

Ihre Mutter stellte die Cappuccino-Tassen und die drei Biere, die Nicola inzwischen gezapft hatte, auf das Tablett und sagte: »Bring die Cola bitte an Tisch fünf. Der junge Mann hat nach dir gefragt.«

»Nach mir?« Nicola warf einen Blick zu dem linken Ecktisch. »Ich kenn den gar nicht.«

»Er sieht aber ganz nett aus.« Verschwörerisch zwinkerte Heike ihrer Tochter zu. »Du kannst dich gern mit ihm verabreden, wenn der größte Andrang vorbei ist.«

»Herzlichen Dank, Mama, für deine Erlaubnis mich mit jemandem zu treffen, weil ich ja erst achtzehn bin«, erwiderte Nicola.

Ihre Ironie war jedoch verschwendet. Heike war mit dem Tablett schon wieder zu den Gästen unterwegs. Nicola nahm das Glas und ging zu dem jungen, rothaarigen Mann.

»Ihre Cola, bitte schön.«

»Nicola?« Der junge Mann sah sie an und lächelte. »Setz dich doch mal kurz hin.«

»Ich wüsste nicht, warum.« Nicola setzte ihren hochmütigsten Gesichtsausdruck auf. Es störte sie, dass er sie einfach duzte. »Außerdem habe ich zu tun.«

»Nur fünf Minuten«, bat er.

Ihre Mutter hatte recht: Er sah mit seinem flotten Kurzhaarschnitt, den hellgrauen Augen und einer sportlichschlanken Figur echt gut aus.

»Kann es sein, dass du mich nicht mehr erkennst, Nicola?«

Nun war sie doch etwas verunsichert. »Äh … nicht wirklich …« Tatsächlich kam ihr sein Gesicht aus der Nähe betrachtet irgendwie bekannt vor.

»Ich bin's, der Marco«, sagte er. »Marco Scheuerle, wir waren zusammen im Firmunterricht, außerdem war ich eine

Klasse über dir am Leibniz-Gymnasium und hab dieses Jahr das Abi gemacht.«

Jetzt fiel es Nicola wieder ein. »Du tanzt, gell?«

Er grinste. »Ja, da haben wir uns früher manchmal auch gesehen, wenn du Angie begleitet hast.«

Bei der Erwähnung des Namens verdüsterte sich Nicolas Gesicht. »Sorry, aber ich hab echt viel zu tun.«

»Später? Ich würde gern etwas mit dir besprechen.«

Sie sah auf ihre Armbanduhr. »Okay, gegen zehn ist der meiste Trubel vorbei. Ich weiß allerdings nicht, was du von mir willst.«

»Nicola! Vier Weißweinschorle!«, rief ihre Mutter auch schon wieder.

»Dann bis später, ich warte draußen«, raunte Marco ihr zu und nestelte seinen Geldbeutel aus der Gesäßtasche seiner Jeans. »Sag deiner Mutter, ich möchte zahlen.«

Nicola winkte ab. »Die Cola geht aufs Haus.«

* * *

Die nächsten zwei Stunden machte sich Nicola Gedanken, was Marco Scheuerle von ihr wollen könnte. Sie kannten sich nur flüchtig, und der gemeinsame Firmunterricht lag Jahre zurück. Sie erinnerte sich aber daran, dass Angie im letzten Herbst gemeint hatte, Marco würde sie anbaggern. Sie hatten gemeinsam darüber gelacht. Es war noch die Zeit gewesen, als die Freundin mit ihr über solche Dinge gesprochen hatte.

Nachdem nur noch vier Gäste an den Tischen saßen, entließ Heike Esposito ihre Tochter.

»Du warst heute eine große Hilfe. Danke.«

»Solange es nicht zur Gewohnheit wird«, erwiderte Nicola und wusch sich die Hände.

Sie verzichtete auf den Blick in den Spiegel oder gar darauf, ihre Kleidung zu wechseln. Sie hatte mit Marco schließlich kein Date und musste ihm auch nicht gefallen.

Die Uhr des Heilig-Kreuz-Münsters schlug zehn, als Nicola die Pizzeria verließ.

Marco erwartete sie bereits. »Lass uns zum Hochturm hochgehen«, sagte er.

Mit seinen vierundfünfzig Metern war der Wehrturm, ein Überbleibsel der mittelalterlichen Stadtbefestigung, weithin zu sehen. Obwohl der Turm im 18. Jahrhundert nach einem Blitzeinschlag vollständig ausgebrannt war, hatten seine dreieinhalb Meter dicken Mauern dem Feuer standgehalten, und das Innere war seitdem immer wieder saniert worden. Als Kind war Nicola mit ihren Eltern mehrmals auf dem Hochturm gewesen. Man hatte eine grandiose Aussicht über die Stadt, über das Neckartal bis hin zu der Schwäbischen Alb und in der anderen Richtung bis zu den dunklen Höhenzügen des Schwarzwaldes. 187 Stufen führten zu der Aussichtsplattform.

Als hätte Marco ihre Gedanken gelesen, sagte er: »Tja, unser guter alter Hochturm kann mit dem neuen Schandfleck am Berner Feld natürlich nicht mehr mithalten.«

»Dann warst du gegen den Bau des Aufzugturms?«

»Na, toll finde ich das Betonding natürlich nicht. Kann mir aber egal sein, da ich bald eh an die Uni nach Tübingen gehe.«

Inzwischen hatten sie das Plateau rund um den Hochturm erreicht, und Nicola sagte: »Du wolltest dich sicher nicht mit mir treffen, um über die Rottweiler Türme zu sprechen. Also, um was geht's?«

»Um Mauch.« Im Schein der Straßenlaterne sah Nicola, wie sich seine Finger zu Fäusten ballten. »Jens Mauch, den kennste doch, nicht wahr?«

»Was habe ich mit Jens zu schaffen?« Nicola nahm eine ablehnende Haltung ein. »Ich würde nicht sagen, dass ich ihn gut kenne, er hat halt mit Angie getanzt, das ist auch schon alles.«

»Er trainiert heute Abend mit Evalina.«

»Evalina?« Der Name sagte Nicola nichts.

»Evalina Adamek aus Litauen«, erklärte Marco. »Bis heute Morgen war sie *meine* Tanzpartnerin.« Abfällig zogen sich seine Mundwinkel herunter.

»Und jetzt tanzt sie mit Jens Mauch?«, rief Nicola. »Angie ist gerade mal ein paar Tage tot!«

»Das sehe ich auch so, die Trainer nehmen darauf keine Rücksicht.«

Nicola seufzte, plötzlich fröstelte es sie. »Was habe ich damit zu tun? Mit dem Tanzen habe ich nichts am Hut, und Angie und ich …« Sie gab sich einen Ruck und sah Marco offen an. »Wir waren schon länger nicht mehr befreundet.«

»Ich weiß«, antwortete Marco zu Nicolas Überraschung. »Sie hat dich wegen Jens im Regen stehen lassen, so wie Evalina nun mich.«

Langsam begann Nicola zu verstehen. »Und jetzt willst du, dass wir uns gegen die beiden verbünden?« Sie lachte bitter. »Warum? Angie ist tot, und die anderen gehen mich nichts an und interessieren mich auch nicht.«

»Nicola!« Er griff nach ihrer Hand und drückte sie so fest, dass sie leise aufschrie. Sofort ließ er sie wieder los. »Sorry, aber erscheint dir das nicht komisch, dass Jens nur wenige Tage nach Angies Tod schon wieder eine neue Partnerin hat?«

»Nicht komisch, eher tragisch«, gab Nicola zu. »Und respektlos gegenüber Angie.«

»Ich muss dir was erklären, Nicola: Evalina ist eine Granate auf dem Parkett. Sie ist viel besser als Angie. Nein, lass mich bitte ausreden«, sagte er schnell, als Nicola ihn unterbrechen wollte. »Angie war super, keine Frage, aber Evalina wurde mit Rhythmus im Blut geboren. In zwei, drei Jahren könnte sie es schaffen, Weltmeisterin zu werden. Seit sie nach Rottweil gekommen ist, war Jens scharf auf Eva. Na ja, wahrscheinlich wollte er nicht nur mit ihr tanzen, sondern mehr, darum geht es aber nicht.«

»Um was dann?«, fragte Nicola ungeduldig.

Die Nachtluft war kühl, und sie hatte keine Jacke übergezogen. Außerdem war sie von der Arbeit erschöpft, und am nächsten Tag stand eine Englischklausur an, für die sie ausgeruht sein musste.

Sie hörte Marco heftig und stoßweise atmen, dann antwortete er: »Ich glaube, Jens hat Angie umgebracht, damit der Weg zu Eva frei ist.«

Für einen Moment stand Nicola wie erstarrt, dann musste sie aber doch lachen.

»Du hast ja eine ziemliche Fantasie! Hast du das der Polizei gesagt?«

»Den Bullen? Nö, denn was soll das bringen? Selbst wenn sie diesen Scheißkerl überführen, in ein paar Jahren ist er wieder draußen. Ich will ehrlich zu dir sein, Nicola: Ich habe Angie echt gern gehabt, wirklich gern.«

»Ihr hattet aber nie etwas miteinander«, gab Nicola zu bedenken.

»Ach? Hat Angie das behauptet?«

»Warum? Stimmt es etwa nicht?«

Er winkte ab. »Das spielt jetzt keine Rolle mehr. Auf jeden Fall wollte Angie nie eine richtige Beziehung mit mir.« Er zögerte, und seine nächsten Worte schlugen bei Nicola ein wie eine Bombe: »Du weißt auch, warum.«

»Was willst du damit sagen?«, fragte sie verunsichert, obwohl sie die Antwort kannte.

Freundschaftlich legte Marco einen Arm um ihre zitternden Schultern. »Mensch, Nicola, das ist heutzutage doch völlig okay. Darum schert sich niemand mehr, nicht einmal in unserem beschaulichen Rottweil. Wir beide haben Angie geliebt, und du kannst nicht wollen, dass ihr Mörder einfach so davonkommt.«

Schnell machte Nicola sich aus seiner Umarmung frei und trat ein paar Schritte zurück.

Plötzlich sah sie völlig klar. »Du meinst, wir sollen Jens einen Denkzettel verpassen?«

»Ich wusste, du bist ein kluges Mädchen.« Sein Grinsen war zynisch. »Der muss mal derart eins auf die Fresse bekommen, dass er nicht mehr weiß, ob er Männchen oder Weibchen ist.«

Abwehrend hob Nicola die Hände. »Forget it! Damit will ich nichts zu tun haben! Es ist nicht bewiesen, dass Jens Angie ermordet hat, selbst wenn, dann ist das Sache der Polizei. Außerdem wüsste ich gar nicht, was ich dabei tun könnte.«

»Ich lass mir was einfallen«, antwortete Marco ernst. »Hauptsache, du bist auf meiner Seite. Weiß eigentlich dein Vater, dass du und Angie mehr als nur Freundinnen gewesen seid?«

Sein letzter Satz war wie ein Schlag ins Gesicht. Natürlich wusste Luigi Esposito nichts von den Gefühlen seiner Tochter für Angeline und dass Nicola von einer gemeinsamen Zukunft geträumt hatte. Seine Welt würde zusammenbrechen, denn er vertrat die Meinung, dass gleichgeschlechtliche Liebe ein Werk des Teufels und diese Menschen nur nicht gottesfürchtig genug wären. Was das anging, war er noch lange nicht im 21. Jahrhundert angekommen. Nicht auszudenken, wenn er erfahren würde, was Angie wirklich für sie gewesen war!

Nicola straffte die Schultern und trat Marco entschlossen gegenüber. »Was genau willst du von mir?«

»Jens weiß, was ich von ihm halte«, antwortete Marco entschlossen. »Dich kennt er zwar flüchtig, wird aber keinen Verdacht schöpfen, wenn du …«

Er senkte die Stimme, obwohl sie ganz allein waren.

Nicola hörte zuerst ruhig zu, dann schüttelte sie den Kopf. »Niemals! Damit will ich nichts zu tun haben. Lass mich in Ruhe, Marco Scheuerle!«

Sie drehte sich um und rannte davon.

Gehässig rief er ihr nach: »Ich an deiner Stelle würde darüber nachdenken, Nicola! Sonst sehe ich mich leider gezwungen, deinem Vater ein paar Dinge zu erzählen, über die er sich nicht gerade freuen würde.«

8

»Der andere rechte Fuß, Herr Fuchs, der andere! Das ist der, wo der große Zeh links ist. Und jetzt nach vorn. Ja, richtig, gut so, und den linken Fuß zur Seite.«

Harald Liebig trat zu dem Paar und versuchte, den Mann sanft in die korrekte Richtung zu schieben, was aber nur dazu führte, dass dieser seiner Partnerin ein weiteres Mal auf den Fuß trat.

»Autsch! Das war mein großer Zeh!«, jaulte die Frau auf. »Du machst noch Pfannkuchen aus meinen armen Füßen, Michael!«

»Ich geb's auf, ich kapier das einfach nicht!« Michael Fuchs sah seine Tanzpartnerin entschuldigend an. »Ich lege dir nachher einen Eisbeutel auf deinen Fuß, versprochen.«

Wohlwollend klopfte ihm Harald Liebig auf die Schulter. »Es sind noch vier Wochen bis zu der Hochzeit, das bekommen wir schon hin. Es wäre gut, wenn Sie zu Hause üben könnten. Immer daran denken: Eins-zwei-drei-vier-fünf-sechs, vor-seit-Schluss, rück-seit-Schluss. Immer mit dem rechten Fuß vorwärts beginnen und dann hübsch einen Fuß nach dem anderen benutzen und mit dem vollen Körpergewicht belasten. Kein Fuß kommt zweimal hintereinander an die Reihe.«

»Nur gut, dass Michael nur zwei Füße hat«, sagte seine Partnerin. »Ein Tausendfüßler hätte es wesentlich schwerer.«

Sie lachten, und Harald Liebig wandte sich dem nächsten Paar zu.

Regina Müller hatte den Wortwechsel verfolgt und schmunzelte. Glücklicherweise entpuppte sich ihr Verlobter als nicht so ungeschickt wie dieser Michael Fuchs. In der vergangenen Stunde hatten sie den Wiener Walzer durchgenommen, der von den insgesamt acht Paaren des Kurses unterschiedlich gut bewältigt wurde.

»Wir machen zwanzig Minuten Pause«, rief Harald Liebig in den Raum und stellte die Musik ab. »Sie können sich in unserem Barbereich erfrischen.«

Klaus Schiller, Reginas Verlobter, verließ den Saal und bestellte zwei Apfelsaftschorle an der Bar.

Während Regina wartete, trat die Frau, deren Partner ihr ständig auf die Füße trat, zu ihr und sagte mit einem gezwungenen Lächeln: »Ihr Freund scheint begabter als meiner zu sein. Für die nächsten Unterrichtseinheiten werde ich mir am besten Schuhe mit Stahlkappen besorgen.«

Regina Müller nickte ihr aufmunternd zu. »Na ja, es ist die erste Stunde, und es ist noch kein Meister vom Himmel gefallen.«

Klaus Schiller und Michael Fuchs brachten den Damen die Getränke. Sie stießen an und stellten sich gegenseitig vor.

»Ich bin Daniela Heinzelmann, es ist euch doch recht, wenn wir uns duzen?«

Sie war etwa Mitte vierzig und hatte glänzende, dichte dunkelbraune Locken und ein hübsches, herzförmiges Gesicht.

»Heiratet ihr auch?«, fragte Regina interessiert.

»Gott behüte!«, antworteten Daniela und Michael gleichzeitig, und Daniela fuhr fort: »Nein, mein Sohn traut sich, diesen Schritt zu tun, und da es eine große Feier mit Tanz geben wird, sollte Michael wenigstens einmal einen Walzer mit seiner künftigen Stiefschwiegertochter zustande bringen. Wir beide sind jeweils geschieden und brauchen keinen Trauschein, um glücklich miteinander zu sein. Ihr wollt es aber wagen?«

Liebevoll legte Klaus einen Arm um Reginas Schulter. »Wer nicht wagt, der nicht gewinnt. Ich hätte nicht gedacht, dass mir das Tanzen so viel Spaß macht, zumindest bisher. Ich habe mir den Walzer weitaus komplizierter und schwerer vorgestellt.«

»Also, für mich ist der schwer genug«, murmelte Michael und nahm einen langen Schluck.

»Ich tanze unheimlich gern«, sagte Regina, »und habe darauf bestanden, den Tanzkurs zu machen, denn ich finde, ein Brautpaar sollte den klassischen Brautwalzer hinbekommen, auch wenn das heutzutage mitunter aus der Mode gekommen ist.«

»Ich mache es nur Danielas Sohn zuliebe«, gab Michael Fuchs zu und deutete auf seine Beine. In den engen Jeans erkannte man eine ausgeprägte O-Form. »Ich habe über zwanzig Jahre Fußball gespielt und fühle mich auf dem Rasen wesentlich wohler als auf dem Parkett.«

»Dabei ist es bereits der zweite Tanzkurs, den wir zusammen machen«, raunte Daniela Regina ins Ohr, als Klaus, ebenfalls ein großer Fußballfan, Michael fragte, ob in der kommenden Saison der FC Freiburg den Wiederaufstieg in die erste Liga schaffen könnte. »Wir haben schon sechs Tanzstunden hinter uns«, fuhr Daniela fort, »so einfach gebe ich die Hoffnung jedoch nicht auf. Gut, dass die beiden Kurse nahtlos aneinander anschließen.«

»Es ist von deinem Freund sehr nett, dass er versucht, das Tanzen zu lernen. Das macht nicht jeder Mann für seine Frau«, erwiderte Regina Müller und dachte unwillkürlich an ihren Chef.

»Meine Damen und Herren, es geht weiter.« Harald Liebig klatschte in die Hände. »In der nächsten Stunde werden wir uns dem Discofox widmen, einem sehr wichtigen Tanz für jede Gelegenheit.«

»Meine armen Zehen«, murmelte Daniela Heinzelmann und stupste Michael in die Seite. »Wir machen einen Deal: Jeder weitere Tritt bedeutet einmal Geschirrspülen.«

Er rollte mit einer gespielt verzweifelten Geste mit den Augen. »Dann werde ich die Hochzeit wohl versäumen, da ich in den nächsten Monaten nicht mehr aus der Küche herauskomme.«

Harald Liebig legte den aktuellen Schlager von Beatrice Egli auf und bat die Paare, sich locker und so, wie jeder es konnte, auf die Musik zu bewegen. Regina Müller und

Klaus Schiller war der Discofox nicht fremd, daher bot die nächste Unterrichtsstunde nicht viel Neues für sie.

Während Regina folgsam die Schrittfolge eines Damensolos und einer Figur mit dem Namen Brezel tanzte, erregte ein Paar im Vorraum ihre Aufmerksamkeit. Der kleine Saal war mit einem bodentiefen Fenster zum Barbereich abgetrennt, in den jetzt Jens Mauch trat. Sie hatte ihn im Revier nur flüchtig gesehen und hoffte, von ihm nicht erkannt zu werden. Das zierliche und unglaublich hübsche Mädchen mit den schulterlangen blonden Haaren war Regina zwar unbekannt, nach der Beschreibung von Jürgen Riedlinger konnte es sich nur um Evalina Adamek handeln. Das Paar hatte offenbar einen Disput, denn Evalinas Augen funkelten zornig. Sie rief Mauch etwas zu, worauf er ebenfalls verärgert reagierte. Nun griff Mauch nach dem Arm der jungen Frau, als wolle er sie schütteln. Sie riss sich los, schnappte sich ihre Sporttasche und lief zur Tür.

Der Streit war von Harald Liebig ebenfalls verfolgt worden. »Sie entschuldigen mich bitte für einen Moment«, sagte er durch das Mikrofon. »Üben Sie einfach weiter, ich bin gleich wieder zurück.«

Er verließ den Saal und schloss die Tür sorgsam hinter sich.

»Ich muss mal zur Toilette«, raunte Regina ihrem Verlobten zu.

»Jetzt?«

»Ja, jetzt, dauert auch nicht lange.«

Klaus Schiller wusste nicht, dass Regina nicht nur zur Tanzstunde hier war, sondern auch hoffte, etwas über den Mordfall Angeline Schmidt herauszufinden. Ebenso wie ihre Vorgesetzten sprach auch sie niemals über die laufenden Fälle.

Harald Liebig hatte Evalina an der Tür abgefangen. Regina ging scheinbar desinteressiert an ihnen vorbei, verharrte dann aber hinter der Ecke in dem zu den Waschräumen führenden Gang. Hier konnte sie nicht gesehen werden, aber hören, was vorne gesprochen wurde.

»Jetzt reiß dich zusammen, Mädchen!«, zischte Harald Liebig. »Du hast zugestimmt, mit Jens zu trainieren, und ich dachte, du willst ganz nach oben.«

»Mir ist heute aber nicht gut«, antwortete Evalina. »Ziemlich schwindlig und auch schlecht, außerdem mäkelt Jens an allem herum.«

»Dann nimm eine Tablette und spritz dir kaltes Wasser ins Gesicht!« Liebig zügelte nicht seinen Unwillen. »Du bist doch sonst keine solche Mimose, Eva. Ihr könnt ein paar langsame Figuren im Standard üben, Posen durchgehen und so. Du musst lernen, dich auf Jens' Führung einzulassen.«

Evalina zögerte, dann erwiderte sie leise: »Okay, du bist der Coach, aber Jens soll sich nicht so aufspielen und tun, als mache nur ich die Fehler.«

»Und du sollst nicht meinen, dass ich ausgerechnet auf dich angewiesen bin«, konterte Jens sofort.

»Ach nein?« Evalina lachte. »Wer bettelt denn seit Monaten, dass er mit mir trainieren will?«

»Schluss jetzt!« Liebig wurde es offenbar zu bunt. »Ihr geht jetzt wieder in den großen Saal, und in der nächsten Stunde möchte ich von euch keinen Mucks mehr hören. Sobald ich die Gruppe von fast völlig talentfreien Bewegungsspastikern da drinnen hinter mir habe, kümmere ich mich um euch.«

Regina Müller machte, dass sie in die Damentoilette kam, denn kaum eine Sekunde später bog Evalina um die Ecke.

Talentfreie Bewegungsspastiker!, dachte Regina wütend. Es war klar, dass es für Liebig nicht gerade anspruchsvoll war, Tanzschülern, die rechts und links nicht voneinander unterscheiden konnten, immer wieder das Gleiche zu erzählen. Sie hätte aber nicht gedacht, dass er derart abfällig über die Gruppe urteilte und dies anderen gegenüber auch äußerte. Schließlich verdiente er gerade mit Leuten, die *nicht* tanzen konnten, sein Geld – und zwar nicht wenig, denn die sechs Doppelstunden waren nicht gerade günstig. Für diesen

Preis konnte man gut und gern für eine Woche all inclusive und zur besten Reisezeit nach Mallorca fliegen.

Regina kehrte in den Saal zurück, wo Liebig wieder dabei war, die nächste Figur zu erklären. Sein Gesichtsausdruck war geschäftsmäßig freundlich, und er vermittelte den Eindruck, als würde ihm der Unterricht Freude machen.

Heuchler!, dachte Regina, ließ sich Klaus gegenüber aber nichts anmerken. Harald Liebig hatte sämtliche Sympathiepunkte bei ihr verspielt, und sie würde versuchen, ihm näher auf den Zahn zu fühlen. Gegen ihn sprach ein fehlendes Alibi, auch wenn bis jetzt kein Motiv erkennbar war. Für einen Moment wünschte sich Regina, Liebig als Täter überführen zu können, so verärgert war sie über seine respektlose Bemerkung.

Nach dem Ende der Stunde sagte Daniela Heinzelmann: »Jetzt brauche ich unbedingt einen Aperol Spritz! Trinkt ihr einen mit?«

»Für mich lieber ein kühles Pils«, antwortete Michael Fuchs, sichtlich erleichtert, den heutigen Unterricht überstanden zu haben.

Zu viert nahmen sie mit ihren Getränken in einer ruhigen Ecke Platz. Die Männer setzten ihre vorhin abgebrochene Diskussion über Fußball fort.

Regina wandte sich an Daniela und fragte leise: »Hier ist doch letzte Woche ein Mord geschehen? Habt ihr etwas davon mitbekommen?«

Ein Schatten fiel über Danielas hübsches Gesicht. »Furchtbare Sache, ich kann es immer noch nicht glauben. Während unseres ersten Kurses habe ich das Mädchen manchmal beim Training gesehen. Samstagabends ist auch immer Übungsabend für die Tanzschüler, und Angeline«, sie sah Regina fragend an, »ihr Name war doch Angeline, nicht wahr?«

Regina nickte und zog an ihrem Strohhalm, um ihr Interesse nicht zu deutlich werden zu lassen.

Daniela fuhr fort: »Sie und ihr Partner trainierten häufig auch samstags nebenan im großen Saal. Ach, es war toll, ihnen zuzuschauen! Allerdings haben sie sich auch regelmäßig gezofft, weil es angeblich nicht gut geklappt hat, dabei war für mich alles mehr als perfekt. Ich wünschte, Michael und ich könnten auch nur annähernd so gut tanzen. Dafür hätten wir aber wohl dreißig Jahre früher anfangen müssen.«

»Oder täglich üben«, ergänzte Regina. »Ist irgendwie ein komisches Gefühl, in den Räumen zu sein, in denen jemand ermordet wurde. Ich war vorhin auf der Toilette, direkt daneben ist es ja passiert.«

Daniela nickte zustimmend. »Mir läuft auch immer ein Schauer über den Rücken, wenn ich aufs Klo muss. In der Woche vorher ... also bevor das Schreckliche geschehen ist, da habe ich Angeline noch in der Umkleide gesehen. Sie hatte ein feuchtes Handtuch um eines ihrer Knie geschlungen und hat geweint.«

»Ach ja?« Regina rührte mit dem Strohhalm in ihrem Cocktail und tat unschuldig. »Hatte sie wieder mit ihrem Partner gestritten?«

Daniela zuckte mit den Schultern. »Ich glaube nicht, auf mich hat es eher gewirkt, als hätte sie Schmerzen, darum auch das feuchte Handtuch. Ich habe sie gefragt, ob ich ihr helfen könne. Du musst wissen, ich habe früher als Arzthelferin gearbeitet. Dann kam ein anderes Mädchen hinzu, auch so eine junge, hübsche Blonde.«

»Evalina«, entfuhr es Regina und hoffte, es wäre nicht zu auffällig, dass sie den Namen dieser Tänzerin kannte.

Daniela Heinzelmann war aber viel zu begierig, alles zu erzählen.

»Diese Evalina kam also in die Umkleide, hat mich gar nicht beachtet, sondern hat ziemlich unfreundlich zu Angeline gesagt, sie solle eben aufhören, wenn sie es nicht packen würde. Sie wäre ohnehin ziemlich schlecht, und sie wüsste nicht, warum Jens sich überhaupt mit ihr abgeben würde.«

»Wie hat Angeline darauf reagiert?«

»Ich bin dann gegangen«, antwortete Daniela. »Es war offensichtlich, dass die beiden Mädchen sich nicht ausstehen konnten, und ich wollte nicht in einen Streit reingezogen werden.«

»Hast du der Polizei erzählt, dass die zwei Tänzerinnen Streit miteinander hatten?«

»Polizei?«, rief Daniela erschrocken und so laut, dass die Männer ihr Gespräch unterbrachen.

»Was ist mit der Polizei?«, fragte Michael Fuchs, und Klaus Schiller bemerkte: »Wenn die Polizei benötigt werden sollte, dann … aua!«

Unter dem Tisch hatte Regina ihrem Verlobten fest gegen das Schienbein getreten. Sie sah ihn durchdringend an, und er verstand.

»Wir haben uns über diesen furchtbaren Mord unterhalten«, sagte Regina schnell, »und ich wollte gerade sagen, dass die Polizei wohl noch keine konkrete Spur zu haben scheint.«

»Ich habe erzählt, dass es wohl ziemlichen Zoff zwischen dem Opfer und einer anderen Tänzerin gegeben haben muss«, fuhr Daniela Heinzelmann fort. »Ich schaue ja gern Krimis im Fernsehen. Meistens weiß ich recht bald, wer der Täter ist. Also, wenn ich einen Tipp abgeben soll: Es war diese Blonde.«

Sie zwinkerte schelmisch, die anderen stimmten in ihr Lachen ein, und Regina lenkte das Thema auf das milde Frühlingswetter. Sie musste vorsichtig sein, und für heute hatte sie genug erfahren.

Nach zehn Minuten verließen sie gemeinsam die Tanzschule. Während Regina und Klaus zum Wagen gingen, fasste er zusammen: »Dieser Tanzkurs kommt dir sehr gelegen, nicht wahr? Du bist nicht nur hier, um für unsere Hochzeit tanzen zu lernen, sondern nebenbei ermittelst du noch in dem Mordfall. Dürfen Daniela und Michael deswegen nicht wissen, dass du Polizistin bist? Habt ihr eine Spur, die mit jemandem in der Tanzschule zu tun hat?«

»Es wäre mir recht, wenn niemand von meinem Beruf erfährt, das ist richtig. Zu deinen anderen Fragen darf ich dir nichts sagen.«

Er seufzte verhalten. »Diese Antwort ist mir Antwort genug.«

Höflich öffnete er die Wagentür, um Regina einsteigen zu lassen. In diesem Moment fuhr ein schwarzes Sportcabriolet mit Pforzheimer Kennzeichen auf den Parkplatz. Ein untersetzter Mann stieg aus und eilte mit großen Schritten zur Eingangstür der Tanzschule.

»Äh ... ich hab etwas vergessen«, sagte Regina Müller. »Ich bin gleich wieder da.«

»Ich komme mit.«

»Nein, Klaus, das geht nicht.«

Nun war Regina Müller ganz und gar Polizistin, denn sie hatte in dem Mann den Landestrainer Norbert Küttner erkannt. Warum kam er nach zweiundzwanzig Uhr extra aus Pforzheim nach Rottweil?

»Regina, bitte ...« Klaus legte eine Hand auf ihren Arm.

»Ja, du hast recht«, gab Regina zu. »Ich habe hier einen Job zu erledigen. Bitte warte, es dauert nicht lange.«

Unbehaglich trat er von einem Fuß auf den anderen. »Ich hoffe, du weißt, was du tust. Wenn du in zehn Minuten nicht zurück bist, dann komme ich nach.«

* * *

Die Tür zum großen Saal stand offen. Regina hörte die harten, rhythmischen Klänge eines Tangos, dazwischen die Stimme von Jens Mauch: »Kopf links und rechte Seite hoch!«

Das Tanzpaar war allein im Saal und übte eine Schrittkombination. Hinter der Bar räumte die junge Frau, die sie vorhin bedient hatte, Gläser in die Spülmaschine.

»Haben Sie etwas vergessen?«, fragte sie, als sie Regina wiedererkannte.

»Ich muss wohl meine Handtasche in den Toilettenräumen liegen gelassen haben«, antwortete Regina geistesgegenwärtig.

Schräg gegenüber den Toiletten befand sich das Büro, und diese Ecke war von der Bar aus nicht einzusehen. Die Bürotür war geschlossen. Regina legte ihr Ohr an die Tür. Sie konnte die Männer miteinander sprechen hören, verstand aber kein Wort. Es schien ihr, als wäre Küttner aufgeregt, und Liebig versuchte, ihn zu beruhigen.

Es war wohl besser, wieder zu gehen, bevor man sie beim Lauschen entdeckte. Das Apfelsaftschorle und der Cocktail drückten jedoch auf ihre Blase, daher entschloss sie sich, die Toilette aufzusuchen. Sie wusch sich gerade die Hände, als die Männer das Büro verließen und im Gang ihr Gespräch fortsetzten. Vorsichtig öffnete Regina die Tür einen Spaltbreit, damit man sie nicht sehen konnte.

»Dann bezahl halt noch ein paar Scheinchen«, sagte Liebig. »Du hast versprochen, dass Mauch gewinnt. Glaubst du, ich betreibe diesen Aufwand für nichts und wieder nichts? Die zusätzlichen Trainerstunden bezahlt mir nämlich niemand, wie du weißt.«

»Die olle Schneider ist aber auch eine harte Nuss«, antwortete Küttner genervt. »Es war ausgemacht, dass sie in jeder Runde das Paar voll durchkreuzt, und im Finale jeweils die Eins zieht. Jetzt meint die Schneider, unsere Abmachung hätte nur für das Paar Mauch/Schmidt gegolten. Die neue Partnerin kenne sie nicht und sie müsse sich erst ein Bild von ihr machen, bevor sie gute Wertungen vergeben kann.«

»So ein Schwachsinn, Norbert! Entweder ist die Schneider auf unserer Seite oder sie ist es nicht.«

»Das Problem ist, dass ihr eigener Landesverband auch ein Paar ins Rennen schickt.«

»Das ist alles nur eine Frage des Geldes«, antwortete Liebig bestimmt. »Aber selbst wenn die Schneider umkippen sollte – solange wir die anderen Wertungsrichter auf unserer Seite haben, kann es doch egal sein. Ins Finale kommen die beiden auf jeden Fall, und die Schneider wird es nicht wagen, gegen die Einser der anderen eine schlechtere Wertung zu ziehen.« Freundschaftlich legte er einen Arm um Küttners Schultern. »Und was die andere Sache angeht …«

Die beiden Trainer entfernten sich, und Regina konnte ihr Gespräch nicht weiter mit anhören. Sie musste jetzt schleunigst gehen. Ihr Verlobter wäre durchaus in der Lage, wie ein Berserker hereinzustürmen und ihre Tarnung auffliegen zu lassen.

* * *

Am nächsten Morgen berichtete Regina Müller ihren Vorgesetzten von den Erkenntnissen des vergangenen Abends – jedoch nicht, ohne zuvor Riedlingers Bürotasse mit Milchkaffee zu füllen. Inzwischen konnte Jürgen Riedlinger zwar mit dem modernen Kaffeeautomaten, der in Reginas Büro stand, leidlich gut umgehen, war aber von seiner Meinung – »Wenn Sie ihn zubereiten, Müllerchen, schmeckt er viel besser« – nicht abzubringen.

Der Hauptkommissar lauschte interessiert dem Bericht über das Gespräch zwischen den beiden Trainern.

Er teilte Reginas Meinung. »Hier geht es offenbar um einen Bestechungsfall. Ob das allerdings mit dem Mord in Zusammenhang steht, sei dahingestellt.«

»Außer, Angeline Schmidt wusste davon und drohte, die Sache auffliegen zu lassen«, gab Wolfgang Mozer zu bedenken.

»Warum hätte sie das tun sollen? Sie und Mauch waren die Nutznießer, denn sie hätten die Meisterschaft gewonnen.«

»Vielleicht wollte Angeline trotzdem nicht weiter mitmachen«, beharrte Mozer. »Das und ihre Schmerzen.«

»Ich weiß nicht …« Nachdenklich schüttelte Riedlinger den Kopf. »Das erscheint mir als Motiv doch recht vage. Nicola Esposito schilderte das Opfer als äußerst ehrgeizig, es würde nicht zu Angeline passen.«

Es klopfte und Mozer rief: »Ja, bitte?«

Ein junger Mitarbeiter der Kriminaltechnik betrat das Büro und reichte Riedlinger eine Akte.

»Unserem IT-Spezialisten ist es gelungen, den Facebook-Account des Opfers zu knacken, Herr Riedlinger. Es gibt einen interessanten Chatverlauf, der ein paar Monate zurückliegt. Er hat entsprechende Screenshots gemacht.«

»Danke«, erwiderte Riedlinger und schlug die Akte auf.

»Lass uns noch mal reden. Bitte!«, las Jürgen Riedlinger laut vor.

Die KTU hatte die jeweiligen Beiträge der beiden Chatter mit farblich unterschiedlichen Textmarkern gekennzeichnet.

»Nee, es ist alles gesagt. Lass mich in Ruhe.«

»Du kannst mich doch nicht einfach so abservieren. Nicht nach allem, was war.«

»Was war schon? Ich liebe dich nicht, und das mit uns ... es war ein Fehler. Ich steh nicht auf Frauen.«

»Wir können doch aber Freundinnen bleiben?«

»Ich habe keine Zeit dafür.«

»Bitte, Angie, bitte ...«

»Hör jetzt auf, sonst entfreunde und blockier ich dich. Und hör auch auf, mich anzurufen oder SMS zu schreiben. Es ist vorbei. Kapier das endlich!«

Riedlinger und Mozer tauschten einen verstehenden Blick.

»Da lagen wir mit unserer Vermutung richtig«, bemerkte Wolfgang Mozer. »Lass mich raten, mit wem unser Opfer hier gechattet hat: Nicola Esposito, nicht wahr?«

»Richtig, und Angeline Schmidt hat sich dann tatsächlich ein paar Tage später von Nicola entfreundet, wie das in diesem Netzwerk genannt wird.«

»Glauben Sie, die beiden Frauen hatten eine Beziehung?«, fragte Regina Müller, und Riedlinger zuckte mit den Schultern.

»Ob es eine richtige Beziehung gewesen ist, sei dahingestellt. Vielleicht wollte Angeline sich nur ausprobieren. Der Kontext dieser Unterhaltung spricht dafür, dass es für Nicola ernster gewesen ist.« Er sah auf seine Uhr. »Ich werde heute Nachmittag noch mal mit Nicola sprechen, jetzt wird sie wohl in der Schule sein.« Er schob die Akte zur Seite und griff nach einem schmalen, dunkelblauen Ordner, teilte den etwa fünf Zentimeter hohen Blätterstapel in zwei gleiche Teile und schob einen Wolfgang Mozer hin. »Das sind Aufzeichnungen der Befragungen der Lehrer und Mitschüler des Opfers. Dann machen wir uns mal daran, das durchzusehen.«

»Was soll ich machen, Chef?«, fragte Regina Müller, deutete auf seine inzwischen leere Tasse und schmunzelte. »Außer Ihnen noch einen Kaffee zu bringen.«

»Noch ein Salamibrötchen aus der Kantine holen«, antwortete Jürgen Riedlinger, zwinkerte seiner Mitarbeiterin zu und fuhr fort: »Im Ernst, Frau Müller, ich bin für Ihre Hilfe sehr dankbar und hoffe, Sie haben nicht das Gefühl, dass Sie hier nur der Laufbursche sind. Ich schätze Ihre Mitarbeit wirklich sehr und hoffe, es winkt bald eine Beförderung.«

»Ach, Chef, das weiß ich doch.« Reginas Wangen färbten sich rosa, und verlegen sah sie zu Boden. Aber eines musste sie denn doch noch loswerden: »Als ich frisch von der Polizeischule auf dieses Revier gekommen bin, da war es schon ein bisschen so, als würden Sie mir nichts zutrauen … Ich könnte versuchen, ob ich etwas über diese Wertungsrichterin Schneider herausfinde. Wir sollten diesen Aspekt nicht völlig außer Acht lassen.«

»Sehen Sie auf der Website des Vereins nach«, schlug Wolfgang Mozer vor. »Vielleicht gibt es dort schon Informationen über die Meisterschaft und über die Wertungsrichter. Wenn nicht, dann rufen Sie den zuständigen Sportwart an und fragen ihn, welche Wertungsrichter eingeteilt sind.«

Perplex starrte Riedlinger seinen Kollegen an. »Woher weißt du das, Motzi?«

»Ich war die letzten Tage und vor allen Dingen Nächte nicht untätig und habe mich durch zahlreiche Seiten im Web gelesen. Es gibt genaue Vorschriften, wie ein Turnier abzuwickeln ist. Ach ja, Frau Müller«, er sah wieder zu der Kommissaranwärterin, »die Meisterschaft wird hier in Rottweil in der Stadthalle durchgeführt.«

»Ein Grund mehr für die Trainer, den Titel unbedingt ins Städtle holen zu wollen«, sagte Riedlinger. »Ich nehme an, dass ein Sieg bei einer Deutschen Meisterschaft für Liebig eine gute Werbung wäre, die er sich bestimmt nicht entgehen lassen will.«

* * *

Drei Stunden später hatten die beiden Kommissare alle Aussagen gesichtet. Angeline Schmidt war offenbar ein Mädchen mit zwei Gesichtern gewesen. Die Lehrer beschrieben sie als ruhig, eher zurückhaltend und in den meisten Fächern als gute und wissbegierige Schülerin. Durch alle Schuljahre hinweg hatte sie nie einen Eintrag oder eine Verwarnung erhalten und war auf Grund ihrer sportlichen Erfolge mehrmals vom Unterricht freigestellt worden. Das verpasste Lernpensum oder in der Zeit eventuell anfallende Klassenarbeiten hatte Angeline stets nachgeholt.

Anders sah es bei den Aussagen der Mitschüler aus. Arrogante Zicke, Tussi, Besen, Doofnuss oder Cholerator waren noch die harmloseren Bezeichnungen. Während sich kaum ein Mädchen positiv über Angeline geäußert hatte, sagten ein paar der Jungen, dass sie schon recht scharf gewesen wäre. Außer Nicola Esposito hatte Angeline keine andere Freundin gehabt oder jemanden, mit dem sie ihre Freizeit verbrachte. Das deckte sich mit den Aussagen ihrer Eltern.

»Sicher nichts für länger«, las Riedlinger die Bemerkung eines Mitschülers vor, die wörtlich notiert worden war. »Für eine Nummer hätte ich sie aber nicht von der Bettkante geschubst.«

»Darauf dürfen wir nicht zu viel geben«, sagte Wolfgang Mozer. »Angeline war aufgrund ihrer sportlichen Erfolge etwas Besonderes. Manchmal wird man von Gleichaltrigen beneidet, oft aber auch zum Außenseiter, besonders wenn man sich selbst ausgrenzt, was Angeline offenbar getan hat.«

»Es stellt sich die Frage, ob Angeline keinen näheren Kontakt in ihrer Klasse wollte oder ob ihr schlicht und einfach die Zeit dafür fehlte.«

Mozer nickte. »Ich tendiere zu Letzterem. Nicola Esposito scheint mit ihrer Aussage, Angeline wäre vom Ehrgeiz zerfressen gewesen, den Nagel auf den Kopf getroffen zu haben.«

»Nicola hat uns ebenfalls erzählt, dass die meisten neidisch auf Angeline gewesen waren«, fuhr Riedlinger nachdenklich fort und seufzte. »Aber niemand hat ausgesagt, dass Angeline Feinde gehabt hätte, also jemanden, der so wütend auf sie gewesen ist, dass er einen Mord begehen würde.«

Wolfgang Mozer rollte mit seinem Stuhl zurück und stand auf. »Es ist kurz nach eins, Riedl. Ich denke, wir werden Nicola jetzt beim Mittagessen antreffen.«

9

Luigi Esposito war ein großer, kräftiger Mann Mitte vierzig mit einem kleinen Bauchansatz, ergrauten Schläfen und schwarzen Augen.

»Meine Tochter ist nicht hier«, sagte er in einem fast akzentfreien Deutsch. »Vor etwa einer Stunde kam sie von der Schule, ist aber gleich wieder gegangen, ohne etwas zu essen.«

»Ich glaube, sie trifft sich mit einem Jungen.« Heike Esposito trat neben ihren Mann und zwinkerte ihm wissend zu. »Da hat man einfach keinen Hunger.«

»Wissen Sie, um wen es sich handelt und wohin sie gegangen sein könnte?«, fragte Riedlinger.

Heike schüttelte bedauernd den Kopf. »Nicola ist volljährig, da sagt man den Eltern nicht mehr, mit wem und wo man seine Zeit verbringt. Ich vermute, es wird dieser Junge sein, der vor ein paar Tagen hier war. Sie haben sich dann auch einmal getroffen, nachdem ich Nicola im Lokal nicht mehr gebraucht habe.«

»Hoffentlich taugt er etwas«, murrte Luigi, eine steile Falte über der Nasenwurzel. »Ich kann meiner Tochter leider nicht verbieten, mit wem sie sich trifft, ich werde den Jungen und dessen Familie aber genau unter die Lupe nehmen.«

»Ach, Luigi.« Verständnisvoll drückte Heike den Arm ihres Mannes. »Nicola wird diesen jungen Mann nicht gleich heiraten wollen, wir wissen nicht einmal, ob sie überhaupt ein Paar sind. Vielleicht kennen sie sich nur von der Schule und lernen zusammen.«

»Bei mir zu Hause stellt sich ein Mann vor und fragt den Vater um Erlaubnis, bevor er mit einem Mädchen ausgeht«, beharrte Luigi.

»Wir sind aber nicht auf Sizilien, sondern im Schwabenländle«, erwiderte Heike bestimmt. »Unsere Tochter ist vernünftig und aufgeklärt, und sie wird es uns sagen, wenn sie einen festen Freund hat und es etwas Ernstes sein sollte.«

»Gegen euch zwei komme ich ohnehin nicht an«, murrte Luigi und wirkte nicht überzeugt. »Ich widme mich jetzt der Lasagne, die gibt mir wenigstens nicht immer Widerworte.«

Er verschwand in der Küche, und Riedlinger und Mozer hörten, wie Luigi Esposito begann, lauter mit den Töpfen und Pfannen zu klappern, als es nötig gewesen wäre.

»Können Sie den jungen Mann beschreiben, Frau Esposito?«, fragte Riedlinger und dachte unwillkürlich an Jens Mauch.

»Er war mittelgroß, recht dünn und er hat rötliche Haare.«

Unmerklich stupste Wolfgang Mozer seinem Kollegen in die Seite und deutete ein Nicken an.

Riedlinger bat Frau Esposito, dass Nicola sich bei ihm melden möge, dann verließen die Kommissare die Pizzeria.

»Der Beschreibung nach könnte es sich um Marco Scheuerle handeln«, erklärte Mozer, als sie zum Wagen gingen. »Was hat das Mädchen ausgerechnet mit Scheuerle zu schaffen? Es wäre doch ein großer Zufall, wenn ausgerechnet er ihr Freund wäre, außerdem vermuten wir, dass Nicola sich wohl etwas mehr aus Frauen macht.«

Jürgen Riedlinger konnte die Frage leicht beantworten: »Es gibt einen gemeinsamen Nenner: Jens Mauch! Mauch hat Scheuerle die Tanzpartnerin abspenstig gemacht, und ich kann mir vorstellen, dass Nicola Mauch die Schuld gibt, dass Angeline keine Zeit mehr für sie hatte.«

»Wir werden morgen mit dem Mädchen sprechen«, sagte Wolfgang Mozer. »Für heute machen wir Schluss, so haben wir genügend Zeit, uns umzuziehen.«

»Warum sollte ich mich umziehen?«

Jürgen Riedlinger sah an sich herunter. Er trug eine dunkelgraue Stoffhose, ein blau-weiß gestreiftes, kurzärmliges Hemd, darüber einen leichten, blauen Sommerblouson.

»Was passt dir an meiner Kleidung nicht?«

»Könnte es sein, dass du es vergessen hast?«

»Was vergessen?« Riedlinger hatte keine Ahnung, wovon sein Kollege sprach.

»Um sechzehn Uhr ist die Verabschiedung des Landrates«, erinnerte Wolfgang Mozer ihn mit hochgezogener Augenbraue.

»Das ist heute? Ach herrje, da muss ich aber nicht unbedingt dabei sein.«

»Die Frau Staatsanwältin besteht darauf, Riedl«, mahnte Mozer, doch Riedlinger winkte ab.

»Ach was, wir stecken mitten in einer Mordermittlung, das hat Vorrang. Du kannst gern gehen, derweil arbeite ich lieber noch ein paar Akten im Büro durch.«

»Das wird Frau Doktor Pfeffer aber nicht gefallen. Sie hat darauf bestanden, dass alle Beamten des gehobenen Dienstes bei dem Festakt anwesend zu sein haben.«

»Auf die Befindlichkeiten unserer Frau Staatsanwältin kann ich keine Rücksicht nehmen«, beharrte Riedlinger. »Solange ein Mensch frei herumläuft, der ein siebzehnjähriges Mädchen ermordet hat, werde ich meine Zeit nicht champagnertrinkend und mit dem Anhören endloser Dankesreden verschwenden.«

»Okay, ich werde zum Empfang gehen und du widmest dich der Büroarbeit«, stimmte Mozer zu. »Damit ist beiden Seiten gedient, das wird auch Frau Doktor Pfeffer verstehen.«

Dessen war sich Jürgen Riedlinger keinesfalls sicher, sah einer eventuellen späteren Konfrontation jedoch gelassen entgegen.

* * *

Marco Scheuerle betätigte den Blinker und bog nach rechts von der B 14 zur Ruine Neckarburg ab.

»He!«, rief Nicola auf dem Beifahrersitz. »Willst du mir nicht endlich sagen, was wir ausgerechnet hier wollen?«

Sie hatten sich auf dem Friedrichsplatz getroffen, und Marco hatte sie aufgefordert, in sein Auto zu steigen. Nicola war zwar skeptisch gewesen, hatte aber keine Angst vor ihm. Marco hatte die Stadt in Richtung Villingendorf verlassen, bisher aber auf ihre Nachfragen geschwiegen.

»Wart's ab, ich erkläre es dir gleich.«

Auf der schmalen, kurvigen Straße kam ihnen kein anderes Fahrzeug entgegen, sie überholten lediglich einen Jogger. Unter der Woche hatte der Biergarten des Hofgutes Neckarburg geschlossen, und es verirrten sich nur selten Ausflügler in das Naturschutzgebiet. Sie passierten den Standort Esch, auf dem die neue JVA entstehen sollte, ein entsprechender Bürgerentscheid darüber würde im Herbst stattfinden. An jedem Baum prangten große Plakate der Bürgerinitiative gegen das Großgefängnis. Nicola selbst hatte keine Meinung dazu, das seit Jahren andauernde Hin und Her zu dem Thema war ihr herzlich gleichgültig. Nun lichteten sich die Bäume und gaben den Blick auf das »Bergle« frei, den Umlaufberg einer verlassenen Schlinge des Neckars. Im Tal angekommen, stellte Marco seinen Wagen auf dem Parkplatz ab. Es war das einzige Auto, Menschen waren keine zu sehen, lediglich die Pferde und Ponys des Hofgutes hoben ihre Köpfe und sahen den Ankömmlingen neugierig entgegen.

Marco hatte jedoch keinen Blick für die Tiere. »Komm mit«, forderte er Nicola auf und ging zielstrebig an den Stallungen vorbei.

Es musste Jahre her sein, seit Nicola das letzte Mal im Tal unterhalb der Ruine Neckarburg gewesen war. Sie erinnerte sich, in der Grundschule einen Wandertag hierher gemacht zu haben. Danach war sie vielleicht zwei, maximal drei Mal mit ihren Eltern hier gewesen. Seitdem hatte sich die Anlage stark verändert, von den Überresten der Burg links oben im Wald war hier unten nichts zu erkennen. Über den gebogenen, steinernen Steg überquerten sie die Bahnlinie Rottweil–Stuttgart, dann kam die Brücke mit dem hölzernen

Dach des Schwäbischen Albvereins in Sicht, die den Neckar überquerte. Der Fluss führte Niedrigwasser, so war die Furt neben der Brücke, durch die man den Neckar durchqueren konnte, gut zu erkennen. Wenige Meter weiter oben rauschte das Wasser das Wehr hinunter. In den Bäumen zwitscherten die Vögel und auf der Wiese hinter der Brücke hoppelten zwei Wildkaninchen an ihnen vorbei. Für einen Moment blieben die Tiere stehen und schnüffelten. Ihre Löffel drehten sich, dann schienen sie die Menschen gewittert zu haben, sprangen mit großen Sätzen davon und verschwanden im dornigen Dickicht am Flussrand.

»Wohin willst du?«, rief Nicola, als Marco mit großen Schritten über den Trampelpfad der Wiese zum dahinterliegenden Wald lief. »Ich glaube, ich habe jetzt keine Lust mehr.«

Marco Scheuerle drehte sich zu Nicola um und grinste. »Hier sagen sich in der Tat Fuchs und Hase gute Nacht. Unter der Woche kommt kaum jemand her und wenn, dann zur Ruine rauf oder nur bis zur Brücke. Beeil dich gefälligst, ich habe nicht den ganzen Tag Zeit.«

Es blieb ihr nichts anderes übrig, als Marco in den Wald zu folgen. Der kaum sichtbare, schmale Weg führte etwa einhundert Meter steil bergan, dann ging Marco zwischen zwei Eichen mit mächtigen Stämmen nach links tiefer in den Wald hinein. Er schien sich hier bestens auszukennen, während Nicola sich fragte, ob sie den Weg zurück zum Parkplatz allein wiederfinden würde. Nach etwa fünf Minuten erreichten sie eine Holzhütte, deren Fensteröffnungen zwar mit Holzbrettern vernagelt und die Dachschindeln von Moos überzogen waren, die aber trotzdem einen stabilen Eindruck machte.

Triumphierend rief Marco: »Na also, sie steht noch!«

»Aha, und was soll das alles?«, fragte Nicola kühl. »Wenn du denkst, dass ich hier mit dir …«

»O Gott, bloß nicht!«, unterbrach er sie entsetzt. »Das wäre nun wirklich das Letzte, was ich von dir wollte.«

»Dankeschön!«, giftete Nicola und machte auf dem Absatz kehrt.

Mit einem Satz war er neben ihr und hielt sie fest. »Sorry, das war nicht so gemeint«, sagte er. »Ich habe dich nicht für so empfindlich gehalten. Ich erkläre dir gleich, warum wir hierhergekommen sind. Lass uns jetzt erst mal sehen, wie es innen aussieht.«

»Woher kennst du diese alte Hütte eigentlich?«, fragte Nicola.

»Vor dreißig Jahren hat mein Vater geholfen, die Neckarburg und die Kapelle zu restaurieren«, erklärte Marco bereitwillig. »Dabei diente diese Hütte als Lagerraum für die Materialien, danach hat sich niemand mehr darum gekümmert.«

»Leute, die die Neckarburg besuchen, könnten die Hütte aber zufällig entdecken«, wandte Nicola ein.

Marco grinste. »Niemand schlägt sich bei den Dornen und Brennnesseln durch das Gebüsch, Wanderer gehen alle auf der anderen Seite zur Burg hoch.« Er schob die Holztür auf, die noch einen recht stabilen Eindruck machte. »Das Schloss ist natürlich im Eimer, da werde ich einen neuen Riegel und ein Sicherheitsschloss anbringen müssen.«

Muffige Luft schlug Nicola entgegen, als sie hinter Marco in die Hütte trat. Durch die Ritzen der Bretter vor den Fenstern fiel nur wenig Licht, es war aber zu erkennen, dass die Hütte lediglich aus einem leeren Raum bestand. Strom schien es keinen zu geben, jedenfalls konnte Nicola keine Lampe oder Steckdose sehen.

»Das Hofgut ist nur von Freitag bis Sonntag bewirtschaftet«, fuhr Marco fort. »Dann ist in der Gegend natürlich mehr los. Wir werden auf Nummer sicher gehen, daher lockst du Jens am nächsten Montag hierher, dann haben wir bis zum Wochenende Zeit.«

»Zeit wofür? Was willst du mit Mauch machen?« Nicola dämmerte es, welchen Plan Marco verfolgte. »Wenn du Jens was tun willst … dann … dann …« Sie schluckte, ihre Zunge lag wie ein dicker Klumpen in ihrem Mund. »Mit Mord will ich nichts zu tun haben!«

»Mord? Pah!« Verächtlich spuckte Marco aus. »Ich stelle mich mit dem Typen doch nicht auf eine Stufe! Nein, ich will, dass der Scheißkerl zugibt, Angie ermordet zu haben. Ein paar Tage in der Einsamkeit und er wird singen wie ein Vögelchen.«

Nicola war sich dessen keineswegs sicher. Sie verzichtete jedoch auf den Hinweis, dass Geständnisse, die unter Zwang oder, wie von Marco geplant, unter Freiheitsberaubung getätigt wurden, vor Gericht ohnehin keinen Bestand hatten.

»Ich weiß immer noch nicht, warum du denkst, dass Mauch bereit sein sollte, sich mit mir zu treffen, und ausgerechnet hier draußen. Wir kennen uns ja nur flüchtig.«

Sichtlich genervt stieß Marco hervor: »Mensch, das ist doch nicht schwer! Du rufst ihn an und sagst, dass du mit ihm über Angie sprechen willst. Dabei machst du ein paar Andeutungen, dass du weißt, wer sie umgebracht hat, so was in der Art. Du wirst sehen, Jens wird wie ein braves Hündchen zu eurem Treffen trotten. Ich werde mich hier verstecken und den Rest erledigen.«

Nicola wäre am liebsten ganz schnell davongelaufen. Sie wusste nicht, warum sie sich überhaupt auf die ganze Sache eingelassen hatte. Schließlich war sie volljährig, es könnte ihr egal sein, wenn Marco alles über sie und Angeline ihrem Vater erzählte und er sie deswegen aus dem Haus warf. Ihre Mutter würde das ohnehin nicht zulassen und die Wogen wieder glätten. Nicola wollte ihren Vater aber nicht erneut enttäuschen. Sie wollte von ihm geliebt werden, so, wie sie war. Vielleicht war es besser, ihm noch heute die Wahrheit zu sagen. Er würde toben und schreien, das Gewitter würde sich aber wieder verziehen, und sie würde sich nicht länger von Marco erpressen lassen können.

Diese Gedanken schienen ihr im Gesicht zu stehen, denn Marco packte ihren Arm und schüttelte sie.

»Du machst jetzt aber keinen Rückzieher, oder?« In seinen Augen zeigte sich verhaltene Wut. »Du willst doch auch wissen, wer Angie das angetan hat. Da es weder du noch ich waren, bleibt nur noch einer übrig, nämlich Jens Mauch!«

»Okay«, sagte Nicola leise und wich seinem Blick aus. »Ich werde es versuchen, aber nur, wenn du mir versprichst, Jens nichts anzutun. Nur ein paar Tage einsperren, ansonsten lässt du die Finger von ihm, und er bekommt genügend zu essen und zu trinken.«

»Klar, das sagte ich doch schon«, antwortete Marco mit einem Lächeln, das seine Augen nicht erreichte.

Er nahm sich zusammen, er wollte Nicola nicht merken lassen, wie sehr sie ihm auf die Nerven ging. Unter anderen Umständen hätte er sich mit ihr niemals abgegeben, nicht einmal ein Wort gewechselt, denn sie war überhaupt nicht sein Typ. Dazu war sie zu groß, zu hager und flachbrüstig, und ihr Haar sah aus, als wäre ihr die Existenz des Friseurhandwerks unbekannt.

Vor ein paar Monaten waren er und Angeline nach einer Feier im Clubheim, bei der sie beide etwas zu tief ins Glas geschaut hatten, im Bett gelandet. Es war nur eine rein sexuelle Angelegenheit, das war beiden klar gewesen. Angeline hatte sich jedoch verplappert und erzählt, dass sie schon ein paar diesbezügliche Erfahrungen mit Nicola gemacht hatte.

»Ich glaube, ich stehe mehr auf Männer«, hatte Angie gesagt. »Nicola denkt jedoch, wir würden für den Rest unseres Lebens zusammenbleiben. Sie ist für ihr Alter noch schrecklich naiv.« Dabei hatte Angeline spöttisch gelacht und sich über ihre Freundin lustig gemacht.

Damals hatte Marco es nicht sonderlich interessiert, dass Angie auch mit Frauen rummachte. Jetzt aber hatte er etwas in der Hand, mit dem er Nicola dazu brachte, zu tun, was er wollte.

Es war ihm klar, dass er selbst Jens Mauch niemals zu einem Treffen in einer einsamen Gegend überreden konnte. Mauch war zwar ein Arsch, aber er war nicht dumm und würde vermuten, dass er, Marco, ihn in eine Falle locken wollte. In einer Sache hatte Angie sich jedoch getäuscht: Nicola war keineswegs naiv, und ihr Zaudern brachte Marco auf die Palme. Natürlich würde er ihr nicht sagen, was er mit Mauch vorhatte. Er wollte ihm nicht nur das Geständnis, Angie getötet zu haben, abringen, sondern ihn auch so weit fertigmachen, dass er niemals wieder eine Tanzfläche würde betreten können. Jens hatte es nicht anders verdient! Natürlich würde Mauch nie erfahren, wer dafür verantwortlich war, das hatte Marco genau geplant. Er würde eine Maske tragen und seine Stimme verstellen. Nicola hing zwar mit drin, aber er würde leugnen, etwas mit der Sache zu tun zu haben. Nicht nur das – er würde auch ein wasserdichtes Alibi vorweisen können. Dann stand ihr Wort gegen seines, und Marco hatte keinen Zweifel, wem man am Ende glauben würde.

»Dann ist es also abgemacht: Du rufst Jens die nächsten Tage an und forderst ihn auf, sich mit dir am nächsten Montagvormittag beim Hofgut Neckarburg zu treffen«, fasste Marco zusammen und ließ Nicola dabei nicht aus den Augen.

»Da habe ich Schule«, wich Nicola aus in der vagen Hoffnung, dem Ganzen vielleicht doch noch entgehen zu können.

»Du machst blau. Schließlich kannst du dir selbst eine Entschuldigung schreiben.«

Nicola nickte langsam und fragte: »Können wir jetzt zurückfahren?«

Marco ließ Nicola am Kreisverkehr unterhalb des Hegnebergs aussteigen, den Rest musste sie zu Fuß gehen. Er konnte es nicht riskieren, dass man sie zusammen sah, bevor er seinen Plan nicht in die Tat umgesetzt hatte.

* * *

»Herzlichen Dank an meine Vorredner für ihre freundlichen und ehrenvollen Worte.« Der untersetzte Herr mit dem schütteren Haar rückte seine randlose Brille zurecht. »Ich werde Sie nun auch nicht mit weiteren Reden langweilen, sondern nur noch eines sagen: Das Büfett ist eröffnet!«

Diese Mitteilung wurde mit lautem Applaus aufgenommen, auch Wolfgang Mozer klatschte und trat von einem Bein auf das andere, um seine Muskeln zu lockern. Seit rund zwei Stunden stand er inmitten von etwa zweihundert Gästen und hatte pflichtschuldig den zahlreichen Rednern zugehört. Die Gäste gruppierten sich nun um die Stehtische oder reihten sich in die Schlange am Büfett ein, auf dem allerlei Köstlichkeiten angeboten wurden. Servicekräfte gingen mit Tabletts mit gefüllten Champagnergläsern durch die Menge. Mozer lehnte jedoch dankend ab, ihm stand der Sinn mehr nach einem kühlen Bier, am besten alkoholfrei.

Die Staatsanwältin hatte die Mitteilung, dass Kriminalhauptkommissar Jürgen Riedlinger der Verabschiedung des Landrates fern blieb, mit einem säuerlichen Gesichtsausdruck zur Kenntnis genommen.

»Es hat sich eine neue, interessante Spur ergeben«, hatte Wolfgang Mozer erklärt. »Herr Riedlinger wollte das heute noch abklären.«

»Hoffentlich führt die Spur auch zu einem Ergebnis«, sagte Frau Dr. Pfeffer. »Ich habe den Eindruck, Sie und Ihr Team tappen mächtig im Dunkeln.«

Damit hatte die Staatsanwältin ins Schwarze getroffen. Mozer wollte seinen Kollegen jedoch nicht bloßstellen, sondern wiederholte, dass bei den laufenden Ermittlungen nicht beide verantwortliche Kommissare dem Revier fernbleiben konnten. Anne Pfeffer hatte sich anschließend zu zwei Herren des Gemeinderates gesellt und war mit diesen in eine angeregte Unterhaltung vertieft. Wolfgang Mozer ließ seinen Blick durch den Sonnensaal des Kapuziners schweifen. Plötzlich stutzte er, bahnte sich einen Weg durch die Menge und trat zu Harald Liebig.

»Herr Liebig«, sagte er. »Sie hätte ich hier nicht erwartet.«

Der Tanzlehrer machte keinen Hehl daraus, wie wenig er über die Anwesenheit des Kommissars erfreut war.

»Warum sollte ich nicht bei der Feier sein? Schließlich wird mein Schwager in den Ruhestand verabschiedet.«

»Schwager?«, wiederholte Wolfgang Mozer verwundert. »Landrat Wörner ist Ihr Schwager?«

»Ja, der Mann meiner Schwester.«

Da fiel es Wolfgang Mozer wie Schuppen von den Augen. Natürlich – die Hausärztin des Mordopfers hieß ebenfalls Wörner, auch wenn es ein häufiger Nachname war.

»Ist Ihre Schwester etwa Frau Doktor Bianca Wörner?«, fragte er sicherheitshalber.

»Ebendiese. Warum fragen Sie? Ist das etwa verboten?«, erwiderte Liebig patzig. »Wenn Sie mich jetzt bitte entschuldigen würden, oder soll das hier ein Verhör werden? Ich habe Ihnen ohnehin alles gesagt, was ich weiß.«

»Eine Frage noch, Herr Liebig: Ist Ihre Schwester ebenfalls unter den Gästen?«

»Ein Notfall in der Praxis hat sie aufgehalten. Sie wird später nachkommen.« Mit diesen Worten ließ Liebig den Kommissar stehen und wandte sich dem Büfett zu.

Wolfgang Mozer war der Appetit vergangen. Er sah sich suchend um. Anne Pfeffer hatte sich gerade ihren Teller gefüllt und suchte nach einem Sitzplatz. Mozer nahm ihren Arm und zog sie zur Seite.

»Was erlauben Sie sich?«, zischte sie ärgerlich.

»Ich muss mit Ihnen sprechen, Frau Doktor.«

»Hat das nicht Zeit bis nach dem Essen? Ich habe Hunger.«

»Es tut mir leid, das kann nicht warten«, beharrte Mozer. »Am besten gehen wir nach draußen.«

Widerwillig stellte die Staatsanwältin ihren Teller auf einen Tisch, nicht ohne jedoch einen begehrlichen Blick auf die köstlich duftende Fischspeise zu werfen.

Sie verließen den Sonnensaal und gingen ein paar Schritte den Schwarzen Graben entlang, dann erst fragte Wolfgang Mozer: »Ist Ihnen bekannt, dass es sich bei Detlef Wörner um den Ehemann von Frau Doktor Bianca Wörner, der Hausärztin des Opfers, handelt?«

»Na und?«, erwiderte Anne Pfeffer unwillig.

»Das ist nicht alles, Frau Doktor«, fuhr Mozer fort. »Die Ärztin ist die Schwester von Harald Liebig.«

»Von Liebig?« Nun war ihr Interesse doch geweckt. »Von dem Tanzlehrer und Trainer?«

Mozer nickte. »Wir sind immer noch auf der Suche nach dem Arzt, der dem Mädchen die starken Medikamente verschrieben hat. Die Wörner leugnet zwar, ich denke aber, wir sollten uns die Unterlagen ihrer Praxis genauer ansehen.«

Frau Dr. Pfeffer besaß eine rasche Auffassungsgabe, daher verstand sie sofort, worauf Mozer anspielte.

»Sie bitten mich jetzt aber nicht um einen Durchsuchungsbeschluss?«, fragte sie und schüttelte den Kopf. »Auf gar keinen Fall! Der Landrat und die Stadt würden uns in der Luft zerreißen ...«

»Bei allem Respekt, Frau Doktor«, unterbrach Wolfgang Mozer. »Die Sachlage liegt auf der Hand: Die Wörner hat ihrem Bruder zuliebe das Mädchen mit gesundheitsschädlichen Medikamenten behandelt, damit es weiterhin Leistungssport ausüben kann. Natürlich unter der Hand und ohne einen Vermerk in der Patientenakte, ich bin aber überzeugt, dass irgendwo ein Hinweis zu finden sein wird.«

Die Staatsanwältin bedachte Mozer mit einem harten Blick. »Allein auf einen solchen Verdacht hin kann ich keine Durchsuchung veranlassen und das Risiko eines Skandals eingehen. Bringen Sie mir wasserdichte Fakten und Beweise, dann können wir noch mal darüber sprechen. Es gibt keinen Hinweis, dass die Medikamente mit dem Mord in einem Zusammenhang stehen. Berichtigen Sie mich bitte, wenn ich mich irren sollte oder Ihnen diesbezüglich neue Erkenntnisse vorliegen.«

Das konnte Wolfgang Mozer natürlich nicht. Verhalten knirschte er mit den Zähnen. Er selbst hatte seinen Kollegen Riedlinger darauf hingewiesen, dass sie sich nicht darauf versteifen sollten, einen Zusammenhang zu sehen. Sollte es stimmen, und Bianca Wörner hatte Angeline die Arzneimittel verabreicht, dann wäre das rechtlich ohnehin nicht eindeutig geklärt. Angeline war zwar noch minderjährig gewesen, durchaus aber in einem Alter, in dem sie selbst bestimmen konnte, welche Behandlungsmethode sie wünschte. Einer jungen Frau Cortison zu spritzen, nur damit sie Leistungssport betreiben kann, war moralisch zwar verwerflich, aber keineswegs eine Straftat. Wolfgang Mozer war nach wie vor der Meinung, dass Angeline Schmidt das nicht länger mitmachen und ihren Trainer und die Ärztin bloßstellen wollte. Aber diese ungewöhnliche Medikamentengabe war die einzige Spur, die sie in den vergangenen zwei Wochen in diesem Fall hatten finden können.

Mozer wurde von den Worten der Staatsanwältin aus seinen Überlegungen gerissen. »Wenn es sonst nichts mehr gibt, gehe ich wieder hinein. Nicht, dass der Herr Landrat denkt, ich hätte mich auf Französisch verabschiedet.«

»Sie müssen mich bitte entschuldigen«, antwortete Mozer. »Ich gehe zurück ins Revier, da wartet jede Menge Arbeit auf mich.«

* * *

Riedlinger pfiff leise durch die Zähne, als er erfuhr, in welchem Verhältnis Bianca Wörner zu dem Tanztrainer stand. Ebenso wie sein Kollege verstand er nicht, warum die Staatsanwältin sich scheute, Bianca Wörner in ihre Ermittlungen miteinzubeziehen.

»Sie fürchtet, es sich mit dem Landrat beziehungsweise dem Landrat außer Dienst zu verderben. Er hat immer noch viel zu sagen und verfügt über gute Beziehungen.«

»Ich hasse dieses Geklüngel, Motzi!«, rief Riedlinger verärgert. »Auch ein Landrat und seine Familie sind nur Menschen, und wenn die Dreck am Stecken haben, dann ist es unsere Aufgabe und Pflicht, das aufzudecken. Wir werden uns Harald Liebig nochmal vornehmen.« Er schob eine der Akten zu seinem Kollegen und fuhr fort: »Vorhin kam der abschließende Bericht von Doktor Kunstfeld. Im Blut des Opfers wurden außer den bereits bekannten Arzneimitteln keine weiteren Substanzen gefunden. Das Mädchen hatte keine Drogen oder sonstige verbotene Substanzen konsumiert. Unser guter Leichenaufschlitzer meint, sie wäre, abgesehen von der Knieverletzung, in einem ausgezeichneten und trainierten Zustand gewesen.«

»Ich habe nichts anderes erwartet«, murmelte Wolfgang Mozer und überflog den Bericht. »Tod durch Strangulierung«, las er laut. »Angeline Schmidts Kehlkopf wurde eingedrückt, und sie erstickte qualvoll.«

Nachdenklich knetete Riedlinger seine Finger, bis die Gelenke knackten.

»Riedl! Bitte!« Wolfgang Mozer konnte das Geräusch nicht hören.

»Tut mir leid.« Riedlinger legte seine Hände wieder auf den Schreibtisch. »Ich möchte immer noch nicht ausschließen, dass Angeline mit Evalina Adamek verwechselt wurde. Frau Müller soll versuchen, alles über die Tänzerin aus Litauen herauszufinden, vielleicht kann sie in der Tanzschule mit ihr ins Gespräch kommen. So, wie ich die junge Frau kennengelernt habe, hat Evalina sicher nicht nur Freunde.«

10

»Step Hop, quick and quick and quick, Step Hop, Pepperpott, Achse und Sway«, brüllte Norbert Küttner. »Verdammt, ihr seid in den Quicks schon wieder hinter der Musik! One-a-two-a-three-a-four! Zählt eben mit, wenn ihr es nicht hört!« Küttner fuhr die Musik herunter. »Stopp, wir machen das gleich nochmal!«

Evalina löste sich aus der Tanzhaltung, wischte sich mit dem Unterarm über die schweißnasse Stirn, erwiderte auf die Vorwürfe jedoch nichts. Sie spürte ja selbst, dass die Step Hops einen Tick hinter der Musik waren, dabei gab sie sich wirklich große Mühe.

»Eva hängt wie ein nasser Sack in meinem Arm«, mokierte sich Jens. »Es ist, als würde ich einen Felsbrocken hinter mir herschleppen müssen.«

»Genau so sieht es auch aus«, brummte Küttner. »Der Quickstep ist der Champagner unter den Tänzen. Er muss spritzig und frisch sein, bei euch sieht er aus wie ein abgestandener Asti Spumante.«

»Ich versuche mein Bestes«, murmelte Evalina.

»Das sehe ich wohl und erkenne es durchaus an.« Küttner nickte wohlwollend, wirkte zugleich aber auch ungeduldig. »Es ist schon ein enormer Fortschritt, den du in den letzten Tagen gezeigt hast, und ich weiß, dass du es schaffen wirst, Evalina. Du musst warten, bis du von Jens den Impuls bekommst. Die Dame ist immer einen Tick später als der Herr. Deine Step Hops sind nicht auf dem Punkt, dadurch wirkst du so schwerfällig wie eine alte Planschkuh.«

Ob dieser Beleidigung knirschte Evalina nun doch mit den Zähnen, würde sich aber hüten, sich ausgerechnet mit dem Landestrainer anzulegen.

Deswegen erwiderte sie lediglich: »Ihr wisst, dass ich im Standard nicht so stark bin. Das habe ich von Anfang an gesagt. Wenn Jens und ich vorerst nur im Latein starten könnten …«

»Nichts da!«, unterbrach der Trainer sie scharf und sah sie streng an. »Es geht um die Deutsche Meisterschaft der Kombination. Die werdet ihr, verdammt noch mal, gewinnen, so sicher, wie ich Norbert Küttner heiße. Ihr müsst nur härter trainieren und euch konzentrieren. Alle beide!«

Jens streifte seine Partnerin mit einem überheblichen Blick und meinte süffisant: »An *mir* soll das nicht liegen.«

»Ach, jetzt bin *ich* wieder am allem schuld?« Nun konnte Evalina sich nicht mehr zurückhalten. »Wie wäre es, wenn du den Fehler auch mal bei dir suchen würdest? Vielleicht kann ich den Impuls für den Hop nicht spüren, weil du nicht richtig führst?«

»Das ist völliger Schwachsinn …«

»Schluss jetzt!«, unterbrach Küttner scharf. »Streiten könnt ihr nach dem Training. Wir machen jetzt weiter, und ich will die Passage perfekt im Takt haben, verstanden? Ich habe meine Zeit schließlich nicht gestohlen.«

Küttner verlor langsam die Geduld. Er war extra aus Pforzheim nach Rottweil gekommen, um sich persönlich den neuen Hoffnungsträgern des Verbandes zu widmen. Einem Regal entnahm er zwei flexible Jogginghanteln und drückte sie Evalina in die Hand. Sie ging in die Hocke und befestigte sie mit den Klettverschlüssen an ihren Fußgelenken.

Küttner startete die Musik, und das Paar übte die Passage, die nur aus schnellen Hüpfbewegungen und Polka-Chassés bestand, erneut. Wie Blei hingen die Gewichte an Evalinas Knöcheln, jede Hantel wog zwei Kilo. Sie musste all ihre Kraft und ihre Konzentration aufwenden, um dem schnellen Takt – zweihundertacht Beats pro Minute – folgen zu können. Der Schweiß rann in Strömen über ihren Körper, und sie presste die Lippen fest zusammen. Im Training musste sie nicht darauf achten, stets zu lächeln und Freude am Tanzen zu zeigen. Das hob sie sich für den

Wettkampf auf. Bei einem Turnier durfte man niemals durch die Mimik verraten, wie anstrengend ein Tanz war oder ob ein Fehler geschah.

Obwohl sich Evalina ein Leben ohne Tanzen nicht vorstellen konnte, hatte sie den Quickstep nie besonders gemocht. Das lag nicht an seiner Schnelligkeit und den hochwertigen Choreografien. Tänze wie Wiener Walzer, Samba und Jive standen an Anstrengung dem Quickstep in nichts nach. Es war einfach die Musik, zu der Evalina nur schwer Zugang fand. Im Standardbereich bewegte sie sich viel lieber zu einem gefühlvollen Langsamen Walzer oder einem schwungvollen Slow Foxtrott, weil sie dabei die Musik fühlte, die wie warmer Honig durch ihre Adern floss und ihren Körper scheinbar von selbst bewegte.

Nach weiteren zwölf Durchgängen schien Norbert Küttner endlich zufrieden zu sein.

»So langsam wird es. Auf eurem Trainingsplan steht ab sofort täglich mindestens eine Stunde Quickstep.« Streng sah er Evalina an. »Eine halbe Stunde davon mit Gewichten, verstanden?«

»Ja, Coach«, sagte Evalina und löste die Hanteln von ihren Fußgelenken.

»Ihr tanzt jetzt noch drei Endrunden Latein und dann lassen wir es für heute gut sein.«

Während Jens und Evalina die Standardschuhe gegen die Lateinschuhe auswechselten, suchte Küttner die passende Musik auf dem iPod. Das Paar begab sich in Position, und es erklangen die schwungvollen Rhythmen einer Samba. Bereits bei den ersten Taktschlägen rollte sich Evalinas Becken geschmeidig vor und zurück.

Norbert Küttner konnte seinen Blick kaum von der jungen Tänzerin wenden. Sie bewegte sich derart anmutig und mit einer Leichtigkeit, als wären ihre Knochen aus elastischem Gummi. Jeder einzelne Muskelstrang an ihrem Rücken bewegte sich nahezu schlangenartig, das war unter dem enganliegenden Top deutlich zu erkennen. In den Lateinamerikanischen Tänzen war bei Evalina keine Spur von Schwerfälligkeit oder gar Langsamkeit zu erkennen. Ihr Körper sog den Rhythmus der Musik in sich auf und setzte jeden einzelnen Beat in Bewegung um. War beim Quickstep ihre Mimik verschlossen und ernst gewesen, strahlte sie nun echte Lebensfreude aus.

Nach zwei Minuten Samba wurde dem Paar keine Pause gegönnt, es ging unverzüglich mit den Tänzen Cha-Cha-Cha, Rumba, Paso Doble und Jive weiter.

Das Paar und der Trainer bemerkten nicht die Zuschauer, die sich inzwischen am Eingang des großen Saals eingefunden hatten und das Training verfolgten.

»Toll!«, flüsterte Daniela Heinzelmann und stupste Regina Müller an. »Tja, wenn wir so jung wären, könnten wir uns vielleicht auch noch so bewegen.«

»Ich glaube, das ist angeboren«, erwiderte die Kriminalanwärterin. »Das hat man oder man hat es nicht.«

Regina Müller, von Riedlinger inzwischen über Evalina Adamek und deren Rolle in dem Fall informiert, erkannte nun auch die Ähnlichkeit der jungen Tänzerin mit dem Mordopfer. Ihre mittlerweile dritte Unterrichtsstunde war gerade vorbei, und selbst Michael Fuchs hatte heute den Takt gefunden und seiner Partnerin nur wenige schmerzhafte Tritte beschert. Harald Liebig war gleichbleibend freundlich gewesen und hatte auch nicht mit Lob gespart. Das Gschmäckle, dass er den Hochzeitskurs nur widerwillig hielt, saß bei Regina jedoch tief.

Nun waren Regina und Daniela zum großen Saal gegangen, um beim Training des Turnierpaares zuzusehen.

Nach der ersten Endrunde gönnte Norbert Küttner den Tänzern eine fünfminütige Pause, in der sie trinken und sich abtrocknen konnten. Während Jens Mauchs T-Shirt zwar schweißnass war, schien er noch voller Kraft zu sein. Auf Regina machte Evalina nun jedoch einen erschöpften Eindruck, auch wenn beim Tanzen davon nichts zu bemerken gewesen war.

Bei den ersten Takten der nächsten Samba presste Evalina eine Hand vor den Mund, rannte aus dem Saal und verschwand in der Damentoilette.

»Was zum Teufel ist jetzt schon wieder los?«, schrie Norbert Küttner ihr nach.

Regina überlegte nicht lange und folgte dem Mädchen. Im Waschraum hörte sie, wie sich das Mädchen in einer der Toilettenkabinen übergab. Als sie die Tür öffnete und ans Waschbecken trat, hatte ihr Teint eine unnatürliche graugrünliche Farbe angenommen, die durch das Neonlicht noch verstärkt wurde. Dicke Schweißperlen standen auf ihrer Stirn.

»Kann ich dir helfen?« Unwillkürlich duzte Regina die Tänzerin, denn sie wirkte so zerbrechlich wie ein Kind.

»Kümmern Sie sich um Ihren eigenen Scheiß«, erwiderte Evalina patzig.

Sie beugte sich über das Waschbecken, spülte sich den Mund aus und spritzte sich kaltes Wasser ins Gesicht.

So leicht wollte Regina nicht aufgeben und fragte: »Dir geht es doch nicht gut, Evalina. Hast du Schmerzen? Nimmst du irgendwelche Medikamente ein?«

Sie erntete einen zornigen Blick. »Wer sind Sie? Etwa eine Ärztin? Ich wüsste nicht, was Sie das angeht, und jetzt lassen Sie mich in Ruhe, ich muss weitertrainieren.«

Regina gab die Tür frei, und Evalina drängte sich an ihr vorbei. Gleich darauf erklang wieder die Musik, und Evalina tanzte, als hätte es den kleinen Zwischenfall nie gegeben.

* * *

Karin Riedlinger wollte gerade zu Bett gehen, als es an der Haustür läutete. Sie warf sich einen Bademantel über und öffnete, zeigte sich aber nicht sonderlich erstaunt, Regina Müller vor der Tür zu sehen.

»Mein Mann ist noch im Wohnzimmer«, sagte Karin nur und stellte keine Fragen. Es kam öfters vor, dass die Kollegen ihren Mann auch am späten Abend aufsuchten.

»Entschuldigen Sie bitte, Frau Riedlinger.« Regina lächelte verlegen. »Ich muss dem Chef dringend etwas berichten.«

Karin Riedlinger nickte verstehend und ging ins Schlafzimmer hinauf. Es ging sie nichts an, was die Kriminalanwärterin mit ihrem Mann zu besprechen hatte.

Jürgen Riedlinger hörte aufmerksam zu, als seine Mitarbeiterin von dem Vorfall in der Tanzschule berichtete.

Regina Müller schloss mit den Worten: »Es wäre ein seltsamer Zufall, wenn Evalina Adamek ebenfalls gesundheitliche Beeinträchtigungen hätte und entsprechende Medikamente nehmen würde. Trotzdem erscheint es mir auffällig, dass sich die junge Frau so plötzlich übergeben musste, obwohl sie zuvor vollkommen gesund und fit wirkte.«

Riedlinger nickte verstehend. »Daran ist etwas faul, in der Tat. Danke, dass Sie mich sofort informiert haben, Frau Müller. Ich glaube, unsere Überlegungen bewegen sich in dieselbe Richtung, nicht wahr?«

»Doping«, sagte Regina schlicht. »Und die Wörner, die Schwester des Trainers, versorgt die Tänzer mit den entsprechenden Mitteln.«

»Irgendwie scheint mir Doping und Tanzsport nicht zusammenzupassen«, erwiderte Riedlinger nachdenklich. »All die eleganten Kleider und das ganze Drumherum. Allerdings habe ich erkannt, dass es sich um einen durchaus ernstzunehmenden Leistungssport handelt, in dem Doping nicht ausgeschlossen ist.«

»Wenn man dem Paar vorhin zugesehen hat, kann man das nicht leugnen«, antwortete Regina Müller. »Ich hätte nicht gedacht, dass ein Tanztraining derart hart ist. Dieser Küttner lässt keine Gnade walten, obwohl Evalina wirklich erschöpft war.«

Riedlinger begleitete seine Mitarbeiterin zur Tür, und sagte: »Recherchieren Sie bitte morgen früh gleich alles, was über Doping im Tanzsport zu finden ist.«

* * *

Am nächsten Vormittag musste Jürgen Riedlinger seinen Verdacht, dass die Tänzer gedopt sein könnten, gleich wieder verwerfen. Regina war bereits um sieben Uhr im Büro gewesen und konnte ihm umfangreiches Material zu diesem Thema vorlegen, auch hatte sie mit Dr. Kunstfeld telefoniert, der die Ergebnisse ihrer Recherchen bestätigte.

»Es gibt kaum einen Sport, in dem Doping so wenig nützlich ist wie beim Tanzen«, erklärte sie ihrem Chef. »Natürlich kann man mit entsprechenden Substanzen die Kondition und die Kraft steigern, es gibt aber keine Mittel, die die Koordination, das Taktgefühl oder gar die Ausstrahlung verbessern können. Auf Letzteres kommt es schlussendlich aber an, besonders wenn man in der höchsten Klasse tanzt wie Mauch und Evalina. Bei großen, wichtigen Turnieren werden zwar regelmäßig Dopingkontrollen durchgeführt, es ist aber kein Fall bekannt, in dem einem Paar tatsächlich etwas nachgewiesen werden konnte.«

»Es wäre auch zu schön gewesen, wenn wir hier den Zipfel einer Spur entdeckt hätten«, antwortete Jürgen Riedlinger. »Wir stehen immer noch mit leeren Händen da. Solange die Staatsanwältin es verweigert, die Unterlagen der Ärztin genauer unter die Lupe zu nehmen, können wir nicht einmal die Vermutung, dass Angelina Schmidt die Sache mit der Unterdrückung ihrer Schmerzen nicht länger mitmachen wollte, weiterverfolgen.«

Die letzten Worte hatte Wolfgang Mozer gehört, der in diesem Moment das Büro betrat. Er schälte sich aus seiner Regenjacke, denn seit dem frühen Morgen fegten ein kühler Wind und Nieselregen durch die Stadt. Mozer ließ es sich trotzdem nicht nehmen, die rund vier Kilometer von seiner Wohnung in Zimmern zum Revier mit dem Fahrrad zurückzulegen. Er meinte, er bräuchte am Morgen die Bewegung an der frischen Luft, dann wäre sein Kopf klar und er könne besser denken.

Riedlinger klärte seinen Kollegen über Regina Müllers Beobachtung vom vorigen Abend auf.

Mozer gab zu bedenken: »Selbst wenn wir einen Dopingfall nachweisen könnten, wäre das nicht unsere Angelegenheit. Daraus ein Motiv für die Tötung an Angeline zu konstruieren, ist meines Erachtens zu weit hergeholt.«

»Ich sehe, wir sind mal wieder einer Meinung«, bemerkte Riedlinger mit einem Lächeln. »Dann konzentrieren wir uns weiter auf das Umfeld unseres Opfers und auf das von Evalina Adamek. Es muss etwas geben, das wir übersehen haben.« Er seufzte verhalten und nahm eine Akte von einem Stapel. »Es wird uns nichts anderes übrig bleiben, als die Aussagen von allen, die mit Angeline zu tun hatten, ein weiteres Mal durchzusehen. Sie, Frau Müller, versuchen etwas über Evalina herauszufinden. Seit wann ist sie in Rottweil? Was hat sie vorher gemacht?«

»Ich klemme mich gleich dahinter, Chef«, antwortete Regina und wandte sich zum Gehen.

»Und ah, Frau Müller.« Riedlinger sah sie bittend an. »Seien Sie in der Tanzschule weiterhin vorsichtig. Ich werde das Gefühl nicht los, dass die Lösung bei Harald Liebig und diesem Mädchen aus Litauen liegt oder dass die beiden zumindest etwas wissen, das sie uns verschweigen.«

Regina stimmte ihrem Chef zu. »Es sind ein paar Zufälle zu viel, ich weiß, und ich werde versuchen, mit Evalina zwanglos ins Gespräch zu kommen. Mir wird schon etwas einfallen.«

* * *

Heike Esposito konnte es nicht länger mit ansehen, wie ihre Tochter litt. Seit Tagen aß Nicola so gut wie nichts, schloss sich nach der Schule in ihr Zimmer ein und wich allen Fragen aus.

Als Nicola auch heute wieder in ihrem Zimmer auf der Bettkante saß und blicklos vor sich hinstarrte, fragte Heike: »Hast du Lust, mich auf einem Spaziergang zu begleiten?«

Verwundert sah Nicola auf. »Jetzt? Musst du Papa nicht in der Küche helfen?«

Schnell legte Heike einen Arm um die Schultern ihrer Tochter, bevor sie ausweichen konnte.

»Wenn meine Lieblingstochter Kummer hat, dann ist die Arbeit nicht wichtig.«

Ihre Bemerkung zauberte tatsächlich ein Lächeln auf Nicolas Lippen – das erste, seit Angeline gestorben war.

»Mama, ich bin doch deine einzige Tochter. Oder hast du mir etwas verschwiegen?«

Glücklich über Nicolas bröckelnde Abwehr antwortete Heike: »Keine Sorge, in unserer Familie gibt es kein großes Geheimnis. Was ist? Sollen wir zum Venezia runter und ein Eis essen?«

»Kein Eis, einfach nur ein paar Schritte laufen.« Nicola deutete zum Fenster. »Es nieselt aber.«

»Dann nehmen wir eben einen Schirm mit.« Heike war froh, dass sich ihre Tochter nicht mehr ganz so bockig zeigte.

Ohne sich absprechen zu müssen, gingen Mutter und Tochter über die Waldtorstraße in den Stadtgraben und von dort in den kleinen Park, der unter der Hochbrücke durchführte. Als Nicola noch ein Kind gewesen war, waren sie diesen Weg oft gegangen, und Nicola war staunend unter der Brücke stehengeblieben und hatte sich vorgestellt, wie im Mittelalter dieser Graben mit Wasser gefüllt gewesen war.

Heute hatte Nicola für die Umgebung keinen Blick. Plötzlich setzte sie sich auf eine Parkbank und schlug die Hände vors Gesicht. Ihre Schultern zuckten. Es war das erste Mal seit dem Tod von Angeline, dass Heike ihre Tochter weinen sah. Sie setzte sich neben sie und legte beruhigend eine Hand auf ihren Oberschenkel.

Nach ein paar Minuten hob Nicola den Kopf und sah ihre Mutter verzweifelt an. »Mama, ich kann nicht mehr. Ich muss mit jemandem darüber sprechen.«

Heike erschrak, derart gequält hatte sie ihre Tochter noch nie erlebt. »Du weißt, du kannst mir alles sagen, meine Kleine.« Sie holte ein sauberes Papiertaschentuch aus ihrer Jackentasche und tupfte Nicola sanft die Tränen vom Gesicht.

Das Mädchen ließ es geschehen, dann stieß sie heftig hervor: »Mama, ich werde erpresst!«

Heike erstarrte in der Bewegung. »Wer? Warum? Hast du Probleme in der Schule?«

»Das ist es nicht, Mama.« Nicola holte tief Luft und fixierte einen imaginären Punkt irgendwo in der Landschaft: »Ich kann es nicht sagen ... nicht dir und erst recht nicht Papa.«

»Du kannst mir alles sagen, mein Mädchen«, wiederholte Heike eindringlich. »Du *musst* es mir sogar sagen, denn Erpressung ist eine Straftat. Geht es um Angeline?«

Nicola nickte kaum merklich. »Irgendwie schon«, flüsterte sie erstickt, erneut rollten ihre Tränen.

»Du hast aber doch nichts mit ihrem Tod zu tun, oder?«, fragte Heike besorgt, berichtigte sich aber sofort: »Natürlich nicht, verzeih, das war dumm von mir.«

»Nein, damit habe ich nichts zu tun«, flüsterte Nicola. »Es hat mit Angeline aber schon zu tun.« Stockend berichtete sie von Marco Scheuerle und was er von ihr verlangte. »Er ist überzeugt, dass Jens Mauch Angeline ermordet hat, und will ihn zwingen, dass er es zugibt.«

»Was hast du damit zu schaffen?«, begehrte Heike auf. Sie war entsetzt zu erfahren, dass der junge Mann, von dem sie vermutete, er wäre Nicolas Freund, ein gemeiner Erpresser war. »Du kennst diesen Mauch doch kaum.«

»Ach, Mama!« Nicola stürzte sich in die Arme ihrer Mutter, ihr Körper zitterte. »Marco weiß, dass Angeline und ich ... also, dass wir ... oder vielmehr, dass ich ...«

»Dass du Angeline geliebt hast«, stellte Heike ruhig fest.

Mit einem Ruck machte sich Nicola aus ihren Armen frei. »Du weißt es?«

»Ach, mein Mädchen, natürlich ist mir das nicht verborgen geblieben, du bist schließlich meine Tochter.« Heike drückte Nicola fest an sich, das Mädchen wehrte sich nicht gegen die Umarmung. »Es hat mir so leidgetan, dass Angeline den Kontakt abgebrochen hat.«

»Und Papa? Weiß er es auch?«

»Ich glaube nicht.« Heike machte eine Pause. »Dieser Marco droht dir also, deinem Vater alles zu sagen, wenn du nicht tust, was er will.«

Nicola nickte stumm.

Heike zog sie von der Bank hoch. »Du musst das der Polizei sagen, am besten suchen wir gleich diesen Kommissar auf.«

»Aber Papa ...« Unsicher sah Nicola ihre Mutter an. »Dann wird er doch alles erfahren.«

Sicherer, als ihr zumute war, antwortete Heike Esposito: »Das ist nicht gesagt, solange es für die Mordermittlungen keine Rolle spielt. Selbst wenn, dann werden wir das durchstehen. Ich lasse dich nicht im Stich, mein Kind. Niemals!«

»Ich liebe dich, Mama«, sagte Nicola schlicht.

* * *

Drei Stunden später saß Marco Scheuerle Riedlinger und Mozer gegenüber. Oder vielmehr: Er lümmelte auf dem Stuhl, die Arme abwehrend vor der Brust verschränkt und mit verächtlich heruntergezogenen Mundwinkeln.

»Das ist alles erstunken und erlogen«, sagte er. »Nicola lügt, wenn sie den Mund aufmacht.«

»Wir haben uns persönlich ein Bild davon machen können, wie wütend Sie sind, dass Herr Mauch nun mit Ihrer Partnerin tanzt«, erinnerte Riedlinger ihn. Seine Stimme war kühl und emotionslos. »Wir haben keine Veranlassung, an der Aussage von Frau Esposito zu zweifeln.«

Es hatte Riedlinger und Mozer nicht überrascht zu erfahren, dass Nicola in Angeline verliebt gewesen war, diese ihre Gefühle aber nicht erwiderte. Riedlinger hatte Mutter und Tochter versprochen, nichts an die Presse weiterzugeben, und hatte eine Streife gebeten, Marco Scheuerle unverzüglich ins Revier bringen zu lassen.

»Erpressung ist eine Straftat«, sagte er zu dem jungen Mann, beugte sich über den Schreibtisch und sah Marco ernst in die Augen. »Herr Scheuerle, Sie scheinen doch ein sehr intelligenter junger Mann zu sein.«

Marco schnaubte und wich Riedlingers Blick aus.

Dieser fuhr unbeirrt fort: »Es war falsch, was Sie von Nicola verlangt haben, ich glaube, in diesem Punkt sind wir uns einig. Da aber niemandem ein Schaden entstanden ist, könnte ich die Angelegenheit als dummen Streich behandeln und die Staatsanwaltschaft davon überzeugen, von einer Anzeige abzusehen. Vorausgesetzt, Sie sind bereit, mit uns zu kooperieren.«

Marcos Augenlider flatterten. »Ich habe niemanden erpresst«, presste er zwischen zusammengekniffenen Lippen hervor, »und ich habe keine Ahnung, wie Nicola dazu kommt, so etwas zu behaupten. Vielleicht wollte sie selbst Jens eins auswischen, weil ihre geliebte Angeline wegen ihm keine Zeit mehr für sie hatte.«

»Dann leugnen Sie also nicht, über die Beziehung zwischen Angeline und Nicola informiert gewesen zu sein?«

»Das habe ich so nicht gesagt.« Zum ersten Mal zeigte Marco Scheuerle eine leichte Verunsicherung. »Versuchen Sie etwa, mir die Worte im Mund herumzudrehen?«

»Hatten Sie und Angeline eine Beziehung?«, fragte Riedlinger weiter.

Marcos rechte Augenbraue ruckte nach oben. »Das war ein One-Night-Stand«, gab er zögernd zu. »Wir hatten zu viel getrunken und sind im Bett gelandet. Das ist ja wohl nicht verboten, oder?«, fragte er provokant. »Auf jeden Fall hat Angie festgestellt, dass sie auf Männer steht. Auf richtige Männer, die es ihr ordentlich besorgen können, und nicht auf diesen Frauenfummelkram. Wobei – einem flotten Dreier wäre ich durchaus nicht abgeneigt gewesen.« Marco hatte seine Selbstsicherheit zurückgewonnen und grinste verächtlich.

»Ich bitte Sie, Ihre Wortwahl zu überdenken«, sagte Riedlinger und sah Marco streng an. »Ein solcher Jargon mag in Ihrer Generation vielleicht üblich sein, solange Sie aber mit mir sprechen, werden Sie sich gefälligst benehmen.«

»Schon gut, schon gut«, lenkte Marco ein.

Der Kommissar schüchterte ihn wider Erwarten ein, und er ahnte, dass Riedlinger auf den ersten Blick freundlich, beinahe etwas träge und väterlich wirkte, mit ihm aber nicht gut Kirschen essen war, wenn man ihn verärgerte.

»Wo waren eigentlich Sie an dem Tatabend?«, fragte Riedlinger nun.

»Ich habe die Tanzschule kurz nach zehn verlassen, gleich nach dem Ende des Gruppentrainings«, antwortete Marco nun bereitwillig.

»Zusammen mit Evalina Adamek?«

»Nein, sie ist wie immer mit Liebig gefahren. Ist ja auch praktischer, sie wohnt ja bei denen.«

Riedlinger fragte sich, warum weder der Tanzlehrer noch Evalina erwähnt hatten, dass sie zusammen nach Hause gefahren waren. Allerdings war das für beide kein Alibi, denn Liebig oder Evalina hätten durchaus nach Mitternacht in die Tanzschule zurückkehren können.

»Sind Sie direkt nach Hause gegangen, Herr Scheuerle?« Marco nickte, und Riedlinger stellte seine nächste Frage: »Kann das jemand bestätigen?«

»Klaro, meine Eltern. Wir haben zusammen bis kurz vor eins einen französischen Spielfilm auf *arte* angesehen.« Erst jetzt schien ihm die Bedeutung von Riedlingers Frage aufzugehen. »Ich brauche doch kein Alibi? Hören Sie, ich habe Angie nicht getötet! Warum hätte ich das tun sollen?«

Riedlinger ging auf seine Fragen nicht ein. »Es wäre gut, wenn Ihre Eltern in den nächsten Tagen in mein Büro kommen und Ihre Aussage bestätigen würden.«

Marco stützte die Handflächen auf den Schreibtisch und stemmte sich halb aus dem Stuhl hoch.

Entschlossen fixierte sein Blick den des Kommissars. »Hören Sie, Herr Riedlinger, fragen Sie doch mal Evalina nach ihrem Alibi. Sie hat von Angies Tod schließlich am meisten profitiert, immerhin wird sie am nächsten Wochenende Deutsche Meisterin werden. Sie war schon lange darauf aus, sich Mauch zu krallen.«

Auch diese Bemerkung ließ Riedlinger unkommentiert.

Marco war aber noch nicht fertig: »Und was ist mit Nicola Esposito? Die ist doch krank im Kopf, so, wie sie Angie hinterhergestiegen ist. Zutrauen würde ich es ihr schon. Vergessen Sie auch nicht ihren Vater. So ein heißblütiger, erzkonservativer und streng katholischer Sizilianer könnte schon ausflippen, wenn er erfährt, dass seine Tochter mit Frauen rummacht.«

Diesen Gedanken hatte Riedlinger auch schon gehabt, ließ sich aber nichts anmerken und sagte nur: »Sie halten sich zu unserer Verfügung, Herr Scheuerle. Bitte verlassen Sie nicht die Stadt.«

Nun hatte Marco sein überhebliches Lächeln wiedergefunden. »Was den Vorwurf von Nicola angeht – ich denke, hier steht Aussage gegen Aussage. Bin gespannt, wem man mehr glaubt: einer durchgeknallten Lesbe oder mir. Immerhin gehören meine Eltern zu den Honoratioren der Stadt und haben viele gute Beziehungen.«

»Scheuerle?«, fragte Riedlinger. »Ihren Eltern gehört die Apotheke in der Engelgasse?«

»Nun ist der Groschen gefallen.« Sichtlich zufrieden nickte Marco. »Es wird Ihnen sicher bekannt sein, dass wir die Apotheke bereits in der vierten Generation führen, und mein Vater ist Mitglied im Stadtrat und ist ein enger Freund von einem der Kreisräte. Sie spielen regelmäßig zusammen Golf.«

Diese Aussage ließ Riedlinger unbeeindruckt. Er hatte einen Mord aufzuklären, da gab es keine Unterschiede oder gar Standesdünkel. Er ärgerte sich ohnehin immer noch darüber, dass die Staatsanwältin sich weigerte, einer Haus- und Praxisdurchsuchung bei Dr. Wörner zuzustimmen, nur weil deren Ehemann Landrat a. D. war.

»Dann werden Sie das Geschäft eines Tages übernehmen«, stellte Riedlinger fest.

»Mein älterer Bruder ist der Erbe, er studiert Pharmazie. Ich werde mich der Medizin widmen und ab September in Tübingen studieren.«

Riedlinger horchte auf: »Dann verfügen Sie jetzt schon über ein gewisses Maß an medizinischem Wissen und kennen sich auch mit Medikamenten aus.«

»Natürlich, das bleibt nicht aus, wenn man in einer Apotheke aufwächst.«

So unschuldig und auch bereitwillig, wie Marco Scheuerle seine Fragen beantwortete, ließ Riedlinger daran zweifeln, dass Marco mit der Sache zu tun hatte. Vielleicht war es aber auch nur Taktik, alles, was die Polizei ohnehin mühelos herausfinden würde, zuzugeben, um sich nicht verdächtig zu machen.

»Wie ist das eigentlich mit Doping beim Tanzen?«, fragte Riedlinger.

Marco gab ein verächtliches Schnauben von sich. »So sinnlos, als würden Sie versuchen, einer Amöbe das Tanzen beizubringen. Wollen Sie andeuten, dass Angie gedopt war?«

Auch diese Frage ließ Riedlinger unbeantwortet.

»Das wäre für heute alles, Herr Scheuerle. Wir melden uns wieder bei Ihnen.«

Nachdem der junge Mann das Büro verlassen hatte, stellte Riedlinger die Lehne seines Stuhls zurück, legte die Füße auf den Tisch und schloss die Augen. In dieser Position konnte er am besten nachdenken, auch wenn sein Vorgesetzter es missbilligen würde, sollte er ihn dabei erwischen. Diese Gefahr bestand derzeit aber nicht, denn der Revierleiter befand sich in seinem wohlverdienten Jahresurlaub. Und Mozer und Müllerchen würden ihn nicht verraten.

In Gedanken fasste Riedlinger zusammen, was sie bisher wussten. Viel war es nicht. Im Gegenteil, ihre Erkenntnisse waren mehr als mager, sie hatten nicht einmal den Hauch einer Spur. Der Medikamentenmissbrauch sowie ein eventuelles Doping erschienen ihm viel zu dürftig, um daraus ein Mordmotiv zu konstruieren. Neid? Würde Evalina Adamek so weit gehen, ihre Konkurrentin kaltblütig zu erdrosseln, sofern sie körperlich überhaupt dazu in der Lage wäre? Evalina und das Opfer waren gleich groß und hatten die gleiche Statur. Die Ähnlichkeit zwischen den Mädchen war ein Punkt, der Riedlinger einfach nicht aus dem Kopf wollte. Über die junge Litauerin wusste er immer noch nicht mehr, als dass sie eine gute Tänzerin war und bei ihrem Trainer und seiner Frau lebte. Außerhalb der Tanzschule hatte sie wenig Kontakt zu anderen Menschen, eine Freundin oder gar einen festen Freund schien es nicht zu geben. Das deckte sich mit dem Leben von Angeline Schmidt.

Blieben noch Nicola und Luigi Esposito. Daran konnte Riedlinger nicht glauben. Nicola litt unter dem Tod ihrer Freundin, das sah ein Blinder. Und ihr Vater?

»Wir leben im 21. Jahrhundert in Deutschland«, murmelte Riedlinger vor sich hin. »Selbst ein heißblütiger Italiener wird nicht zum Mörder, weil seine Tochter Frauen bevorzugt.«

So ganz sicher konnte Riedlinger sich diesbezüglich aber nicht sein, dafür kannte er den Pizzabäcker zu wenig. Was, wenn Luigi Esposito erfahren hatte, dass seine Tochter Angeline liebte, und verhindern wollte, dass ihre Beziehung öffentlich wurde? Außerdem hatte sich Angeline bereits vor

Monaten von ihrer Freundin getrennt. Riedlinger hielt es dennoch für möglich, dass Luigi Esposito das Mädchen zur Rede gestellt und mit Vorwürfen überschüttet hatte. Es hätte zum Streit gekommen sein und Esposito sich dabei vergessen haben können.

Ebendies war aber der Haken bei der Sache: Der Mord an Angeline Schmidt war geplant gewesen. Jemand war gezielt in die Tanzschule gekommen in dem Wissen, dass das Mädchen um diese Zeit dort allein war, hatte einen Schal oder ein Halstuch mitgebracht und sich dem ahnungslosen Opfer von hinten genähert. Das sprach von großer krimineller Energie und passte nicht zu einer Tat im Affekt. Riedlinger traute dem Pizzabäcker cholerische Anfälle und Wutausbrüche zu, sogar dass ihm die Hand ausrutschen könnte – würde er aber so weit gehen, Angeline Schmidt derart kaltblütig zu ermorden?

11

Am folgenden Tag um die Mittagszeit machte Jürgen Riedlinger sich erneut auf den Weg zu der Pizzeria. Nach wie vor glaubte er nicht, dass Luigi Esposito als Täter in Betracht gezogen werden konnte, derzeit hatte er aber das einzige erkennbare Motiv. Riedlinger hoffte, zunächst mit Heike Esposito unter vier Augen sprechen zu können. Er konnte nicht mit Bestimmtheit sagen, ob Nicolas Vater über die Neigungen seiner Tochter im Bilde war. Sollte Riedlinger sich irren, wollte er keine schlafenden Hunde wecken und das Mädchen zusätzlich in Schwierigkeiten bringen. Wenn von den Espositos keiner etwas mit dem Mord an Angeline zu tun hatte, war das eine Angelegenheit, die die Familie unter sich ausmachen musste.

»Mein Mann und ich waren zusammen in der Küche bis weit nach Mitternacht«, erklärte Heike Esposito. »Wir haben aufgeräumt und geputzt, da unsere Angestellte krank ist. Danach sind wir gemeinsam ins Bad, haben nacheinander geduscht und sind dann auch gleich ins Bett.« Sie sah Riedlinger entrüstet an. »Sie können nicht im Ernst glauben, mein Mann wäre fähig, Angeline etwas anzutun? Das Mädchen war wie eine eigene Tochter für uns!«

»Wir ermitteln in alle Richtungen und müssen jedem möglichen Motiv nachgehen.«

»Also wirklich, Herr Riedlinger!« Heike schnaubte verächtlich. »Auch wenn mein Mann gläubiger Katholik und Sizilianer ist – er geht nicht hin und bringt jemanden um, nur weil seine Tochter Gefühle für diese Person entwickelt hat. Das ist ohnehin nur eine Phase. Nicola ist in einem Alter, in dem sich Kinder noch ausprobieren und ihre Richtung erst finden müssen.«

Jürgen Riedlinger wollte sich nicht auf eine Diskussion einlassen, ob ein achtzehnjähriges Mädchen nicht schon genau wusste, zu welchem Geschlecht es sich hingezogen fühlte. Das Alibi des Pizzabäckers nahm er zur Kenntnis, auch wenn außer seiner Frau es niemand sonst bestätigen konnte. Heike Esposito sagte ebenfalls aus, Nicola habe um Mitternacht bereits geschlafen. Würde aber nicht jede liebende Mutter ihrer Tochter ein Alibi geben und ebenso versuchen, ihren Ehemann zu schützen?

Sein nächster Weg führte ihn in die Predigerstraße. Es war Mittagszeit, und er hoffte, Harald Liebig anzutreffen.

Drei Wochen waren seit der schrecklichen Tat nun schon vergangen, und sie drehten sich nach wie vor im Kreis. Bei der morgendlichen Besprechung hatte selbst die Staatsanwältin zugegeben, dass die Soko »Walzer« bisher alles unternommen hatte, was in ihrer Macht stand.

»Wir müssen ein Motiv finden«, hatte Frau Dr. Pfeffer gemeint. »Der Weg zum Täter führt oft über das Motiv. Herr Riedlinger, Ihr Team muss sich da noch einmal richtig reinhängen. Es kann nicht sein, dass es nichts und niemanden gibt, der auf das Opfer derart wütend war, dass er …«

»Oder sie«, warf Wolfgang Mozer ein, was von der Staatsanwältin mit einem verärgerten Blick kommentiert wurde.

»Lassen Sie solche Spitzfindigkeiten«, blaffte sie. »Ich glaube, es hat jeder verstanden, was ich meine.«

Alle nickten, und Riedlinger wagte einen erneuten Vorstoß: »Bisher haben wir als mögliches Motiv nur den Verdacht des Medikamentenmissbrauchs, Frau Doktor. Ich bin der Ansicht, wir sollten die Hausärztin des Opfers …«

»Kommt nicht in Frage!«, unterbrach Anne Pfeffer entschlossen. »Frau Doktor Wörner und ihr Ehemann sind integre Personen dieser Stadt. Ich werde mir nicht die Blöße geben, den Landrat gegen uns aufzubringen. Solange Sie mir nicht eindeutige Beweise vorlegen, dass die Ärztin gegen ihr Berufsethos verstoßen hat, lassen Sie mich mit diesem Thema bitte in Ruhe.«

Riedlinger tauschte mit Mozer einen zornigen Blick. Wie sollten sie Beweise finden, wenn ihnen die Hände gebunden waren und sie nicht die Unterlagen der Praxis überprüfen konnten? Wenn Liebigs Schwester das Opfer mit den Medikamenten versorgt hatte, würde Bianca Wörner es niemals zugeben. Es war sogar fraglich, ob sie eine solche Behandlung überhaupt dokumentiert hatte.

Wolfgang Mozer ergriff das Wort, damit sein Kollege sich wieder beruhigen konnte. »Wir haben alle Orthopäden in Rottweil und den umliegenden Städten befragt. Angeline Schmidt war bei keinem in Behandlung, ebenso wenig in einer orthopädischen Sprechstunde eines der in Frage kommenden Krankenhäuser.«

»Die Eltern sind außen vor?«, fragte die Staatsanwältin.

Wolfgang Mozer nickte. »Auch hier gibt es keinen Hinweis auf ein mögliches Motiv. Die Nachbarn schildern die Schmidts als harmonische Familie und Angeline als ein stets fröhliches Mädchen.«

Riedlinger ergriff wieder das Wort: »Die Befragungen der Mitschüler ergaben, dass das Mädchen zwar bei einigen nicht besonders beliebt gewesen war, aber alle sagen einstimmig aus, Angeline habe ein sehr gutes Verhältnis zu ihren Eltern gehabt. Nicht außen vor ist Marco Scheuerle. Für ihn wäre es ein Leichtes gewesen, Tramadol und Triam 40 aus der Apotheke seiner Eltern zu besorgen und es Angeline zu verabreichen. Allerdings fehlt auch hier das Motiv. Aus welchem Grund hätte Scheuerle seiner Konkurrentin helfen sollen, den Sport weiter ausüben zu können? Er hätte nichts davon gehabt.«

»Die versuchte Erpressung Scheuerles wird natürlich weiterverfolgt«, sagte Anne Pfeffer. »Was jedoch meiner Meinung nach eher für die Unschuld des jungen Mannes spricht. Sollte er der Täter sein, dann hätte er sich still verhalten und nichts getan, um die Aufmerksamkeit der Polizei auf sich zu ziehen.«

In diesem Punkt teilte Riedlinger die Meinung der Staatsanwältin. Er schätzte Marco Scheuerle als intelligent ein, und er musste ein gutes Abitur haben, wenn er noch im selben Jahr einen Studienplatz an einer der renommiertesten Universitäten in Deutschland erhalten hatte.

* * *

Riedlinger schritt zügig aus. Bewusst hatte er den Wagen in der Tiefgarage gelassen, denn er sehnte sich nach frischer Luft. Er passierte die Oberamteistraße und die Höllgasse und gelangte in den Nägelesgraben. Auf der Höhe des großen Einkaufszentrums unterdrückte er den Impuls, die Bäckerei aufzusuchen. Bevor er das Revier verlassen hatte, hatte er in der Kantine noch eine sämige Tomatensuppe und ein knusprig gebackenes Brot gegessen. Er war folglich nicht hungrig, auch wenn ihm beim Gedanken an eine Vanillepuddingschnecke das Wasser im Mund zusammenlief.

In dem Moment, als er den Vorgarten des Hauses der Liebigs betrat, öffnete sich die Tür, und Bianca Wörner, in der Hand eine Arzttasche, trat heraus.

Bei Riedlingers Anblick runzelte die Ärztin die Stirn.

Riedlinger fragte: »Sie haben Ihren Bruder besucht?«

»Ich war bei meiner Schwägerin«, antwortete die Ärztin ruhig.

Sie schien sich nicht zu wundern, dass der Kommissar über die verwandtschaftliche Beziehung informiert war.

»Was fehlt Frau Liebig denn?«

»Darauf erwarten Sie nicht wirklich eine Antwort, Herr Kommissar? Außer, Sie legen mir einen richterlichen Beschluss vor, der mich von der Schweigepflicht entbindet.«

Die Arroganz in ihrer Stimme war unüberhörbar, davon ließ sich Riedlinger jedoch nicht einschüchtern. Er hatte einen Mordfall aufzuklären, war nach wie vor davon überzeugt, dass die Ärztin auf irgendeine Art und Weise in die Machenschaften rund um das Opfer involviert war, und es war ihm gleichgültig, ob die Staatsanwältin um ihren guten Ruf fürchtete.

»Bei allem Respekt, Frau Doktor Wörner«, erwiderte er kühl, »die Tatsache, dass der Trainer des Opfers Ihr Bruder ist, lässt einige Vermutungen zu. Sie werden verstehen, dass ich nicht glaube, dass Sie von Angeline Schmidts Verletzung keine Kenntnis gehabt haben sollen.«

Ihre rechte Augenbraue schoss hoch, sie hielt Riedlingers Blick aber stand und musterte ihn abschätzend und auch ein wenig spöttisch.

»Sind Sie plötzlich Pfarrer geworden? Diese Berufsgruppe ist für das Glauben zuständig, die Polizei sollte sich lieber an Fakten halten.«

»Sie leugnen also nicht, Angeline behandelt zu haben?«

Nicht der Hauch einer Reaktion zeigte sich in ihren Zügen. »Es gibt nichts zum Leugnen, da Angeline Schmidt meine Patientin war, wie Sie bereits wissen. Alles andere sind nur haltlose Spekulationen Ihrerseits. Jetzt lassen Sie mich bitte vorbei, meine Patienten warten auf mich.«

Es blieb Riedlinger nichts anderes übrig, als den Weg freizugeben.

Harald Liebig hatte ihr Gespräch von der Tür aus verfolgt.

Als Riedlinger näher kam, sagte er missmutig: »Lassen Sie meine Schwester aus dem Spiel, Herr Riedlinger! Sie hat mit der ganzen Sache nichts zu tun. Was wollen Sie eigentlich schon wieder hier? Ich habe Ihnen alles gesagt, die Ermittlungen in der Tanzschule sind abgeschlossen und ich habe gehofft, endlich Ruhe vor Ihnen zu haben.«

Ungefragt trat Riedlinger an dem Tanzlehrer vorbei in den Hausflur. »Sie scheinen kein großes Interesse mehr daran zu haben, den Mörder von Angeline Schmidt zu finden.«

Liebig zuckte mit den Schultern, sein Lächeln wirkte gezwungen. »Natürlich will ich, dass die Gerechtigkeit siegt. Es scheint jedoch, Sie sind in eine Sackgasse geraten. Oder haben Sie neue Erkenntnisse? Belästigen Sie uns deswegen schon wieder?«

Riedlinger blieb ihm die Antwort schuldig und ging unaufgefordert ins Wohnzimmer. Carmen Liebig lag wieder auf der Coach, eingehüllt in eine Wolldecke, obwohl es im Raum angenehm warm war. Sie hatte die Augen geschlossen und schien Riedlinger nicht zu bemerken.

»Wo können wir uns unterhalten?«, fragte der Kommissar.

»In der Küche. Meine Frau braucht absolute Ruhe, es geht ihr nicht gut. Aus diesem Grund war meine Schwester hier, Bianca ist die behandelnde Ärztin meiner Frau. Es gibt keinen Grund, Ihnen das zu verschweigen.«

Es war auch für einen medizinischen Laien wie Riedlinger erkennbar, dass Carmen Liebig nicht gesund war. Ihre Wangen waren unnatürlich gerötet und sie atmete laut, als würde sie krampfhaft nach Luft schnappen. Für einen Moment tat Riedlinger sein Eindringen leid. Er schob das Gefühl aber gleich wieder beiseite. Der Druck in seinem Magen, der immer auftrat, wenn er spürte, dass ihm jemand etwas verheimlichte oder die Tatsachen verdrehte, verstärkte sich.

Obwohl es in der Wohnküche einen Tisch mit vier Stühlen gab, bot Liebig ihm keinen Platz an.

»Also, legen Sie los«, sagte er und blickte demonstrativ auf seine Armbanduhr. »Ich habe nicht viel Zeit. In einer Stunde habe ich einen Termin mit der Firma, die am Samstag für das Catering verantwortlich sein wird, danach wird das Parkett angeliefert. Wenn ich den Aufbau nicht persönlich überwache, endet alles im Chaos.«

»Wovon sprechen Sie?«

Ungeduldig trat Liebig von einem Fuß auf den anderen. »Die Deutsche Meisterschaft? Am Samstag? In der Stadthalle? Eingebettet in den Frühlingsball für meine Tanzschüler?« Sein Tonfall klang, als würde er zu einem sechsjährigen Kind sprechen.

Nun erinnerte sich Riedlinger an die Veranstaltung, bei der das Opfer hätte antreten sollen und bei der nun Evalina Adamek tanzte.

»Ich hoffe, Ihr Paar gewinnt«, sagte er aufrichtig.

»Um mir das zu sagen, sind Sie sicher nicht gekommen. Also, schießen Sie los, ich bin wirklich unter Zeitdruck.«

»Herr Liebig, können Sie sich vorstellen, dass Jens Mauch Angeline getötet hat?«, fragte Riedlinger ohne Umschweife.

Liebig zuckte wie unter einem elektrischen Schlag zusammen, seine Augen weiteten sich fassungslos.

Dann stellte er genau dieselbe Frage, über die Riedlinger seit Tagen grübelte: »Warum hätte Jens das tun sollen?«

»Mauch wollte mit Evalina Adamek tanzen, und Angeline war ihm im Weg.«

Mit einem erneuten belehrenden Unterton erwiderte Liebig: »Also wirklich, Herr Riedlinger, ein solches Motiv ist an den Haaren herbeigezogen. Wenn Jens nicht länger mit Angie hätte tanzen wollen, dann hätte er es ihr und mir gesagt und wir hätten eine andere Regelung gefunden. Paartrennungen sind in diesem Sport an der Tagesordnung. Irgendwann harmoniert man eben nicht mehr miteinander, dann sucht sich jeder einen neuen Partner, und schwupps entstehen zwei neue Spitzenpaare. So einfach geht das.« Harald Liebig klang sehr überzeugend.

Riedlinger hakte jedoch nach: »Es ist allgemein bekannt, dass Mauch und Angeline sich nicht gut verstanden haben. Vielleicht kam es zu einem Streit, der eskaliert ist.«

»Ausgeschlossen!«, beharrte Liebig. »Jens Mauch mag zwar nicht der Traum aller Schwiegermütter sein, eine solche Tat traue ich ihm aber nicht zu.« Er musterte Riedlinger aus zusammengekniffenen Augen. »Wie kommen Sie ausgerechnet auf Mauch? Ich denke, er hat ein Alibi? Haben Sie nicht feststellen können, dass er bis spät in die Nacht von seinem heimischen Computer aus im Netz gesurft hat?«

»Was ist mit Marco Scheuerle?«

»Marco?« Liebig schüttelte fassungslos den Kopf. »Erst Jens und jetzt Marco, Ihre Fantasie ist haarsträubend, Herr Riedlinger! Ich verstehe, dass Sie unter allen Umständen einen Täter finden müssen, Sie sollten aber aufhören, einem meiner Schützlinge etwas anzuhängen. Am Tatabend hat Marco gleich nach dem Gruppentraining die Tanzschule verlassen, das war kurz nach zweiundzwanzig Uhr, außerdem hat er Angie gemocht. Ich glaube, die beiden hatten auch mal was miteinander. Das werden Sie aber sicher schon herausgefunden haben, nicht wahr?«

Riedlinger hatte gehofft, irgendetwas zu erfahren, das ihm weiterhelfen würde. Irgendeine kleine Information, die Liebig zuvor nicht erwähnt oder die er nicht bemerkt hatte. Der Tanzlehrer selbst war auch noch nicht aus dem Kreis der Verdächtigen ausgeschlossen.

»Noch etwas, Herr Liebig«, fuhr er fort. »Wir haben erfahren, dass Sie und Evalina Adamek die Tanzschule gemeinsam kurz nach dreiundzwanzig Uhr verlassen haben. Warum haben Sie das bisher verschwiegen?«

Liebig zuckte mit den Schultern und sah erneut auf die Uhr. »Das hatte ich vergessen, da wir immer gemeinsam nach Hause fahren, und bevor Sie fragen: Evalina ist sofort in ihr Zimmer gegangen, sie kann nicht bestätigen, dass ich das Haus später nicht mehr verlassen habe. Sie sehen, ich habe nichts zu verbergen. Wenn ich der Täter wäre, hätte ich mich um ein wasserdichtes Alibi gekümmert, dessen können Sie sicher sein.« Liebig ging zur Tür und bedeutete Riedlinger zu gehen. »Ich muss jetzt wirklich los, Herr Riedlinger.«

»Ich danke Ihnen für Ihre Zeit«, sagte dieser und trat vor Liebig aus der Küche. »Für den Samstag wünsche ich Ihnen und Ihren Paaren viel Erfolg.«

»Möchten Sie nicht kommen?«, fragte Liebig. »Ich glaube, Sie sind verheiratet, nicht wahr? Sie könnten Ihre Frau zu einem richtig schönen Ball ausführen, darüber freut sich doch jede Dame. Ich lasse Ihnen zwei Eintrittskarten an der Kasse zurücklegen.«

Riedlinger lehnte mit einem Lächeln ab. »Ein solches Angebot darf ich nicht annehmen, Herr Liebig, vielleicht schaue ich aber tatsächlich vorbei. Dann benötige ich allerdings keine Eintrittskarte.«

Liebig trat einen Schritt vor, es hatte fast den Eindruck, als wolle er Riedlinger am Arm packen. »Sie wollen doch nicht etwa bei der Meisterschaft ermitteln und Fragen stellen? Vielleicht sogar mit einem Polizeiaufgebot in der Stadthalle erscheinen? Das können Sie mir nicht antun! In dieser Veranstaltung steckt eine Menge Geld, es werden alle Honoratioren des deutschen Tanzsports anwesend sein, und meine Tanzschüler erwarten einen schönen und rundherum gelungenen Abend. Der schreckliche Mord schwebt ohnehin wie ein Damoklesschwert über allem, ich bin froh, dass die Veranstaltung trotzdem so gut wie ausverkauft ist.«

»Wir werden sehen«, antwortete Riedlinger ausweichend. Er verstand Liebigs Argumente durchaus.

Liebig verlegte sich aufs Bitten. »Wenn Sie es schon nicht lassen können, dann gehen Sie wenigstens diskret vor.«

»Ich habe einen Mord aufzuklären, Herr Liebig«, wiederholte Riedlinger ernst. »Dabei ist es nicht immer möglich, auf alle Belange Rücksicht zu nehmen. Auf Wiedersehen.«

Riedlinger war bereits am Gartentor, da lief Liebig ihm hinterher und sagte: »Sie haben mich vorhin nach Marco Scheuerle gefragt.«

»Ja?«

»Also, äh … mir ist da doch noch etwas eingefallen.« Unsicher trat Liebig von einem Fuß auf den anderen. »Vielleicht hat es gar nichts zu bedeuten, aber …«

»Alles kann ein Hinweis sein.«

»Nun ja, also … ein paar Tage vor … bevor Angeline getötet wurde, habe ich sie und Marco in der Umkleide überrascht. Ich kam gerade hinzu, als Marco Angeline ein kleines Päckchen gegeben hat, das sie schnell in ihre Sporttasche steckte, als sie mich bemerkte.«

»Was für ein Päckchen?«, hakte Riedlinger nach.

Liebig zuckte mit den Schultern. »Es war in eine rote Plastiktüte gewickelt, in etwa so groß wie ein Taschenbuch. Das an sich ist nichts Außergewöhnliches, die beiden sind aber offensichtlich erschrocken, als ich unerwartet die Umkleide betreten habe. Ich weiß ja nicht ... Ich möchte auch niemanden verdächtigen, aber ich denke da an die Medikamente, und Marco als Sohn eines Apothekers ...«

Er ließ den Rest des Satzes offen, nicht ahnend, dass er mit seiner Bemerkung bei Riedlinger ins Schwarze getroffen hatte.

»Ich danke Ihnen«, sagte Riedlinger. »Wir werden Sie auf dem Laufenden halten.«

* * *

In Bezug auf Marco Scheuerle zeigte sich die Staatsanwältin kooperativer als bei Frau Dr. Wörner. Nachdem sie von Riedlinger über die Aussage des Tanztrainers informiert worden war, erwirkte sie einen Durchsuchungsbeschluss für Marcos Elternhaus. Offenbar gehörte der Apotheker nicht zu dem elitären Rottweiler Kreis, mit dem es sich die Staatsanwältin nicht verderben wollte.

Am nächsten Vormittag begleitete Wolfgang Mozer seinen Kollegen, äußerte aber seine Bedenken: »Schmerzmittel im Haus eines Apothekers sind nichts Außergewöhnliches. Selbst wenn wir die besagten Arzneien finden sollten, bringt uns das auf der Suche nach dem Mörder keinen Schritt weiter.«

»Ich weiß, Motzi, ich weiß«, gab Riedlinger zu. »Auch wenn Scheuerle Angeline die Medikamente besorgt hat, warum hätte er sie töten sollen? Er hat sich die Sachen bestimmt teuer bezahlen lassen, und wer bringt schon die Kuh um, die er melkt?«

Marco Scheuerle war außer sich vor Wut, als Riedlinger ihm den Durchsuchungsbeschluss zeigte und ihn aufforderte, die Beamten ins Haus zu lassen.

»Ich rufe meinen Vater an, und dieser seinen Anwalt!«, rief er aufgebracht. »Der wird dafür sorgen, dass Sie künftig Streifendienst machen und Knöllchen verteilen!«

»Wir werden Sie nicht daran hindern«, antwortete Wolfgang Mozer, dem solche Reaktionen vertraut waren. »Bis dahin lassen Sie uns aber unsere Arbeit tun.«

Scheuerle, sein Smartphone bereits in der Hand, blieb nichts anderes übrig, als zur Seite zu treten und das fünfköpfige Team einzulassen.

»Wonach suchen Sie eigentlich?«

»Das werden wir Ihnen sagen, wenn wir es gefunden haben.«

Riedlinger und Mozer blieben bei dem jungen Mann im Erdgeschoss, während die Kollegen mit der Durchsuchung des ersten Stockes begannen. Keine zwanzig Minuten später traf ein wutschnaubender, bulliger Mann ein. Er war gut einen Kopf größer als Riedlinger, obwohl dieser nicht gerade klein gewachsen war.

»Können Sie mir mal sagen, was Ihnen einfällt?«, fauchte er die Kommissare an. »Was haben Sie meinem Sohn vorzuwerfen?«

»Es besteht der begründete Verdacht auf illegalen Medikamentenhandel, Herr Scheuerle«, antwortete Jürgen Riedlinger ruhig. »Das Mordopfer Angeline Schmidt wurde über längere Zeit mit starken Schmerzmitteln und mit Cortisonpräparaten behandelt, die ihr von keinem Arzt verordnet worden sind.«

Gerhard Scheuerle schnaubte verächtlich. »Bitteschön, suchen Sie, Herr Kommissar! Ich bin sicher, Sie werden in diesem Haus massenweise schmerzstillende Arzneien finden, auch verschreibungspflichtige. Nicht gerade außergewöhnlich in meinem Beruf. Sie erlauben, dass ich meinen Anwalt informiere?«

Mit einer Handbewegung bedeutete Riedlinger seine Zustimmung. Der Apotheker griff zum Telefon und ging ins Nebenzimmer.

Marco Scheuerle kauerte wie ein Häufchen Elend in einem Sessel und murmelte leise vor sich hin: »Ich glaube, ich bin im falschen Film! Ich habe Angie nichts getan. Von ihren Schmerzen habe ich nichts gewusst, das schwöre ich!«

»Herr Riedlinger, Herr Mozer!« Ein Kollege kam die Treppe herunter, in der Hand einen durchsichtigen Plastikbeutel. »Das haben wir unter dem Bett im Zimmer des Jungen gefunden.«

Riedlinger nahm den Beutel entgegen und betrachtete das pinkfarbene, mit lila und rosa Streifen durchzogene Halstuch.

Er wandte sich an Marco Scheuerle. »Gehört Ihnen das Tuch? Nicht gerade ein männliches Accessoire, nicht wahr?«

Marco starrte auf den Beutel. »Das gehört mir nicht! Ich habe das noch nie gesehen und keine Ahnung, wie es in mein Zimmer kommt.«

»Wir werden es kriminaltechnisch untersuchen lassen«, bemerkte Wolfgang Mozer.

»Sie meinen, damit könnte Angie ...« Marco schluckte schwer. »Das ist nicht wahr! Ja, möglich, dass das Tuch Angie gehört hat. Sie war ein oder zweimal in meinem Zimmer, dabei hat sie es vielleicht verloren.«

»Ein Geständnis würde sich positiv auswirken, Herr Scheuerle«, bemerkte Wolfgang Mozer. »Wenn die beim Opfer gefundenen Faserspuren von diesem Tuch stammen ...«

»Mein Sohn hat nichts zu gestehen.« Schwer legte sich Gerhard Scheuerles fleischige Hand auf die Schulter seines Sohnes. »Du hältst den Mund, hast du verstanden?« Wütend funkelte er Riedlinger und Mozer an. »Bevor wir uns nicht mit unserem Anwalt besprochen haben, machen weder mein Sohn noch ich eine Aussage. Und jetzt wäre es sehr freundlich, wenn Sie mein Haus verlassen würden.«

»Eine Frage habe ich noch.« Riedlinger sah Marco an. »Einige Tage vor der Tat haben Sie Angeline in der Umkleide ein Päckchen gegeben. Worum hat es sich dabei gehandelt?«

»Ein Päckchen?« Marco krauste nachdenklich die Nase.

»Du wirst nichts sagen«, wies ihn sein Vater an.

»Ist schon gut, Papa, ich habe nichts zu verbergen. Ja, ich erinnere mich. Es war ein Buch über chemische Formeln und Tabellen. Angie hat mit Chemie auf Kriegsfuß gestanden, und die Tabellensammlung war mir beim Abi eine große Hilfe.«

Riedlinger nahm diese Aussage schweigend zur Kenntnis.

Die Kommissare warteten, bis die Kollegen ihre Arbeit beendet hatten, dann verließen sie das Haus des Apothekers. Im Badezimmer waren tatsächlich verschiedene schmerzstillende Medikamente gefunden worden, darunter aber weder Tramadol noch Triam 40. Das war nach dem Fund des Halstuches ohnehin in den Hintergrund getreten.

Riedlinger und Mozers nächster Weg führte sie in die Tannstraße. Sie hofften, Angelines Eltern anzutreffen, und sie hatten Glück.

Bastian Schmidt betrachtete das Halstuch lange, sagte dann aber traurig: »Leider kann ich Ihnen nicht sagen, ob das Tuch meiner Tochter gehört hat. Ich habe mich nie sehr um ihre Kleidung gekümmert. Meine Frau würde es bestimmt wissen, ich weiß aber nicht, ob ich sie in der derzeitigen Situation damit belasten kann. Das muss ich erst mit den Ärzten besprechen.«

»Das hat Zeit, Herr Schmidt«, sagte Riedlinger verständnisvoll. »Wir lassen das Tuch daraufhin untersuchen, ob es sich um das Tatwerkzeug handeln könnte. Der Täter könnte es auch selbst mitgebracht und wieder mitgenommen haben. Wenn wir noch Fragen haben sollten, wenden wir uns wieder an Sie.«

»Ach, Herr Schmidt«, fragte Wolfgang Mozer. »Dürften wir nochmal einen Blick in das Zimmer Ihrer Tochter werfen?«

Bastian Schmidt machte eine lapidare Handbewegung nach oben, und Riedlinger folgte seinem Kollegen.

»Die Kollegen haben doch schon alles sichergestellt, Motzi«, sagte er.

In Angelines Zimmer sah sich Mozer suchend um. »Warte mal, Riedl, ich will nur etwas überprüfen.«

Aufmerksam studierte Wolfgang Mozer die Rücken der Bücher auf dem Bord an der Wand. Er musste nicht lange suchen und zog ein schmales Taschenbuch mit einem hellblauen Einband heraus.

»Tabellenbuch Chemie«, las er laut vor, schlug die erste Seite auf und reichte Riedlinger das Buch.

Auf der Innenseite prangte in krakeliger Schrift *Marco Scheuerle*.

»Er könnte das Handbuch Angeline jederzeit, auch lange vor dem besagten Tag in der Umkleide, gegeben haben«, wandte Riedlinger ein. »Er hat sich vielleicht wieder daran erinnert, als er nun eine Ausrede benötigte.«

»Es wird schwer werden, Scheuerle das Gegenteil zu beweisen, Riedl«, gab Mozer zu bedenken. »Wir nehmen das Buch auf jeden Fall mit und warten, was die KTU zu dem Halstuch und den Faserspuren sagt.«

* * *

Franz Diembach, Leiter der kriminaltechnischen Untersuchung, arbeitete schnell und gewissenhaft und kam gegen Abend persönlich zu Riedlinger und Mozer ins Büro, um das Ergebnis mitzuteilen.

»Die Fasern des Halstuches stimmen mit den beim Opfer gefundenen Fasern überein.«

»Daran besteht kein Zweifel?« Riedlinger atmete erleichtert auf.

»Nicht der geringste Zweifel, Jürgen. Es spricht alles dafür, dass das Mädchen mit diesem Tuch erdrosselt wurde. Allerdings hat sich keine DNA auf dem Tuch finden lassen, was darauf schließen lässt, dass es nach der Tat gewaschen und danach nur noch mit Handschuhen angefasst wurde.«

»Danke, Franz, ich wünsche dir einen schönen Feierabend.«

Diembach dankte ebenfalls und meinte mit einem Lächeln: »Der für dich und Wolfgang heute wohl ausfallen wird, gell?«

Riedlinger griff zum Telefonhörer und eine Stunde später brachten die Kollegen Marco Scheuerle aufs Revier. Dessen Vater begleitete ihn.

Regina Müller hatte ihre liebe Not, den aufgebrachten Apotheker zu beruhigen, als Riedlinger und Mozer allein mit Marco sprechen wollten.

»Du sagst kein Wort!«, rief Gerhard Scheuerle seinem Sohn nach, bevor die Tür zum Vernehmungsraum geschlossen wurde. »Gneiting ist bereits auf dem Weg nach Rottweil.«

Bei dem Namen zuckte Riedlinger unmerklich zusammen.

Er sah Scheuerle fragend an. »Doktor Gneiting? Der Anwalt aus Stuttgart?«

»Ebendieser«, blaffte Scheuerle. »Wie ich bemerke, scheint unser Anwalt Ihnen bekannt zu sein. Dann werden Sie auch wissen, dass er der Beste in Sachen Strafverteidigung ist.«

Und ein arroganter, überheblicher Schnösel, dachte Riedlinger. Er fragte aber nicht, wie ausgerechnet ein Apotheker aus Rottweil zu einem der Stuttgarter Staranwälte kam.

Vor ein paar Jahren hatte Dr. Gneiting einen von Riedlinger dringend des Mordes Verdächtigen vertreten und alle Indizien, die die Kommissare auf den Tisch gelegt hatten, zunichte gemacht. Schlussendlich war der Verdächtige dann auch nicht der Täter gewesen, Riedlinger erinnerte sich aber noch gut daran, wie selbstherrlich Gneiting aufgetreten war.

Er bat Marco Scheuerle, Platz zu nehmen.

»Mein Kollege wird anwesend sein, und wir werden das Gespräch aufzeichnen«, erklärte Riedlinger. »Sie haben doch nichts dagegen?«

»Nö. Sie können das Ding da«, er deutete auf das Aufnahmegerät, »ruhig laufen lassen, ich hab Ihnen eh nichts zu sagen. Ich glaube, es ist mein Recht zu schweigen, bis mein Anwalt eingetroffen ist, nicht wahr?«

»Fassen wir noch mal zusammen«, begann Wolfgang Mozer, ohne Marcos Einwand zu beachten. »Angeline Schmidt und Sie kannten sich von dem gemeinsamen Tanztraining, dann hatten Sie eine Affäre mit ihr. Sie behaupten, Angeline hätte das Halstuch bei einem Besuch bei Ihnen verloren, dabei muss es unter Ihr Bett gerutscht sein.«

Marco Scheuerle verschränkte die Arme vor der Brust, lächelte spöttisch und überlegen, schwieg aber beharrlich.

Mozer fuhr fort: »Das ist aber unmöglich, da es sich bei dem Tuch eindeutig um das handelt, mit dem das Opfer erdrosselt wurde.«

»Das hat mir jemand untergeschoben«, antwortete Marco schnell, reagierte auf die weiteren Fragen aber nicht mehr.

Nach einer halben Stunde gaben die Kommissare auf.

»Sie warten hier«, befahl Jürgen Riedlinger und stand auf.

»Sie können mich maximal vierundzwanzig Stunden festhalten«, bemerkte Marco mit einem süffisanten Lächeln. »Dann müssen Sie einen Haftbeschluss erwirken, was Ihnen aufgrund dieser mauen Indizienlage wohl kaum gelingen wird.«

»Ich dachte, Sie wollen Medizin und nicht Jura studieren«, gab Riedlinger zurück.

Das hatte nur ein erneutes zynisches Lächeln zur Folge.

Riedlinger und Mozer tauschten einen Blick und verließen das Büro.

»Motzi, ich fürchte, er hat recht, und wir werden mit diesem Indiz nicht durchkommen.« Riedlingers Kieferknochen mahlten. »Wir werden trotzdem die Staatsanwältin informieren.«

* * *

Drei Stunden später verließen Marco Scheuerle, sein Vater und Dr. Gneiting das Revier – auf den Gesichtern ein zufriedenes Lächeln.

Beim Hinausgehen sagte Gneiting: »Weil Sie unter Druck stehen, der Öffentlichkeit einen Täter zu präsentieren, lehnen Sie sich mal wieder weit aus dem Fenster, Herr Riedlinger. Mein Mandant hat ein Alibi und kein Motiv, und solange Sie nicht beweisen können, dass das Tuch ihm *nicht* untergeschoben wurde, um den Verdacht auf den Jungen zu lenken, werden Sie die Familie Scheuerle in Ruhe lassen.«

Der Anwalt sah auch heute aus wie aus dem Ei gepellt. Selbst Riedlinger, der sich nicht viel aus Mode machte, erkannte, dass sein Anzug von einem großen Modelabel mit Sitz in Metzingen am Fuß der Schwäbischen Alb stammte, dazu trug Gneiting ein dezent gestreiftes Hemd, eine Weste und eine unifarbene Krawatte.

Wer trägt heutzutage im Alltag noch eine Weste?, dachte Riedlinger unwillkürlich.

»Wir werden in dieser Richtung weiterermitteln«, sagte er nur.

Dr. Gneiting rückte seine randlose Designerbrille zurecht.

»Tun Sie das. Ich hoffe, Sie finden den richtigen Täter. Die Tatsache, dass dieses Halstuch wahrscheinlich vom Opfer stammt, mit dem mein Mandant, wie er zugibt, eine Beziehung hatte, rechtfertigt allein keinen Haftbeschluss.«

»Ich muss Sie wohl daran erinnern, dass es sich um das Tatwerkzeug handelt, oder wollen Sie behaupten, das Opfer habe das Tuch nach seinem Tod in Scheuerles Zimmer vergessen?«, sagte Riedlinger sarkastisch. »Es spricht alles gegen Ihren Mandanten, das können selbst Sie, Herr Doktor Gneiting, nicht ignorieren.«

»Halten Sie den jungen Mann wirklich für so dumm, das Tuch zu behalten, anstatt es nach der Tat zu vernichten, wenn er der Täter gewesen wäre?«, antwortete der Anwalt und sah Riedlinger über den Rand seiner Brille spöttisch an. »Bringen Sie Beweise, die weniger haltlos sind, dann lasse ich mich gern vom Gegenteil überzeugen.«

Das Argument, warum Marco Scheuerle das Tuch nicht einfach vernichtet hatte, konnte Riedlinger nicht von der Hand weisen. Das passte in der Tat nicht zu ihm, und er war geneigt zu glauben, dass jemand den Verdacht auf den jungen Tänzer lenken wollte. Riedlinger würde aber einen Teufel tun, seine eigenen Zweifel gegenüber dem Anwalt zu äußern.

Er erwiderte lediglich: »Sie werden von uns hören, Herr Doktor Gneiting. Es ist selbstverständlich, dass Herr Scheuerle sich weiter zu unserer Verfügung halten und die Stadt nicht verlassen soll.«

»Ich glaube, damit können wir leben«, erwiderte der Anwalt kühl. »Allerdings glaube ich nicht, dass wir uns in diesem Fall wiedersehen werden, was ich sehr begrüßen würde.«

* * *

Es trug nicht gerade zur Steigerung von Riedlingers Laune bei, als die Staatsanwältin unmittelbar danach die Kommissare zu einem Gespräch bat. Mitternacht war längst vorüber, und ihm fielen vor Müdigkeit beinahe die Augen zu. Er sehnte sich nur noch nach seinem Bett. Frau Dr. Pfeffer schien die späte Stunde nichts auszumachen, sie wirkte wie eben aus einem erfrischenden Schlaf erwacht.

»Gehen Sie noch mal das Umfeld des Opfers durch, meine Herren. Ich stelle Ihnen zwei weitere Kollegen für die Soko zur Verfügung.« Streng ging ihr Blick zwischen Riedlinger und Mozer hin und her. »Es kann doch nicht sein, dass Sie in drei Wochen nicht mehr als ein Tuch vorzuweisen haben? Das Opfer wurde zwar höchstwahrscheinlich damit erdrosselt, aber es ist weder DNA von Marco Scheuerle noch von Angeline Schmidt daran. Und

Sie können nicht beweisen, dass es Marco Scheuerle nicht untergeschoben wurde.«

»Ich neige dazu, ihm zu glauben«, sagte Wolfgang Mozer. »Selbst wenn er Angeline mit Medikamenten aus der Apotheke seines Vaters versorgt hat …«

»Wäre das ein viel zu haltloses Motiv«, vollendete Anne Pfeffer seinen Satz. »Verflixt noch mal, entweder beweisen Sie, dass Marco Scheuerle der Täter ist, oder Sie finden endlich eine handfeste Spur, die mir kein Anwalt in der Luft zerreißt.« Sie sah auf ihre Uhr. »Feierabend für heute, meine Herren, morgen ist auch noch ein Tag. Auf Wiedersehen.«

»Vielmehr gute Nacht«, rief Riedlinger ihr nach und gähnte ausgiebig hinter vorgehaltener Hand.

12

Bewundernd betrachtete Regina Müller die junge, überschlanke Frau in dem glitzernden hellblauen Kleid, das sich hauteng an ihre Taille schmiegte und dann in einen knöchellangen, weitschwingenden Rock überging.

»Das ist ein einziger Traum.« Sie stupste ihren Begleiter an und zwinkerte ihm zu. »Ich wünschte, ich könnte auch einmal ein solches Kleid tragen.«

Klaus Schiller grinste. »Solange ich mich nicht in einen Frack zwängen muss. Darin sieht man ja wie ein Pinguin aus. Ich kann mir nicht vorstellen, dass das bequem ist.«

»Aber todschick. Gegen den Schmuck hätte ich auch nichts einzuwenden, nur würde ich mich etwas dezenter schminken.«

»Tja, das gehört zu dem Sport halt dazu.« Klaus kicherte. »Ich stelle mir gerade vor, wie du mit langen, feuerrot lackierten Krallen ein Protokoll tippst.«

Lächelnd hängte sich Regina bei ihrem Verlobten ein. Im Foyer der Stadthalle tummelten sich zahlreiche Tänzer und Tänzerinnen, alle waren bereits für die erste Runde des Turniers gekleidet. Einige hüpften auf der Stelle, andere dehnten ihre Gliedmaßen, manche Paare nahmen Tanzhaltung ein und wiegten sich biegsam auf eine unhörbare Musik.

Regina und Klaus suchten ihre Plätze in der festlich dekorierten Halle. Zusammen mit Daniela Heinzelmann und Michael Fuchs hatten sie sich Eintrittskarten reserviert und sahen dem Abend gespannt entgegen. Alle vier hatten sich in Schale geworfen, selbst Michael Fuchs trug einen dunklen Anzug und eine Krawatte.

In dem knieumspielenden schwarzen Neckholder-Cocktailkleid sah Regina Müller umwerfend aus. Heute Abend wollte sie sich amüsieren, ihre Arbeit jedoch nicht gänzlich vergessen.

Als Riedlinger erfahren hatte, dass Regina zu dem Frühlingsball gehen würde, in dessen Rahmen die Deutsche Meisterschaft der Hauptgruppe Kombination ausgetragen wurde, hatte er gesagt: »Halten Sie Ihre Augen und Ohren offen, Frau Müller, informieren mich aber sofort, sollte es zu irgendwelchen Zwischenfällen kommen. Ich bin den ganzen Abend telefonisch erreichbar.«

Pünktlich um neunzehn Uhr begann der festliche Ball mit einer Aufführung der Tanzmäuse. Vier- bis sechsjährige Kinder boten eine für ihr Alter beeindruckende Vorstellung auf die Musik eines aktuellen Charthits. Danach sprach Harald Liebig die Eröffnungsworte und übergab dann das Mikrofon an die Turnierleiterin – eine zierliche, hübsche Blondine um die Vierzig aus einem Verein aus dem Rems-Murr-Kreis. Das Turnier begann mit dem Einmarsch und der Vorstellung der Sportler. Achtzehn Paare hatten sich für die Deutsche Meisterschaft qualifiziert, und am Nachmittag war bereits die Vorrunde durchgeführt worden. Für sechs Paare war das Turnier danach zu Ende gewesen. Jetzt präsentierten sich die besten zwölf Paare den kritischen Augen der Wertungsrichter. Auch diese wurden nun namentlich vorgestellt.

Regina Müllers Aufmerksamkeit richtete sich auf Karen Schneider. Dieser Name war zwischen Küttner und Liebig gefallen, als Regina die Trainer in der Tanzschule belauscht hatte. Sie schätzte die Wertungsrichterin auf etwa sechzig Jahre, und sie wertete für einen Verein in Hessen. Nur einer der neun Wertungsrichter kam aus Baden-Württemberg. Regina fragte sich, ob Küttner sie alle bestochen hatte, damit sein Paar den Sieg holte. Selbst wenn – dies zu beweisen würde schwierig, wenn nicht unmöglich sein. Das interessierte Regina im Moment auch nur am Rand, da sie keinen Zusammenhang zu dem Mord erkennen konnte.

Für die Turniertänzer begann nun die erste Runde. Fasziniert verfolgte das Publikum das Turnier. Getanzt wurde in zwei Gruppen zu jeweils sechs Paaren, die scheinbar mühelos über das vor der Bühne verlegte Parkett schwebten. Langsamer Walzer, Tango, Wiener Walzer, Slow Foxtrott und Quickstep – jeder Tanz riss nicht nur Regina aufs Neue mit. Selbst Michael Fuchs, der das alles nur seiner Freundin zuliebe mitmachte, klatschte begeistert, allerdings völlig neben dem Takt mit.

Das heimische Paar Jens Mauch und Evalina Adamek wurde besonders lautstark angefeuert, wobei das Publikum fair war. Es zollte auch den anderen Teilnehmern Respekt und sparte nicht mit Applaus. Was heute Abend hier geboten wurde, war Leistungssport auf allerhöchstem Niveau.

Nach der Standardrunde blieb den Paaren nur eine halbe Stunde, um sich umziehen, dann waren die lateinamerikanischen Tänze an der Reihe. Regina verstand zu wenig vom Tanzen, um beurteilen zu können, wer das Parkett heute als Sieger verlassen würde, erkannte jedoch, dass Evalina und Jens in den Lateintänzen ein wahres Feuerwerk der Musikalität und Spritzigkeit, gemischt mit Eleganz, ablieferten.

Nach dem Jive ergriff Harald Liebig wieder das Mikrofon. »Danke euch, liebe Paare, für dieses fulminante Semifinale. Die Turnierleitung wird nun schnell rechnen, und wir fahren in einer Stunde mit dem Finale fort. Bis dahin, liebes Publikum, steht die Tanzfläche Ihnen zur Verfügung. Sie haben jetzt ja gesehen, wie es geht, scheuen Sie sich also bitte nicht, es nachzumachen!«

Die Bemerkung wurde mit einigen Lachern quittiert. Während die Musik beim Turnier vom Band gekommen war, leitete nun eine sechsköpfige Band den Publikumstanz mit einem flotten Discofox ein. Klaus Schiller nahm Reginas Hand und sie mischten sich unter die Tanzenden, während Michael Fuchs unbeteiligt in sein Weinglas starrte und hoffte, dem »Gehopse« noch ein Weilchen entgehen zu können. So, wie seine Lebensgefährtin Daniela ihn anschaute, würde er allerdings nicht um das eine oder andere Tänzchen herumkommen.

* * *

Hinter den Kulissen hatten sich die vierundzwanzig Tänzer und Tänzerinnen in den Umkleideraum zurückgezogen, ebenso ihre Trainer, einige Verwandte und Freunde. Im Tanzsport gab es keine getrennten Umkleideräume, da die Herren ihren Damen beim Ankleiden behilflich sein mussten und umgekehrt. Dementsprechend war es in dem langen, schmalen Raum brechend voll und die Luft zum Schneiden dick.

»Geht es dir gut?«

Nachdem Harald Liebig die Publikumstanzrunde anmoderiert hatte, war auch er zu seinem Paar geeilt. Sichtlich besorgt legte er eine Hand auf Evalinas Stirn.

»Du hast super getanzt, wirkst jetzt aber, als würdest du jeden Moment aus den Latschen kippen.«

Sie schenkte ihm ein dankbares Lächeln. »Nur ein wenig erschöpft, es geht aber schon. Es ist furchtbar heiß im Saal.«

»Natürlich geht es!« Norbert Küttner drängte sich zu ihnen durch. Zufrieden rieb er sich die Hände. »Ihr könnt euch gleich wieder umziehen und auf das Finale vorbereiten. Nicht so lange herumsitzen, sondern werden eure Muskeln kalt.«

Erwartungsvoll sah Liebig den Landestrainer an, und dieser nickte kaum merklich. Natürlich hatte Küttner bei der Turnierleitung längst in Erfahrung gebracht, dass Jens und Evalina das Finale erreicht hatten, bevor es offiziell bekanntgegeben wurde.

»Ich muss an die frische Luft.« Evalina stemmte sich von der Bank hoch und schwankte.

Helfend umfasste Jens ihre Hüfte. »Bist du echt okay?« Er klang aufrichtig besorgt. »Du darfst jetzt nicht schlappmachen. Nicht so kurz vor unserem Ziel! Nur noch zehn Tänze, dann haben wir das Ding im Sack! Komm, gehen wir ein paar Minuten nach draußen.«

Evalina machte sich von ihm frei. »Ich möchte allein sein. Keine Sorge, ich bin gleich wieder zurück und ziehe mich dann um.« Sie boxte ihn in die Rippen und grinste. »Wir werden das Finale rocken.«

Der Enge des Umkleideraums entronnen, atmete Evalina tief durch. Auf der anderen Seite des fensterlosen Ganges befand sich der Künstlereingang, dessen Tür nicht abgeschlossen war. Sie trat nach draußen. Inzwischen war es dunkel geworden, nur in der Ferne schimmerte das Licht der Straßenlaternen. Die Abendluft war frisch und klar. Evalina genoss den Augenblick der Ruhe und des Alleinseins. Das Schwindelgefühl verging, ebenso die Übelkeit, die sie gegenüber den Trainern besser nicht erwähnte. Sie war kurz davor gewesen, sich erneut übergeben zu müssen. Entschlossen ballte sie die Finger zu Fäusten. Sie würde das Finale durchstehen und den Titel holen! Sie musste nur noch etwa zwei Stunden durchhalten, und sich morgen Gedanken machen, wie es weitergehen sollte.

Evalina hörte zuerst ein scharrendes Geräusch in ihrer Nähe, bevor sie den Schatten wahrnahm, der plötzlich neben ihr auftauchte. Im selben Moment legte sich etwas um ihren Hals. Reflexartig trat Evalina mit alle Kraft nach hinten aus. Ihr Fuß traf einen menschlichen Körper und sie hörte ein verhaltenes Stöhnen. Da traf sie ein Fausthieb an der Schläfe, gefolgt von einem weiteren in der Nierengegend, das Engegefühl um ihren Hals schwand jedoch wieder. Sie fiel zu Boden und krümmte sich vor Schmerzen. Der Angreifer hatte aber noch nicht genug. Vier-, fünfmal – Evalina war nicht in der Lage, mitzuzählen – wurde sie von einem schweren Stiefel in den Bauch getroffen.

* * *

Vier flotte Tänze in Folge hatten Regina Müller ins Schwitzen gebracht. Klaus und sie kehrten zu ihrem Tisch zurück, und durstig trank sie ein Glas Wasser.

»Ich gehe mich mal frisch machen«, sagte sie erhitzt. »Das ist eine Hitze hier drinnen. Ich frage mich, wie die Tänzer das aushalten. Habt ihr bei denen auch nur einen einzigen Schweißtropfen gesehen?«

»Alles eine Frage des richtigen Make-ups«, bemerkte Daniela Heinzelmann. »Es gibt Sprays, ähnlich wie Haarspray, mit dem wird das Make-up fixiert.«

»Also, ich finde es ziemlich affig, dass auch die Männer geschminkt sind«, sagte Michael Fuchs. »Ein Grund mehr, warum ich niemals Tänzer werden würde.«

Sie lachten, Regina nahm ihre Handtasche und ging quer durch den Saal in Richtung Bühne.

»He, falsche Richtung, die Toiletten sind im Foyer!«, rief Daniela ihr nach, wegen der wieder einsetzenden Musik hörte Regina sie aber nicht mehr.

Regina ging bewusst in den Bereich hinter der Bühne in der Hoffnung, vielleicht wieder ein Gespräch mit anhören zu können. Ein langer, schmaler Gang führte zu den Waschräumen und der Umkleide. Von hinten links hörte sie laute Stimmen, rechts von ihr befand sich eine weitere Tür, die nur angelehnt war. Regina wandte sich nach links, da hörte sie durch die Tür einen Schrei, dann ein Stöhnen und Wimmern. Unwillkürlich straffte sich ihr Körper und ihre Sinne fokussierten sich auf diese Tür. Sie versuchte, durch den Spalt etwas zu erkennen. In diesem Moment wurde die Tür aufgerissen. Regina sah nur einen Schatten mit einer Faust in einem schwarzen Handschuh. Es war zu spät, um sich zu ducken. Die Faust krachte in ihr Gesicht, und Regina verlor die Besinnung.

* * *

Helles Tageslicht drang in ihre Pupillen, als sie die Augen öffnete.

»Wie geht es Ihnen?«, hörte sie eine Stimme sagen. »Der Arzt sagt, es kommt alles wieder in Ordnung.« Jürgen Riedlinger beugte sich über seine Mitarbeiterin und sah sie besorgt an. »Sind Sie in der Lage zu sprechen?«

Regina Müller öffnete die Augen ganz und nickte vorsichtig. Ihr Kopf schmerzte bei der kleinsten Bewegung.

»Was ist passiert?«, nuschelte sie und tastete über den dicken Verband, der ihre Nase und einen Teil der Stirn verhüllte. »Ist die Nase gebrochen?«

»Ja, aber keine Sorge, Frau Müller. Der Arzt hat mir versichert, dass alles wieder abheilen wird«, antwortete Riedlinger. »Erinnern Sie sich, was geschehen ist? Fühlen Sie sich gut genug, ein paar Fragen zu beantworten?«

Regina ignorierte die Schmerzen und versuchte, sich hochzustemmen.

»Das Turnier ... die Geräusche vor der Tür ... dann wurde ich angegriffen ...«, sagte sie langsam.

Mit sanfter Gewalt drückte Riedlinger sie in die Kissen zurück. »Sie bleiben hübsch liegen, Müllerch... äh, Frau Müller.«

»Sagen Sie nur Müllerchen, Chef.« Reginas Mundwinkel zuckten. »Ab Herbst müssen Sie sich dann aber auf Schillerchen umstellen.«

»Es erleichtert mich ungemein, dass Sie Ihren Humor nicht verloren haben.«

Einer ihrer Mundwinkel lächelte, der andere war wie betäubt.

»Sind die Blumen für mich?«

»Äh, ja ...« Verlegen legte Riedlinger den bunten Strauß, den er bisher in der Hand gehalten hatte, auf die Bettdecke. »Ich besorge nachher eine Vase.«

Das Sprechen schmerzte, dennoch schilderte Regina das Geschehene, so gut es ging, sie konnte sich jetzt wieder an jede Einzelheit erinnern.

»Sorry, Chef, es war unmöglich, den Angreifer zu erkennen. Haben Sie ihn gefasst?«

Mit grimmig gerunzelten Augenbrauen antwortete Riedlinger: »Leider nicht. Evalina Adamek wurde vor der Tür am Hintereingang zusammengeschlagen.«

»Ist sie tot?«

»Sie lebt«, beruhigte Riedlinger sie. »Sie, Frau Müller, scheinen gerade noch rechtzeitig gekommen zu sein, um Schlimmeres zu verhindern.«

»Derselbe Täter, der mich angegriffen hat«, murmelte Regina betroffen. »Es ging alles so schnell, ich konnte nicht ...«

»Machen Sie sich darüber keine Gedanken, Hauptsache, Sie werden bald wieder gesund.«

»Wer hat mich eigentlich gefunden?«

»Das war ausgerechnet Jens Mauch«, erklärte Riedlinger. »Er wollte nachsehen, wo Evalina bleibt, dabei ist er zuerst über Sie und dann über seine Tanzpartnerin gestolpert. Er hat gleich den Notruf gewählt, und das Revier hat mich informiert. Herr Schiller war beunruhigt, als Sie nicht wieder in den Saal zurückgekommen sind, und kam gerade hinzu, als der Notarzt eingetroffen ist. Er hat gewartet, bis Sie von der Notaufnahme ins Zimmer verlegt werden konnten. Ich habe Herrn Schiller vorhin nach Hause geschickt, er wird Sie heute Nachmittag wieder besuchen und Ihnen die Sachen bringen, die Sie hier benötigen. Wenn ich Ihnen noch etwas besorgen kann, lassen Sie es mich wissen.«

»Danke, das ist sehr freundlich, Chef.« Regina sah Riedlinger fragend an. »Was ist eigentlich mit dem Turnier?«

»Das wurde nach einer kurzen Unterbrechung fortgeführt.« Verächtlich stieß Riedlinger die Luft aus. »Dem Publikum wurde gesagt, Evalina habe sich verletzt, um den Rettungswagen zu erklären, und das Paar könne am Wettbewerb leider nicht weiter teilnehmen.«

»Haben Sie schon mit Evalina gesprochen?«

Riedlinger schüttelte den Kopf. »Kollege Mozer ist unten auf der gynäkologischen Station und wartet auf das Okay der Ärzte.«

Regina Müller hatte ein feines Gespür und hakte sofort nach: »Da sie ebenso wie ich niedergeschlagen wurde ... ähm, warum liegt sie nicht auch auf dieser Station? Wieso auf der Gynäkologie?«

»Tja, Frau Müller, darüber habe ich mich auch sehr gewundert. Wir müssen wohl abwarten, bis wir sie vernehmen können.«

»Wahrscheinlich hat sie Verletzungen im Unterleib, das arme Mädchen.«

Wie aufs Stichwort trat Wolfgang Mozer in das Krankenzimmer. Er schien nicht gerade bester Laune zu sein und platzte heraus: »Sie verweigert jede Aussage und will auch keine Anzeige erstatten.« Sein Blick fiel auf das Bett. »Entschuldigung, Frau Müller, wie geht es Ihnen?«

Sie winkte ab und nuschelte undeutlich. »Alles okay. Was haben Sie gerade gesagt?«

Geräuschvoll stieß Mozer die Luft aus und erklärte: »Eben hat der Arzt mich zu Evalina Adamek hineingelassen. Er hat mir aber nicht gesagt, welche Verletzungen sie erlitten hat, sondern pochte auf seine Schweigepflicht. Sie sieht nicht gut aus, hat ein paar Prellungen im Gesicht und an den Armen, sie hat mir aber unmissverständlich klargemacht, dass ich zu verschwinden hätte und wir sie in Ruhe lassen sollen. Sie sagt, sie wollte frische Luft schnappen, ist auf ihren hohen Absätzen in der Dunkelheit gestolpert und gestürzt.«

»Das Mädchen lügt wie gedruckt.« Riedlinger schlug mit der Faust in seine Handfläche. »Wahrscheinlich hat sie den Angreifer erkannt und deckt ihn, aus welchem Grund auch immer.«

Mozer nickte zustimmend. »Wir werden die Sache natürlich weiterverfolgen, zumal eine Kollegin zu Schaden gekommen ist.« Er schenkte Regina ein Lächeln. »Jetzt lassen wir Sie aber wieder allein, Frau Müller. Werden Sie schnell gesund.«

Obwohl die Sachlage Regina brennend interessierte, war sie froh, als die Kommissare das Zimmer verlassen hatten. Sie war sehr müde und ihr Gesicht fühlte sich an, als wäre sie unter eine Planierraupe geraten, auch das Atmen fiel ihr schwer. Sie hatte jedoch einen Plan, den sie umsetzen wollte, wenn sie sich etwas besser fühlte.

* * *

Die Stationsschwester auf der Gynäkologie musterte Regina kritisch. »Was ist denn mit Ihnen passiert?«

Regina lächelte unverbindlich. »Meine Nichte und ich hatten gestern Abend einen Unfall. Da ich sie bisher nicht habe besuchen können, wäre es sehr freundlich, wenn Sie mir sagen, in welchem Zimmer sie liegt. Ihr Name ist Evalina Adamek.«

Die Schwester nickte. »Ach so, Sie sind die Tante des Mädchens und wurden ebenfalls verletzt? Das tut mir leid. Sie liegt in Zimmer siebzehn, am Ende der Station auf der linken Seite.«

Regina dankte, ging zu dem Krankenzimmer und öffnete die Tür. Evalina lag im vorderen Bett und schien zu schlafen, im zweiten lag eine ältere Frau und löste ein Kreuzworträtsel.

»Guten Abend«, grüßte Regina freundlich. »Evalina, bist du wach?«

Die Lider des Mädchens flatterten. Ihr Teint war blass, dunkle Schatten lagen unter ihren Augen. Völlig ungeschminkt, die blonden Locken offen und zerzaust, wirkte sie wie ein aus dem Nest gefallenes Vögelchen.

»Hallo«, sagte sie leise und sah Regina fragend an. »Kennen wir uns?« Dann nickte sie und fuhr fort: »Aus der Tanzschule, nicht wahr? Sie machen da einen Kurs und sehen manchmal beim Training zu.«

Regina war froh, dass Evalina sich an sie erinnerte. Als Polizistin war sie ihr gegenüber nicht in Erscheinung getreten und sie wollte es vorerst auch dabei belassen.

Jetzt bemerkte Evalina Reginas Verbände und dass sie einen Bademantel über ihrem Nachthemd trug: »Sind Sie auch Patientin? Warum denn das?«

Vor der Bettnachbarin wollte Regina nicht offen sprechen, daher sagte sie leise: »Fühlst du dich kräftig genug rauszugehen? Oder darfst du noch nicht aufstehen?«

»Das geht schon.«

Regina half Evalina aus dem Bett und in den Bademantel. Sich gegenseitig stützend verließen sie das Zimmer und setzten sich in den kleinen Aufenthaltsraum der Station, in dem sie allein waren.

Regina brachte die Sache gleich auf den Punkt. »Mich hat der Typ auch niedergeschlagen, als ich dir zu Hilfe kommen wollte.«

Evalina zuckte zwar zusammen, antwortete jedoch: »Keinen Schimmer, was Sie meinen.«

Spontan griff Regina nach ihrer Hand. »Evalina, ich war auf der anderen Seite der Tür und habe alles mit angehört. Ich will mich in nichts einmischen, finde aber, du solltest den Menschen, der dir das angetan hat, anzeigen. Die Sache kommt ohnehin vor die Staatsanwaltschaft, da ich verletzt worden bin.«

»Das mit Ihnen tut mir echt leid, mir ist aber nicht viel passiert.« Evalina wich Reginas Blick aus und rollte den Gürtel ihres Bademantels auf. »Die paar blauen Flecke sind bald wieder weg, und dass ich das Kind los bin ...« Sie merkte, dass sie sich versprochen hatte und biss sich auf die Lippen.

»Du warst also schwanger«, stellte Regina fest und blieb äußerlich völlig ruhig.

»Tja, wenn Sie es schon wissen: Ich wollte das Balg ohnehin nicht. Das war nicht geplant, und ich hätte es wegmachen lassen, wollte aber erst die Meisterschaft hinter mich bringen. Schöner Scheiß, dass ich das jetzt verpatzt habe und die Dumpfbacken aus Köln gewonnen haben.«

»Woher weißt du das?«, fragte Regina.

Evalina sah sie an, als wäre sie minderbemittelt, und erklärte: »Schon mal was vom Internet gehört? Da war das Ergebnis heute Morgen drin. Außerdem war Harald hier und hat mir ein paar Sachen gebracht.«

Regina beschloss, auf Angriff zu gehen. »Hat der Vater des Kindes dich auch besucht? Er weiß doch Bescheid, was geschehen ist, oder?«

Das Mädchen hatte sich einmal versprochen, ein zweites Mal ließ sie sich nicht überrumpeln. Erregt stand sie auf und funkelte Regina verärgert an. »Das geht Sie nichts an! Weiß gar nicht, warum ich überhaupt mit Ihnen spreche. Kümmern Sie sich um Ihren eigenen Kram!«

* * *

Auch eine Woche nach der Deutschen Meisterschaft waren die Kommissare bezüglich des Überfalls hinter der Stadthalle keinen Schritt weitergekommen, geschweige denn im Mordfall Angeline Schmidt, der nun bereits über vier Wochen zurücklag. Mit bunt schimmernder Nase hatte Regina ihren Dienst wieder aufgenommen. Von den Tänzern und Trainern hatte niemand den Überfall bemerkt.

Jürgen Riedlinger hatte Evalina mit dem Wissen, dass sie ihr Kind verloren hatte, direkt konfrontiert.

»Wenn Sie das von einem der Weißkittel aus dem Krankenhaus haben, dann verklage ich den!« Ihr Gesichtsausdruck ließ keinen Zweifel daran, dass sie dazu fähig wäre. »Das ist meine private Angelegenheit, und ich bleibe dabei: Ich bin gestürzt, es war einfach nur Pech. Versuchen Sie doch, das Gegenteil zu beweisen.«

»Eine Besucherin des Balls ist auch angegriffen und niedergeschlagen worden«, sagte Riedlinger, »und sie versichert glaubwürdig, dass es ein äußerst leibhaftiger Mensch in dunkler Kleidung gewesen ist.«

Mit hochgezogenen Augenbrauen sah Evalina den Kommissar an, ein weiteres Wort war nicht aus ihr herauszubringen.

Um Reginas Tarnung nicht zu gefährden, verschwieg Riedlinger, dass es sich um eine Polizistin handelte. Es waren zwar Spuren gesichert worden, jedoch zu viele, um ein baldiges Ergebnis erwarten zu können. Eine Auswertung und ein Abgleich der Fingerabdrücke und der DNA würde

Wochen dauern. Harald Liebig und Jens Mauch leugneten, von Evalinas Schwangerschaft gewusst zu haben.

Liebig reagierte auf die Nachricht äußerst glaubhaft und fassungslos. »Ich hätte Evalina niemals derart hart trainieren lassen, wenn ich gewusst hätte, dass sie ein Kind erwartet! Das wäre unverantwortlich gewesen.«

Jens Mauch war eher amüsiert und stellte unverzüglich klar, dass er mit der Zeugung dieses Kindes nichts zu tun hatte. Provozierend streckte er Riedlinger die Zunge entgegen und meinte dann: »Sie können gern eine Probe von mir haben, um es auszuschließen. Ich habe nichts zu verbergen.«

Marco Scheuerle hatte als Zuschauer die Meisterschaft verfolgt. Zur betreffenden Zeit war er jedoch an der im Foyer aufgebauten Sektbar gewesen, was übereinstimmend von vier Zeugen bestätigt wurde.

Jürgen Riedlinger und Wolfgang Mozer waren nicht überrascht, als Regina Müller zwei Wochen später berichtete, Evalina würde wieder tanzen.

»Chef, ich habe den Eindruck, sie trainiert noch verbissener als zuvor. Mich würdigt sie keines Blickes, aber ich glaube nicht, dass sie ahnt, warum ich versuche, mit ihr in Kontakt zu bleiben. Unser Tanzkurs ist in drei Wochen jedoch vorbei, dann wird es für mich schwierig werden, mich weiterhin in der Tanzschule aufzuhalten.«

»Sie könnten einen Fortgeschrittenenkurs belegen«, schlug Wolfgang Mozer vor.

»Da spielt mein Freund nicht mit.« Bedauernd zuckte Regina mit den Schultern. »Außerdem beginnen die neuen Kurse erst im Herbst, bald ist ja Sommerpause.«

»Ich danke Ihnen, Frau Müller«, sagte Jürgen Riedlinger. »Es tut mir außerordentlich leid, dass Sie derart verletzt wurden.« Er deutete auf ihre Nase. »Das haben die Ärzte aber wieder gut hinbekommen.«

»Gell?« Lächelnd griff sie sich an die Nase. »Sie ist jetzt sogar gerader als zuvor.« Dann wurde sie wieder ernst und seufzte. »Wenn ich bloß hätte mehr erkennen können! Ich bin überzeugt, es war derselbe Täter, der Angeline ermordet hat.«

»Warum jetzt der Angriff auf Evalina?«, fragte Mozer.

»Weil es von Anfang an um Evalina ging«, stellte Riedlinger fest. »Dieser Gedanke kam mir sofort, als ich die Litauerin zum ersten Mal gesehen habe. Leider sind wir in Evalinas Umfeld nicht fündig geworden. Ihr Schweigen über den Vater des Kindes und ihre Weigerung, eine Anzeige zu erstatten, sprechen doch für sich! Das Mädchen lügt das Blaue vom Himmel herunter und verschweigt etwas.«

»Etwas, das ihr Leben in Gefahr bringt«, bestätigte Mozer, der die Meinung seines Kollegen teilte.

»Hoffen wir, dass der Täter nicht ein drittes Mal zuschlägt«, sagte Riedlinger leise. »Solange Evalina nicht bereit ist, mit uns zu kooperieren, haben wir keine Handhabe, sie unter Polizeischutz zu stellen.«

* * *

Bei der nächsten Besprechung der Soko »Walzer« fasste Jürgen Riedlinger die Tatsachen zusammen. Mit dem Zeigestock deutete er auf die Fotos der Verdächtigen, die neben- und untereinander an der Wand hingen.

»Marco Scheuerle, unser Hauptverdächtiger. Seine Eltern geben ihm für die Tatzeit allerdings ein Alibi. Darüber hinaus steht Scheuerle unter Verdacht, das Opfer mit schmerzstillenden Arzneien versorgt zu haben, und das Tatwerkzeug wurde in seinem Zimmer gefunden.«

»Aber er hatte kein Motiv, Angeline Schmidt zu töten«, ergänzte Wolfgang Mozer.

Die Kommissare hatten sich im Vorfeld über ihre Vorgehensweise abgesprochen.

»Jens Mauch.« Riedlingers Stock zeigte auf das nächste Foto. »Es konnte nachgewiesen werden, dass er zur Tatzeit von seinem heimischen Computer aus im Internet gesurft hat.«

Franz Diembach hob eine Hand und warf ein: »Was man mit den heutigen technischen Möglichkeiten durchaus manipulieren kann.«

»Danke, Franz.« Riedlinger nickte dem Kollegen zu. »Mauchs Alibi steht ergo auf wackligen Beinen.«

Nun war Mozer wieder an der Reihe: »Wie bei Scheuerle ist kein Motiv zu erkennen.«

»Harald Liebig«, fuhr Riedlinger fort. »Er gibt an, zur Tatzeit zu Hause gewesen zu sein, was von seiner Frau nicht bestätigt werden kann, da sie bereits geschlafen hat. Ebenso wenig von Evalina Adamek, die bei den Liebigs wohnt. Der Tanzlehrer wie auch das Mädchen könnten jederzeit voneinander unbemerkt das Haus wieder verlassen und zur Tanzschule zurückgegangen sein. Wir haben das zeitlich überprüft.«

»Hier fehlt ebenfalls das Motiv«, ergänzte Wolfgang Mozer. »Harald Liebig hat eine seiner besten Tänzerinnen verloren, und zu vermuten, Evalina habe Angeline aus Neid getötet …«

»Ist zu weit hergeholt.« Zum ersten Mal sprach Anne Pfeffer. »In dieser Sache gehe ich mit Ihnen konform, meine Herren. Was ist mit dem Inhaber der Pizzeria?«

»Luigi Esposito.« Riedlinger deutete auf das Foto des Pizzabäckers. »Er und seine Frau geben sich gegenseitig ein Alibi, und ich glaube nicht, dass er einen Menschen tötet, nur weil seine Tochter diesen geliebt hat. Das wäre eine Art Ehrenmord, und das traue ich dem Mann einfach nicht zu. Dann Nicola Esposito selbst. Es kann niemand bestätigen, dass sie zur Tatzeit in ihrem Zimmer gewesen ist und geschlafen hat.«

»Mord aus Leidenschaft.« Die Staatsanwältin seufzte und lächelte zugleich. »Es wäre ein Motiv, auch wenn mir das sehr unwahrscheinlich vorkommt.«

»Jetzt stimme ich Ihnen zu, Frau Doktor«, erwiderte Riedlinger. »Ich kann mir nicht vorstellen, dass Nicola einen Mord geplant und derart kaltblütig ausgeführt hat. Selbst wenn, warum erst jetzt? Der Kontakt der Mädchen war seit Monaten abgebrochen.«

»Ein Streit oder eine alte Sache, von der wir nichts wissen?«, warf Regina Müller ein. »Leider konnten wir in diesem Fall keinen Hinweis finden.«

»Die Eltern des Opfers sind nach wie vor außen vor«, meldete sich ein Kollege zu Wort, der die Nachbarschaft der Schmidts befragt hatte. »Keinem von Angelines Schulfreunden oder den Lehrern ist eine Unstimmigkeit in der Familie aufgefallen. Im Gegenteil, die Schmidts haben ihre Tochter in allen Bereichen unterstützt, besonders zu ihrer Mutter soll das Mädchen ein äußerst herzliches Verhältnis gehabt haben.«

Jürgen Riedlinger legte den Zeigestock aus der Hand und setzte sich. »Damit wären wir durch.« Er sah in die Runde. »Wir werden unsere Aktivitäten auf das Umfeld von Evalina Adamek ausdehnen, wobei sich dieses mit dem von Harald Liebig deckt, da das Mädchen keine Freunde oder gar Verwandte in der Stadt hat. Sie hält sich entweder im Haushalt der Liebigs oder in der Tanzschule auf.«

Die Staatsanwältin nickte verstehend. »Ich zweifle zwar nach wie vor an Ihrer Theorie, dass Angeline Schmidt einer Verwechslung zum Opfer gefallen ist, da wir im Moment aber sonst nichts in der Hand haben, gebe ich Ihnen grünes Licht. Wir müssen den Täter unbedingt finden.«

»Und verhindern, dass er erneut zuschlägt«, beharrte Riedlinger.

Wenn er nur wüsste, was er übersehen hatte! Den perfekten Mord gab es nicht. Jeder Täter hinterließ Spuren und machte früher oder später einen Fehler. Riedlinger befürchtete, dass im vorliegenden Fall es wohl später sein würde.

Hoffentlich nicht zu spät.

13

Evalina trank durstig und setzte die Wasserflasche erst ab, als sie leer war. Ihr kurzer, weitschwingender roter Rock und das bauchfreie schwarze Top waren schweißgetränkt. Sie tupfte sich aber nur schnell den Schweiß von der Stirn, damit er ihr nicht in die Augen lief, und forderte Jens auf: »Auf geht's, den letzten Teil der neuen Choreo machen wir noch mal. Du wackelst bei den Flicks wie ein Kuhschwanz.«

Jens warf einen verstohlenen Blick zur Wanduhr. »Ich denke, für heute reicht es, Eva. Wir trainieren seit über vier Stunden, und es wird immer wärmer im Saal.«

Auf die nach Westen ausgerichtete Fensterfront prallte die Sonne seit dem Mittag mit voller Kraft und heizte den Trainingsraum auf Saunatemperaturen auf, denn es gab keine Jalousien vor den Fenstern und keine Klimaanlage. Harald Liebig hatte das schon lange nachrüsten wollen, war vor den hohen Kosten aber bisher zurückgeschreckt.

»Ausgerechnet *du* willst jetzt das Handtuch werfen?« Evalina lachte und knuffte ihn in die Seite. »Sonst bekommst du nie genug vom Training und benimmst dich wie ein Sklaventreiber. Machst du etwa schlapp?«

Er griff nach ihrem Handgelenk und zog sie zu sich heran. »Mensch, Eva, ich mache mir Sorgen! Es ist noch keine drei Wochen her, seit du … na ja, wir wissen alle, was passiert ist. Das tut mir echt leid, und ich finde, du solltest es mit dem Training nicht übertreiben und dich etwas mehr schonen. Besonders bei dieser Hitze.«

Evalinas schöne Gesichtszüge verhärteten sich. Sie wich seinem bohrenden Blick aus.

»Ich bin wieder völlig okay, das hat auch der Arzt gesagt. In der siebten Woche verlieren Frauen häufig ihre Babys, kein Grund, sich als Schwerkranke zu gebärden. Ich habe schon die Meisterschaft vergeigt, bei der GOC will ich ganz nach vorn! Dafür trainiere ich, bis mir die Füße bluten.«

»Na, na, ganz so schlimm ist es auch wieder nicht.« Jens grinste und deutete auf Evalinas nackte Füße in den vorne offenen Lateinschuhen mit den sechs Zentimeter hohen Absätzen. »Bisher spielst du kein Aschenputtel, ich bin aber gern der Prinz, der deine Wunden versorgt, sollte es so weit kommen.«

»Aschenputtel? Prinz? Was ist das für ein Mist, den du da laberst?«

Jens sah sie erstaunt an. »Du hast noch nie von dem Märchen Aschenputtel gehört? Oder Cinderella? Das muss doch auch in Litauen bekannt sein. Haben dir deine Eltern denn nicht vorgelesen, als du ein Kind warst?«

»Märchen sind was für Babys. Ich investiere hier nicht meine Zeit, um mir Märchen anzuhören.« Evalina straffte die Schultern. »Können wir jetzt weitermachen? Ich bin froh, dass wir Standard vorerst vom Hals haben.«

In zwei Monaten stand das weltweit größte Tanzturnier an. Seit vielen Jahren wurden die German Open Championships in Stuttgart ausgetragen und zogen mehrere tausend Paare und überhaupt jeden, der im Tanzsport Rang und Namen hatte, aus der ganzen Welt an. Norbert Küttner und Harald Liebig hatten beschlossen, Jens und Evalina sollten nur im Lateinsektor antreten und das Standardtraining bis nach der GOC vernachlässigen. »Lieber in einer Disziplin richtig austrainiert als in zweien mittelmäßig«, hatte Küttner gesagt und damit bei Evalina Sympathiepunkte gewonnen.

Wenn sie sich auf die heiße südamerikanische Musik bewegte, vergaß sie alles andere um sich herum. Es gab nur noch die Musik und ihren Körper, die miteinander verschmolzen. In den lateinamerikanischen Tänzen führte der Herr zwar ebenfalls, ihre Choreographie war jedoch darauf ausgerichtet, dass sie und Jens wenig Körperkontakt zueinander hatten und jeder seinen Part selbstständig tanzte. In vielen Passagen war indes eine perfekte Synchronität ihrer Arme und Beine notwendig.

»Na los, noch einmal!«, forderte sie Jens erneut auf und schaltete die Musik wieder an. »Ab American Spin bis zum Schluss.«

»Rechts Kick, Hop and close, links Kick, Hop and close. One-a-two, three-a-four, five-a-six, seven-and-eight …«

Jens zählte laut mit. Es war üblich, die Begriffe und die Taktschläge auf Englisch zu sagen, die weltweite Sprache im Tanzsport.

»Und jetzt auf vierundvierzig Takte«, rief Evalina, da sie bisher diese Stelle auf etwas langsamere Musik geübt hatten.

Mit der Fernbedienung stellte sie die Geschwindigkeit der Musik höher.

»Hit the road, Jack!« Die Stimme von Ray Charles dröhnte durch den Saal.

Evalina liebte diesen Song, der Jahrzehnte, bevor sie geboren wurde, aufgenommen worden war.

Sie tanzten das komplette Programm noch viermal durch und beobachteten sich dabei im deckenhohen Wandspiegel. Dann erst zeigte sich Evalina zufrieden. In den Kicks waren ihre und Jens' Knie nun auf gleicher Höhe, die Fußspitzen gestreckt nach unten zeigend, die Flicks exakt auf dem Punkt in der Musik und ihre Armbewegungen synchron. Wohlwollend klopfte sie Jens auf die Schulter.

»Da wird Küttner nicht länger meckern können.«

Sie mussten das heutige Training ohnehin beenden, denn nach und nach trafen die Paare für den abendlichen Goldstartanzkreis ein, der in diesem Saal stattfand.

Jens und Evalina nahmen ihre Sachen und verließen den Raum.

»Ihr seid super!«, rief ein älterer Herr mit einem ausgeprägten Bierbauch. »So leichtfüßig möchte ich auch sein!«

Dann speck erst mal dreißig Kilo ab, lag Evalina auf der Zunge, sie senkte aber nur dankend den Kopf und lächelte. Harald würde ihr den Kopf abreißen, wenn sie frech zu seinen Tanzschülern war. Er war bisher noch nicht eingetroffen, sie würde Harald aber sicher sehen, wenn sie geduscht und sich umgezogen hatte.

In der Umkleide sank Evalina auf eine Bank und streifte sich die hochhackigen Schuhe von den Füßen. Sie wollte erst noch ein paar Minuten ausschwitzen, bevor sie unter die Dusche ging.

Während Jens seine Schnürsenkel aufknotete, fragte er: »Weiß deine Familie eigentlich, was passiert ist?«

Evalina zuckte zusammen. »Was hast du heute nur dauernd mit meinen Eltern?«

»Na ja ...« Jens sah sie aufmerksam an. »Dir ist eine verdammte Scheiße passiert. Ich denke, deine Eltern sollten das wissen.«

»Das sind ja ganz neue Töne. Du hast dich doch noch nie für etwas außerhalb des Trainings interessiert, für andere Menschen eh nicht.«

»He, ich mach mir echt Sorgen!«, gab Jens zu. Er wirkte auf einmal gar nicht mehr so prollig wie sonst. »Ich mag dich nämlich wirklich, Eva.«

»Was soll das werden?«, blaffte Evalina, ihre hübsche, schmale Nase kräuselte sich. »Zwischen uns ist doch alles klar, oder?«

»Ja, klar, sicher, es ist aber doch erlaubt, sich Sorgen zu machen«, beharrte Jens. »Früher habe ich gedacht, du wärst eine arrogante und blöde Zicke. Na ja, zickig bist du schon manchmal«, fügte er mit einem Grinsen hinzu, um die Situation zu entspannen.

Evalina teilte seinen Humor jedoch nicht, sondern blaffte: »Wir tanzen zusammen, was ich auch echt stark finde. Mehr aber nicht. Okay?«

»Okay.«

»Und was meine Familie betrifft ...« Evalina zögerte, dann stieß sie hervor: »Ich habe keine Eltern mehr. Die sind schon lange tot.«

»Echt jetzt?«, fragte Jens erstaunt. »Bist du deshalb nach Deutschland gekommen?«

Sie nickte, vergrub die Hände unter ihren Oberschenkeln und sagte leise, ohne Jens anzusehen: »Ich habe meine Eltern nie kennengelernt, und die Waisenhäuser in Litauen sind nicht so wie die hier in Deutschland. Darüber möchte ich aber nicht sprechen. Da das Tanzen in den osteuropäischen Ländern vom Staat gefördert wird, durfte ich im letzten Jahr schon bei der GOC tanzen. Eigentlich wollte ich immer nach Deutschland, hier ist einfach alles besser.«

»In Deutschland fließt auch nicht nur Milch und Honig«, wandte Jens ein, »und Litauen ist doch in der EU …«

»Erst seit diesem Jahr«, unterbrach sie, »und ich denke, es wird noch lange dauern, bis das Land einen ähnlichen Standard wie Deutschland erreicht hat, wenn überhaupt. Als Waise hast du da keine Chance, weniger als die Hälfte schaffen überhaupt einen Schulabschluss. Dort bist du als Waise einfach ein Mensch zweiter Klasse. Außerdem war mir die Schule eh egal, ich wollte nichts anderes als tanzen. Wozu hätte ich eine Ausbildung oder so was machen sollen? Hier gibt es viel mehr Chancen, Profi zu werden. Das ist mein einziges Ziel.«

»Dann passt ja alles perfekt zusammen«, erwiderte Jens. »Du wohnst bei Harald und Carmen, verdienst weiterhin bei ihnen ein paar Moneten, und wir sind auf dem Weg steil nach oben. Ich glaube, ich verstehe deinen Ehrgeiz jetzt besser.«

»Ach ja?« Sie lächelte ironisch. »Mir ist es völlig wurscht, ob du mich verstehst, Hauptsache, du führst gut und bleibst im Takt. Und jetzt geh, ich möchte duschen.«

»Wir könnten zusammen …«

»Das würde dir so passen!« Sie grinste auf einmal völlig unbeschwert. »Verschwinde jetzt, oder hast du etwa Angst, mir könnte auch jemand die Luft abdrehen?«

»Du solltest darüber keine Witze machen«, erwiderte Jens ernst.

Evalina lachte ihn aus. »Wer sollte mir etwas tun, außerdem ist die Tanzschule voller Leute. Gute Nacht, wir sehen uns morgen. Und träum bloß nicht von mir, das mit uns beiden wird nämlich nichts werden. Kapiert?«

Jens blieb eine Antwort schuldig. In seinem bisherigen Leben war es selten vorgekommen, dass er sich jemandem geschlagen geben musste. Evalina und Angeline waren sich zwar äußerlich ähnlich, charakterlich trennten sie Welten. Evalina sprach offen aus, was ihr auf dem Herzen lag, und nahm dabei auch in Kauf, andere zu verletzen. Streitereien innerhalb der Tanzpaare waren an der Tagesordnung. Während Angeline sich jedoch in sich zurückgezogen und oft beleidigt reagiert hatte, gab Evalina Kontra. Sie war keine Frau, die sich die Butter vom Brot nehmen ließ.

Jens hatte keine Vorstellung, wie Kinder und Jugendliche in den Waisenhäusern in Litauen lebten, er ahnte jedoch, dass Evalinas bisheriges Leben nicht gerade unter einem Glücksstern gestanden haben musste. Das hatte sie geprägt und bis zu einem gewissen Grad auch hart gemacht. Er war sicher, unter dieser rauen Schale verbarg sich ein verletzliches Mädchen.

Jens selbst hatte nur eine Mutter, seinen Vater hatte er nie kennengelernt. Ihr Kontakt war aber seit Jahren wegen der dummen Sache, in die er damals hineingeraten war, abgebrochen. Nach Verbüßung seiner Strafe hatte er sich zu sehr geschämt, um zu seiner Mutter zu gehen, und hatte beweisen wollen, dass er es allein schaffen würde. Jens wollte auf niemanden angewiesen sein. Im Knast hatte er einen Gleichaltrigen aus Rottweil kennengelernt, der zwei Wochen vor ihm entlassen worden war. So war er nach Rottweil gekommen, hatte zufällig Harald Liebig kennengelernt und mit dem Tanzen begonnen.

Jens hätte nie gedacht, dass ein solches Talent und Musikalität in ihm steckte. Das Tanzen hatte ihn davor bewahrt, wieder straffällig zu werden. Gut, er lebte von Hartz IV, bemühte sich auch nicht um einen richtigen Job, im Großen und Ganzen war er jedoch mit seinem Leben zufrieden. Wenn alles wie geplant lief, würden er und Evalina in zwei, drei Jahren zu den Professionals wechseln, so wie er und Angeline es geplant hatten. Mit Evalina würde er das Ziel eher erreichen, das Mädchen war einfach ein absoluter Glücksgriff.

Evalinas Leben beschäftigte Jens mehr, als er es sich eingestehen wollte. Er hatte wenigstens ein Zuhause gehabt, auch wenn es seine Mutter nicht leicht gehabt hatte. Sie hatte ihn geliebt, und er hatte diese Liebe mit Füßen getreten, hatte gemeint, in der kriminellen Clique Freunde gefunden zu haben. Dabei hätte er sein Leben beinahe versaut. Ihm schien, als würde vor seinen Augen ein dichter Vorhang zurückgezogen, und er konnte endlich klar sehen. Es war an der Zeit zu versuchen, ein besserer Mensch zu werden. Seit Evalina zusammengeschlagen worden war – Jens glaubte keinen Moment an den angeblichen Unfall –, sah er sie mit anderen Augen und entwickelte ein tiefes Gefühl für sie. Ein Gefühl, das er bisher für kein Mädchen empfunden hatte. Er wollte in ihrer Nähe sein und sie beschützen.

»Ach, verdammt!«, rief er und stampfte mit dem Fuß auf.

Er konnte noch nicht damit umgehen, dass er sich wohl ernsthaft in das Mädchen verliebt hatte.

* * *

»Kopf hoch, Nicola, das ist nicht das Ende der Welt.« Tröstend klopfte ihr eine Mitschülerin auf die Schulter.

»Du hast gut reden, Sabrina! Mit sechs Punkten hast du es ja geschafft«, fuhr Nicola sie an, verbesserte sich aber sofort: »Sorry, war nicht so gemeint, du kannst ja nichts dafür. Ich glaube, ich kann das Abi jetzt knicken. Mit so miesen Noten schaffe ich es niemals.«

Heute hatten sie die letzte Englischklausur in diesem Schuljahr zurückerhalten – mit lediglich zwei Punkten für Nicola ein erschreckendes Ergebnis. Dabei mochte Nicola die Sprache, und früher hatte sie auch keine so großen Probleme gehabt. Seit Angies Tod aber war ihr Kopf wie leergefegt, und sie konnte sich nicht mehr an die einfachsten Vokabeln erinnern.

Sabrina nickte ihr nochmals aufmunternd zu, und Nicola schlug den Weg in das Himmelreichwäldle ein.

Da stellte sich ihr plötzlich Jens Mauch in den Weg.

»Was willst du? Lass mich vorbei, ich hab's eilig.«

»Äh ... jetzt sei mal nicht so giftig«, sagte er überraschend. »Ich wollte mich nur bei dir bedanken.«

»Bei mir?!« Hätte er sie zu einem Flug zum Mars eingeladen, hätte Nicola nicht ungläubiger schauen können.

»Weil du den Bullen gesagt hast, was Scheuerle mit mir vorhatte, und weil du dabei nicht mitgemacht hast.«

»Ach so.« Nicola begann zu verstehen. »Das habe ich nicht für dich gemacht, sondern ich wollte in nichts reingezogen werden. Das habe ich Marco gestern auch gesagt.«

»Marco?« Jens horchte auf. »Du hast nochmal mit ihm gesprochen?«

Nicola nickte. »Ich bin zu ihm gegangen und hab versucht zu erklären, dass ich mich aus der Sache raushalten will. Er hat mich aber gar nicht richtig angehört, sondern gleich wieder rausgeschmissen, so wütend war er, dass ich seinen Plan verpfiffen habe.«

»Tja, das hättest du dir denken können«, erwiderte Jens mit einem süffisanten Lächeln, wurde aber gleich wieder ernst und druckste herum. »He, hör mal, es tut mir echt leid, dass ich früher ... na ja ... dass ich mich über dich lustig gemacht habe. Du bist eigentlich gar nicht so übel.«

Nicola runzelte die Stirn und musterte ihn von oben bis unten. »Hast du dich klonen lassen? Was ist mit dem Jens Mauch geschehen, den ich von früher kenne?«

»Mensch, Nicola, man darf doch mal einen Fehler eingestehen«, erwiderte er schroff. »Wir werden wohl nie Freunde werden, das will ich auch gar nicht, aber du sollst wissen, dass ich Angie nichts getan habe. In meiner Vergangenheit habe ich zwar ziemliche Scheiße gebaut, ich bin aber kein Mörder!«

»Da ist Marco anderer Ansicht.«

»Um von sich selbst abzulenken«, erwiderte Jens grimmig. »Ich versteh echt nicht, warum die Bullen ihn wieder haben laufen lassen.«

»Ich habe keine Anzeige erstattet, denn es ist ja nichts passiert. Jetzt muss ich aber los, ich muss im Lokal aushelfen.«

Jens hielt sie nicht weiter zurück, und Nicola hatte allen Grund, über sein Verhalten nachzugrübeln. Eigentlich war es ihr egal, denn sie legte keinen Wert auf einen engeren Kontakt mit Jens Mauch, trotzdem traute sie ihm nicht zu, Angie getötet zu haben.

* * *

Antonio Nastasi wunderte sich nicht wenig, als Kriminalhauptkommissar Jürgen Riedlinger anrief und fragte, ob er am Abend ein Bier mit ihm trinken würde.

»Heute?«, fragte der junge Pathologe. »Ja, ich hätte Zeit, aber was …?«

»Sehr gut!«, fiel ihm Riedlinger ins Wort. »Ich warte gegen achtzehn Uhr am Eingang des Institutes. Sie kennen sicher ein nettes Plätzchen in Tübingen, wo man bei diesem Wetter draußen sitzen kann.«

Antonio Nastasi wählte den Biergarten des Restaurants »Neckarmüller«, idyllisch direkt am Ufer des Neckars gelegen.

Sie waren zusammen in Riedlingers Wagen zum Neckar gefahren, und er musste ein paar Mal um den Block kurven, bis er in der Gartenstraße eine Parklücke fand.

Erst als Riedlinger für sie beide ein schäumendes Weizenbier – für ihn natürlich alkoholfrei – von der Theke geholt und sie an einem Tisch Platz genommen hatten, sagte

Dr. Nastasi: »Sie sehen mich sehr überrascht, Herr Riedlinger. Was führt Sie heute nach Tübingen? Wenn es wegen der Leiche des Mädchens ist, da kann ich Ihnen leider nichts weiter sagen, da ich mich inzwischen um andere Fälle kümmere. Die Tote wurde die Tage auch zur Beerdigung freigegeben.«

Riedlinger winkte ab und nahm einen langen Schluck.

»Ah, das tut gut bei dieser Hitze.« Er wischte sich den Schaum von den Lippen. »Es geht mir im Moment nicht um Angeline Schmidt, beziehungsweise indirekt schon, Herr Doktor.«

»Lassen Sie das Doktor bitte weg, wie sind ja jetzt sozusagen privat.«

»Gut, danke.« Riedlinger zögerte, denn in diesem Moment ging ein Mann mit einem gut gefüllten Teller vorbei, und in seine Nase stieg der Duft eines Schwäbischen Wurstsalates. »Ich glaube, ich hole mir auch eine Kleinigkeit«, fuhr er fort. »Für Sie auch?«

Antonio Nastasi lehnte ab. »Sie wollten mir gerade erklären, warum Sie mich sprechen möchten«, erinnerte er den Kommissar.

»Das ist richtig, essen kann ich später«, antwortete Riedlinger. »Sie sind doch Italiener, Herr Nastasi.«

»Sizilianer«, erwiderte Nastasi grinsend, »aber ich will mal nicht so kleinlich sein.«

»Sind Sie katholisch?«

»Ja, natürlich, meine ganze Familie ist katholisch, sie war es schon immer und wird es immer sein. Ich würde mich aber nicht als praktizierenden Christen bezeichnen.« Nastasis Gesicht war ein einziges Fragezeichen. »Herr Riedlinger, möchten Sie nicht zur Sache kommen? Ich kann mir wirklich keinen Reim darauf machen, was meine Nationalität und mein Glaube mit dem Fall Angeline Schmidt zu tun haben.«

»Ich brauche Ihren Rat«, gab Jürgen Riedlinger zu, »zumindest Ihre Einschätzung. Ist es vorstellbar, dass ein gläubiger katholischer Italiener, der zudem sehr impulsiv ist, einen Menschen tötet, weil seine einzige Tochter eine lesbische Beziehung hatte?«

Antonio Nastasi brauchte einen Moment, die Zusammenhänge zu verstehen.

»Sie verdächtigen einen meiner Landsmänner, das Mädchen ermordet zu haben?«

»Es ist nicht mehr als ein vager Verdacht«, erwiderte Riedlinger. »Bisher haltlos und ohne jeden Beweis. Nun wollte ich Ihre Einschätzung hören, ob jemand wirklich so weit gehen würde.«

Er fasste zusammen, was er über Nicola Esposito und ihre Beziehung zu dem Opfer wusste, und schilderte seine Begegnungen mit Nicolas Eltern.

Der Pathologe trank einen Schluck, dann lehnte er sich entspannt zurück.

»Auszuschließen ist das natürlich nicht, Herr Riedlinger. Für jeden gläubigen Katholiken ist die gleichgeschlechtliche Liebe ein absolutes No-Go, wie man es heute ausdrückt. Sie sollten aber nicht den Fehler machen, alle Italiener in einen Topf zu werfen.«

»Das wollte ich nicht«, warf Riedlinger schnell ein, »tut mir leid.«

»Ich glaube, jeder Vater wünscht sich für seine Tochter eine in seinen Augen ›anständige‹ Beziehung und Ehe und natürlich Enkelkinder. Ob Ihr Verdächtiger so weit gehen würde, die Frau, der seine Tochter zugetan ist, aus dem Weg zu räumen, kann und wage ich nicht zu beurteilen. Wir Italiener und Sizilianer«, fügte er mit einem Zwinkern hinzu, »können durchaus heißblütig sein, was von anderen gern als unbeherrscht angesehen wird. Es tut mir leid, dass ich Ihnen nicht weiterhelfen kann.«

»Ach, ich musste einfach mal raus«, antwortete Riedlinger. »Ich will ehrlich zu Ihnen sein, Herr Nastasi, denn ich glaube auch nicht, dass der Mann zu einem Mord aus solchen Beweggründen fähig wäre. Die Presse, die Rottweiler

Bevölkerung und nicht zuletzt die Frau Staatsanwältin sitzen uns jedoch im Nacken …«

»Deswegen müssen Sie so schnell wie möglich einen Täter präsentieren«, führte der Pathologe den Satz fort. »Ich verstehe, halte es aber für mehr als unwahrscheinlich. Auch wenn Ihr Verdächtiger ein Gegner der Homosexualität ist – in der westlichen Welt sind wir doch diesbezüglich tolerant.«

»Ich weiß.« Riedlinger seufzte, eine tiefe Sorgenfalte über seiner Stirn. »Darf ich Ihnen noch ein Bier holen?«

»Sehr gern, ich nehme ohnehin den Bus.«

Was genau Jürgen Riedlinger sich von seinem spontanen Ausflug nach Tübingen erhofft hatte, konnte er nicht sagen. Allein jedoch Rottweil für ein paar Stunden den Rücken zu kehren, tat ihm im Moment gut, obwohl er seine Heimatstadt liebte und niemals woanders leben wollte. Das Gefühl, sich seit nunmehr sechs Wochen im Kreis zu drehen, ohne auch nur den Zipfel eines konkreten Hinweises, warum Angeline Schmidt hatte sterben müssen, zu finden, ließ ihn keine Minute zur Ruhe kommen.

Frau Dr. Pfeffer fragte täglich nach, ob es endlich eine beweisbare Spur gab. In der letzten Woche war sein Team von früh bis spät unterwegs gewesen und hatte ein weiteres Mal alle Schulfreunde und Tänzer, die mit Angeline in Kontakt standen, befragt. Erneut waren die Aussagen übereinstimmend gewesen: Seit sich Angeline dem Tanzsport verschworen hatte, waren so gut wie alle anderen persönlichen Beziehungen abgebrochen. Außer bei anfallenden schulischen Projektarbeiten hatte sich das Mädchen außerhalb des Unterrichtes mit niemandem getroffen. Keine Disco, kein Kino, keine Partys, kein Shoppen. Es wollte Riedlinger nicht in den Kopf, dass eine Siebzehnjährige so gänzlich auf alles verzichtete, was in diesem Alter Spaß machte.

Mit den Schmidts hatten er und Mozer ebenfalls noch mal gesprochen. Tanja Schmidt hatte sich letzte Woche freiwillig in das Vinzenz von Paul Hospital, in der Umgebung besser als Rottenmünster bekannt, einweisen lassen.

»Ich habe meine Arbeit, die mich ablenkt«, hatte Bastian Schmidt erklärt. »Meine Frau aber sitzt den ganzen Tag zu Hause und wird bei jedem Schritt an unsere Tochter erinnert. Erst kürzlich hat sie einen Weinkrampf erlitten, als sie Angelines Lieblingskaffeetasse aus dem Schrank genommen hat.«

»Arbeitet Ihre Frau nicht?«

»Bis vor zwei Jahren war sie halbtags bei einem Architekten angestellt. Tanja ist gelernte Bauzeichnerin und hat diesen Beruf wieder aufgenommen, als Angeline zwölf Jahre alt war. Dann hat sich der Architekt entschieden, nach Mallorca auszuwandern, um dort Feriensiedlungen zu bauen. Seitdem versucht meine Frau, einen neuen Job zu bekommen, mit Mitte vierzig ist man für den Markt aber unattraktiv. So hat sie sich bisher um das Haus und den Garten gekümmert, auch wenn sie gern wieder arbeiten würde.« Er hatte Riedlinger traurig angesehen. »Wir hoffen, dass ein paar Wochen unter fachmännischer Betreuung helfen werden, mit der Tatsache, dass unser einziges Kind ermordet wurde, irgendwann umgehen zu können. Vergehen wird der Schmerz niemals, unsere Kleine hätte aber nicht gewollt, dass wir unser eigenes Leben an die Wand fahren.«

Bei der morgendlichen Besprechung hatte die Staatsanwältin auch über Evalina Adamek gesprochen.

»Solange das Mädchen bei seiner Aussage bleibt, es wäre ein Unfall gewesen, haben wir keine Handhabe, die junge Frau in die Mangel zu nehmen.«

»Ich darf Sie daran erinnern, dass Frau Müller eindeutig keinen Unfall erlitten hat, sondern von einem maskierten, lebendigen Menschen angegriffen und niedergeschlagen wurde.«

»Sparen Sie sich Ihren belehrenden Unterton, Herr Riedlinger. An der Aussage von Frau Müller gibt es keinen Zweifel, aber was, bitteschön, können wir unternehmen? Ihre

Kollegin hat kein Gesicht erkannt, und an ihrer Kleidung und den Händen waren nicht einmal Faserspuren zu finden gewesen. Wo sollen wir ansetzen? Wen verdächtigen?«

* * *

Die in der Besprechung aufgeworfenen Fragen gingen Jürgen Riedlinger durch den Kopf, als er auf der B 27 in Richtung Rottweil fuhr. Um diese Jahreszeit waren die Abende lange hell. Als er sich dem Berner Feld näherte, zeichneten sich die Konturen des Testturmes vor der untergehenden Sonne ab. Er zweifelte, sich jemals an diesen Anblick gewöhnen zu können.

Spontan setzte er den Blinker und bog nach links in die Balinger Straße ein, die über die Au direkt in die Stadtmitte führte. Er passierte das Viadukt und schaltete in den zweiten Gang, denn in der Unteren Hauptstraße galt ein Tempolimit von nur zwanzig Stundenkilometern. Riedlinger fuhr einmal um die Innenstadt herum, bis er in die Hochturmgasse gelangte. Die Tische und Stühle vor Luigi Espositos Pizzeria waren an diesem schönen Abend alle besetzt.

»Warme Küche nur bis einundzwanzig Uhr.« Eine etwa dreißig Jahre alte Servicekraft hielt ihn an der Tür auf. »Sie können gern noch etwas zu trinken bekommen, die Küche ist allerdings schon geschlossen.«

Riedlinger war der Frau zuvor noch nie begegnet, erinnerte sich aber, dass Frau Esposito erwähnt hatte, ihre Angestellte sei krank gewesen.

»Ich würde gern den Chef sprechen«, sagte er freundlich. »Ich nehme an, er ist in der Küche.« Er ging an ihr vorbei zur Küchentür.

»Halt! Da können Sie nicht einfach rein!«, rief die Frau.

In diesem Moment trat Heike Esposito in den Gastraum. »Guten Abend, Herr Kommissar«, sagte sie, und zu der Frau gewandt: »Es ist gut, Petra. Sie können mit dem

Abkassieren beginnen, bis elf Uhr müssen die Gäste draußen gehen.«

Die Servicekraft warf Riedlinger einen fragenden Seitenblick zu. Ihre Verwunderung, die Polizei im Haus zu haben, stand ihr ins Gesicht geschrieben, sie eilte dann aber nach draußen, um ihrer Arbeit nachzugehen.

»Ich muss noch mal mit Ihrem Mann sprechen«, sagte Jürgen Riedlinger.

»Ich denke, das ist im Moment kein guter Zeitpunkt.«

»Wie meinen Sie das?«

»Er ist nicht gerade bester Stimmung.« Heike Esposito druckste herum, seufzte, stieß dann aber doch die Küchentür auf. »Da Sie ohnehin nicht wieder gehen werden, ist es wohl besser, wenn die Gäste nichts mitbekommen. Gibt es etwas Neues?«

Riedlinger antwortete ihr nicht und trat in die Küche. Mit zornig zusammengekniffenen Lippen schrubbte Luigi Esposito derart heftig den Gasherd, als wolle er den Edelstahl durchscheuern. In der Luft lag eine Spannung wie vor einem schweren Gewitter.

Beim Anblick Riedlingers warf er den Putzlumpen quer durch die Küche und blaffte: »Was wollen Sie schon wieder hier? Ich habe Sie nicht gerufen! Meine Tochter ist volljährig, und wenn sie ihr Leben ruinieren will – dann bitte! Sie darf aber nicht erwarten, dass sie sich dann wieder hier einschleimen kann.«

Heike Esposito berührte Riedlinger am Arm und raunte: »Nicola ist heute fortgegangen.«

»Wohin fortgegangen?«, fragte Riedlinger überrascht.

Luigi Esposito brüllte so laut, dass es bestimmt nun auch draußen zu hören war: »Ich hab dir doch gesagt, dass der Name in diesem Haus nie wieder erwähnt wird, Heike! Ich habe keine Tochter mehr!«

Seine Augen funkelten wie zwei glühende Kohlen. Er nahm eine Wurzelbürste, schrubbte damit mit einer Kraft über die Arbeitsfläche, dass Riedlinger sich nicht gewundert hätte, wenn sich Späne lösen würden. Er betrachtete die kräftigen Hände des Pizzabäckers mit den kurzen, dicklichen Fingern und stellte sich unwillkürlich vor, wie diese Hände das Tuch um den Hals von Angeline legten und zuzogen.

Plötzlich griff Luigi nach einer Kasserolle und warf sie mit aller Wucht an die Wand. Das laute Scheppern ließ die Angestellte in die Küche eilen.

»Ist etwas passiert?«

»Es ist alles in Ordnung, Petra«, sagte Heike müde. »Du kannst Schluss machen, den Rest übernehme ich.«

Riedlinger wandte sich wieder an Luigi: »Hat Ihre Tochter die Stadt verlassen? Immerhin ist der Fall noch nicht abgeschlossen.«

»Ach, jetzt wollen Sie ihr auch noch einen Mord anhängen?«, blaffte der Pizzabäcker. »Würde mich nicht wundern, und Sie können sie gern einbuchten.«

»Das meinst du nicht im Ernst, Luigi!«

Heike trat zu ihrem Mann. Als sie versuchte, ihn zu berühren, schlug er ihre Hand zur Seite.

»Ich rate Ihnen dringend, sich zu mäßigen, Herr Esposito.« Nun erhob auch Riedlinger seine Stimme. »Entweder Sie erzählen mir, was vorgefallen ist, oder ich sehe mich gezwungen, Sie ins Revier vorzuladen.«

Diese Drohung schien zu wirken. Luigi Esposito trocknete sich die Hände ab und legte dann das Handtuch so akribisch zusammen, als gelte es einen Wettbewerb für das schönste gefaltete Handtuch zu gewinnen. Riedlinger ließ ihm die Zeit, die er brauchte, um sich zu beruhigen.

»Heike, hol dem Kommissar doch ein Bier«, sagte Luigi dann.

»Nein danke«, entgegnete Riedlinger und sah ihn auffordernd an. »Sie sagten, Ihre Tochter habe das Haus verlassen?«

»Es war heute Nachmittag«, erklärte Luigi. »Die letzten Gäste des Mittagstisches waren gerade gegangen, als sie mit zwei gepackten Sporttaschen die Treppe herunterkam und meinte, sie wolle ausziehen.«

Plötzlich brach seine Stimme. Schnell bedeckte er die Augen mit einer Hand und drehte Riedlinger den Rücken zu.

»Nicola ist zu ihrer Tante Ute nach Hamburg gefahren«, fuhr Heike fort. »Das ist meine Cousine, wir haben aber nicht viel Kontakt miteinander. Nicola meinte, Ute sei bereit, sie fürs Erste bei sich wohnen zu lassen, und sie wolle sich so schnell wie möglich einen Job suchen.«

»Ausgerechnet Hamburg!« Luigi hatte sich wieder gefasst. »Wie leicht kann dort ein Mädchen unter die Räder kommen!«

Er macht sich also doch Sorgen um seine Tochter, dachte Riedlinger, und fragte: »Gab es einen Vorfall, der eine solch überstürzte Reaktion ausgelöst haben könnte?«

»Seit Angelines Tod war nichts mehr wie zuvor«, antwortete Heike leise. »Ich habe schon länger befürchtet, dass Nicola die Schule schmeißen wird. Ich denke, sie muss nun ihren eigenen Weg gehen und in einer anderen Stadt, wo sie nicht alles an Angeline erinnert, neu anfangen.« Sie sah Riedlinger ängstlich an. »Mein Mann hat vorhin doch nicht recht gehabt, als er fragte, ob Sie unsere Tochter verdächtigen? Hätte sie die Stadt nicht verlassen dürfen?«

»Eine entsprechende Anordnung hat nicht bestanden«, musste Riedlinger zugeben.

Nicola Esposito hatte er nie ernsthaft zum Kreis der Verdächtigen gezählt, ihr plötzliches Verschwinden gab ihm nun allerdings zu denken.

»Es tut mir sehr leid, Frau Esposito, es ist aber an der Zeit, mit offenen Karten zu spielen.« Er blickte zu Luigi. »Wissen Sie Bescheid, was Ihre Tochter und Angeline Schmidt verbunden hat?«

Luigis Finger schlossen und öffneten sich hektisch, er behielt aber die Kontrolle und nickte nur langsam.

»Seit wann wissen Sie es?«, fuhr Riedlinger fort.

Der Pizzabäcker hob den Kopf. »Schon lange, eigentlich von Anfang an, auch wenn meine Frau gedacht hat, so etwas könne sie vor mir verheimlichen. Ich wollte es nicht wahrhaben, weil es einfach nicht in mein Weltbild passt. Ich wurde anders erzogen, nicht so … tolerant, wie man mit solchen Themen heute umgeht.«

Riedlinger spürte, wie schwer es Luigi fiel, darüber zu sprechen.

Er räusperte sich, trat einen Schritt vor und fragte laut und deutlich: »Herr Esposito, haben Sie Angeline Schmidt getötet, um zu verhindern, dass Ihre Tochter eine Beziehung zu dem Opfer unterhält?«

14

Gespannt sah Jürgen Riedlinger seiner Frau über die Schulter und schnupperte. Bei dem herzhaften Duft nach Zwiebeln, Tomaten und Paprika lief ihm das Wasser im Mund zusammen.

»Darf ich probieren?«

»Einen Augenblick, die Soße muss noch einmal aufkochen.«

Karin Riedlinger rührte kräftig im Topf, schaltete dann die Platte aus, nahm einen sauberen Löffel, tauchte ihn in die Soße und reichte ihrem Mann eine Kostprobe.

»Vorsichtig, heiß!«, mahnte sie.

Genießerisch schloss Riedlinger die Augen. »Mit Knoblauch hast du nicht gespart, schmeckt aber ausgezeichnet, wie alles, was du auf dem Herd zauberst.«

»Das ist lieb von dir.« Karin strich ihm über die Wange.

Auch nach so vielen Ehejahren sparte Jürgen nicht mit Komplimenten, was ihre Beziehung frisch hielt.

»Ist es nicht zu scharf?«, fragte sie sicherheitshalber.

»Ein wenig pikant durchaus, aber passend für einen Grillabend.«

»Die Soße muss jetzt abkühlen und durchziehen, da wird sich die Schärfe noch etwas verstärken, aber ich erinnere mich, dass Wolfgang diesbezüglich nicht zimperlich ist.«

»Nein, nur was Fleisch angeht«, bemerkte Riedlinger mit einem Lächeln. »Ich hoffe, wir haben genügend Fetakäse, Tofu und Gemüse eingekauft. Und diesen Käse mit dem komischen Namen – Halloween ...«

»Du meinst Halloumi.« Karin lachte. »Keine Sorge, wenn Wolfgang das alles aufessen würde, könnte man ihn danach zur Tür hinausrollen. Zum Glück verschmäht seine Freundin ein saftiges Steak nicht.«

»Ich fürchte, Wolfgang wird sie schon noch vom Gegenteil überzeugen«, antwortete Riedlinger. »Sofern es den beiden ernst miteinander ist.« Er sah sich um. »Kann ich dir noch etwas helfen?«

Mit sanfter Gewalt schob Karin ihren Mann zur Tür. »Besser nicht, ich habe alles im Griff. Der Kartoffelsalat ist fertig, ich mache jetzt den Curry-Bananen-Dip, das Tsatsiki hat noch Zeit. Du kannst im Garten schon mal alles vorbereiten.«

Bei Karin Riedlinger kamen keine Fertigprodukte auf den Tisch. Sie wollte wissen, was sie aß, und nahm sich gern die Zeit, Grillsoßen selbst herzustellen. Aufgrund des anhaltend schönen Wetters hatte Riedlinger seinen Kollegen Mozer für diesen Samstagabend zum Grillen eingeladen. Natürlich mit Begleitung und nicht ganz ohne den Hintergedanken, dessen Freundin näher kennenzulernen.

Mit Feuereifer stand Karin seit dem späten Vormittag in der Küche, und hatte aus dem Internet einige vegetarische Grillrezepte herausgesucht. Jürgens Part war es, sich um das Fleisch zu kümmern und den Grill zu bedienen.

* * *

Pünktlich um achtzehn Uhr trafen Wolfgang Mozer und seine Begleitung ein. Martina Traub überreichte Karin einen bunten Frühlingsstrauß, Wolfgang hatte für seinen Freund eine Flasche des von Riedlinger bevorzugten Trollingers ausgesucht. Karin und Martina waren sich auf Anhieb sympathisch, und Martina bot sich an, bei den letzten Vorbereitungen in der Küche zu helfen, während Mozer sich zu Riedlinger an den Grill gesellte.

Nachdem sie alle gesättigt waren, und Wolfgang Mozer Karin ein großes Lob für ihre Kochkünste ausgesprochen hatte, saßen sie entspannt auf der Terrasse zusammen. Es war noch hell, die Luft kühlte sich aber langsam ab, so dass sie ihre Jacken anzogen, doch niemand wollte ins Haus gehen.

»Jürgen, es gibt da was, was du dir anhören solltest«, sagte Wolfgang Mozer plötzlich. »Es geht um die Scheuerles.«

»Wir hatten vereinbart, heute Abend nicht über die Arbeit zu sprechen«, erinnerte Riedlinger seinen Kollegen. »Wir möchten die Damen nicht langweilen oder sie gar unserer Anwesenheit berauben.«

Karin lachte laut. »Du hörst dich an wie ein englischer Gentleman aus dem neunzehnten Jahrhundert.«

»Das kommt davon, weil ich mit dir zusammen immer Downton Abbey ansehen muss«, konterte Riedlinger und fügte zu Martina Traub gewandt hinzu: »Meine Frau ist ein großer Fan dieser Serie, und ich gebe zu, ich finde die Geschichten und die Figuren auch gut gemacht.«

»Ich mag Downton Abbey ebenfalls«, antwortete Martina. »Ich danke Ihnen sehr für die Einladung und diesen schönen Abend, muss Ihnen aber etwas erzählen, das vielleicht wichtig sein könnte.«

»Ihr habt über den Fall gesprochen?«, fragte Riedlinger erstaunt und auch etwas unwillig.

Mozer beschwichtigte ihn sofort: »Natürlich nicht, aber es stand ja alles in der Zeitung. Außerdem wird in der Stadt viel geredet, deswegen hat Martina mich darauf angesprochen.«

Karin schob ihren Stuhl zurück und stand auf. Sie seufzte und lächelte zugleich.

»Ich lasse euch dann mal allein und kümmere mich um den Nachtisch.« Sie nickte Martina zu. »Sie werden sich daran gewöhnen müssen, dass ein Kriminalkommissar nie Feierabend und kein Privatleben hat und in Gedanken immer bei seiner Arbeit ist.«

Eine leichte Röte schoss in Martinas Wangen, und Mozer griff nach ihrer Hand.

»Wir werden sehen«, sagte er ausweichend.

Offenbar war ihre Beziehung noch nicht so weit gediehen, um ernsthaft Zukunftspläne zu schmieden.

»Was haben Sie über die Scheuerles zu sagen, Frau Traub?«, griff Riedlinger das Thema wieder auf.

»Ich weiß, dass Marco verdächtigt wurde, das Mädchen getötet zu haben, und dass ein belastender Beweis bei ihm gefunden wurde«, antwortete Martina und fügte schnell hinzu, als sich Riedlingers Stirn runzelte: »Keine Sorge, Wolfgang hat natürlich keine Interna verraten. Nein, ich weiß es von Marco. Er selbst hat es mir erzählt.«

»Marco?«, wiederholte Riedlinger erstaunt. »Sie kennen den jungen Mann?«

»Die Scheuerles und ich waren früher Nachbarn«, erklärte Martina. »Sie müssen wissen, Herr Riedlinger, dass ich seit ein paar Jahren geschieden bin. Damals wohnten mein Mann und ich direkt neben der Familie Scheuerle. Mein Ex wollte nicht, dass ich arbeiten gehe, Marcos Eltern waren jedoch sechs Tage die Woche von früh bis spät in der Apotheke. Es hat sich irgendwie ergeben, dass Marco regelmäßig zu mir kam, ich habe nämlich keine Kinder. Ich habe ihm bei den Hausaufgaben geholfen und manchmal auch für ihn gekocht. Verstehen Sie mich bitte nicht falsch, aber ich hatte den Eindruck, dass der Junge von seinen Eltern stark vernachlässigt wurde. Eigentlich ein Wunder, dass er nicht auf die schiefe Bahn geraten ist.«

»Hat er nicht noch einen Bruder?«, fragte Riedlinger.

Martina nickte. »Daniel. Er ist vier Jahre älter und war damals schon sehr selbstständig.«

»Sie kennen Marco also sehr gut«, stellte Riedlinger fest und nickte in Richtung seines Kollegen. »Wolfgang hatte recht, dass Sie mir das erzählen müssen.«

»Ich weiß, Menschen verändern sich«, fuhr Martina fort. »Ich habe Marco jedoch als einen anständigen und herzensguten Jungen erlebt, der keiner Fliege etwas zu Leide tun könnte. Bereits in der Grundschule war er fest entschlossen, Arzt zu werden, da sein Bruder die Apotheke übernehmen wird.«

»Wie ist das mit dem Tanzen?«, fragte Riedlinger interessiert.

»Ich glaube, Marco war fünfzehn oder sechzehn, als seine Klasse einen Tanzkurs gemacht hat. Er hat schnell gemerkt, dass ihm das Spaß macht, und es war eine gute Art und Weise, seine Freizeit zu verbringen. In dieser Zeit bin ich dann auch umgezogen, seitdem sehen wir uns nur noch eher zufällig manchmal in der Stadt.«

»Marco ist aber trotzdem zu Ihnen gekommen?«, fragte Riedlinger.

Martina nickte. »Ich hatte den Eindruck, dass er jemanden gebraucht hat, bei dem er sich aussprechen konnte. Er hat mir gesagt, dass er an dem Abend, als Angeline ermordet wurde, gar nicht mit seinen Eltern zusammen war. Die waren nämlich bis weit in die Nacht in der Apotheke, um Inventur zu machen. Als Sie ihn gefragt haben, wo er zu der fraglichen Zeit gewesen wäre, hat er einfach gesagt, seine Eltern könnten bestätigen, dass er zu Hause war, was sein Vater auch getan hat. Gerhard Scheuerle will seinen Sohn schützen und natürlich auch einen Skandal vermeiden.«

»Was denken Sie, Frau Traub?«, fragte Riedlinger und lehnte sich vor. »Halten Sie Marco zu einer solchen Tat fähig?«

»Auf keinen Fall!« Ihre Antwort kam wie aus der Pistole geschossen. »Außerdem würde Marco nichts tun, was sein Studium gefährden könnte. Ich glaube ihm, dass ihm jemand das Halstuch untergeschoben hat, ebenfalls, dass er dem Mädchen keine Medikamente besorgt hat.«

»Damit wäre sein Alibi geplatzt, allerdings fehlt mir ein Motiv. Haben Sie hier vielleicht eine Idee, Frau Traub?«

Unbehaglich rutschte Martina auf ihrem Stuhl hin und her. »Nein, nein«, versicherte sie schnell. »Auf keinen Fall möchte ich Marco in Schwierigkeiten bringen und habe mit mir gerungen, ob ich darüber sprechen soll, aber …«, sie räusperte sich und sah unsicher von Mozer zu Riedlinger, »ich glaube, die Wahrheit ist immer besser als jede Lüge.«

Mozer legte einen Arm um ihre Schultern. »Ich weiß, dass du den Jungen magst, und wenn er unschuldig ist, dann wird sich das herausstellen. Ebenso seine Schuld, wobei ich Jürgen zustimmen muss: Warum hätte Marco Angeline töten sollen?«

»Wir werden nochmal mit den Scheuerles sprechen«, sagte Riedlinger. »Selbstverständlich werden wir Ihren Namen nicht erwähnen, Frau Traub.« Er schnupperte in Richtung Küche. »Ich glaube, ich rieche frisch aufgebrühten Kaffee. Der Nachtisch wird fertig sein, und für den Rest des Abends wollen wir über erfreulichere Dinge sprechen.«

* * *

Am Sonntagvormittag fanden sich Jürgen Riedlinger und Wolfgang Mozer im Büro ein, um die aktuelle Sachlage in Ruhe durchzusprechen. Luigi Esposito hatte auf Riedlingers Frage, ob er Angeline ermordet hatte, entrüstet reagiert.

»Das Mädchen war wie eine zweite Tochter!«, hatte er geschrien. »Ja, ich wollte nicht wahrhaben, dass Nicola sie liebt, deswegen bringe ich aber doch niemanden um!«

Riedlinger schien der Verdacht auch zu weit hergeholt, außerdem wich Heike Esposito keine Sekunde von ihrer Aussage ab, ihr Mann wäre die ganze Zeit bei ihr gewesen.

Um die Mittagszeit fuhren die Kommissare zu dem Apotheker. Gerhard Scheuerle verhehlte nicht seinen Ärger, sie zu sehen.

»Was wollen Sie denn noch von uns«, blaffte er unfreundlich. »Hat man nicht einmal am heiligen Sonntag vor Ihnen Ruhe?«

»Nicht, wenn wir einen Mord aufzuklären haben«, erwiderte Riedlinger kühl. »Dürfen wir bitte eintreten? Wir haben mit Ihnen, Ihrer Frau und besonders mit Ihrem Sohn zu sprechen.«

Scheuerle zögerte, gab die Tür dann aber frei. »Marco ist nicht hier, außerdem habe ich Ihnen bereits gesagt, dass mein Sohn nur in Anwesenheit unseres Anwaltes mit Ihnen sprechen wird.«

»Warum haben Sie Marco ein falsches Alibi gegeben?«, fragte Wolfgang Mozer ohne weitere Umstände. »Sie sind in der Tatnacht erst sehr viel später nach Hause gekommen.«

Gerhard Scheuerle gelang es nicht, seine Überraschung zu verbergen, trotzdem versuchte er, sich herauszureden: »Ich weiß nicht, wovon Sie sprechen.«

»Ach, Gerhard, ich wusste, dass es nicht gutgehen kann.«

Die drei Männer hatten nicht bemerkt, dass Frau Scheuerle ihre Worte gehört hatte.

»Sie geben also zu, dass Sie bis weit nach Mitternacht in der Apotheke gewesen sind, folglich also nicht bestätigen können, dass Ihr Sohn zur Tatzeit im Haus gewesen ist«, stellte Jürgen Riedlinger fest.

»Susanne, halt deinen Mund!«, herrschte Scheuerle seine Frau an. »Hast du nicht im Garten zu tun?«

»Ich habe keine Lust, noch länger zu lügen.« Ihre Stimme zitterte leicht, und sie wich dem zornigen Blick ihres Mannes aus. »Marco ist trotzdem kein Mörder!«

»Wo hält sich Ihr Sohn auf?«, fragte Riedlinger.

Sie zuckte die Schultern. »Wir wissen es nicht. Er ist aus dem Alter heraus, in dem man seinen Eltern erzählt, wie und wo man die Wochenenden verbringt.«

»Woher haben Sie eigentlich diese Information?«, fragte Gerhard Scheuerle.

Riedlinger ignorierte diese Frage.

»Ich fürchte, Sie werden Doktor Gneiting in seiner Sonntagsruhe stören müssen. Ihr Sohn hat kein Alibi, das Tatwerkzeug wurde in seinem Zimmer gefunden ... Ich denke, das reicht für einen Haftbeschluss. Wir bitten Sie, zu versuchen, Marco zu erreichen, ansonsten sehen wir uns gezwungen, eine Fahndung nach ihm herauszugeben.«

* * *

Es sprach für Marco Scheuerle, dass er keinen Versuch machte, sich der Polizei zu entziehen. Gemeinsam mit einem Kumpel hatte er in dessen Wohnung aktuelle Charthits aus dem Netz heruntergeladen, als ihn der Anruf seines Vaters erreichte, und war unverzüglich in das Revier gekommen. Während Wolfgang Mozer versuchte, die Staatsanwältin zu erreichen, führte Riedlinger die Vernehmung durch, zu der er auch Regina Müller gebeten hatte.

»Ja, Herr Kommissar, ich habe gelogen, was das Alibi betrifft, einfach um in nichts hineingezogen zu werden«, gab Marco Scheuerle offen zu. »Mein Vater hat darauf bestanden, dass ich bei dieser Version bleibe, ich werde jetzt aber alle Fragen wahrheitsgemäß beantworten. Auf den Anwalt können wir verzichten, denn ich habe Angeline nichts angetan. Ich bin kein Mörder, und ich hoffe, wir können das hier und heute endgültig klären.«

Jürgen Riedlinger war von Marcos Entschlossenheit beeindruckt, und konnte sich des Gefühls nicht erwehren, dass er dem jungen Mann glaubte. Sein Gefühl tat aber nichts zur Sache. Die Fakten gegen Marco Scheuerle lagen offen auf dem Tisch, und es sah gar nicht gut für ihn aus.

»Die Wahrheit wirkt sich immer positiv auf ein Urteil aus«, sagte er. »Haben Sie aus der Apotheke Ihrer Eltern Schmerzmedikamente für Angeline besorgt, um ihre Schmerzen zu unterdrücken?«

»Nein, das habe ich nicht getan. Ich wusste gar nicht, dass es Angie nicht gut ging.«

»Wissen Sie, wer dafür verantwortlich sein könnte?«

Ein bitteres Lächeln umspielte Marcos Lippen: »Liebig oder Küttner oder beide. Sehen Sie mich nicht so erstaunt an, Herr Riedlinger. Der Tanzsport ist eine knallharte Angelegenheit, die nichts mit dem glitzernden Glamour, den die Zuschauer sehen, zu tun hat. Für Norbert Küttner zählt nur Leistung und Erfolg. Angeline und Jens hatten die Chance, den Meistertitel nicht nur für den Rottweiler Club, sondern auch für den Tanzsportverband Baden-

Württemberg zu holen. Dafür hätte Küttner wohl alles getan.«

»Auch Wertungsrichter bestochen, damit diese für ein bestimmtes Paar eine gute Wertung abgeben?«, fragte Regina Müller dazwischen.

Marcos Augenbrauen schossen nach oben, und er grinste. »Ich sehe, Sie haben kapiert, wie es in diesem Sport läuft. Trotzdem darf man nicht denken, alle wären korrupt und die Ergebnisse grundsätzlich gefälscht«, ruderte er ein wenig zurück. »Schließlich geht es ja nur um Ruhm und Ehre. Im Gegensatz zu vielen anderen Leistungssportarten ist mit dem Tanzen nämlich nicht mehr als ein Blumentopf zu gewinnen, besonders bei uns Amateuren. Manchmal frage ich mich, warum man für einen feuchten Händedruck und ein Stück Blech seine gesamte Freizeit mit dem Training verplempert.«

»Werden Sie sich eine neue Tanzpartnerin suchen?«, fragte Riedlinger.

»Das ist kaum möglich, wenn ich als Mörder verurteilt werde, oder kennen Sie einen Knast, in dem Tanzturniere durchgeführt werden?«, versuchte Marco zu scherzen, wurde aber gleich wieder ernst. »Und wenn Sie sich auf den Kopf stellen und mit den Zehen wackeln – ich bin unschuldig! Das Einzige, das ich vorhatte, war, Jens Mauch zu einem Geständnis zu bringen. Ja, verdammt noch mal, Nicola hat recht, das gebe ich jetzt eben auch zu, bevor Sie mir daraus auch noch einen Strick drehen. Okay, das war eine Scheißidee, diesbezüglich hat mir Gneiting auch schon gehörig den Kopf gewaschen. Wie dieses Halstuch in mein Zimmer geraten ist, habe ich keinen blassen Schimmer. Oder doch …« Er krauste nachdenklich die Stirn. »Nicola hat mich ein paar Tage zuvor besucht.«

»Warum hätte sie das machen sollen? Sie sind ja nicht gerade Freunde.«

»Sie wollte sich mit mir aussprechen und erklären, warum sie meinen Plan bei den Bullen … äh, sorry, ich meine bei Ihnen verraten hat. Sie war echt geknickt, aber sie wollte in nichts reingezogen werden.«

»War Nicola eine Zeitlang allein in Ihrem Zimmer?«, fragte Regina Müller interessiert.

Marco nickte.

»Vielleicht vier oder fünf Minuten, weil sie gefragt hat, ob sie eine Cola haben könnte.«

»Also genügend Zeit, um das Halstuch unter Ihrem Bett zu platzieren«, stellte Riedlinger fest. »Denken Sie, dass Nicola ihre Freundin umgebracht hat?«

Nachdenklich rieb sich Marco über den Nasenrücken und sagte langsam: »Sie war sauer auf Angeline, weil sie sie abserviert hat, und auch auf mich. Nicola denkt, ich hätte ihr Angeline weggenommen, weil wir mal was miteinander hatten. Somit lenkt sie jetzt den Verdacht auf mich. Das passt schon irgendwie zusammen, nicht wahr?«

Insgeheim stimmte Riedlinger dem jungen Mann zu, seine Mimik verriet jedoch nichts von seinen Gedankengängen.

»Können Sie sich vorstellen, wer Evalina geschwängert hat?«, wechselte er das Thema.

»Nicht den blassesten Schimmer.« Marco zuckte mit den Schultern. »Ich war es nicht, und ich glaube, Jens auch nicht. Eva hat nie jemanden an sich herangelassen.«

»Na ja, eine unbefleckte Empfängnis wird es nicht gewesen sein«, wandte Regina Müller ein. »In der Zeit, in der Evalina geschwängert wurde, war sie Ihre Partnerin. Da müssen Sie doch bemerkt haben, dass es einen Mann in ihrem Leben gegeben hat!«

»Warum hacken Sie jetzt auf Evalina herum?« Marco schüttelte entschlossen den Kopf. »Ich will ja auch, dass Sie den Mörder finden, schon aus eigennützigen Gründen. Mit wem Evalina es getrieben hat, spielt doch keine Rolle.«

»Kennen Sie jemanden, der Evalina etwas antun wollte?«, fragte Riedlinger.

»Wegen des Überfalls bei der Deutschen Meisterschaft?« Marco schüttelte den Kopf. »Darüber habe ich mir auch schon den Kopf zerbrochen, bin in diesem Fall glücklicherweise aber raus. Evalina ist nicht gerade die einfachste Person, Feinde hat sie aber keine. Jedenfalls niemanden, von dem ich weiß.«

Riedlinger beendete das Verhör und ließ Marco Scheuerle abführen. Zumindest bis zum nächsten Tag konnte er ihn in Gewahrsam nehmen.

»Ich denke, er ist unser Täter«, sagte Regina Müller und sah Riedlingers zweifelnden Blick. »Sie sind nicht überzeugt, Chef? Warum haben Sie die Vernehmung abgebrochen? Wenn wir ihn richtig in die Mangel nehmen, würde er sich vielleicht in Widersprüche verwickeln.«

»Irgendwie passt das alles nicht zusammen. Warum der Plan, Jens Mauch unter Druck zu setzen, die Tat zu gestehen?«

Darauf hatte Regina eine Antwort parat: »Um von sich selbst abzulenken. Chef, Marco Scheuerle hatte die Gelegenheit und das Tatwerkzeug! Nun streut er wilde Vermutungen, weil er erkennt, dass sich die Schlinge um seinen Hals immer weiter zuzieht.«

Diese Bemerkung ließ Riedlinger lächeln. »Sie schauen zu viele Krimis, Müllerchen. Vielleicht haben Sie aber auch recht. Ich bin schon vielen Mördern gegenübergesessen, die wie Unschuldsengel wirkten und das Blaue vom Himmel herabgelogen haben. Warten wir, was Frau Doktor Pfeffer zu der aktuellen Sachlage sagt.«

* * *

Am Montagvormittag wurde Marco Scheuerle dem Haftrichter vorgeführt. Dr. Gneiting konnte nicht verhindern, dass sein Mandant dieses Mal in Untersuchungshaft genommen wurde, da der Haftrichter ebenso wie Riedlinger Fluchtgefahr vermutete.

»Finden Sie das Motiv, meine Herren«, befahl Frau Dr. Pfeffer den Kommissaren. »Scheuerle ist zwar unser

Hauptverdächtiger und die Indizien sprechen gegen ihn, ohne ein stichhaltiges Motiv kann ich aber keine Anklage erheben. Der Anwalt wird mich in der Luft zerreißen! Oder bringen Sie Scheuerle dazu, dass er ein umfangreiches Geständnis ablegt.«

»Sollen wir Nicola Esposito nach Rottweil vorladen?«, fragte Wolfang Mozer. »Sie wird von Scheuerle schwer belastet.«

»Ich weiß nicht so recht.« Es kam selten vor, dass die Staatsanwältin unsicher wirkte. »Für mich hört sich das eher wie ein Racheakt von Scheuerle an.«

»Wir können auch nach Hamburg fahren, um mit dem Mädchen zu sprechen.«

Für einen Moment verschlug es Anne Pfeffer die Sprache, dann sah sie das belustigte Zwinkern in Mozers Augen.

Sie erwiderte spöttisch: »Würde Ihnen eine Fahrt erster Klasse mit der Bahn ausreichen, oder wünschen Sie lieber einen privaten Chauffeur? Vielleicht sogar eine Stretchlimousine?«

»Wenn genügend Champagner an Bord ist, gern«, erwiderte Riedlinger.

Es kam selten vor, dass die Kommissare und die Staatsanwältin miteinander plänkelten.

»Es ist aber auch zu dumm, dass an dem Halstuch keine DNA-Spuren gefunden werden konnten«, griff die Staatsanwältin das Thema wieder auf. »Der Täter muss Handschuhe getragen haben, ebenso die Person, die das Tuch Scheuerle untergeschoben hat.

»Sofern seine Aussage der Richtigkeit entspricht«, bemerkte Riedlinger. »Wie sollen wir jetzt bezüglich Nicola Esposito verfahren?«

»Geben Sie den Kollegen in Hamburg Bescheid, sie sollen Frau Esposito zu dem Vorwurf von Scheuerle vernehmen. Mehr können wir im Moment nicht ausrichten.«

* * *

Jürgen Riedlinger hatte mit allem gerechnet, nicht jedoch, dass drei Tage später Nicola Esposito persönlich in seinem Büro vorstellig wurde. Sie wirkte müde und erschöpft und erklärte sogleich: »Ich habe den Nachtzug nach Stuttgart genommen.«

Riedlinger bat sie, Platz zu nehmen. »Warum sind Sie gekommen?«

Sie lächelte bitter. »Meine Tante ist aus allen Wolken gefallen, als plötzlich die Polizei vor unserer Tür stand und Fragen gestellt hat. Sie werden das Protokoll sicher schon erhalten haben, Herr Riedlinger. Ja, ich war bei Marco Scheuerle, das Halstuch habe ich aber niemals gesehen.«

»Sie hätten uns diesen Besuch nicht verschweigen dürfen, Nicola.«

»Warum?« Sie zuckte mit den Schultern und sah Riedlinger offen an. »Wie Marco gesagt hat, wollte ich ihm nur erklären, warum ich bei der Sache mit Jens Mauch nicht mitmachen konnte. Marco wollte davon aber nichts hören, er war mächtig sauer auf mich. Ich war keine fünf Minuten in seinem Zimmer, dann hat er mich auch schon wieder rausgeschmissen und gemeint, er wolle mich niemals wiedersehen.«

»Was ist mit der Cola?«

»Welcher Cola?«

»Herr Scheuerle gibt an, Sie hätten sich in seinem Zimmer für ein paar Minuten allein aufgehalten, weil Sie ihn gebeten hätten, Ihnen eine Cola zu holen. Genügend Zeit, um das Tuch unter seinem Bett zu verstecken.«

»Er lügt!« Nicola fuhr auf und schnaubte. »Das sagt er nur, um die Schuld auf mich abzuwälzen.«

In Riedlingers Kopf summte es wie in einem Bienenstock. Es stand Aussage gegen Aussage, und es war unmöglich zu beweisen, wer die Wahrheit sagte.

»Ich weiß, als ich Rottweil so plötzlich verlassen habe, da dachten Sie bestimmt, ich wäre abgehauen«, fuhr Nicola fort. »Aus diesem Grund bin ich gekommen, damit Sie sehen, dass ich nichts zu verbergen habe. Muss ich nun länger in der Stadt bleiben?«

»Nun ja, Sie werden sicher ein paar Tage bei Ihren Eltern …«

»Nein!«, fiel ihm Nicola lautstark ins Wort. »Wenn Sie es erlauben, fahre ich noch heute wieder nach Hamburg zurück.«

»Wollen Sie nicht einmal Ihre Mutter besuchen?«, fragte Riedlinger. »Ich habe den Eindruck, sie steht auf Ihrer Seite.«

Nicola senkte den Blick und murmelte: »Es ist besser, wenn wir einige Zeit Abstand voneinander haben. Dann darf ich also wieder fahren?«

Riedlinger gestattete es ihr. Sein Gefühl sagte ihm, dass das Mädchen als Täterin ausschied, außerdem würden die Hamburger Kollegen einen Blick auf sie haben.

* * *

Wie von der Staatsanwältin befürchtet, scheiterte sie mit der Anklage gegen Marco Scheuerle. Das fehlende Alibi und das Halstuch als Indiz reichten nicht aus, um ihn länger in Untersuchungshaft zu halten, allerdings durfte er die Stadt vorerst nicht verlassen.

Regina Müller war es inzwischen gelungen, mehr über Evalina Adamek herauszufinden.

»Die Litauer Behörden stellen sich furchtbar stur«, erklärte sie. »Da gegen das Mädchen kein konkreter Verdacht besteht, musste ich unzählige Anfragen ausfüllen und von Pontius bis Pilatus telefonieren. Evalina ist Waise, ihre Eltern starben bei einem Autounfall, als sie noch kein Jahr alt war. Sie ist in Waisenhäusern aufgewachsen, einmal war sie auch ein paar Monate in einer Pflegefamilie. Im Herbst letzten Jahres ist sie nach Deutschland gekommen, ordnungsgemäß gemeldet und als Minijobberin bei den Liebigs registriert.«

»Danke, Frau Müller.«

Jürgen Riedlinger legte die Akte ungelesen zur Seite. Sie beinhaltete nicht mehr, als was seine Mitarbeiterin berichtet hatte.

»Moment mal.« Wolfgang Mozer stutzte. »Hat Evalina nicht erzählt, dass bei ihr zu Hause Deutsch gesprochen wurde, weil die Familie deutsche Wurzeln hat? Daher würde sie unsere Sprache so gut beherrschen.«

»Das stimmt!« Riedlinger setzte sich aufrecht hin. »Eine weitere Lüge von der jungen Dame.«

»Äh, Chef, Herr Mozer«, wandte Regina Müller ein, »ich glaube, sie wollte einfach nicht sagen, dass sie Waise ist. Wahrscheinlich schämt sie sich dafür. Dass sie trotzdem so gut unsere Sprache beherrscht, ist nicht weiter erstaunlich, da Deutsch als Fremdsprache an den meisten Schulen in Litauen gelehrt wird. Auf jeden Fall ist Evalina mit dem Gesetz nie in Konflikt geraten. Es gibt lediglich einen kurzen Vermerk, dass ihr im letzten Sommer in Vilnius bei einem Tanzturnier die Handtasche gestohlen wurde, mitsamt ihrem Pass. Daraufhin hat sie neue Papiere beantragt.«

Riedlinger nickte. »Evalina Adamek scheint es mit der Aufrichtigkeit zwar nicht genau zu nehmen, ob sie jedoch Waise ist oder ob nicht, spielt für die laufenden Ermittlungen keine Rolle.«

»Was nun?«, fragte Regina Müller.

Die beiden Kommissare seufzten einvernehmlich, und Riedlinger sagte: »Alles wieder auf Anfang, auch wenn ich zugeben muss, nicht zu wissen, wo wir jetzt noch ansetzen sollen.«

15

Rums! Die Tür knallte hinter Riedlinger ins Schloss. Achtlos warf er seine Jacke in Richtung des Kleiderständers. Sie verfehlte den Haken und fiel auf den Fußboden, was den Kommissar aber nicht zu kümmern schien.

»Das ist unglaublich!«, donnerte er mit lauter Stimme. »Das darf einfach nicht wahr sein! Ich fass es nicht!«

Derart außer sich erlebte Wolfgang Mozer seinen Kollegen nur selten, denn Riedlinger behielt auch in kritischen Situationen einen kühlen Kopf.

»Ist der Testturm in sich zusammengestürzt oder wird das Großgefängnis nun mitten auf dem Friedrichsplatz gebaut?«, versuchte Mozer zu scherzen.

Das Lächeln verging ihm aber schnell, denn der Kollege knallte mit so viel Schwung eine Akte auf seinen Schreibtisch, dass diese auf der anderen Seite wieder hinunterrutschte und unter einen Heizkörper schlitterte.

»Ich bin stinksauer!«

»Das ist nicht zu übersehen, Chef«, sagte Regina Müller, die gerade im Begriff war, die Grünpflanzen auf den Fensterbrettern zu wässern. »Soll ich Ihnen einen Milchkaffee machen?«

»Kein Bedarf!«, blaffte Riedlinger, atmete dann aber durch und fuhr fort: »Verzeihung, Müllerchen, Sie können ja nichts dafür.«

»Schlechte Nachrichten von Frau Doktor Pfeffer?«, fragte Regina Müller vorsichtig.

Heute Morgen hatte sie den Anruf der Staatsanwaltschaft mit der Aufforderung, Riedlinger möge unverzüglich zu Frau Dr. Pfeffer kommen, entgegengenommen.

Schwer ließ sich Riedlinger auf seinen Stuhl fallen. Sein Ärger begann sich zu legen, aber er seufzte noch einmal abgrundtief. »Das könnte man so ausdrücken.«

»Was wollte die Frau Staatsanwältin?«, fragte Wolfgang Mozer, der heute Morgen einen Auswärtstermin wahrgenommen und erst später ins Büro gekommen war. »Sicher nichts Positives, wenn ich dein Verhalten richtig interpretiere.«

»Die Soko ›Walzer‹ ist mit sofortiger Wirkung aufgelöst, und wir sollen den Fall zu den Akten legen«, informierte Riedlinger seine Kollegen.

Die Nachricht schlug ein wie eine Bombe.

»Das kann sie nicht machen!«, rief Wolfgang Mozer fassungslos.

»Und wie die Frau Staatsanwältin das kann«, bemerkte Riedlinger trocken. »Sie meint, wir drehen uns im Mordfall Angeline Schmidt seit über drei Monaten im Kreis …«

»Was durchaus richtig ist«, unterbrach Mozer und erntete einen missbilligenden Blick. »Sorry, Riedl, aber alle unsere Verdachtsmomente verlaufen im Sand, wir haben gegen niemanden einen handfesten Beweis, und keiner hat auch nur den Hauch eines Motivs. Auch bei den Ermittlungen zum Überfall auf Evalina Adamek und Frau Müller in der Stadthalle konnten wir in all den Wochen keinen Hinweis auf den Täter finden. Wir wissen bis heute nicht, ob die beiden Fälle in Zusammenhang stehen.«

»Wäre wohl ein zu großer Zufall, wenn nicht.« Grimmig nickte Riedlinger. »Mord verjährt zwar nicht, unsere Leute werden jedoch abgezogen und anderen Fällen zugeteilt. Frau Doktor Pfeffer meint, für den Fall Angeline Schmidt wurde bereits genügend Geld zum Fenster hinausgeworfen. Als ich gesagt habe, wir könnten auch ohne Soko weiterarbeiten, ging die Frau Staatsanwältin sogar so weit zu fragen, ob es mir langweilig und ich nicht ausgelastet wäre. Dann wollte sie wissen, wie weit die Ermittlungen im Fall Sterbehilfe gediehen sind, da sie so bald wie möglich Anklage erheben will. Das wäre schließlich ein klarer Fall mit eindeutiger Beweislage.«

»Na, so eindeutig ist die Sachlage auch wieder nicht.« Wolfgang Mozer klopfte mit dem Fingerknöchel auf die vor ihm liegende Akte. »Diesbezüglich habe ich heute Morgen mit der direkten Nachbarin gesprochen, und nachher suche ich nochmal das Heim der alten Dame auf.«

Vor acht Tagen war eine zweiundneunzigjährige Frau im Pflegeheim am Nägelesgraben verstorben. Der Arzt hatte einen natürlichen Tod diagnostiziert, nicht außergewöhnlich, da die Dame an Krebs und Demenz erkrankt gewesen war. Am folgenden Tag war der Sohn der Frau auf dem Revier erschienen und hatte angegeben, sich in der Nacht in das Heim geschlichen und seine Mutter mit einem Kissen erstickt zu haben. Er habe nicht länger mit ansehen können, wie sie sich quälte. Was zuerst wie ein klassischer Fall von Sterbehilfe ausgesehen hatte, änderte sich schlagartig, als Riedlinger und Mozer erfuhren, dass die alte Dame ein Vermögen in sechsstelliger Höhe hinterließ. Alleinerbe war ihr Sohn, der darüber hinaus bis zum Hals in Schulden steckte. Das veränderte die Tatsachen, und sie ermittelten jetzt in die Richtung vorsätzlicher Mord aus Habgier.

»Jemand muss es den Schmidts sagen«, bemerkte Wolfgang Mozer vorsichtig und mit einem unangenehmen Gefühl im Bauch.

»Ich fahre gleich zu ihnen, Frau Schmidt sollte wieder zu Hause sein«, antwortete Riedlinger. »Je schneller ich es hinter mich bringe, desto besser.«

»Soll ich mitkommen?«, bot Regina Müller an.

Zum ersten Mal an diesem Tag lächelte der Kriminalhauptkommissar.

»Das ist sehr freundlich, diese Sache erledige ich aber am besten allein.« Er sah zum Fenster hinaus und murmelte: »Wie sagt man Eltern, dass die Ermittlungen wegen des Mordes an ihrem einzigen Kind aus Kostengründen eingestellt werden müssen?«

Er erntete betretenes Schweigen.

* * *

Nachdem der Juli der heißeste seit Beginn der Wetteraufzeichnungen war, riss auch im August die Hitzewelle nicht ab. Der Rasen vor dem Einfamilienhaus der Schmidts war braun und wies zahlreiche kahle Stellen auf, die Pflanzen und Blumen waren verwelkt, zum Teil verdorrt und der Apfelbaum ließ seine Zweige hängen. Die Familie hatte andere Sorgen, als sich um die Pflege ihres Gartens zu kümmern, dachte Jürgen Riedlinger betreten.

Bastian Schmidt öffnete ihm die Tür.

»Sie sind zu Hause?«, fragte der Kommissar, denn an einem Mittwochvormittag hatte er erwartet, nur Frau Schmidt anzutreffen.

Angelines Vater lächelte bitter. »Betriebsferien. Eigentlich wären wir jetzt in Stuttgart bei der GOC. Das Hotelzimmer war seit Monaten gebucht, und nächsten Sonntag wollten wir für zwei Wochen in die Bretagne fahren, um mal richtig die Seele baumeln zu lassen.« Ein bitterer Zug kräuselte seine Lippen. »Nach Verreisen steht aber weder meiner Frau noch mir der Sinn. Da meine Firma aber geschlossen hat, kann ich mich nicht einmal mit Arbeit ablenken.«

»GOC?«, hakte Riedlinger nach.

»German Open Championships«, erklärte Bastian Schmidt. »Das größte und vielleicht auch bedeutendste Tanzturnier der Welt. Seit über zehn Jahren findet es jeweils im August im Kultur- und Kongresszentrum in Stuttgart statt. Dort trifft sich die Elite des Tanzsports. Angeline und Jens waren für ein Turnier gemeldet.« Ein feuchter Schimmer trat in seine Augen, als er fortfuhr: »Morgen startet Jens nun mit seiner neuen Partnerin, und alle werden in Stuttgart sein. Die Liebigs und natürlich auch der Landestrainer. Es ist schrecklich, wie schnell unsere Tochter ausgetauscht und vergessen wurde.«

Im Wohnzimmer waren die Rollläden halb heruntergelassen, um die Hitze fernzuhalten. Tanja Schmidt kauerte in einem Sessel, starrte auf die Mattscheibe des Fernsehers und schien nichts anderes um sich herum wahrzunehmen. Sie trug einen schwarzen Hausanzug, dicke Socken und hatte sich zusätzlich in eine beige Vliesdecke gewickelt, obwohl es sehr warm im Zimmer war. Riedlinger hörte Tanzmusik aus den Lautsprechern.

Bastian Schmidt bemerkte Riedlingers erstaunten Blick und raunte ihm zu: »Meine Frau friert ständig, wahrscheinlich sind es die Medikamente. Sie befindet sich noch in regelmäßiger psychotherapeutischer Behandlung.«

»Durchaus verständlich«, murmelte Riedlinger.

Er fühlte sich zunehmend unbehaglicher. Die Nachricht, dass Angelines Mörder wohl nie zur Rechenschaft gezogen werden konnte, würde für das Ehepaar einen weiteren Schock bedeuten. Am besten teilte er es Bastian Schmidt zuerst unter vier Augen mit.

»Kann ich Sie bitte allein sprechen?«

Tanja Schmidt war doch nicht so abwesend, wie es den Eindruck erweckt hatte, denn sie hob den Blick, sah Riedlinger an und flüsterte: »Herr Kommissar, ich habe Sie lange nicht mehr gesehen. Sind Sie gekommen, um uns zu sagen, dass Sie den Täter gefunden haben? Bitte, sagen Sie uns alles, es gibt keinen Grund, mich zu schonen.«

»Tanja, vielleicht ist es besser, wenn ich …«

»Nein!«, unterbrach sie ihren Mann. »Ich habe das Recht, alles, was den Tod von Angeline betrifft, zu erfahren.« Sie sah wieder zu Riedlinger. »Wer war es und vor allen Dingen, warum? Die Wahrheit, so schrecklich sie auch sein mag, warum unser Kind hat sterben müssen, ist immer noch besser als diese schreckliche Ungewissheit.«

Riedlinger schluckte trocken.

Herr Schmidt verschaffte ihm noch ein wenig Zeit, denn er reichte ihm ein Glas Wasser.

»Trinken Sie, Sie sind ja schweißgebadet«, sagte er. »Ich glaube, einen Sprudel dürfen Sie annehmen, das kann wohl kaum als Beamtenbestechung ausgelegt werden.«

Riedlinger nickte und trank durstig. Dabei fiel sein Blick auf den Fernseher. Tanja Schmidt sah sich ein Tanzturnier an, und Riedlinger meinte, bei dem gezeigten Tanz einen Cha-Cha-Cha zu erkennen.

Bastian Schmidt trat neben seine Frau, legte eine Hand auf ihre Schulter und sagte leise: »Du solltest dir das nicht immer wieder ansehen. Es schmerzt nur unnötig.«

»Lass mich!«, begehrte sie auf und schüttelte seine Hand ab. »Es ist das Letzte, was ich von Angeline habe.«

Bastian Schmidt sah zu Riedlinger und erklärte: »Es handelt sich um die Aufnahme der Landesmeisterschaft im vergangenen Frühjahr. Wir haben unsere Tochter begleitet, und ich habe das Turnier gefilmt. Später haben Angeline, Jens und die beiden Trainer die Aufnahmen analysiert.«

Riedlinger trat näher und sah aufmerksam auf den Bildschirm. Angeline trug das Kleid, das er in ihrem Zimmer gefunden hatte. Es war ein seltsames Gefühl, das Mädchen, das kalt und starr auf dem Boden der Dusche und später auf dem kalten Metalltisch in der Rechtsmedizin gelegen war, auf diesem Video strahlend und voller Lebensfreude zu sehen. Sie war sehr hübsch. Das Strahlen in ihren Augen war keine aufgesetzte Maske, wie man es häufig bei Tänzern fand, sondern natürlich und echt. Der Klumpen in Riedlingers Magen wurde zu einem Felsbrocken, ein bitterer Geschmack stieg in seinen Mund, und seine Kehle war staubtrocken. Er musste dieser Frau, die den Tod ihres Kindes niemals überwinden würde, mitteilen, dass ihm nun die Hände gebunden waren, weiter nach dem Unmenschen zu fahnden, der ihre glückliche Familie zerstört hatte. Angeline Schmidt würde zu einem der Opfer gehören, deren Akte in einem Stahlschrank im Keller verschwand. Natürlich stand es Riedlinger frei, weiterhin nach Spuren und Indizien zu suchen, er wusste aber, dass es ohne die Unterstützung eines Teams nahezu unmöglich war, diesen Fall nach über drei Monaten noch aufzuklären.

Er griff an seinen Hals, als wäre ihm der Hemdkragen zu eng geworden, dabei trug er ein oben offen stehendes Polohemd. Er konnte sich nicht erinnern, sich jemals derart hilflos gefühlt zu haben.

»Frau Schmidt … Herr Schmidt …«, begann er stockend.

Er suchte nach den richtigen Worten, die es jedoch nicht gab.

Frau Schmidt hatte den Ton des Fernsehers abgestellt, das Video lief nun stumm weiter. Um Angelines Mutter nicht in die Augen sehen zu müssen, starrte Riedlinger weiter auf den Bildschirm.

»Leider muss ich Ihnen mitteilen, dass sich keine neuen Spuren ergeben haben, aus diesem Grund …« Er brach ab und runzelte die Stirn. »Können Sie das bitte zurücklaufen lassen?«

Tanja Schmidt sah verwundert auf. »Was meinen Sie?«

Riedlinger tippte auf den Bildschirm. »Da war gerade eine Szene, die würde ich gern noch mal sehen.«

Bastian Schmidt nahm die Fernbedienung, und die Tänzer bewegten sich im Zeitraffer rückwärts.

»Hier, stopp!«, bat Riedlinger. »Und jetzt in Zeitlupe vorwärts bitte.«

Jens und Angeline verharrten in einer Pose, es war jedoch nicht das Tanzpaar, das Riedlingers Aufmerksamkeit erregte. Im Hintergrund auf der gegenüberliegenden Seite der Tanzfläche befanden sich zwei ihm bekannte Personen. Sie schienen zu streiten, die größere hatte die andere am Arm gepackt, es wirkte, als wolle sie diese ohrfeigen.

»Kann ich mir die Aufnahme ausleihen?«, stieß Riedlinger aufgeregt hervor.

»Natürlich, aber ich verstehe nicht …«, sagte Tanja Schmidt.

»Ich brenne Ihnen schnell eine Kopie«, bot Bastian Schmidt an. »Dauert nur ein paar Minuten. Möchten Sie vielleicht noch ein Glas Wasser? Ihr Gesicht ist plötzlich feuerrot.«

* * *

Zum zweiten Mal an diesem Tag stürmte Jürgen Riedlinger in sein Büro. Jetzt war er aber nicht wütend, sondern bis aufs Äußerste angespannt.

Durch die geöffnete Tür rief er ins Vorzimmer: »Kollege Mozer nicht da?«

Regina Müller sah von einem Schriftstück auf. »Er ist noch in dem Pflegeheim, Chef.«

»Ach so, ja«, erinnerte sich Riedlinger. »Müllerchen, haben wir jemanden im Team, der von den Lippen ablesen kann?«

»Gebärdensprache?«

»Nicht direkt, ich brauche jemanden, der, wie ich eben gesagt habe, von den Lippen eines Menschen ablesen kann, was dieser sagt«, erklärte Riedlinger ungeduldig.

»Einen Augenblick, Chef.« Regina Müller tippte auf der PC-Tastatur herum.

Nach zwei Minuten sagte sie: »In Fällen, mit denen wir es mit Hörgeschädigten zu tun hatten, hat das Revier mit einer Franzi Schickler zusammengearbeitet.«

Hörbar erleichtert atmete Riedlinger auf. »Sie soll auf der Stelle herkommen. Bitte kümmern Sie sich darum.«

»Äh, Chef, Frau Schickler ist an einem Institut in Konstanz beschäftigt. Ich weiß nicht, ob sie derzeit frei ist, und sollten wir nicht Frau Doktor Pfeffer …«

»Ich will sie so schnell wie möglich in meinem Büro sehen«, beharrte Riedlinger. »Koste es, was es wolle, und die Frau Staatsanwältin braucht davon nichts zu erfahren. Das nehme ich auf meine Kappe.«

Regina Müller ahnte, dass ihr Chef etwas herausgefunden hatte, dessen Weiterverfolgung keine Zeitverzögerung duldete, und griff zum Telefon, um in Konstanz anzurufen. Sie ahnte ebenfalls, dass sich Riedlinger – sollte es nicht wirklich brisant sein – in Schwierigkeiten bringen würde, wenn er die Staatsanwältin überging.

* * *

Riedlingers Geduld wurde auf eine harte Probe gestellt, denn die Gebärdensprachdolmetscherin konnte erst am folgenden Nachmittag nach Rottweil kommen. Bis dahin hatte er mit niemandem über seine Vermutung gesprochen, er wollte zuerst sichergehen, dass er sich nicht irrte. Selbst Wolfgang Mozer zog er nicht ins Vertrauen. Er hatte den Kollegen ohnehin seit gestern nicht mehr gesehen, da dieser mit dem anderen Fall beschäftigt war.

Erstaunt musterte Riedlinger die Frau, die kaum älter als Mitte zwanzig sein konnte. Franzi Schickler hatte hellrote, unordentlich frisierte Locken, trug ein wallendes Kleid in grellen Rottönen, und an ihren Ohrläppchen und Handgelenken klirrten große Silberreifen.

»Sie können von den Lippen ablesen?«, fragte er skeptisch.

Mit einer lasziven Bewegung warf sie ihr Haar zurück und grinste. »Ich weiß, was Sie jetzt denken, Herr Riedlinger. So wie Sie schaut fast jeder, der mich engagiert. Ich kann Sie jedoch beruhigen, ich bin ausgebildete Gebärdensprachdolmetscherin, dazu gehört das Lippenablesen. Ich zeige Ihnen gern mein Diplom.« Sie kramte in ihrer grünen Handtasche von der Größe eines kleinen Trolleys.

Riedlinger winkte jedoch ab. »Ist schon gut. Es tut mir leid.«

Vertraulich zwinkerte sie ihm zu. »Da wir noch nie zusammengearbeitet haben, ein paar Infos über mich: Mit vier Jahren habe ich nach einem Autounfall mein Gehör verloren und die Gebärdensprache gelernt. Als während der Pubertät mein Gehörsinn wieder zurückgekehrt ist, wofür die Ärzte bis heute keine medizinische Erklärung haben, war mir klar, dass ich anderen Menschen helfen wollte, ihr Schicksal zu meistern. Ich habe nach dem Abitur die entsprechenden Ausbildungen absolviert. Das Ablesen von den Lippen ist jedoch schwieriger und komplizierter als allgemein angenommen. Viele Laute, wie zum Beispiel das P und das B, sind bei der Formung der Lippen gleich, so ist es nicht immer möglich, alle Wörter exakt zu verstehen. Wie kann ich Ihnen behilflich sein?«

»Schauen Sie hier.« Riedlinger schob die DVD in das Fach seines Rechners und rief das Tanzturnier auf. Er stoppte an der betreffenden Stelle. »Ich möchte wissen, was die zwei Personen im Hintergrund miteinander sprechen.«

Franzi Schickler griff zur Maus und ließ die Aufnahme im Zeitlupentempo ein Stück vorlaufen.

»Das ist schwer, da ich nur den Mund einer Person deutlich erkennen kann, im Profil ist das Ablesen kaum möglich. Außerdem scheinen beide ziemlich aufgeregt zu sein. Es ist ein Unterschied, ob man Laute in einem normalen Tonfall oder im Zorn sagt. Ich werde versuchen, so viel wie möglich herauszufinden.«

»Bitte, legen Sie los! Wie lange werden Sie dafür benötigen?«

»Das kann ich noch nicht beurteilen.«

Franzi Schickler setzte sich bequem hin und griff zu einem Block und dem Kugelschreiber. Riedlinger lehnte, die Arme vor der Brust verschränkt, gegen die Kante des Schreibtisches und sah die junge Frau erwartungsvoll an.

»Herr Riedlinger, ich brauche absolute Ruhe, um mich zu konzentrieren. Wenn Sie mich bitte allein lassen würden?«

»Ist das unbedingt notwendig?«

Sie nickte nachdrücklich, und Riedlinger blieb nichts anderes übrig, als sein Büro zu verlassen. Er gab Regina Müller die Anweisung, die Gebärdensprachdolmetscherin zu fragen, ob sie einen Kaffee oder ein Glas Wasser wolle, dann ging er in die Kantine, da er im Moment ohnehin nichts anderes tun konnte.

Seit zwei Wochen wurde die Kantine von einer neuen Backstube beliefert, die ganz hervorragende Mohnschnecken mit dickem Zuckerguss buken.

Als er nach einer guten Stunde in sein Büro zurückkehrte, reichte ihm Franzi Schickler ihre Aufzeichnungen.

»Viel ist es nicht, Herr Riedlinger. Ich hoffe, Sie können damit etwas anfangen.«

Riedlinger las laut: »Sofort aufhören ... du wirst verschwinden ... Ausländerbehörde ... Abschiebung ... Ihr beide geht in den Knast ... Wenn nicht, mache ich dich fertig ...«

Er sah auf. »Danke, Frau Schickler, ganz herzlichen Dank.«

»Jederzeit gern wieder.« Sie schnappte ihre Riesenhandtasche und verabschiedete sich.

Plötzlich wurde Riedlinger vieles klar, auch, dass er unverzüglich handeln musste.

* * *

Wolfgang Mozer stellte sein Fahrrad in den Ständer vor dem Revier und schloss es sorgfältig ab.

Nach dem Besuch im Pflegeheim hatte er weitere Nachbarn des Mannes, der seine Mutter erstickt hatte, aufgesucht. Diese hatten ausgesagt, zwischen Mutter und Sohn habe ein sehr liebevolles Verhältnis bestanden, was den Verdacht eines vorsätzlichen Mordes aus niedrigen Beweggründen entkräftete. Es sah alles danach aus, dass der Fall nicht so einfach zu lösen war wie zuerst angenommen. Mozer ging gerade die Treppe hinauf, als Jürgen Riedlinger das Gebäude verlassen wollte.

»Motzi! Wie gut, dass du da bist.« Mit einer schnellen Bewegung warf Riedlinger seinem Kollegen den Autoschlüssel zu. »Wir müssen uns beeilen, du fährst.«

Mozer stellte keine Fragen, dafür waren sie ein zu eingespieltes Team. Während er den zivilen Dienstwagen aus der Tiefgarage lenkte, öffnete Riedlinger das Fenster und befestigte auf dem Dach das mobile Blaulicht.

»Nach Stuttgart, Stadtmitte«, wies er Mozer an.

»Äh, weiß die Pfeffer von einer solchen Dienstreise?«

»Die Staatsanwältin ist mir im Moment völlig gleichgültig«, erwiderte Jürgen Riedlinger. »Wir müssen uns beeilen, daher drück aufs Gas. Geschwindigkeitsbegrenzungen interessieren uns nicht, Motzi. Ich fürchte, es zählt jede Minute.«

»Das wird Frau Doktor Pfeffer aber gar nicht gefallen«, wandte Mozer ein.

Grimmig runzelte Riedlinger die Stirn. »Wenn wir ihr heute Abend nicht nur den Mörder von Angeline Schmidt auf dem Silbertablett präsentieren, sondern darüber hinaus noch einen weiteren Mord verhindern, wird sie den Ball schön flachhalten. Aber gut, ich versuche, sie anzurufen.«

Riedlinger zückte sein Handy, erhielt vom Büro der Staatsanwaltschaft aber die Auskunft, Frau Dr. Pfeffer wäre in einer Gerichtsverhandlung, die den ganzen Nachmittag über andauern würde.

»Dann eben nicht«, murmelte er und steckte das Handy wieder in die Tasche.

»Was ist eigentlich los, Riedl?«, fragte Wolfgang Mozer, während der Wagen über die Marxstraße in Richtung der Schramberger Straße schoss.

In knappen Sätzen klärte Riedlinger seinen Freund und Kollegen über die neuen Erkenntnisse auf. Mozer pfiff durch die Zähne und gab Gas, als er wenige Minuten später auf die A 81 in Richtung Stuttgart auffuhr.

»Ich habe Müllerchen beauftragt, die Kollegen in Stuttgart zu informieren«, fuhr Riedlinger fort. »Die sollen ein Team in das Kultur- und Kongresszentrum Liederhalle schicken, die Betreffenden ausfindig machen und sie nicht mehr aus den Augen lassen, bis wir vor Ort sind. Ich hoffe, wir kommen nicht zu spät, und ich frage mich, wie ich so blind sein konnte, es nicht früher zu erkennen.«

»Warum hätten wir einen solchen Verdacht hegen sollen?«, fragte Wolfgang Mozer. »Es gab bisher keine Anzeichen dafür.«

* * *

»Ich bitte die Paare mit den Startnummern 17, 35, 87, 156, 193 und 204 der zweiten Runde Cha-Cha-Cha auf die Fläche …«

Während die Durchsage des Turnierleiters in englischer Sprache wiederholt wurde, gab der Landestrainer Evalina Adamek einen sanften Schubs in den Rücken.

»Brustbein raus, Schultern runter«, raunte er ihr zu, »und vergiss nicht, bei den Chassés die Knie vollständig zu strecken.«

Evalina nickte, legte ihre Hand auf Jens' Unterarm, straffte die Schultern, machte den Hals lang und hob das Kinn. Gemeinsam betraten sie das Parkett, suchten sich inmitten der fünf weiteren Paare einen freien Platz und stellten sich in Position. Der Beethovensaal des Kultur- und Kongresszentrums war bis auf den letzten Stehplatz gefüllt. Es herrschte eine Stimmung wie bei einem Fußballspiel, denn die Fans feuerten ihre Paare begeistert und lautstark an. Die letzten drei Runden des Turniers »Adult Rising Star Latein« bildeten den Höhepunkt des Abends. In einem Starterfeld von 247 Paaren hatten Evalina und Jens die Runde der besten vierundzwanzig erreicht, und sie wollten noch weiter nach vorne kommen.

»Sie ist spitze!«, sagte Harald Liebig zum Landestrainer, ohne dabei sein Paar aus den Augen zu verlieren. »Ich hätte nicht gedacht, dass Evalina nach dem Zwischenfall so schnell wieder eine derart gute Leistung bringt.«

»Vergessen wir das Debakel bei der Deutschen Meisterschaft«, erwiderte Norbert Küttner. »Shit happens, mit Vorwürfen kommen wir nicht weiter, und das Warum und Wieso ist mir schnuppe. Ich will die beiden heute und hier im Finale sehen, und zwar auf einem Treppchenplatz!«

In der Vierundzwanziger-Runde tanzten nur noch drei deutsche Paare: neben Jens und Evalina auch deren größte Konkurrenten aus Köln und ein Paar aus Berlin, für das diese Runde aber die letzte sein würde.

Küttner hatte keinen Zweifel, dass Jens und Evalina das Semifinale erreichen würden. Wenn sie keine konditionellen Schwächen zeigten, müsste es mit dem Teufel zugehen, wenn sie sich nicht auch für das Finale qualifizierten. Allerdings standen Jens und Evalina seit den frühen Morgenstunden auf dem Parkett und hatten bereits vier Runden mit jeweils fünf Lateintänzen absolviert. Evalina wirkte jedoch, als wären die Tänze eine regelrechte Frischzellenkur für sie. Die Trainer beobachteten jede ihrer Bewegungen und Schritte des Cha-Cha-Chas. Alles schien perfekt zu sein, sie konnten keinen Fehler erkennen.

Die Konkurrenz gab sich aber auch keine Blöße. Seit Monaten hatte jedes Paar für das heutige Turnier hart trainiert. Über das Fortkommen entschieden elf Wertungsrichter und -richterinnen, die mit ausdruckslosen Mienen, die nicht das Geringste verrieten, am Rand der Fläche verteilt standen und auf ihren digitalen Geräten die entsprechenden Eingaben machten. Ein Kreuz pro Tanz bedeutete das Weiterkommen, ein Strich das Ausscheiden. Obwohl Norbert Küttner großen Einfluss hatte, waren ihm bei der GOC die Hände gebunden, er konnte in keiner Weise auf das Ergebnis einwirken. Im Wertungsgericht befand sich nur eine Dame aus Deutschland, die anderen zehn kamen aus der ganzen Welt. Hier und heute spielte die Politik keine Rolle, es war unwesentlich, wer wen kannte und mochte – einzig die Leistung zählte.

Evalinas Kleid aus nachtblauem Samt, goldener Spitze, goldenen Pailletten und Strass wirkte elegant und sexy zugleich. Vorn tief dekolletiert und am Rücken nur den Po bedeckend, brachte es ihre makellose Figur perfekt zur Geltung, ohne ordinär zu wirken. Der Rock war bis auf den Millimeter genau auf die vorgeschriebene Länge geschneidert, was Norbert Küttner bedauerte. Nach seinem Geschmack hätte das Kleid ruhig etwas kürzer sein können, es gab aber genaue Vorschriften. In früheren Jahren waren die Lateinkleider oft nicht mehr als ein Bikini mit ein paar Fransen daran gewesen, was besonders die männlichen Wertungsrichter dazu verleiten konnte, mehr auf die wenig verhüllten Körper der Mädchen als auf ihre tänzerischen Qualitäten zu achten. Dem hatte der Weltverband im Tanzsport einen Riegel vorgeschoben und eine Bestimmung zur Mindestlänge der Röcke erlassen, ebenso, wie viel nackte Haut gezeigt werden durfte. Jens Mauch trug eine eng anliegende, schwarze Hose und ein weißes, mit viel Strass besetztes Hemd mit goldenen Litzen. Damit stach er unter den anderen Herren heraus, die vorrangig dunkle Hemden trugen.

Nach dem Cha-Cha-Cha reichte Liebig dem Paar ein Handtuch und die Wasserflasche. Es blieben ihnen nur zwei Minuten zum Verschnaufen, denn in der nachfolgenden Rumba mussten sie in der ersten Runde wieder auf die Fläche.

»Ich will jetzt eine so knisternde Erotik sehen, dass die Funken sprühen«, wies Küttner Evalina an. »Das Publikum muss denken, dass du Jens gleich die Klamotten vom Körper reißt und ihn mitten auf der Fläche flachlegst.«

Jens Mauch grinste. »Hoffentlich vergisst sie beim Anblick meines Luxusbodys nicht die Choreografie. Würde ich total verstehen.«

»Eingebildeter Affe!«, sagte Evalina laut und vernehmlich, dann war es auch schon Zeit, um mit einem strahlenden Lächeln das Parkett zu betreten.

Auch den Paso Doble und den Jive meisterte das Paar auf hohem tänzerischen Niveau.

Jetzt galt es abzuwarten, bis die Ergebnisse ausgewertet waren. Der Beethovensaal leerte sich. Die meisten Zuschauer nutzten die Pause, um sich Erfrischungen zu holen oder etwas frische Luft zu schnappen. Im Schneidersitz saß Evalina auf dem Boden und lehnte sich gegen die Wand.

Harald Liebig beugte sich zu dem Mädchen herunter und strich ihr kurz über die Wange. »Geht es dir gut?«

Sie hob ihre mit langen, falschen Wimpern geschmückten Augenlider. »Klaro.«

»Ich meine ja nur …«, flüsterte Liebig, obwohl in dem Gewusel um sie herum niemand ihr Gespräch mit anhören konnte. »Es ist ja auch eine psychische Belastung, die du …«

»Mir geht es gut!«, unterbrach Evalina scharf. »Die Sache war ein dummer Zufall und längst vergessen. Ich bin froh, dass es so ausgegangen ist, und ich möchte niemals wieder darüber sprechen. Kapiert?«

Der Blick aus ihren Augen war so eisig, dass Liebig zurückzuckte.

Trotzdem reichte er Evalina die Hand. »Komm, hoch mit dir. Es ist nicht gut, so lange zu sitzen, du wirst sonst zu kalt.«

»Sofern wir überhaupt ins Semifinale kommen«, erwiderte Evalina, ergriff aber seine Hand und stand auf.

»Das müsste schon Schiebung sein, wenn nicht. Ihr wart echt spitze.«

Während Evalina begann, einzelne Körperpartien schlangenartig zu bewegen, um die Muskeln warm und elastisch zu halten, fragte sie: »Wo ist eigentlich Carmen? Ich habe sie während der letzten Runde nicht im Saal gesehen.«

Liebig zuckte mit den Schultern. »Keine Ahnung. Vorhin hat sie jemanden aus unserem früheren Verein getroffen. Ich nehme an, sie sind einen Kaffee oder Sekt trinken gegangen. Vermisst du sie etwa?«

Evalina grinste, es wirkte verächtlich. »Sicher nicht, es hat mich eh gewundert, dass sie mitgekommen ist. Ich dachte, sie hasst solche Menschenansammlungen und ist zu krank, um das Haus zu verlassen.«

Harald Liebig hatte es ebenfalls überrascht, als Carmen darauf bestanden hatte, ihn nach Stuttgart zu begleiten. In den letzten Wochen war Carmen trotz des wundervollen Sommerwetters den ganzen Tag in ihrem abgedunkelten Zimmer gelegen und hatte Löcher in die Luft gestarrt. Ihm war das ganz recht gewesen, so konnte er tun und lassen, was er wollte. Glücklicherweise nahm Carmen regelmäßig die von seiner Schwester verordneten Medikamente. Bianca würde die Dosis jedoch erhöhen müssen, da Carmen immer noch die Kraft hatte, hierherzukommen.

Nach der GOC wollte er darüber nachdenken, wie es weitergehen sollte. Wenn das Turnier vorüber war und eine mehrwöchige Ruhepause im Tanzsport anbrach, musste er eine Entscheidung treffen. So oder so – es musste sich etwas ändern! Wenn er nur wüsste, was das Richtige war ... Fahrig wischte er sich über die Augen, als könne er die trüben Gedanken damit vertreiben.

»Meine Damen und Herren, ich bitte um Ihre Aufmerksamkeit«, erklang die Stimme des Turnierleiters über die Lautsprecher. »Folgende Paare haben das Semifinale der Rising Star Latein erreicht ...«

Atemlos lauschten Liebig, Küttner, Jens und Evalina der Durchsage, bis ihre Startnummer genannt wurde.

Während Evalina und Jens sich erleichtert umarmten, rieb Küttner sich zufrieden die Hände. »Na also, geht doch.«

»Wir beginnen mit dem Semifinale in zehn Minuten«, fuhr der Turnierleiter fort. »Bitte nehmen Sie Ihre Plätze wieder ein.«

Das Paar aus Berlin hatte es erwartungsgemäß nicht geschafft, und die Dame warf Evalina einen neidischen Blick zu, als sie auf dem Weg in die Umkleide an ihr vorbeiging. Evalina kommentierte es mit einem überheblichen Lächeln.

Sie mussten gleich in der ersten Runde der Samba auf die Fläche. Die Musik hatte etwa eine halbe Minute gespielt, als hinter Liebig und Küttner Unruhe entstand, Zuschauer aufsprangen und Schreie zu hören waren.

»Was ist denn jetzt los?«

Genervt drehte Harald Liebig sich um und erstarrte. Etwa zwei Meter von ihm entfernt stand seine Frau – in den ausgestreckten Händen eine Pistole. Die Mündung zielte auf seine Brust.

»Carmen, bist du verrückt geworden?«, rief er. »Leg die Waffe weg, du kannst damit doch überhaupt nicht umgehen!«

Sie hob die Pistole um ein paar Zentimeter und schoss. Die Kugel bohrte sich irgendwo in die Decke.

»Hast du vergessen, dass mein Vater Jäger war?«, sagte sie klar und deutlich und richtete den Lauf wieder auf ihren Mann. »Er hat mir gezeigt, wie man schießt. Noch eine Kostprobe gefällig?«

Dieses Mal zielte sie direkt auf einen Scheinwerfer, dessen Glas in tausend Teile zerbarst. Funken stoben aus dem Gerät.

Nun brach um sie herum Panik aus. Die Zuschauer drängelten sich aus den Sitzreihen und von den Rängen zu den Ausgängen. Carmen wirbelte einmal um die eigene Achse und schoss erneut, dieses Mal blind in die Menge. Eine Frau schrie vor Schmerzen auf, einige warfen sich zu Boden, und die Nachfolgenden traten einfach über sie hinweg.

Obwohl die Tanzpaare wie erstarrt auf der Fläche standen, lief die Musik unvermindert weiter. Carmen stieß ihren Mann zur Seite, schoss ein weiteres Mal in die Luft, und blieb dann vor Evalina stehen.

Sie setzte den Lauf direkt auf die Brust des Mädchens und rief: »Einmal habe ich einen Fehler gemacht, ein zweites Mal wird mir das nicht passieren. Es ist vorbei, du dreckige Hure!«

16

Im Foyer des Kultur- und Kongresszentrums Liederhalle war von dem Vorfall im Beethovensaal noch nichts bemerkt worden. Dementsprechend ungehalten reagierte ein Mitarbeiter des Organisationsteams, als Wolfgang Mozer direkt auf den Platz vor dem Haupteingang fuhr.

»Hier können Sie aber nicht stehenbleiben«, wies er Mozer unfreundlich zurecht.

»Sehen Sie das blaue Licht auf dem Dach?«, erwiderte Riedlinger und zückte seinen Ausweis. »Kripo Rottweil, und wenn Sie uns jetzt bitte nicht länger aufhalten würden.«

»Kriminalpolizei?« Der Mann wich erschrocken zurück. »Du meine Güte, was ist denn passiert?«

Mozer und Riedlinger ließen den Mann einfach stehen, stießen am Eingang prompt erneut auf Widerstand, als zwei Damen ihre Eintrittskarten sehen wollten. Auch hier hielt Riedlinger ihnen seinen Ausweis unter die Nasen.

»Das ist unsere Eintrittskarte.«

»Ist etwas passiert?«, wurde auch hier gefragt.

»Wir hoffen nicht«, antwortete Wolfgang Mozer und sah sich in dem großen Foyer um. »Wo sind die Kollegen aus Stuttgart?«

Die Frau zuckte mit den Schultern. »Ich habe keine Polizei bemerkt, jedenfalls nicht in den vergangenen drei Stunden. So lange dauert unser Dienst hier schon.«

»Also, durch diesen Eingang ist keine Polizei rein«, bestätigte ihre Kollegin.

»Wo geht es denn zum Turnier?«, fragte Riedlinger ungeduldig, denn die Halle weitete sich in alle Richtungen.

»Welches Turnier?«

»Gibt es mehrere?«

»Natürlich«, antwortete die zweite Frau. »Entweder im Beethovensaal, in der Alten Reithalle drüben neben dem Hotel Maritim oder im Hegelsaal.« Sie sah auf die Uhr. »Derzeit laufen in allen Sälen Turniere. Wen suchen Sie denn?«

Riedlinger seufzte verhalten. Im Foyer wuselte es von Personen in normaler Alltagskleidung, eleganter Abendbekleidung, in Trainingsanzügen und in glitzernder Turnierbekleidung. Jeder Einzelne schien genau zu wissen, wo er oder sie hinmusste.

»Evalina Adamek und Jens Mauch«, sagte Mozer schnell.

»Sorry, das Paar kenne ich nicht«, erwiderte die Dame. »Am besten fragen Sie beim Check-in nach.« Sie deutete nach rechts hinten. »Das ist in dieser Richtung.«

In diesem Moment rannte ein junger Mann von der linken Seite kommend in das Foyer.

»Raus hier, schnell!«, rief er laut. »Im Beethovensaal ballert eine Verrückte wild um sich. Ich habe schon die Polizei und den Notarzt gerufen!«

Dem Mann folgten weitere Menschen, und plötzlich drängten Dutzende zum Ausgang. Riedlinger und Mozer tauschten einen raschen Blick und drückten sich der Menge entgegen. Sie mussten zuerst eine Treppe hinunter, vorbei an Verkaufsständen und einem Stehcafé und wieder eine Treppe hinauf. Auch hier befanden sich zahlreiche Stände von Anbietern mit Tanzkleidung, Schmuck, Schuhen und Musik. Das nahm Riedlinger aber nur aus dem Augenwinkel wahr. Wolfgang Mozer bahnte sich mit ausgebreiteten Armen einen Weg durch die Menschen, die sich ihnen immer zahlreicher entgegenschoben.

»Aus dem Weg, Polizei!«, rief er und hielt einen Mann an. »Wo?«

»Die Rolltreppe hoch und dann hinten links«, antwortete der Mann und machte, dass er wegkam.

Die Kommissare gelangten nun in das Foyer der alten Liederhalle. Eltern zerrten ihre Kinder hinter sich her zu den Ausgängen auf dieser Ebene.

»Verdammt, wo zum Teufel sind die Stuttgarter Kollegen?«

Die Tatsache, dass Jürgen Riedlinger fluchte, zeigte, wie angespannt er war. Unwillkürlich tastete Riedlinger nach seiner Dienstwaffe, die er unter der Jacke trug, und hoffte, sie nicht einsetzen zu müssen. Er und Mozer zogen die Waffen noch nicht, um die Menschen nicht noch mehr in Panik zu versetzen. Zwei Männer schleppten eine Frau mit einer blutenden Wunde am Oberarm und vor Schmerzen schreiend an ihnen vorbei. Von der anderen Seite eilten zwei Sanitäter herbei.

Riedlinger konnte sich jetzt nicht um die Verletzte kümmern, denn in diesem Moment fiel der nächste Schuss. Er bedeutete Mozer, leise zu sein, und sie schlichen durch einen dunklen Gang in den Beethovensaal hinein. Zuerst konnten sie kaum etwas erkennen, und die Sicht auf die Tanzfläche war durch die Zuschauertribünen versperrt. Hier drinnen war es mucksmäuschenstill.

Da kam ihnen Norbert Küttner eilig entgegen. »Da vorne auf der Fläche«, flüsterte er und wollte sich an Riedlinger vorbeidrücken, der ihn jedoch am Ärmel festhielt.

»Wo wollen Sie hin?«

»Weg von hier, der Verrückten ist ja alles zuzutrauen. Ich habe mit der ganze Sache nichts zu schaffen.«

Er schüttelte Riedlingers Hand ab und rannte aus dem Saal. Riedlinger und Mozer schlichen sich in den Gang zwischen zwei Tribünen. Jetzt konnten sie das Geschehen auf der Tanzfläche unbemerkt verfolgen. Den Kommissaren den Rücken zugekehrt, richtete Carmen Liebig den Lauf der Waffe auf Evalinas Brust. Jens Mauch verharrte bewegungslos etwa zwei Meter neben seiner Partnerin. Den anderen Paaren war es gelungen, das Parkett unbehelligt zu verlassen. Riedlinger näherte sich Harald Liebig, der immer noch fast regungslos am Rand des Parketts stand, und zückte nun seine Waffe. Mit einem kurzen Seitenblick verständigte er sich mit Wolfgang Mozer, der nickte und anschließend auf die andere Seite der Tribüne ging, um sich Carmen Liebig von vorne nähern zu können.

»Carmen, bitte, beruhige dich«, sagte Harald eindringlich. »Wir fahren nach Hause, und Bianca wird sich um dich kümmern. Es wird alles wieder gut, wir können über alles reden.«

Seine Worte schienen seine Frau nicht zu erreichen, denn sie zeigte keine Reaktion, sondern starrte Evalina fest in die Augen.

Liebig wandte sich an Riedlinger: »So unternehmen Sie doch etwas!«

»Pst.« Riedlinger legte einen Finger auf die Lippen. Er trat einen Schritt vor und sagte laut: »Frau Liebig, legen Sie die Waffe weg. Machen Sie sich bitte nicht noch unglücklicher.«

Carmen drehte leicht den Kopf in seine Richtung, ohne dabei Evalina aus den Augen zu lassen.

»Verschwinden Sie! Sie haben ja keine Ahnung. Ich muss tun, was zu tun ist.«

Die junge Tänzerin wagte nicht, auch nur die kleinste Bewegung zu machen.

Liebig raunte: »Sie ist verrückt geworden, völlig wahnsinnig! Dabei hat mir meine Schwester versichert, wenn sie die Tabletten regelmäßig nimmt, wäre sie ruhiggestellt!«

Obwohl leise gesprochen, hatte Carmen Liebig die Worte ihres Mannes gehört und rief zornig: »Glaubst du, ich hätte nicht gemerkt, dass du und Bianca mich ausschalten wolltet?« Sie kicherte und wirkte irre, ihre Hand mit der Waffe zitterte aber kein bisschen. »Schon vor der Deutschen Meisterschaft habe ich die Tabletten nicht mehr eingenommen, ich habe euch nur vorgespielt, dass es mir schlecht geht, damit ihr mich in Ruhe lasst.«

»Carmen, es war doch nur zu deinem Schutz …«, flüsterte Harald.

Sie wirbelte herum, richtete den Lauf nun auf ihren Mann und sagte mit einem bitteren Unterton: »Wohl mehr zu deinem Schutz, du pädophiles Ungeheuer! Mit dir rechne ich ab, wenn ich mit dieser da …«, Carmen richtete die Pistole wieder auf Evalina, »fertig bin.«

Riedlinger konnte sich auf ihre Aussage bezüglich der Pädophilie keinen Reim machen. Das spielte im Moment aber auch keine Rolle, denn Carmen Liebig befand sich in einem Ausnahmezustand, in dem es ihr offenbar gleichgültig war, wie viele Menschen sie tötete und was anschließend mit ihr geschehen würde. Er überlegte, was er und Mozer tun konnten, um Schlimmeres zu verhindern. Sie konnten nicht wagen, vorzustürmen und zu versuchen, Carmen zu entwaffnen. Ihr Finger lag am Abzug. Sie würde nicht zögern abzudrücken, wenn einer von ihnen eine falsche Bewegung machte.

Plötzlich sagte Evalina erstaunlich beherrscht und klar und deutlich: »Du glaubst doch nicht, dass Harald zu dir zurückkehrt, wenn du mich umbringst. Er liebt dich schon lange nicht mehr und hat sich bisher nur nicht scheiden lassen, weil dein Geld in der Tanzschule steckt.« Riedlinger wünschte, Evalina würde aufhören, Carmen zusätzlich zu provozieren. Sie sprach aber weiter und lächelte dabei spöttisch.

»Harald und ich werden zusammenbleiben, wenn du jetzt in den Knast gehst. Du hast mir zwar sein Kind aus dem Bauch geprügelt, wir werden aber weitere Kinder haben. Etwas, das du ihm nie hast geben können. Was war ich blöd! Ich hätte dich an die Bullen verraten sollen, als du mich überfallen hast, Harald meinte aber, er würde auf andere Weise mit dir fertig werden.«

»Halt dein dreckiges Maul!« Carmen näherte sich Evalina und setzte den Pistolenlauf auf deren Brust.

Riedlinger erwartete, dass sie jeden Moment abdrücken würde. Schräg gegenüber sah er seinen Kollegen, ebenfalls mit gezogener Pistole. Ebenso wie er selbst wagte es auch Mozer nicht, Carmen zu entwaffnen.

»Frau Liebig, bitte …« Riedlinger trat einen Schritt vor.

»Verschwinden Sie!«

»Frau Liebig, es hat keinen Sinn, Sie werden hier nicht herauskommen, das Gebäude ist umstellt.« Sie konnte nicht wissen, dass das eine Lüge war. »Es ist sinnlos, einen weiteren Mord zu begehen.«

Sie lachte bitter, der Lauf der Waffe wich keinen Millimeter von Evalinas Brust.

»Dann haben Sie also herausgefunden, dass ich die arme Angeline mit diesem Miststück hier verwechselt habe? Das tut mir leid, wirklich, das müssen Sie mir glauben! Als gegen Mitternacht weder mein Mann noch Evalina zu Hause waren, dachte ich, die beiden vergnügen sich in der Tanzschule. Wäre schließlich nicht das erste Mal gewesen. Im Wasserdampf und von hinten ... Erst, als Angie am Boden lag, habe ich meinen Fehler erkannt.«

»Den Sie in der Stadthalle korrigieren wollten«, stellte Riedlinger ruhig fest.

Er musste versuchen, Carmens Aufmerksamkeit auf sich zu lenken und sie in ein Gespräch zu verwickeln. So würde sich Mozer ihr vielleicht von der anderen Seite nähern können.

Sie schnaubte verächtlich. »So ein Shit aber auch, dass sie nur den Bastard in ihrem Bauch verloren hat, aber plötzlich kam eine Frau, und ich musste verschwinden. Ich hätte mir schon damals die Pistole besorgen und kurzen Prozess machen sollen. Mir ist egal, was mit mir geschieht, und wenn ich den Rest meines Lebens im Knast verbringe! Du wirst Harald ohnehin nicht bekommen, da du nach Litauen abgeschoben wirst. Dein Spiel ist aus, Evalina, oder soll ich besser Danuta zu dir sagen?«

Für einen Moment war Riedlinger verwirrt. Carmen Liebig hatte den Mord an Angeline soeben gestanden, das Warum und Wieso erschloss sich Riedlinger aber noch nicht vollständig. Und welche Rolle spielte Evalina, die Carmen nun plötzlich Danuta nannte? Er bemerkte, wie Evalina schwer schluckte, aber auch, dass sich Carmens Zeigefinger um den Abzugshahn spannte. Er warf Mozer einen verzweifelten Blick zu.

Sein Kollege war bereits im Sprung, als plötzlich Jens Mauch, dem bisher niemand große Beachtung geschenkt hatte, herumwirbelte, das rechte Bein bis auf Brusthöhe hob und mit der Kante seines Fußes Carmens Handgelenk traf. Der Schuss löste sich, Jens zuckte zusammen und starrte für einen Moment fassungslos auf seinen Oberschenkel, dann sackte er zu Boden.

Die Pistole war durch den Schlag einige Meter über das Parkett geschlittert und an die Bande geprallt. Im Bruchteil einer Sekunde hechtete Mozer vor, warf Carmen auf den Bauch, packte ihre Handgelenke und umklammerte diese auf ihrem Rücken. Riedlinger beugte sich hinunter, holte Kabelbinder aus seiner Tasche und wenige Sekunden später war Carmen Liebig gesichert. Sie ließ es ohne Gegenwehr geschehen.

Evalina sank an Jens' Seite. Der junge Mann presste beide Hände auf seinen Oberschenkel, Blut sickerte zwischen seinen Fingern hervor.

»Verdammte Scheiße aber auch! Mann, tut das weh!«

»Was war denn das eben?«, fragte Evalina.

»Karate.« Er grinste kurz, trotz des Schmerzes. »Ich hab das früher mal ne Zeitlang gemacht, und manche Dinge verlernt man nicht.« Er sah zu Riedlinger und presste zwischen zusammengebissenen Zähnen hindurch: »Es wäre nett, wenn Sie einen Sani auftreiben könnten. Ich glaube, mir wird gleich schlecht.«

Wie aufs Stichwort eilten zwei Sanitäter in den Saal. Sie rissen den Stoff von Jens' Hose auf, und der eine sagte: »Es ist nur ein Streifschuss und keine Arterie verletzt. Der Rettungswagen wird gleich hier sein.«

»Polizei! Was ist hier los?«

Drei uniformierte Beamte und ein Mann und eine Frau in Zivil stürmten nun in den Beethovensaal, jeder eine Waffe in der Hand.

»Die könnt ihr wegstecken, wir haben alles im Griff«, sagte Mozer, der immer noch Carmen Liebig auf den Boden drückte, und zog eine Augenbraue hoch. »Wie freundlich, dass ihr euch bequemt, endlich auch mal vorbeizuschauen!«

»Ich muss doch sehr bitten!«, empörte sich der Stuttgarter Kollege. »Wir sind sofort losgefahren, als der erste Notruf in der Zentrale gemeldet wurde. Wer sind Sie überhaupt?«

»Kriminaloberkommissar Mozer, Kripo Rottweil.«

»Jürgen Riedlinger, Hauptkommissar«, blaffte Riedlinger. »Was soll das heißen: Ihr seid losgefahren, als ein Notruf kam? Was ist mit dem Amtsersuchen von heute Nachmittag? Meine Mitarbeiterin hat gebeten, ein paar Leute hierherzuschicken und die betreffenden Personen nicht aus den Augen zu lassen!« Beinahe drohend zogen sich Riedlingers Augenbrauen zusammen. »Sagen Sie jetzt nicht, dass diese Aufforderung nicht zu Ihnen durchgedrungen ist!«

Der Mann und die Frau wechselten einen verlegenen Blick, dann sagte die Frau: »Ich bin HK Slany, das ist mein Kollege OK Weller. Sie müssen schon entschuldigen, aber von einer früheren Meldung haben wir keine Kenntnis erhalten.«

Riedlinger knurrte ungehalten: »Wir werden klären, wer hier geschlampt hat, aber nicht hier und nicht jetzt.« Er deutete auf Carmen Liebig. »Bringen Sie sie in die Direktion, und Sie, Herr Liebig und Frau Adamek, werden uns nach Rottweil begleiten. Ich glaube, Sie werden uns einiges zu erzählen haben.«

»Was ist mit Jens? Herr Kommissar, ich möchte ins Krankenhaus mitfahren!«, bat Evalina. »Er hat mir immerhin das Leben gerettet!«

Besitzergreifend legte Harald einen Arm um die Schultern des Mädchens und sah Riedlinger an. »Evalina ist doch das Opfer. Zuerst sollte sie sich umziehen, dann werde ich sie nach Hause bringen.«

Riedlinger wandte sich an die Stuttgarter Kollegin: »Frau Slany, Sie begleiten Frau Adamek, damit sie sich umziehen kann. Lassen Sie sie aber nicht aus den Augen. Und Sie«, er deutete auf die uniformierten Beamten, »bringen Herrn Liebig und Frau Adamek dann persönlich nach Rottweil in mein Büro. Und ich möchte keine Widerrede hören, hier wurde heute Abend schon genügend verbockt. Für Frau Liebig werde ich morgen einen Überstellungsbeschluss anfordern, heute Nacht wird sie in einer Ihrer Zellen wohl gut aufgehoben sein.«

Wolfgang Mozer trat zu ihm und raunte ihm grinsend zu: »Jetzt hast du den Chef aber ganz schön raushängen lassen, Riedl. Ich wusste gar nicht, dass du so autoritär sein kannst.«

Riedlinger seufzte vernehmlich. »Lass uns fahren, Motzi. Ich fürchte, uns steht eine lange Nacht bevor.«

Nachdem die Leute mitbekommen hatten, dass die Polizei die Situation im Beethovensaal unter Kontrolle gebracht und die Täterin überwältigt worden war, siegte deren Neugier. Dutzende von Schaulustigen drängten sich im Foyer.

An Riedlingers Ohren drangen diverse Satzfetzen in verschiedenen Sprachen: »Geht's mit dem Turnier eigentlich weiter?«

»Das Paar ist jetzt draußen, er ist ja angeschossen worden!«

»Wow, das war mal eine Show!«

»Das wird in die Annalen der GOC eingehen.«

Die eben noch um sich greifende Panik und die Angst schienen vergessen, und Riedlinger befürchtete, dass binnen kurzer Zeit der Apparat dieses großen Turniers in gewohnter Manier weiterlaufen würde.

An der Tür sah er, wie Norbert Küttner auf Jens, der auf einer Trage hinausgeschoben wurde, zutrat und hörte ihn wütend sagen: »Ihr seid aus dem Kader draußen, das versteht sich von selbst.«

»Aber Coach! Es ist nur eine Fleischwunde, ich bin bald wieder auf den Beinen«, stammelte Jens.

Küttner unterbrach ihn jedoch scharf: »Erst die Deutsche Meisterschaft und heute das … Ich habe meine Zeit und Energie in zwei Versager investiert, das passiert mir kein zweites Mal. Eine dritte Chance bekommt ihr nicht, jedenfalls nicht von mir und nicht vom TBW.«

»Aber wir können doch gar nichts dafür!« Jens richtete sich auf, wurde aber von einem der Sanitäter wieder auf die Trage gedrückt.

Ohne Jens noch eines Blickes zu würdigen, drehte der Landestrainer sich um und stapfte davon.

Riedlinger wurde es beinahe schlecht.

* * *

»Chef, ich bin beeindruckt, wie Sie sofort die richtigen Schlüsse aus dem Gespräch zwischen Evalina und Carmen Liebig gezogen haben.«

Regina Müller stellte Riedlinger den Kaffee und einen Teller mit einem Laugenweckle, dick belegt mit Salami und Essiggurken, auf den Schreibtisch. Es war kurz nach elf Uhr. Die Kommissare hatten dunkle Schatten unter den Augen, denn ihnen waren nur wenige Stunden Schlaf vergönnt gewesen. Bis sie in Rottweil angekommen waren, war es nach drei Uhr gewesen. Riedlinger hatte eingesehen, dass eine Vernehmung in der gleichen Nacht keinen Sinn mehr machte, denn Evalina Adamek war nahe daran, schlafend vom Stuhl zu rutschen. Riedlinger hatte sie und Harald Liebig jedoch für den Rest der Nacht in Gewahrsam genommen. Er hatte das Gefühl, dass die Sache mit der Festnahme von Carmen Liebig noch nicht zu Ende war. Zu viele Fragen standen noch offen, es gab zu viele Ungereimtheiten.

Heute Morgen hatte er erfahren, dass Carmen Liebig auf dem Polizeipräsidium in Stuttgart während der Nacht einen Nervenzusammenbruch erlitten hatte und ins Bürgerhospital eingeliefert worden war. Ein Telefonat mit dem behandelnden Arzt ergab, dass sie vorerst nicht vernehmungsfähig war. Riedlinger würde sich in Geduld üben müssen, hatte aber gleich morgens einen Antrag auf die Überstellung von Carmen Liebig nach Rottweil gestellt.

»Danke, Müller… äh, Frau Müller.« Riedlinger schenkte ihr ein freundliches Lächeln. »Es ist unser Job, richtig zu kombinieren und auch zu handeln, ohne sich um irgendwelche Vorschriften zu kümmern.«

Von dem anderen Schreibtisch ertönte ein lautes Glucksen. »Das hätte auch ins Auge gehen können, Riedl. Der Streit zwischen den beiden Frauen hätte auch einen ganz anderen Hintergrund haben können.«

Riedlinger trank einen Schluck Kaffee, wischte sich erst den Milchschaum von den Lippen, bevor er antwortete: »Na ja, viel Interpretationsspielraum hat es eigentlich nicht gegeben. Plötzlich hat sich ein Puzzleteil ins andere gefügt.«

Regina Müller, die als Einzige die vergangene Nacht schlafend in ihrem Bett verbracht hatte und erst heute Morgen in groben Zügen aufgeklärt worden war, sagte: »Folglich war der Tanzlehrer der Vater von Evalinas Kind. Carmen hat es gewusst und wollte ihre Nebenbuhlerin aus dem Weg räumen. Sie hat tatsächlich die beiden Mädchen miteinander verwechselt, und Angelines Tod war ein furchtbarer Irrtum.«

»Das ist ja noch lange nicht alles, Frau Müller«, erwiderte Riedlinger. »Kollege Mozer war heute Morgen bereits fleißig. Eine Bemerkung von Carmen Liebig hat uns stutzig gemacht, und so haben wir recherchiert.« Er sah auf seine Uhr. »Ich denke, das Mädchen sollte jetzt ausgeschlafen haben. Frau Müller, veranlassen Sie bitte, dass man sie in das Vernehmungszimmer bringt. Sie können bei dem Gespräch dabei sein.«

»Das mache ich gern«, antwortete Regina Müller. »Was ist mit Harald Liebig?«

»Um den kümmern wir uns heute Nachmittag, wenn Frau Doktor Pfeffer entschieden hat, ob sie einen Haftbeschluss gegen ihn beantragen wird.«

* * *

Die Augen dunkel umrandet, die Haare mit einem Gummi zu einem unordentlichen Pferdeschwanz zusammengebunden, kauerte Evalina auf dem Stuhl in dem fensterlosen Vernehmungszimmer. Sie hatte sich gestern Abend zwar umziehen, aber nicht mehr abschminken können, hatte lediglich die falschen Wimpern entfernt, das Make-up war jedoch verschmiert und fleckig. Beim Anblick von Regina Müller, die ihr ein Glas Wasser hinstellte, schlug sie sich mit einer Hand an die Stirn.

»Sie sind bei den Bullen! Wie konnte ich nur so dumm sein, das hätte ich mir gleich denken können, bei den blöden Fragen, die Sie mir im Krankenhaus gestellt haben!«

»Vorsicht, Sie bewegen sich am Rand einer Beleidigung«, wies Riedlinger sie zurecht.

»Warum halten Sie mich fest, Herr Riedlinger?« Evalina funkelte die Kommissare wütend an. »Carmen wollte mich töten, Sie haben es mit eigenen Augen gesehen und auch gehört, dass sie den Mord an Angeline gestanden hat. Was wollen Sie denn jetzt noch von mir? Ich bin bei der ganzen Sache doch das Opfer!«

Riedlinger ging auf die Frage nicht ein, sondern sagte: »Sie erkundigen sich gar nicht, wie es Jens Mauch und Harald Liebig geht.«

Sie zuckte mit den Schultern. »Jens kommt schon wieder auf die Beine, und Harald ist ja nicht verletzt worden. Er kann nichts dafür, dass seine Alte völlig durchgeknallt ist.«

Wolfgang Mozer schlug die mitgebrachte Akte auf. »Sie fragen, warum wir Sie in Gewahrsam genommen haben, Frau Adamek.« Er zögerte, sein Blick fixierte den des Mädchens. »Oder sollten wir besser Frau Kralikas sagen?«

Sie zuckte zusammen und riss ihre grotesk schwarz umrandeten Augen auf, versuchte aber trotzdem, unschuldig zu tun. »Ich habe keine Ahnung, wovon Sie sprechen …«

»Danuta Kralikas«, las Wolfang Mozer von einem Schriftstück ab, »geboren am fünfundzwanzigsten März 1999 in Klaipeda, Litauen. Sie sind also erst sechzehn.«

Abwehrend verschränkte Evalina die Arme vor der Brust. Sie hatte sich wieder unter Kontrolle und schürzte die Lippen, schwieg jedoch.

Riedlinger, der die Informationen des Kollegen bereits gelesen hatte, fuhr monoton fort: »Im Sommer letzten Jahres haben Sie der echten, bereits volljährigen Evalina Adamek die Handtasche mit ihren Papieren gestohlen. Sie ist übrigens wirklich eine Waise. Im Dezember waren Sie dann scheinbar spurlos verschwunden. Eine großangelegte Suchaktion wurde in die Wege geleitet, und man fand einige Tage später in einem Waldgebiet vor der Stadt Ihr Fahrrad, einen Ihrer Schuhe und ein T-Shirt. Auf Letzterem befanden sich Blutspuren, die mittels eines DNA-Abgleiches Ihnen zugeordnet werden konnten. Obwohl Dutzende von Beamten das Gebiet durchkämmten, Spürhunde eingesetzt und der halbe Wald umgegraben wurde, konnte keine Spur von Ihnen oder gar Ihre Leiche gefunden werden, Frau Kralikas. Wie auch? In dieser Zeit saßen sie bereits in dem warmen und gemütlichen Haus Ihres Tanztrainers und verschwendeten keinen Gedanken mehr daran, wie es wohl Ihren Eltern ergeht. Ihre Eltern denken, Sie sind tot!«

»Sie haben ja keine Ahnung!«, stieß das Mädchen hervor. Aufgeregt schlossen und öffneten sich ihre Finger. »Meine Eltern haben keine Arbeit, wir haben von der Hand in den Mund gelebt, und ich habe noch fünf jüngere Geschwister. Mein Vater hat verlangt, ich soll mit dem Tanzen aufhören und in eine Fabrik gehen, um die Familie finanziell zu unterstützen. Ich musste einfach weg. Das Tanzen ist mein Leben! Außerdem säuft mein Vater und dann …« Sie stockte, und für einen Moment empfand Riedlinger Mitleid mit ihr, denn ihre nächsten Worte bestätigten seine Vermutung. »Er schlug uns Kinder immer wieder, wenn er besoffen war.«

»Sie hätten Ihren Vater anzeigen …«

»Anzeigen?« Evalina fuhr auf, bitter zogen sich ihre Mundwinkel nach unten. »Mann, Sie haben keine Ahnung, wie es in Litauen zugeht! Das ist nicht so wie hier in

Deutschland, kein Jugendamt und so. Keiner hätte sich einen Dreck um mich gekümmert! Wenn ich zu den Bullen gegangen wäre, hätte er mich wahrscheinlich totgeschlagen! Ich hatte keine andere Wahl.«

»Man hat immer eine Wahl«, sagte Wolfgang Mozer. »Sie haben sich also an Liebig herangemacht, und er hat Ihnen geholfen, das Foto im Pass von Evalina Adamek zu fälschen, den Sie der echten Evalina zuvor gestohlen haben. Sie haben Ihre Flucht aus Litauen ganz genau geplant. So war es doch, nicht wahr?«

Danuta nickte, schob trotzig die Unterlippe vor und antwortete: »Kam mir sehr gelegen, dass ich Harald getroffen habe und der so sehr auf junge Dinger abfährt. Hätte aber auch jeder andere sein können, Hauptsache, er hätte mich nach Deutschland gebracht. Harald tut alles für mich. Natürlich durfte seine Alte nicht erfahren, wer ich wirklich bin.«

»Carmen Liebig kam trotzdem hinter Ihre verwerfliche Maskerade«, stellte Riedlinger fest.

»Sie muss Harald und mich wohl mal belauscht haben«, sagte Danuta achselzuckend. »Harald meinte, ich solle mir wegen Carmen keine Sorgen machen, seine Schwester würde dafür sorgen, dass sie mit niemandem darüber sprechen kann.«

»Herr Riedlinger ... äh ... könnte ich Sie mal kurz sprechen?« Regina Müller war zu Riedlinger getreten und gab ihm einen Wink, ihr nach draußen zu folgen. Auf dem Flur sagte sie: »Ich möchte Sie nicht kritisieren, Chef, aber das Mädchen ist erst sechzehn, und da ...«

»Ich weiß, Frau Müller«, sagte Riedlinger schnell. »Bei der Vernehmung eines Jugendlichen hat ein Erziehungsberechtigter das Anwesenheitsrecht. Kollege Mozer hat heute Morgen mit Eval... Danutas Mutter telefoniert, sie spricht glücklicherweise Deutsch. Frau Kralikas nimmt die nächste Maschine nach Stuttgart und müsste gegen Abend in Rottweil eintreffen. Bei der Mitteilung, dass ihre Tochter noch am Leben ist, hat sie zwar einen leichten Schock erlitten, war dann aber ziemlich gefasst und meinte, das Geld für den Flug würde sie irgendwie auftreiben.«

»Sollte nicht das Jugendamt informiert werden?«, schlug Regina Müller vor. »Sicher ist sicher, Sie kennen doch unsere Frau Staatsanwältin.«

Riedlinger zögerte einen Moment, dann nickte er. »Ich fürchte, Sie haben recht. Rufen Sie beim Amt an. Es geht auch um die familiären Lebensumstände des Mädchens. Vielleicht sagt Danuta die Wahrheit, vielleicht lügt sie aber auch wieder das Blaue vom Himmel herunter.«

Riedlinger seufzte. »Inwieweit wir in Deutschland Einfluss darauf haben, ob das Mädchen zu ihren Eltern nach Litauen zurückkehren muss, ist mir nicht bekannt. Aber wir brechen die Befragung jetzt ab, bis jemand vom Jugendamt hier sein kann oder Danutas Mutter eingetroffen ist.« Die Hand auf der Klinke des Vernehmungsraums, nickte er seiner Mitarbeiterin wohlwollend zu. »Gut mitgedacht, Frau Müller. Ich denke, die Beförderung zur Kriminalkommissarin wird nicht mehr lange auf sich warten lassen.«

Sie zwinkerte ihm zu. »Ich hätte nichts dagegen, Chef.«

* * *

Zwei Stunden später kam eine Mitarbeiterin des Jugendamtes und nahm Danuta mit sich. Fürs Erste würde das Mädchen in eine Einrichtung für Jugendliche kommen, bis die weitere Vorgehensweise geklärt war. Für den Diebstahl und die Fälschung der Papiere würde Danuta sich verantworten müssen, ebenfalls würde sie bei dem Prozess gegen Carmen Liebig aussagen müssen.

Das Mädchen hatte einen mittleren Tobsuchtsanfall bekommen, als sie erfuhr, dass ihre Mutter auf dem Weg nach Deutschland war. Regina Müller konnte nicht anders, als eine Spur Mitleid mit ihr zu haben, bemerkte allerdings:

»Für ihr Alter ist das Mädchen ziemlich ausgekocht, man könnte es auch frühreif nennen. Egal, weshalb sie aus Litauen abgehauen ist, sie hat eine erschreckende kriminelle Energie bewiesen. Sie muss das alles von langer Hand geplant haben. Warum sonst der Diebstahl des Passes der richtigen Evalina Adamek!«

»Was ist mit Küttner, dem Landestrainer?«, fragte Mozer. »Glaubt ihr, dass er über Danutas wahre Identität Bescheid wusste und Liebig gedeckt hat, weil er eine gute Tänzerin haben wollte?«

Riedlinger zuckte mit den Schultern. »Er wird es leugnen, dessen bin ich sicher. Ihm das Gegenteil zu beweisen, wird schwer werden.«

* * *

Harald Liebig versuchte mit allen Mitteln, seine Haut zu retten, plauderte wie ein Wasserfall und nahm einen großen Teil der Schuld auf sich.

Zuerst nach Danuta Kralikas befragt, gab er offen zu, dass er dem Mädchen im vergangenen Jahr im Rahmen der German Open Championships in Stuttgart begegnet war. Ihr Tanzsportclub in Klaipeda hatte die Reise organisiert und finanziert, und sie waren drei Dutzend Paare aller Altersklassen und in Begleitung von Betreuern gewesen. So konnte Danuta sich recht frei bewegen, da die Betreuer nicht immer auf alle Tänzer ein Auge haben konnten.

Liebig behauptete, das Mädchen hätte ihm geschmeichelt, und sie waren noch am selben Abend miteinander im Bett gelandet.

»Ich wusste nicht, dass sie damals erst fünfzehn war, das müssen Sie mir glauben!«, beschwor er die Kommissare. »Erst danach hat sie mir die Wahrheit gesagt und mir gedroht, mich wegen Verführung einer Minderjährigen anzuzeigen, wenn ich ihr nicht helfen würde, nach Deutschland zu kommen. Ihre Eltern hätten es niemals erlaubt. Aber in ihrem Heimatort in Litauen kannte Danuta Leute, die alles tun, wenn sie gut genug dafür bezahlt werden … na ja, wie soll ich sagen … die eben …«

»Ihnen bei den Formalitäten behilflich waren«, führte Riedlinger seinen Satz weiter. »Der Ausweis der echten Evalina wurde mit dem Foto von Danuta gefälscht, nicht wahr?«

»Was hätte ich tun sollen?« Hilflos hob Liebig die Hände, sein Blick glich dem eines waidwunden Tieres. »Einen solchen Skandal habe ich mir nicht leisten können, außerdem …«, er zögerte, »Carmen ging es wirklich nicht gut, und wir konnten eine Hilfe im Haushalt gut gebrauchen.«

»Und Sie eine junge Geliebte in Ihrem Bett«, entfuhr es Riedlinger zornig.

Liebig ignorierte diesen Einwurf und fuhr fort: »Für Carmen war Danuta eine Tänzerin, die in Deutschland Karriere machen wollte und bei uns lebte, weil es Carmen gesundheitlich nicht gut ging. Sie war über die Hilfe im Haushalt sehr dankbar.«

»Aber irgendwann kam Ihre Frau hinter das Spiel, nicht wahr?«

Liebig nickte. »Obwohl Danuta und ich sehr vorsichtig waren, muss Carmen mitbekommen haben, dass wir beide … dass ich nicht nur als Trainer Interesse an Danuta habe, ebenfalls, dass das Mädchen noch minderjährig ist und gar nicht Evalina heißt.«

»Was geschah an dem Abend, als Angeline Schmidt getötet wurde?«

»Danuta und ich haben die Tanzschule kurz nach elf Uhr verlassen. Wir sind in ein Wäldchen nahe Wellendingen gefahren, um … na ja, nun, Sie wissen schon, und sind erst nach ein Uhr nach Hause gekommen. Normalerweise schläft meine Frau um diese Uhrzeit bereits, in dieser Nacht jedoch war sie noch wach und schrecklich aufgeregt. Sie hat immer wieder gestammelt: ›Es war die Falsche! Verdammt, es war die Falsche!‹, und hat sich kaum beruhigen können, auch hat sie immer an einem Halstuch herumgeknotet. Ich wusste mir nicht anders zu helfen, als ihr ein paar Tabletten zu geben, woraufhin sie endlich eingeschlafen ist. Glauben Sie mir, Herr Kommissar, ich konnte mir keinen Reim auf Carmens Verhalten machen! Wirklich nicht! Erst als am folgenden Morgen Angeline gefunden wurde, habe ich eins und eins zusammengezählt.« Er sah Riedlinger mit einem verständnisheischenden Blick an. »Hätte ich etwa meine Frau ans Messer liefern sollen? Ich habe nur versucht, sie zu schützen, außerdem war es nicht mehr als ein Verdacht, dass sie Angeline erdrosselt hat. Ich habe Carmen daraufhin angesprochen, sie hat mich aber nur angestarrt und geschwiegen!«

»Gehört das Halstuch Ihrer Frau?«

Liebig nickte stumm.

Riedlinger fuhr fort: »Wie ist das Tuch in den Besitz von Marco Scheuerle gelangt?«

»Nachdem Sie mich aufgesucht und mich über Marco befragt hatten, habe ich Danuta gebeten, das Tuch in sein Zimmer zu schmuggeln, um den Verdacht auf Marco zu lenken, damit Sie uns in Ruhe lassen. Ich weiß nicht, warum ich das Tuch nicht sofort entsorgt habe, jetzt kam es uns aber zugute. Danuta hat ihren ehemaligen Tanzpartner um ein Gespräch gebeten, so war es ganz einfach. Wir mussten den Verdacht von Carmen ablenken, und alles sprach gegen Marco.«

»Hatten Sie keine Angst, Ihre Frau würde es erneut versuchen? Als Sie Danuta zusammen mit Ihrer Frau in Ihrem Haus beließen, setzten Sie das Mädchen einer großer Gefahr aus.«

Riedlinger fragte sich, ob Liebig wirklich so dumm gewesen war oder ob er ihm jetzt nur Theater vorspielte.

»Meine Frau nahm seit einigen Monaten Psychopharmaka«, erklärte Liebig. »Sie konnte ihr Älterwerden einfach nicht akzeptieren, unterlag starken Stimmungsschwankungen, vertraute aber meiner Schwester.«

»Wusste Frau Doktor Wörner, dass Sie Ihre Frau verdächtigten, einen Mord begangen zu haben?«

Schnell schüttelte Liebig den Kopf. »Bitte, lassen Sie meine Schwester heraus! Ich habe ihr gesagt, dass ich Angst hätte, Carmen könnte sich etwas antun, deswegen hat Bianca die Dosis der Tabletten erhöht. Carmen hat danach die meiste Zeit geschlafen und kaum noch das Haus verlassen«, gab Liebig zu. »Ich dachte, ich hätte alles unter Kontrolle. Carmen hat ihre Medizin aber nicht mehr genommen und nur so getan, als stünde sie unter der Wirkung der Tabletten.« Er seufzte und fuhr sich mit dem Handrücken über die Augen.

»Ich denke, Sie können jetzt auch zugeben, dass Angelines Beschwerden von Ihrer Schwester behandelt wurden, nicht wahr?«

Liebig wusste, dass er verloren hatte, und erwiderte leise: »Es war Angelines ausdrücklicher Wunsch. Als sie erfahren hat, dass sie wegen ihres verletzten Knies unverzüglich das Tanzen einstellen sollte, ist ihre Welt zusammengebrochen. Sie hat Bianca und mich angefleht, irgendetwas zu unternehmen. Natürlich hat sie es ihren Eltern verschwiegen, und mit den regelmäßigen Spritzen und den Tabletten hatte sie auch kaum noch Schmerzen. Ich bin für die Kosten der Medikamente aufgekommen, meine Schwester führte die Behandlung kostenlos durch.«

»Ich fürchte, Doktor Wörner und Sie werden sich auch dafür verantworten müssen«, sagte Riedlinger kühl.

Diese Sache fiel nicht mehr in sein Aufgabengebiet, und es war fraglich, ob man der Ärztin wirklich etwas vorwerfen konnte, wenn Angeline auf ihren ausdrücklichen Wunsch behandelt worden war. Er vermutete, dass in diesem Fall die Schmidts Anzeige erstatten mussten.

»Gibt es noch etwas, das wir wissen sollten?«, fragte er Liebig. »Zum Beispiel, wann Ihre Frau von der Schwangerschaft Ihrer Geliebten erfahren hat?«

Hilflos hob Liebig die Hände und antwortete: »Ich wusste bis zu dem Überfall selbst nichts davon! Danuta hat mir kein Wort davon gesagt, dass sie ein Kind erwartet, das ist die Wahrheit. Was meine Frau angeht, müssen Sie sie selbst fragen. Als Danuta während der Meisterschaft zusammengeschlagen wurde, wusste ich sofort, dass Carmen dafür verantwortlich ist. Daraufhin hat meine Schwester die Tablettendosis noch mal erhöht. Danuta und ich waren dann auch immer zusammen, ich habe das Mädchen nicht mehr aus den Augen gelassen. Es war Danuta, die mich beschworen hat, im Moment nichts weiter wegen Carmen zu unternehmen, sondern erst die GOC abzuwarten. Sie wollte das Turnier unbedingt gewinnen! Ich habe mich allerdings mit dem Gedanken getragen, Carmen in eine geschlossene Anstalt einweisen zu lassen, und habe auch schon entsprechende Erkundigungen eingeholt.«

»Ziemlich blauäugig von Ihnen beiden«, murmelte Riedlinger und fragte sich, ob der Mann wirklich derart naiv war oder nur versuchte, alles zu beschönigen. »Natürlich konnten Sie und das Mädchen keine Anzeige gegen Ihre Frau erstatten. All Ihre unsauberen Machenschaften wären dann ans Licht gekommen. Sie hätten nicht nur Ihre junge Geliebte verloren, sondern auch mit einer Anzeige wegen Urkundenfälschung und Betrugs rechnen müssen. Von einer eventuellen Anklage wegen Unzucht mit einer minderjährigen Abhängigen mal ganz abgesehen. Nun, das wird jetzt alles seinen Lauf nehmen, ich hoffe, das ist Ihnen bewusst?«

»Herr Riedlinger, was geschieht nun mit Danuta?« Diese Frage schien Liebig wirklich zu beschäftigen. »Wird man sie zu ihren Eltern nach Litauen zurückschicken?«

»Bis zum Prozess wird sie wohl in Deutschland bleiben, da sie nicht nur eine wichtige Zeugin ist, sondern sich auch wegen der Passfälschung verantworten muss«, antwortete Riedlinger.

Nervös rutschte Liebig auf seinem Stuhl hin und her, seine Finger schlossen und öffneten sich hektisch, und er stammelte: »Gut, ja, sie ist erst sechzehn, aber da sie es doch auch wollte … ich meine, man kann mich doch nicht dafür verurteilen ... es geschah im gegenseitigen Einvernehmen oder wie das heißt. Wir haben doch niemandem damit geschadet.«

»Das wird der zuständige Richter zu entscheiden haben«, antwortete Riedlinger mühsam beherrscht, denn am liebsten hätte er Liebig ein paar passende und wenig freundliche Worte um die Ohren gehauen.

Insgeheim befürchtete er, dass – sollte Danutas Mutter einverstanden sein – das Mädchen in Deutschland bleiben und eine Stelle als Au-pair-Mädchen annehmen konnte. Er durfte sich aber nicht mit der Vorstellung belasten, Danuta könnte ihre Beziehung zu dem Tanzlehrer fortsetzen, sonst käme ihm die Galle hoch.

Er schob den Gedanken zur Seite und sagte entschlossen: »Das Recht ist eine Seite, die andere ist, wie Sie mit Ihrer Schuld leben werden, dass durch Ihr Verhalten Angeline Schmidt hat sterben müssen. Für Menschen wie Sie habe ich nur Verachtung übrig.«

Liebig senkte den Kopf und schwieg.

* * *

Zwei Tage später wurde Carmen Liebig für vernehmungsfähig erklärt und aus Stuttgart ins Untersuchungsgefängnis nach Rottweil überstellt.

»Die Frau ist psychisch zwar labil, jedoch nicht ernsthaft erkrankt«, hatte der behandelnde Arzt Riedlinger mitgeteilt. »Ausführliche psychologische Gutachten müssen noch durchgeführt werden, im Moment besteht aber keine Veranlassung, die Vernehmung auszusetzen.«

Gefasst, beinahe trotzig, saß Carmen Liebig den Kommissaren gegenüber. Einzig, dass sie andauernd ihre Finger knetete, bis die Gelenke knackten, verriet ihre Emotionen.

»Von Anfang an ahnte ich, dass Harald mit dem Mädchen ins Bett ging.« Sie lachte bitter. »Er konnte seine Blicke noch nie von den jungen Dingern nehmen, und ich denke, er hatte immer wieder Affären mit seinen Schützlingen. Ich habe die Augen verschlossen und es akzeptiert. Bei einer Scheidung hätte ich viel Geld verloren, außerdem …«, sie sah mit heruntergezogenen Mundwinkeln an sich herunter, »ich hätte niemals wieder einen Mann gefunden. Wer will denn schon eine alte, fette Frau?«

Riedlinger ließ diese Bemerkung unkommentiert und fragte: »Wann und wie haben Sie erfahren, dass das Mädchen gar nicht Evalina heißt und noch minderjährig ist?«

»Evalina, oder vielmehr Danuta, hatte sich einen Gürtel von mir ausgeliehen, aber nicht zurückgegeben. Da ich diesen tragen wollte, bin ich in ihr Zimmer gegangen, als sie gerade nicht zu Hause war. Ich fand den Gürtel in ihrem Schrank und dabei ihren richtigen Pass.«

Zum ersten Mal wirkte Carmen Liebig wirklich verzweifelt. »Ich dachte, mich trifft der Schlag, als ich nicht nur feststellte, dass sie einen falschen Namen verwendet, sondern auch, dass sie erst sechzehn ist.«

»Haben Sie daraufhin beschlossen, das Mädchen zu töten?«

»Ich war so wütend, so schrecklich wütend und enttäuscht«, fuhr Carmen fort. »Als in dieser Nacht weder Danuta noch mein Mann um Mitternacht zu Hause waren, bin ich in die Tanzschule gegangen. Ich wollte die beiden in flagranti erwischen und sie zur Rede stellen. Harald war jedoch nicht da, ich habe aber das Wasser in der Dusche rauschen gehört. Angeline hat mich nicht kommen hören, und ich stand an der Tür und betrachtete das Mädchen. Ihren schlanken, wohlgeformten Körper mit der straffen Haut ohne Dellen an den Oberschenkeln und nirgends ein Gramm Fett zu viel. Ihren kleinen, knackigen Hintern und die schmale Taille …«

»Sie haben wirklich nicht erkannt, dass es sich um Angeline Schmidt und nicht um Danuta handelte?«, fragte Riedlinger.

Carmen schüttelte zuerst den Kopf, dann nickte sie.

»Es war alles voller Dampf und ich war überzeugt, Danuta vor mir zu haben. Was dann geschah … Daran kann ich mich kaum erinnern. Ich muss wohl mein Halstuch abgenommen und es ihr um die Kehle geschlungen haben. Es ging alles sehr schnell und leicht. Erst, als das Mädchen am Boden lag, habe ich erkannt, welch schrecklicher Fehler mir unterlaufen ist. Ich bin danach voller Panik nach Hause gerannt.«

»Wo Ihr Mann sie später vorfand und beschloss, Sie zu decken«, führte Wolfgang Mozer Carmens Aussage fort. »Ihre Schwägerin hat daraufhin versucht, Sie mit Medikamenten ruhigzustellen, das wissen wir bereits von Ihrem Mann.«

Carmen zuckte mit den Schultern. »Zuerst habe ich mich diesem Gefühl der Beinahe-Schwerelosigkeit und dem Reich der Träume hingegeben, in dem ich nicht darüber nachdenken musste, was ich getan hatte. Harald und Danuta wähnten sich in Sicherheit, dann jedoch wurde es dem Mädchen andauernd übel und sie erbrach sich mehrmals. Auch wenn ich selbst keine Kinder habe, habe ich doch die Anzeichen einer Schwangerschaft erkannt. Da musste ich einfach handeln.«

»Sie haben nur so getan, als würden Sie die Tabletten nehmen, und den Überfall während der Deutschen Meisterschaft eiskalt geplant«, stellte Riedlinger fest. »Und zwar mit dem Ziel, Danuta zu töten. Nur das plötzliche Erscheinen meiner Mitarbeiterin hat den Mord verhindert.«

»Ein zweites Mal sollte mir kein Fehler unterlaufen«, gestand Carmen. »Ab diesem Moment war mir klar, dass ich es das nächste Mal besser planen muss, und zwar vor aller Augen! Alle sollten erfahren, welches Schwein mein Mann und was für eine Hure Danuta ist!«

»Sie kamen nie auf den Gedanken, Ihren Mann anzuzeigen?«, fragte Riedlinger.

»Ich wollte Rache!« Carmen sprang auf, stemmte die Handflächen auf den Tisch, und rief: »Ich wollte sie tot sehen! Ich wollte sie beide tot sehen! Hätten Sie nicht dazwischengefunkt, dann hätte ich Harald auch noch erledigt!«

Riedlinger und Mozer tauschten einen einvernehmlichen Blick und brachen die Vernehmung ab. Für heute hatten sie genug gehört.

* * *

Die Staatsanwältin teilte den Kommissaren den Termin beim Haftrichter für Harald Liebig persönlich mit.

»Morgen Vormittag um zehn Uhr«, erklärte Frau Dr. Anne Pfeffer. »Ich fürchte jedoch, wir werden Liebig vorerst laufen lassen müssen. Er hat mit dem Mord an Angeline Schmidt nichts zu tun, und es ist sein Recht, Tatsachen zu verschweigen, um seine Ehefrau zu schützen. Die Urkundenfälschung und die Beziehung zu einer Minderjährigen rechtfertigen nicht die richterliche Anordnung einer Haft, zumal die Beziehung zu Danuta auf ihren Wunsch hin geschah. Liebig gilt in erster Linie als wichtiger Zeuge und wird im Prozess gegen seine Frau aussagen, wie er mir versichert hat.«

Riedlinger und Mozer teilten die Befürchtung der Staatsanwältin. Es machte Riedlinger wütend, dass der Tanzlehrer wahrscheinlich mit einer geringen Strafe, zudem noch auf Bewährung, davonkommen würde.

Mozer, der mal wieder die Gedanken seines Kollegen und Freundes erriet, raunte ihm zu: »Die Tanzschule kann er wahrscheinlich zumachen, wenn alles bekannt wird.«

»Was ist eigentlich mit der eventuellen Korruption der Wertungsrichter?«, fragte Frau Dr. Pfeffer. »Das hängt mit dem Mordfall zwar nicht zusammen, es würde mich aber interessieren, ob es Konsequenzen für die Beteiligten haben wird.«

Diesbezüglich konnten die Kommissare der Staatsanwältin leider keine befriedigende Antwort geben, und

Wolfgang Mozer erklärte: »Außer der Aussage von Frau Müller gibt es keine Beweise, dass Bestechungsgelder geflossen sind. Es fällt zwar nicht in unseren Aufgabenbereich, ich werde mir aber diesen Landestrainer Küttner noch mal vorknöpfen. Was Danuta Kralikas angeht, ist Küttner nicht zu beweisen, dass er über die wahre Identität des Mädchens informiert war. Liebig und das Mädchen leugnen jede Beteiligung des Trainers an ihren kriminellen Machenschaften.«

»Es wäre Ihnen eine Freude, den Trainer anderweitig dranzubekommen.« Die Staatsanwältin nickte verstehend. »Übergeben Sie diese Sache bitte dem Deutschen Tanzsportverband. Was diese Organisation dann daraus macht, soll nicht länger unsere Angelegenheit sein. Es gibt da noch etwas, das ich mit Ihnen besprechen möchte.« Die Staatsanwältin wirkte plötzlich unsicher, fast schon verlegen. »Das fällt mir nicht leicht, aber wat mutt, dat mutt.«

Riedlinger schmunzelte. »Möchten Sie einen Kaffee oder ein Glas Wasser?«, bot er ihr an.

»Danke, nein. Ich möchte es schnell hinter mich bringen, denn ich muss mich bei Ihnen, meine Herren, und bei Ihnen, Frau Müller, in aller Form entschuldigen. Ich hätte Ihnen den Durchsuchungsbeschluss für die Praxis Wörner ausstellen sollen, als Sie mich darum baten.«

Mozer sprang für die Staatsanwältin in die Bresche. »Damit wären wir der Täterin aber nicht näher gekommen. Die Ärztin hat die Behandlung von Angeline aus gutem Grund nicht dokumentiert.«

»Trotzdem, Sie hatten den richtigen Riecher, Herr Riedlinger, und vielleicht hätten wir etwas gefunden, das uns bereits vor Monaten den entscheidenden Hinweis gegeben hätte. Beinahe wäre es zu einem zweiten Mord gekommen. Wie gesagt, es tut mir leid.«

Derart verlegen hatten Riedlinger und Mozer die sonst kühle und immer beherrschte Norddeutsche noch nie gesehen. Sie waren aber weit davon entfernt, die Situation auszukosten. Fehler geschahen schließlich immer, und sie waren alle nur Menschen.

Eines lag Riedlinger aber noch auf dem Herzen: »Warum wurden die Kollegen in Stuttgart nicht bereits am Nachmittag in die Liederhalle geschickt?«, fragte er höflich. »Meine Aufforderung wurde offensichtlich nicht entsprechend weitergeleitet.«

Anne Pfeffer konnte nicht verhindern, dass ihre Wangen eine rosa Farbe annahmen.

»Sie haben aber auch sehr eigenmächtig gehandelt, Herr Riedlinger.« Diese kleine Spitze konnte sie sich nicht verkneifen. »Sie wissen, dass in einem solchen Fall eine Rückversicherung beim zuständigen Vorgesetzten erfolgen muss. Diesem war jedoch nicht bekannt, warum eine derartige Aktion notwendig sein sollte, zumal der Fall Angeline Schmidt nicht mehr oberste Priorität hatte. Er konnte nicht anders handeln, als das Amtshilfeersuchen zu verweigern. Sie hätten mich über Ihre neuen Erkenntnisse informieren sollen, Herr Riedlinger, dann wäre das nicht geschehen.«

»Dazu war nun wirklich keine Zeit …«

»Glücklicherweise kamen wir noch rechtzeitig, um Schlimmeres zu verhindern«, unterbrach Wolfgang Mozer und signalisierte seinem Kollegen mit einem Blick, das Thema auf sich beruhen zu lassen. »Jens Mauch und die Frau, die ebenfalls angeschossen wurde, sind nur leicht verletzt und werden wieder vollständig gesund werden.«

»Ich werde Anklage gegen Carmen Liebig wegen Mordes in einem Fall und versuchten dreifachen Mordes erheben«, sagte Anne Pfeffer entschlossen. »Allerdings müssen wir das psychologische Gutachten abwarten. Im Moment weist vieles darauf hin, dass Carmen Liebig zum Zeitpunkt ihrer Taten psychisch instabil war.«

»Ich hoffe, Sie kommt damit nicht durch«, bemerkte Regina Müller.

»Diese Beurteilung liegt nicht mehr in unseren Händen«, sagte Jürgen Riedlinger.

Anne Pfeffer lächelte. »Herr Riedlinger, Herr Mozer … Künftig werde ich von Anfang an auf Sie hören und Ihnen vertrauen. Und Sie haben bei mir etwas gut, versprochen!«

»Darauf werde ich bestimmt zurückkommen, Frau Doktor.« Riedlinger lächelte wissend. »Leider ist davon auszugehen, dass dies nicht der letzte Mordfall in unserem nicht immer beschaulichen Rottweil bleiben wird.«

Glossar

In diesem Roman werden viele typische Ausdrücke, Namen und Bezeichnungen aus dem Tanzsport verwendet. Die wichtigsten davon werden hier erklärt.

Klassische Turniertänze
Latein- und Standardtänze.

Lateinamerikanische Tänze
Samba, Cha-Cha-Cha, Rumba, Paso Doble und Jive.

Standard-Tänze
Langsamer Walzer, Tango, Wiener Walzer, Slow Foxtrott und Quickstep.

Dauer der Tänze
Jeder Tanz wird bei einem Turnier mindestens 1.30 Minuten und maximal 2 Minuten getanzt.

Wertungen
Die Damen und Herren, die die Bewertungen abgeben, nennt man Wertungsrichter. Je nach Größe und Bedeutung des Turniers stehen zwischen 5 und 11 Personen am Rand der Fläche.

Turnierformen
Einzelwettbewerbe jeweils in Latein und Standard, Kombination aller zehn Tänze, Formationstanzen jeweils Latein oder Standard.

Startklassen
In Deutschland sind die Startklassen wie folgt geregelt: D, C, B, A und S (Sonderklasse). Man beginnt in der D-Klasse und erreicht durch die erforderlichen Punkte und Platzierungen die jeweils höhere Klasse. Eine Abstiegsregelung gibt es nicht.

Altersstrukturen
Tanzen ist ein Sport, den man von der Kindheit bis ins hohe Alter betreiben kann. Dementsprechend werden die Startklassen in entsprechende Altersgruppen eingeteilt. Die derzeit (2015) gültige Regelung können Sie hier einsehen:
www.tanzsport.de/content/verband/sportbetrieb.html

Kleidung
Wie in der Geschichte erwähnt, gibt es eine vom DTV erlassene Kleiderordnung. Diese ist je nach Altersstruktur und Startklasse unterschiedlich.

Tanzsportverband Baden-Württemberg (TBW)
Gegründet 1962. Organ zur Abwicklung des Turniersportes in Baden-Württemberg. *www.tbw.de/tbw*

Deutscher Tanzsport-Verband e. V. (DTV)
Gegründet 1921. Repräsentiert den Tanzsport in Deutschland und erlässt Regularien.
www.tanzsport.de/dtvstart.html

Landestrainer
Jeder Landesverband (hier der TBW) verfügt über mindestens einen, meistens jedoch mehrere Landestrainer, in der Regel je einen für Latein und Standard. Zu deren Aufgaben gehören u. a. das Kader-Training, das Training für besonders talentierte Paare und die Ausbildung weiterer Trainer.

German Open Championships (GOC)
Eine für Deutschland einmalige Form eines Turniers: Amateure und Professionals treten in einer Veranstaltung an. Gegründet 1984, erste GOC 1987 in Mannheim, seit 2004 in Stuttgart. Zur Geschichte der GOC:
www.goc-stuttgart.de/de/event-guide/die-goc-stuttgart

Nachwort und Dank

»Damenwahl« ist der dritte Krimi mit den Kommissaren Jürgen Riedlinger und Wolfgang Mozer, der in meiner Geburtsstadt Rottweil spielt.

Wie in den vorherigen Bänden entspringt auch diese Geschichte zu einhundert Prozent meiner Fantasie. Alle Personen, deren Motivationen, Denkweisen und die geschilderten Ereignisse sind fiktiv. In Rottweil gibt es weder eine Tanzschule Liebig noch einen Tanzsportverein. Auf keinen Fall sind hier Parallelen zu den bestehenden Rottweiler Tanz- und Ballettschulen zu ziehen! Eventuelle Namensgleichheiten mit noch lebenden oder bereits verstorbenen Personen wären zufällig und sind von mir nicht beabsichtigt.

Die Hintergründe des Turniertanzsportes sind jedoch real. Ein Krimi wäre kein Krimi, wenn nicht zugunsten der Handlung und der Spannung Gegebenheiten und Vorkommnisse überzeichnet werden. Es ist mir wichtig, darauf hinzuweisen, dass Korruption oder Bestechung im Tanzsport keineswegs die Regel sind. Realität ist jedoch, dass Doping im Tanzsport wenig Sinn hat und deswegen nicht relevant ist, ebenso real sind die geschilderten Abläufe eines Trainings und der Tanzsportturniere.

Tanzen ist und bleibt ein wunderschöner Sport. Nicht nur, dass man mit seinem Partner zusammen die Freizeit verbringen kann, Tanzen hält geistig und körperlich fit und gesund. Nach einer erst kürzlich veröffentlichten Studie reduziert regelmäßiges Tanzen die Gefahr, an Demenz oder Alzheimer zu erkranken, um 76 Prozent.

Aber auch der Turniertanzsport ist – im Gegensatz zu vielen anderen Leistungssportarten – gesund. Aus diesem Grund gibt es Tanzsport bis ins hohe Alter hinein. Man ist auch nie zu alt, um noch mit dem Tanzen zu beginnen.

Seit meinem dreizehnten Lebensjahr gehört das Tanzen zu meinem Leben. Fast dreißig Jahre habe ich den Turniertanzsport ausgeübt, nahezu ununterbrochen bis 2012, seit 1989 bin ich als Trainerin für Breitensportgruppen tätig.

An dieser Stelle möchte ich Herrn Titus Häussermann, meiner Lektorin Frau Bettina Kimpel und dem ganzen Team des Silberburg-Verlags Tübingen ein herzliches Dankeschön aussprechen. Es macht so viel Freude, in Gedanken und real durch Rottweil zu wandern, um die Schauplätze meiner Geschichten genau unter die Lupe zu nehmen.

Ein großer Dank auch an Frau Christa Pohl, die stets einen ersten Blick auf meine Manuskripte werfen und korrigieren darf – was sie auch gern und ausführlich tut.

Nicht zuletzt danke ich meiner Familie für die Unterstützung während des Schreibprozesses.

Ihnen, liebe Leser und Leserinnen, gebührt aber mein größter Dank, da Sie meine Kommissare Jürgen Riedlinger und Wolfgang Mozer auf ihrem neuesten Abenteuer im nicht immer beschaulichen Rottweil begleitet haben.

Ihre Rebecca Michéle